금산사몽유록金山寺夢遊錄

역주자 신해진(申海鎭)

경북 의성 출생
고려대학교 국어국문학과 및 동대학원 석·박사과정 졸업(문학박사)
현재 전남대학교 인문대학 국어국문학과 교수
BK21플러스 지역어 기반 문화가치 창출 인재양성 사업단장

저역서 『금화사몽유록』(역락, 2015)
『한국 고전소설의 이해』(공저, 박이정, 2012)
『한국 고소설의 이해』(공저, 박이정, 2008)
『조선후기 몽유록』(역락, 2008)
『역주 내성지』(보고사, 2007)
『조선중기 몽유록의 연구』(박이정, 1998)
이외 다수의 저역서와 논문

금산사몽유록 金山寺夢遊錄

초판 발행   2015년 5월 29일

원저자   미상
역주자   신해진
펴낸이   이대현
편 집   권분옥
펴낸곳   도서출판 역락
주 소   서울시 서초구 동광로 46길 6-6 문창빌딩 2층
전 화   02-3409-2060(편집부), 2058(영업부)
팩 스   02-3409-2059
등 록   1999년 4월 19일 제303-2002-000014호
이메일   youkrack@hanmail.net

정 가   18,000원
ISBN   979-11-5686-211-6 93810

<금화사몽유록>의 대표적 이본, 국립중앙도서관 소장 한문필사본 역주서

금산사몽유록金山寺夢遊錄

원저자 미상
申海鎭 역주

역락

▌머리말

이 책은 <금화사몽유록(金華寺夢遊錄)>의 대표적 이본인 <금산사몽유록(金山寺夢遊錄)>을 주석하고 번역한 것이다. 이 몽유록 작품은 국립중앙도서관 소장 한문필사본(청구기호 : 古2707-15)으로 1책 33장본이다. 1면당 12행이며 매행 22자이다. 강동의 한 수재(秀才)가 꿈에서 한고조, 당태종, 송태조, 명태조 등 네 황제의 창업연을 통하여 중국 역대 여러 제왕들과 그들의 신하에 대해 역사적 품평하는 것을 목도하고 각몽하여 그 전말을 기록한 몽유록이다. 이와 관련한 이본들이 한문필사본 59종, 국문필사본 25종, 활자본 6종 등 90여 종이 될 정도로, 이 몽유록은 다양한 독자층에 의해 독서되고 꾸준히 변주되면서 상당한 인기를 누렸던 작품이라 할 것이다.

하지만 이러한 몽유록 작품의 인기에 비해, 그간의 연구 성과만으로는 아직도 해결해야 할 점이 많은 것 같다. <금화사몽유록>의 역주서(『금화사몽유록』, 역락, 2015) 머리말에서 ≪통감절요(通鑑節要)≫의 역사의식이 반영되어 있음을 지적하며 촉한 정통론이 기저에 깔려 있다고 한 바 있는데, 이번 <금산사몽유록>은 그렇지 않았다. 대표적인 사례를 들자면, 촉한(蜀漢)의 소열제(昭烈帝) 유비(劉備)를 선주(先主)로 여러 차례 지칭하고 있기 때문이다. 조조(曹操)의 위(魏)나라가 한(漢)나라의 대통을 계승한 정통

황조로 보아서 유비를 황제로 존칭하지 않았던 의식을 일정 부분 그대로 잇고 있었던 셈이다. 자연스레 핵심인물 제갈공명의 역할도 <금화사몽유록>에 비해 축소되어 있었다. 결국, 두 이본은 골격이야 같다고 할지라도 단순히 글자의 출입 정도에 그치지 않고 그 안에 담고 있는 구성요소가 판이하게 다르다. 실상이 이러하다면 <금산사몽유록>에 대한 정치한 작품론이 있어야 할지나 그렇지 못하다. 그렇게 된 데에는 <금화사몽유록>에만 치우친 연구의 편향성도 한 몫을 했을 것이고 또한 텍스트의 정치한 독해의 미비도 한 몫을 했을 것이다. 따라서 <금산사몽유록>의 가독력을 높이기 위한 제대로 된 역주서의 필요성을 절감하였고, 그것이 이 책을 출간하게 된 동기이다.

그리고 이번에 역주 작업을 하면서 고려대학교 도서관 소장 국문필사본 <금산샤창업연녹>(청구기호 : 대학원 C15A85)과 정밀히 대조했다. 그 결과, 그간 알려진 것처럼 서두와 결말 부분을 제외한 나머지 부분이 서로 완벽하게 일치하는 것이 아니라 많은 부분에서 <금산샤창업연녹>의 내용이 더 풍부했다. <금산사몽유록>은 무리하게 축약하느라 다섯 깃발 아래 배치한 신하들을 하나의 무리로서 품평하고 있는 등 작품 전개상 일그러진 대목이 곳곳에 있는데, <금산샤창업연녹>은 그 대목들이 바르게 서술되어 있었다. 더구나 <금산사몽유록>만 지니고 있는 내용이 따로 있지 않고 모든 서술 내용이 <금산샤창업연녹>의 서술 내용에 포함되고 있었다. 따라서 <금산샤창업연녹>의 모본 한문본 '금산사창업연록'이 있다면 그것이 최선본(最先本)일 터, 이를 필두로 <금산사기>나 <금화사기> 계열로, 또 <금산사몽유록>이나 <금화사몽유록> 계열로 파생되면서 아울러 각기 국문본을 양산한 것으로 보인다. 또한 개작 <왕회전>과 모작 <여와전>이 이어졌던 것이리라. 요컨대, '금산사창업연록'과 <금산사몽유록>은 시대배경이 원말(元末) 지정(至正) 연간이고, 주인공이 강동일수재(江東一秀才)로 되어 있는 점 등 많은 대목에서 서로 부합하고 친연성이 있는바, 한문본 '금산사창업연록'에서 <금산사몽유록>이, <금산사몽유록>에서 <금화사몽유록>이 파생된 것으로 짐작된다.

그런데 2005년 '제1회 동아세아 우언연구 국제회의'에서 김윤수는 「金山寺夢遊錄의 創作寓意와 原作者論」이라는 글을 발표한 바 있다. 이 발표문은 『우언의 인문학적 위상과 현대적 활용』(한국우언문학회 편, 박이정, 2006)에 「金山寺夢遊錄의 창작배경과 원작자 변증」이란 글로 논지가 보완되어 수록해 있다. 이 글에 의하면, 낙저(洛渚) 이주천(李柱天, 1662~1711)의 문집 《낙저유고(洛渚遺稿)》 외편(外篇) 상책에 한문본 <금산사창업연

록(金山寺創業宴錄)>이 실려 있는데 원작이라면서 그 창작 시기를 1692년 전후로 추정하고 있다. 이 '원작설'에 대해 정용수가 「낙저본 <金山寺創業宴錄>의 원전 비평과 그 이본적 특징」(『동양한문학연구』 33, 동양한문학회, 2011)에서 회의적인 시각을 보이기도 한다. 여하한 모본 한문본 '금산사창업연록'의 발굴이 절실하다.

이제, 이 책을 상재하면서 <금산사몽유록>에 대한 정치한 작품론이 치열하게 전개되는 데 이바지하기를 바랄 뿐이다. 아울러 '금산사창업연록'에 대한 관심을 살려내야 하는 과제가 남아 있다. 나름대로 최선을 다하고자 했지만, 여전히 부족할 터이라 대방가의 질정을 청한다.

끝으로 편집을 맡아 수고해 주신 역락 가족들의 노고에도 심심한 고마움을 표한다.

2015년 5월 빛고을 용봉골에서
무등산을 바라보며 신해진

▌차례

머리말 / 5
일러두기 / 10

• 한문필사본 〈금산사몽유록〉

역문 ··· 11
원문과 주석 ··85

• 찾아보기 / 168

• 영인

한문필사본 〈금산사몽유록(金山寺夢遊錄)〉(국립중앙도서관 소장) / 179

일러두기

이 책은 다음과 같은 요령으로 엮었다.

1. 번역은 직역을 원칙으로 하되, 가급적 원전의 뜻을 해치지 않는 범위 내에서 호흡을 간결하게 하고, 더러는 의역을 통해 자연스럽게 풀고자 했다.
2. 이 역주서 발간하는데 있어서 다음의 자료는 직접적으로 많은 도움을 입은 것이다.
   『金華寺夢遊錄』, 신해진 역주, 역락, 2015.
   〈금산사창업연녹〉, 고려대학교 도서관 소장(청구기호 : 대학원 C15A85)
3. 원문은 저본을 충실히 옮기는 것을 위주로 하였으나, 활자로 옮길 수 없는 古體字는 今體字로 바꾸었다.
4. 원문표기는 띄어쓰기를 하고 句讀를 달되, 그 구두에는 쉼표(,), 마침표(.), 느낌표(!), 의문표(?), 홑따옴표(‘ ’), 겹따옴표(“ ”), 가운데점(·) 등을 사용했다.
5. 주석은 원문에 번호를 붙이고 하단에 각주함을 원칙으로 했다. 독자들이 사전을 찾지 않고도 읽을 수 있도록 비교적 상세한 註를 달았다.
6. 주석 작업을 하면서 많은 문헌과 자료들을 참고하였으나 지면관계상 일일이 밝히지 않음을 양해바라며, 관계된 기관과 여러분들께 진심으로 감사드린다.
7. 이 책에 사용한 주요 부호는 다음과 같다.
   1) ( ) : 同音同義 한자를 표기함.
   2) [ ] : 異音同義, 出典, 교정 등을 표기함.
   3) “ ” : 직접적인 대화를 나타냄.
   4) ‘ ’ : 간단한 인용이나 재인용, 또는 강조나 간접화법을 나타냄.
   5) < > : 편명, 작품명, 누락 부분의 보충 등을 나타냄.
   6) 「 」 : 시, 제문, 서간, 관문, 논문명 등을 나타냄.
   7) ≪ ≫ : 문집, 작품집 등을 나타냄.
   8) 『 』 : 단행본, 논문집 등을 나타냄.

한문필사본 〈금산사몽유록〉

역문

금산사몽유록

금산사(金山寺)는 강동현(江東縣)에 있는데, 절은 창건된 것이 어느 시대 어느 해인지 알 수 없지만 그 지은 솜씨가 매우 정교하여 아마도 천하에서 으뜸일 것이다. 청룡이 사방을 둘러 에워싼 듯이 산세가 매우 높고 맑고도 깨끗한 기운은 하늘에까지 퍼지니 영묘함이 드러난 지가 이미 오래되었다.

원(元)나라 순제(順帝) 지정(至正) 말엽에 이르러 강동(江東)에는 한 수재(秀才)가 있었으니, 기개가 호방하고 마음이 툭 트인 데다 재주가 문무를 겸하고 학식이 고금을 통달하였는지라 오랑캐의 국운이 머지않아 다할 것을 알았는데, 도적들이 봉기하는 것을 보고서 벼슬살이에 힘쓸 생각이 없어 산천을 두루 돌아다닐 뜻을 지니게 되었다.

어느 날 금산에 이르러서는 약초를 캐어 시내에서 깨끗이 씻기도 하고, 활을 당겨 짐승들을 쫓으며 시냇가를 왔다 갔다 하느라 날이 저무는 것도 깨닫지 못했다. 갑자기 사방이 어둑어둑해지자 둥지 찾는 갈가마귀가 어지러이 우짖는데, 돌로 된 산길이 울퉁불퉁 험하여 헤매다가 우두

커니 서서 가야할 곳을 알지 못했다. 밤이 되어서야 금산사(金山寺)에 들어갔지만, 승려들이 모두 병란을 피해 사방으로 달아나고 없어서 전각의 거친 먼지에는 짐승의 발굽 자국과 새의 발자국들만 한가운데에까지 뒤섞여 있을 뿐이었다. 수재는 시장기가 자못 심했는데도 먼지를 쓸어내고서 지쳐 불탑(佛榻)에 누웠다.

홀연히 한 사람이 말했다.

"한태조(漢太祖)께서는 오신다고 했으나 당(唐)나라, 송(宋)나라, 명(明)나라의 세 황제께서는 아직까지 소식이 없으니 또한 괴이한 일이다."

다른 사람이 물었다.

"네 분의 천자(天子)께서 무슨 일로 와서 회합하시는가?"

이에, 대답했다.

"한태조는 사람됨이 활달하고 타고난 도량이 큰데다 화덕(火德)의 운을 타고나서 4백년의 국가 기틀을 다졌으며, 당태종(唐太宗)·송태조(宋太祖)·명태조(明太祖)도 모두 나라를 창업한 일이 있다. 그리하여 네 황제를 위해 오늘 밤 성대한 연회를 베풀어야 하기 때문에 금산 신령(金山神靈)과 토지신(土地神), 성황신(城隍神) 모두가 기다리고 있다."

수재는 이 말을 듣고 괴이하게 여겼다.

일월오봉도 병풍(국립고궁박물관 소장)

얼마 되지 않아서, 별빛과 달빛이 서늘하고 촛불이 땅위의 만물을 밝게 비추는데, 홍포 관원(紅布官員) 백여 명이 먼저 법당(法堂)에 들어와 높이 비단 장막을 치고 황금으로 된 의자 네 개를 차례로 벌여 놓으면서 좌우에는 일월병풍(日月屏風)을 두르고 의자마다 앞에는 백옥서안(白玉書案)을 놓으며 두 줄로 화촉(華燭)을 밝혀 놓았다. 또 동루(東樓)와 서루(西樓) 두 곳에도 모두 똑같이 차려 놓으니, 몹시 광활하여 만 명도 용납할 만했고 그 빛나는 모습은 찬란하여 눈이 부셔서 감히 볼 수가 없었다.

이렇게 차리기를 마치자, 멀리서 '물럿거라!' 외치는 벽제소리가 높은 하늘로부터 들려오더니, 헤아릴 수 없이 많은 군사들이 일제히 징소리와 북소리를 울리면서 전후좌우를 호위하였는데, 청색 홍색 깃발들이 펄렁이고 황금 절월(節鉞 : 의장용 도끼)이 휘늘어져 그 차림새가 매우 성대하였다. 오색의 상서로운 구름이 가마 위를 뒤덮었고, 좌우에서 모시고 있는 신하들의 패옥소리가 쟁강쟁강 울렸다. 한 줄기의 향기로운 연기가 앞에서 가마를 인도하며 9층의 섬돌을 올랐다. 금관(金冠)을 쓰고 황포(黃袍)를 입고서 느릿느릿 걸으며 법당에 들어서는데, 맨 먼저는 콧마루가 높이 솟은 얼굴이었으니, 이는 바로 한(漢)나라 태조고황조(太祖高皇帝)이었다. 다음은 용과 봉황처럼 준수한 자질에 하늘의 태양 같은 의표(儀表)를 갖추어 기개가 당당하고 정신이 뛰어났으니, 이는 바로 당(唐)나라 태종(太宗)이었다. 그 다음으로는 용의 이마에 봉황의 눈이었고 모난 얼굴에 큰 귀를 가졌으니, 이는 송(宋)나라 태조(太祖)이었다. 그 다음으로는 용의 풍모와 봉황의 자태에 기상이 매우 뛰어났으니, 이는 명(明)나라 홍무황제(洪武皇帝 : 태조)이었다.

한태조는 첫째 의자에 앉았고, 당태종은 둘째 의자에 앉았고, 송태조는 셋째 의자에 앉았으나, 넷째 의자에 명태조는 앉는 것을 주저하며 겸손히 사양하였다. 이에 한태조가 말했다.

"지금의 역수(歷數 : 임금이 될 차례)는 명나라 황제에게 있거늘 어찌하여 의자를 사양한단 말입니까?"

명태조가 대답했다.

"이 자리는 천하를 통일한 창업주(創業主)라야 앉을 수 있는 자리입니다. 지금 돌아보건대 과인의 덕이 박하여 오랑캐를 소탕할 수가 없어서 북쪽에는 원나라 황제(皇帝 : 순제)가 있고 서쪽에는 진우량(陳友諒)이 있거늘, 이 자리에 앉아 있는 것은 또한 참람하지 않겠습니까?"

한태조가 미소를 띠며 말했다.

"생각건대 저 두 도적은 두서너 해가 못 되어서 평정될 것입니다. 그리고 오늘의 연회는 황제들을 위하여 베푸는 것이니, 청컨대 사양치 마십시오."

명태조는 세 번 사양한 후에야 의자에 올랐다.

함께 좇아온 신료들을 문신과 무신으로 나누어 동반(東班)과 서반(西班)에서 시위(侍衛)하게 하였다. 한나라의 문신들로는 소하(蕭何)·장량(張良)·진평(陳平)·역이기(酈食其)·육고(陸賈)·수하(隨何)·숙손통(叔孫通) 등 20여 명이었고, 당나라는 장손무기(長孫無忌)·위징(魏徵)·왕규(王洼 : 王珪의 오기)·방현령(房玄齡)·두여회(杜如晦)·유문정(劉文靜)·저수량(褚遂良)·우세남(虞世南)·마주(馬周) 등 20여 명이었고, 송나라는 조보(趙普)·두의(竇儀)·왕리(王璃 : 王祐의 오기)·장제현(張齊賢)·뇌덕양(雷德讓 : 雷德驤의 오기)·이광필(李光弼) 등 20여 명 및 화산처사(華山處士) 진단(陳搏)이 백의(白衣)를 입고 입시하였고, 명나라는 유기(劉基)·송렴(宋濂)·취승(聚承)·장맹(張孟)·방효유(方孝孺)·맹성(孟成) 등 20여 명이었으며, 한나라의 무신들로는 한신(韓信)·팽월(彭越)·조참(曹參)·경포(黥布)·왕릉(王陵)·주발(周勃)·번쾌(樊噲)·관영(灌嬰)·장이(張耳)·기신(記信 : 紀信의 오기) 등 30여 명이었고, 당나라는 울지경덕(尉遲敬德)·은개산(隱開山 : 殷開山의 오기)·굴돌통(屈突通)·설인귀(薛仁貴) 등 30여 명이었고, 명나라는 서달(徐達)·상우춘(常遇春)·탕화(湯和)·부우덕(傅友德)·이문충(李文忠)·호대해(胡大海) 등 30여 명이었다.

이에, 한나라의 장량, 당나라의 장손무기, 송나라의 조보, 명나라의 유기 등을 불러 입시하게 하고서 한태조가 한숨을 쉬고 탄식하며 말했다.

"나라의 운명은 한계가 있어 그때마다 영웅들이 대신하여 일어나니, 짐(朕)이 한나라를 창업했을 때에는 당나라가 있을지, 송나라가 있을지 알지 못했습니다. 또 어찌 오늘날 곧 명나라의 세상이 될 줄 알겠습니까? 이제 짐들이 천상의 옥루(玉樓)가 한적함을 싫어하여 지상 풍토의 옛 자취를 찾아왔지만, 강산과 경치는 예전 그대로 빼어나게 아름다우나 천시(天時)와 인사(人事)가 어느새 크게 변했으니 어찌 마음 아프지 않겠습니까?"

당태종이 말했다.

"만물은 성하면 쇠하는 것이 천도(天道)의 변하지 않는 법칙이요, 즐거움이 지극하면 괴로움이 오는 것은 인사(人事)의 면치 못할 바인데, 만일 천도가 쇠하지 않고 항구적이요 인간사가 변치 않는다면 진(秦)나라의 시황(始皇)은 반드시 무궁하게 후세에 전해졌을 것이니, 한태조께서 비록 대덕(大德)을 지녔다 하실지라도 어찌 능히 천하를 얻을 수 있었겠습니까? 오늘 밤기운이 맑고 그윽한데다 산천의 경치도 빼어난 곳에서, 역대의 창업군주들이 각기 영웅호걸들을 거느리고 모였으니 실로 고금의 드물게 있는 성대한 일입니다. 한바탕 통쾌한 일을 이야기하여 흥망성쇠에 따른 비통한 회포를 잊는 것이 괜찮겠습니까?"

세 황제가 다 같이 응낙하였다.

이에, 봉래(蓬萊)의 영관(伶官 : 음악을 맡아본 관리)이 악기들을 내오고 낭원(琅苑)의 선자(仙子)가 무지개와 같이 아름다운 치마인 예상(霓裳)을 나부끼며 천상의 음악인 균천광악(鈞天廣樂)을 차례로 연주하니, 맑은 노래는 지나가던 구름을 멈추게 하고 오묘한 춤사위는 향기로운 바람을 일으켰으며, 구산(緱山)의 도사(道士)가 옥피리 비껴들고 제초(齊楚)의 젊은 아가씨가 봉황 모양의 생황을 고르니, 노랫가락은 가슴을 파고들고 노랫소리는 맑아서 몸이 요대(瑤臺)와 월궁(月宮) 사이에 날아가 노니는 듯했다.

황금 단지 속에는 술이 넘쳐나고 백옥의 소반에는 산해진미가 가득하니, 이것들은 인간세상에서 보지 못한 것이었다. 술이 얼큰히 취하자, 한태조가 옥으로 된 술잔을 들고 말했다.

"옛날에 짐이 한 칼로 백제(白帝 : 뱀)의 정령(精靈)을 베었더니, 그 귀신의 어미 울음소리가 시끄러웠지만 마음으로는 그윽이 자부하였습니다. 그 후로 초(楚)나라 회왕(懷王)의 명을 받고 먼저 관중(關中)에 들어가 자영(子嬰)에게 항복받고는 약법삼장(約法三章)을 선포하니, 처음에는 잘 따랐습니다. 그런데 홍문연(鴻門宴)이 파한 뒤로부터는 팽성(彭城)에서 항우(項羽)의 군사에게 포위되고 성고(成皐)에서 패하여 목숨이 위급한 상태에 빠진 것이 비일비재하였지만, 다행히도 하늘이 묵묵히 돕고 신하들이 있는 힘을 다한 것에 힘입어 끝내 대업을 이루었습니다. 그러나 온갖 험난함과 어려움을 갖추 맛본 자로 어찌 짐 같은 자가 있겠습니까? 당태종은 7년간의 전쟁에서 백전백승하여 위엄이 우레와 같았고 기세가 대나무를 쪼개듯 하였는지라, 동쪽으로는 왕세충(王世充)을 사로잡고 서쪽으로는 두건덕(竇建德)을 주벌하고 북쪽으로는 돌궐(突厥)을 제압하면서 몸소 30년의 태평성대를 이루었으니, 그 쾌활함은 짐에게 견줄 바가 아닙니다. 송태조는 임금이 어리석고 나라가 위태한 때를 당하여 진교(陳橋)에 머문 그날 밤 술에 취해서 잠들어 있는 사이에 황포(黃袍)가 절로 몸에 입혀졌는데 형세가 순탄하고 일이 쉽게 이루어져 마치 큰 바다에서 순풍을 만난 것과 같거니와, 오계(五季)의 번진(藩鎭)들을 담소로써 제어하였고 남당(南唐)과 서촉(西蜀)을 쉽게 소탕하였으니 공업의 반열이 한나라나 당나라에 못하지 않습니다. 명태조는 오랑캐의 운수가 장차 끝장나려 하자 군웅(群雄)들이 봉기하여 산하들을 찢어 나누고 왕으로 칭하거나 황제로 칭한 자가 몇 명인 줄 알았겠습니까? 상제께서 뛰어난 임금에게 특별히 명해 조무래기 오랑캐들을 소탕하게 함에 6년 동안 비린내 나도록 헛된 명성의 참람한 역적들을 차례로 평정하고 중원(中原)의 모든 일들을 하루아침에 깨끗이 맑혀놓았으니 얼마나 다행입니까? 공덕의 성대함과 명성의 거룩함은 우리 세 사람보다도 위라고 할지니, 삼가 술잔을 들어 축하합니다."

명태조는 감히 감당할 수 없다고 사양하는 뜻을 표하였다. 송태조는 한태조에게 물었다.

"짐이 듣자니, 한태조께서 천하를 얻고는 시서(詩書)를 경시하고 선비들을 멸시하여 그들의 관(冠)을 벗겨 그 관에 오줌을 누었는데, 이것을 그치지 않았다면 의당 등림(滕林 : 鄧林의 오기) 속의 마른 나뭇가지와 창해(滄海)에 떠다니는 지푸라기가 되었을 것이나, 여생(麗生 : 酈生의 오기, 酈食其)의 한 마디 말을 듣고는 발 씻던 것을 그만두었으며 육생(陸生 : 陸賈)의 ≪신어(新語)≫를 보고는 칭찬해 마지않았다고 하니, 앞서는 미혹되었다가 나중에서야 깨달아서 그런 것입니까?"

한태조가 미소를 지으며 말했다.

"이는 세대가 점점 더 멀어져서 다만 떠돌아다니는 말만 듣고 짐의 본뜻을 알지 못한 것입니다. 전국시대를 당하여 천하의 선비들이 기궤한 의론을 제멋대로 행하다가 방자한 이리 같은 진(秦)나라를 거슬러서 서적이 불태워지고 선비들이 죽기에 이르렀으니, 이것이 비록 포악함에 연유했을지라도 진나라의 잔인하고 사나움은 또한 어찌 경박한 서생들이 자초한 것이 아니겠습니까? 짐은 이를 몹시 분개한 까닭에 경박한 선비들이 올린 의론을 싫어하여 너그러이 용납하지 않았던 것이지, 비록 말 위에서 천하를 얻었을지라도 어찌 말 위에서는 천하를 다스릴 수 없다는 것을 알지 못했겠습니까? 다만 송태조(宋太祖)는 즉위 초부터 도학을 숭상하며 선비를 중히 여기어 참다운 유자(儒者)들이 배출되었고 예악과 문물이 성대하여 볼만 했습니다. 짐은 육조(六朝 : 육국)의 남은 습성을 떨쳐버리지 못하고 왕도(王道)와 패도(霸道)를 섞어 써서 권모술수를 숭상하는 가법(家法)을 이루었습니다. 자손들이 그것을 본받아 400년 이래로 끝내 순일하지 못함은 대저 그 허물이 짐의 몸에 있는 것이니 마음으로 몹시 겸연쩍습니다."

당태종이 말했다.

"한태조는 사람을 알아보기에 능하고 장수들을 잘 거느려서 400년 대업을 성취하였습니다. 무릇 사람을 아는 것은 요임금과 순임금으로도 어렵게 여기시던 바이고, 장수들을 잘 거느리는 것은 예나 지금이나 제왕들이 능하지 못한 바이니, 그 자세한 것을 듣고 싶습니다."

한태조가 말했다.

"당태종의 과찬은 짐이 감당치 못하거니와, 8년의 모진 고초 끝에 마침내 큰 뜻을 이룬 것은 전적으로 여러 신하들의 힘에 의지하였을 뿐이었습니다. 소하(蕭何)는 관중(關中)에 머물러 있으면서 안으로 백성들을 어루만지고 밖으로 군량을 운반해 주어 부족함이 없도록 하였으며, 자방(子房 : 장량)은 군막 속에서 전략을 세워 승부를 천리 밖에서 결정지었으며, 한신(韓信)은 백만 대군을 이끌어 싸우면 반드시 이기고 치면 반드시 취하였는지라 북쪽으로 연(燕)나라와 조(趙)나라를 평정하고 동쪽으로 제(齊)나라와 위(魏)나라를 멸하였으며 해하(垓下)에 모여 항우(項羽)를 사로잡았으니, 바로 한(漢)나라의 삼걸이라 일컫습니다. 진평(陳平)은 지략이 세상에 빼어났고 역생(酈生 : 역이기)은 언변이 넉넉하였으며, 숙손통(叔孫通)은 예법과 의리를 다스렸고 장창(張蒼 : 張蒼의 오기)은 율령은 정하였으며, 육고(陸賈)는 치란(治亂)의 도리에 밝았고 수하(隨何)는 형세를 알았으며, 조참(曹

參)과 번쾌(樊噲)는 전투를 잘하였고 주발(周勃)과 왕릉(王陵)은 성 지키기를 잘하였으며, 관영(灌嬰)은 기병 거느리는 데에 능숙하였고 팽월(彭越)과 경포(黥布)는 지혜와 용기를 겸비한데다 완력이 남보다 뛰어났으니, 모두 인걸이었습니다. 또한 기신(記信 : 紀信의 오기)의 충절이 아니었으면 짐이 영양(榮陽 : 滎陽의 오기)과 성고(成皐)의 먼지가 되는 것을 면할 수 없었을 것이며, 하후영(夏侯榮 : 夏侯嬰의 오기)이 태자(太子 : 劉盈)를 거두어 살린 일이 없었다면 짐은 아마도 후손이 끊어질 뻔했습니다. 기략(機略)을 가지고 장수들을 제어함은 대수롭지 아니한 재능이 있다 하려니와, 사람을 잘 알아보는 능력은 짐이 할 수 있는 것이 아니었습니다. 한신을 발탁하여 등용케 함은 소하의 힘이요, 진평(陳平)을 천거하여 쓰게 함은 위무지(魏無知)의 공이었습니다. 대체로 창업할 때의 영웅호걸들이 용의 비늘을 끌어잡고 봉황의 날개를 붙잡으면서 세웠던 기이하고 신비한 계략과 이루었던 드높고 큰 공적들을 비록 다 기억하지는 못합니다만, 당나라 송나라 명나라 세 왕조 때의 이름난 신하들이 일군 사업들에 대해 한번 듣기를 청하나이다."

당태종이 말했다.

"짐에게는 장손무기(長孫無忌)가 있어 나라에 충성하고 백성을 사랑하였으며, 위징(魏徵)은 성품이 진실로 정직하여 임금의 그릇된 마음을 간하고 정사의 병폐를 물리쳤으며, 왕규(王珪)는 어진 이를 천거하고 사악한 이를 물리쳤으며, 방현령(方玄齡 : 房玄齡의 오기)은 잘 도모하였고 두여회(杜如晦)는 결단력이 좋았습니다. 장수와 재상의 재주를 겸한 자는 이정(李靖)이었고 지혜와 용기를 온전히 갖춘 자는 이적(李勣)이었으며, 나라에 충성하느라 몸을 잊은 자는 은개산(隱開山 : 殷開山의 오기)과 굴돌통(屈突通)이었고 모략이 깊고 헤아림이 밝은 자는 유문정(劉文靖 : 劉文靜의 오기)이었으며, 고금을 두루 통달한 자는 우세남(虞世南)이었고 자기 임금을 사랑한 자는 저수량(褚遂良)이었으며, 여러 가지 정무를 다스리고 재능이 많은 자는 대주(戴周 : 戴冑의 오기)이었고 지혜롭고 사리에 통달한 자는 온언단(溫彦博 : 溫彦博의 오기)이었는데, 언행이 바르고 중후하여 짐이 창업할 때에 전적으로 이들에게 의지하였습니다."

송태조가 말했다.

"인재는 다른 세대에서 빌려올 수가 없었습니다. 짐의 시절에 제일의 공신으로서 범질(范質)과 두의(杜毅 : 竇儀의 오기)는 충직하고 온후한데다 공손하고 부지런해 이전 왕조의 고사들을 두루 알았으며, 조빈(曹彬)과 석기신(石奇信 : 石守信의 오기)은 대장의 재목이었고 왕전빈(王全斌)과 조위(曹偉)는 선봉장의 재목이었습니다. 왕리(王璃 : 王祜의 오기)의 충직, 장제현(張齊賢)의 지모, 뇌덕양(雷德讓 : 雷德驤의 오기)의 충성, 부언경(傳彦卿 : 符彦卿의 오기)과 이한초(李漢超)의 용맹은 모두 출중한 재주라 일컬을 만했습니다. 그러나 짐의 덕이 박하여 누운 자리의 옆에는 다른 사람들이 와서 코골며 자는 소리를 용납하지 못하였으니, 어찌 창업이라 일컬을 수 있겠습니까?"

명태조가 말했다.

"과인은 공업을 채 이루지 못한데다 여러 신하들이 현명한지 그렇지 못한지도 자세히 알지 못합니다. 그러하지만 대체로 신하들을 옛사람과 견주건대, 유기(劉基)는 자방(子房 : 장량) 같고 서달(徐達)은 이정(李靖) 같으며, 화운룡(華雲龍)은 이가(李嘉 : 周苟의 오기인 듯) 같고 한맹(韓孟 : 韓成의 오기)은 기신(紀信) 같으며, 이신선량(李信善良 : 李善長의 오기)은 조보(趙普) 같고 상우춘(常遇春)은 번쾌(樊噲) 같으며, 송렴(宋濂)은 육고(陸賈) 같고 취승(聚承)은 숙손통(叔孫通) 같으며, 탕화(湯和)는 주발(周勃) 같으니, 이 10여 명은 당세의 호걸이나 옛사람들과 같은 공을 세울 줄 알지 못했거니와, 짐이 진실로 옛사람들의 선한 임금과 같았다면 어찌 인재야 없다 하겠습니까?"

한태조가 말했다.

"짐은 아랫사람을 잘 대하지 못하여 훈신(勳臣)들이 생명을 보전하지 못한 자가 많았으니, 송태조가 술로써 병권(兵權)을 앗은 지략을 마음속 깊이 존경합니다."

송태조가 말했다.

"이는 처지가 다르기 때문이지, 이 사람은 잘하고 저 사람은 능력이 없는 것이 아닙니다. 한태조의 여러 아들들 가운데 문제(文帝 : 劉恒)가 가장 어질었거늘 어찌 태자(太子)로 세우지 않아 여후(呂后)의 난을 불렀습니까?"

한태조가 말했다.

"유항(劉恒)이 어진 것은 모르지 않았습니다. 서열의 순서에도 어긋남이 있고 나이도 어렸기 때문에, 멀리 대북(代北)에 두어 여후의 화를 피하였다가 나중에 태평천자가 되게 하려 했던 것입니다."

송태조가 말했다.

"그렇다면 조왕(趙王 : 劉如意)을 태자로 세우고자 하다가 화를 입게 한 것은 어찌된 것입니까?"

한태조가 말했다.

"짐은 다만 여의(如意)가 나를 닮아서가 몹시 사랑한 것이 아니었습니다. 태자를 향한 민심이 어떠한지 시험해보고 싶었을 뿐입니다. 정말로 태자를 바꾸려는 마음이 있었다면, 어찌 네 노옹이 찾아왔다고 해서 그쳤겠습니까? 여후(呂后)는 질투가 많고 독살스러운 부인이라, 비록 이 일이 아니라도 여의(如意)의 모자는 화를 면치 못했을 것입니다. 무릇 나라를 전할 때는 적장자(嫡長子)로 하니 이것은 바꿀 수 없는 법으로 후일의 성패는 천운에 부칠 따름입니다.

송태조는 당초에 태후(太后 : 두태후)의 명을 받들며 형제의 지극한 정을 돌아보아 천자의 존귀함과 사해의 부유함을 아들에게 전하지 않고 아우에게 전하였는데, 높은 덕과 아름다운 행실이 삼대(三代)의 성군(聖君)에 부끄럽지 아니하니 누군들 흠앙치 않겠습니까? 그러나 자신은 시역(弑逆)의 화를 당하였고 두 아들과 동생도 비명에 죽었으니, 날마다 효도하고 우애하기를 일삼다가 도리어 참화를 불렀는지라 어찌 천고의 한으로 남지 않겠습니까?"

송태조가 몹시 애통해 하기를 그치지 않으니, 한태조가 위로하여 말했다.

"차라리 남이 나를 저버리게 할망정 내가 남을 저버리지 않는 법이니, 송태조는 슬퍼하지 마십시오. 천지신명이 밝고 밝아 인과응보가 간곡하니, 휘종(徽宗)과 흠종(欽宗)이 만난 변란을 덕소(德卲 : 德昭의 오기) 형제들과 비교하면 어떻습니까?"

이어 좌우를 돌아보니, 조보(趙普)가 낯빛이 흙처럼 변했으며 송태조는 고개를 숙이고 아무 말이 없었다. 한태조가 웃으며 말했다.

"천하를 경영하는 자는 집안일을 돌아보지 아니하고 대업을 이룬 자는 사소한 예의범절에 얽매이지 아니하니, 제왕가(帝王家)의 일이 어찌 부질없이 구구하겠습니까?

짐의 상황(上皇 : 부친)이 항우(項羽)에게 사로잡혀서 도마 위에 올려놓아져 위태함이 조석에 달려있었다고 하나, 비유컨대 갑자기 사나운 호랑이를 상대했을 때처럼 만약 두려워하는 기색을 보이면 한갓 흉악하고 사나운 기세만을 돋울 뿐이지 구제할 방도에 아무런 도움 될 것이 없었을 것입니다. 때문에 자식 된 자로서 차마 할 수 없는 말로써 저 항우의 기세를 꺾어놓았습니다. 만일 항백(項伯)의 구함이 없었다면 짐은 반드시 천지간에 용서받기 어려운 죄인이 되는 것을 면하지 못했을 것이나, 어찌 부자간의 정이 없을 수 있겠습니까?

옛날 주공(周公)이 동쪽을 정벌하면서 관숙(管叔)과 채숙(蔡叔)을 주벌하였지만, 어찌 형제의 정이 없었겠으며 또 어찌 사사로운 원한을 갚고자 그런 것이겠습니까? 그렇게 하지 않으면 어린 군주인 성왕(成王)을 보호하여 사직을 안정시키지 못할까 염려한 것이니, 짐은 덕이 없고 사정이 달라 옛 성인이 행하신 일에 비할 수 없으려니와, 당태종이 천륜을 보전치 못한 것은 마치 주공이 행하신 일과 부절(符節)을 맞춘 것 같아서 장차 만세에 할 말이 있을지니 어찌 이것을 염려하십니까?

무릇 천하는 큰 그릇이요 제왕은 무거운 소임이라, 천명이 돌아오지 않으면 하고자 하여도 할 수가 없고, 천명이 나에게 있으면 하지 않고자 하여도 하지 않을 수가 없습니다. 당태종은 어려서부터 하늘이 세상을 구제하고 백성을 편안케 하는 일을 이어받도록 하였으니, 겨우 18세의 나이로 군사를 일으켜 동쪽을 치고 서쪽을 정벌하며 만 번 죽을 고비에 처했다가 겨우 살아 나와 집안을 일으켜서 나라를 만들었는지라, 어찌 천명이 아니겠으며 또 어찌 애쓴 것이 적었겠습니까? 만일 필부(匹夫)의 절개를 지키어 큰 그릇과 무거운 소임을 용렬한 형과 간악한 동생의 손에 맡겼다면 집안도 망하고 목숨도 위태로웠으리니 어찌 어리석은 것이 아니겠습니까? 천하의 백성들은 정관지치(貞觀至治)라는 치세를 미처 보지 못했을 것이고 시인이나 문장가들[騷人墨客]은 밝게 빛나는 태종을 칭송하지 못했을 것이니, 어찌 아깝지 않겠습니까? 후세에 일종의 사리에 어둡고 물정을 잘 모르는 무리들은 몽둥이와 칼로써 동기들을 쳐 죽여 궁궐의 문에 유혈이 낭자했다는 말로 당태종의 허물을 삼으니, 어찌 영웅을 의논한 것이겠습니까? 짐이 그것을 생각할 때면 몹시 한스럽게 여기지 않은 적이 없었습니다.

송태조는 당태종의 일과 다릅니다. 황형(皇兄 : 송태조)의 후덕은 약속을 어길 염려가 없고 금궤(金櫃)에 감춘 단심(丹心)은 천지신명께 맹서하여 당당한 대업이 손아귀에 들어 있었으니, 신하의 절의를 지키어 때를 기다려도 늦지 않았을 것입니다. 그런데 사사로이 부귀영화에 급급해서라 하더라도 연영전(延英殿)의 촛불 아래서 시역(弑逆)의 일을 감행하였으니, 이런 짓을 차마 한다면 무엇인들 차마 하지 못하겠습니까? 그 후에 자질(子侄)들이 제 명대로 죽지 못한 것은 괴이쩍을 것도 없습니다."

당태종이 감사해하며 말했다.

"짐이 불행하여 형제들의 은혜와 사랑을 잃었는지라, 위로는 사직에 대한 근심이 깊었고 아래로는 여러 신하들의 권면에 이끌려서 일시적인 권도(權道)를 행하였더니 천년 동안이나 비방을 받았습니다. 이제 한태조의 시원스러운 말씀이 과인의 심사를 밝혀주고 후세 사람들의 의혹을 풀어주었으니, 어찌 감사하지 않겠습니까? 시경(詩經)에 이르기를, '다른 사람이 지닌 마음을 내 혜아려 아노라.' 하였으니, 이를 두고 말한 것입니다."

명태조가 말했다.

"과인은 오늘의 자리에 외람되이 있으면서 그 의논들을 받들어 듣고는 꽉 막혔던 가슴이 뚫리고 어두웠던 눈이 밝아진 것이 환하게 마치 구름과 안개를 헤치고 푸른 하늘을 바라보는 것만 같아 평생의 소원을 이루었습니다. 그러나 그윽이 생각하건대 전쟁에서 애쓴 것으로 말하면 중흥(中興)의 어려움이 창업(創業)과 별반 다르지 않은지라, 역대의 중흥주(中興主)를 청하여 오도록 하는 것이 어떠합니까?"

한태조가 말했다.

"그 말씀이 좋기는 합니다만 짐은 나라가 다시 흥성하는 것을 중흥이라 할 것이려니와, 동한(東漢 : 후한)의 중흥이야말로 공덕이 가깝다고 할 수 있고, 천하를 삼분하여 익주(益州)를 취한 자의 공적이 매우 낮으니, 청하는 것이 마땅하지 않습니다."

당태종이 말했다.

"그렇지 않습니다. 하늘이 국운을 기울게 하는 때를 만난 데다 간웅(奸雄)들이 모두 태아검(太阿劍)의 자루를 쥐었는데도, 소열제(昭烈帝)는 다시 한(漢)나라의 화덕(火德)을 불어넣어 파촉(巴蜀)을 평정하고 대의를 밝혀서 끊어진 후사를 이어준 것이 40여 년이니 그 공이 작지 아니하였고, 창업을 반도 못 이룬 채 중도에 붕어한 것은 다 하늘의 뜻이지 사람의 힘이 미칠 바가 아니었습니다. 하물며 사람들의 임금이 되어서는 어진 인재를 임용하는 덕이 더욱 아름다웠으니, 오늘 청함이 또 무슨 의심스러울 것이 있겠습니까? 짐은 자손들이 못나서 재앙과 난리가 빈번하고 중흥한 군주가 없으니 탄식할 일입니다."

한태조가 말했다.

"당숙종(唐肅宗)이 안록산(安祿山)의 난을 평정하고 종묘사직을 회복하였으니, 이것은 중흥이 아니겠습니까?"

당태종이 눈썹을 찌푸리며 말했다.

"천보(天寶) 연간의 혼군(昏君 : 현종)이 여색을 탐하여 나라의 정사를 가볍게 여기고 비단 강보에다 호인(胡人 : 안록산)의 아이를 길러내어 어양(漁陽)의 북소리 땅을 울리며 몰려오자 촉(蜀) 땅의 잔도(棧道)를 지나던 푸른 노새의 행색이 허둥지둥하였으니, 이때를 당하여 종묘사직을 염려하고 임금을 걱정한다면 어느 겨를에 다른 뜻이 있겠습니까? 그러나 아버지의 명을 기다리지 않고 영무(靈武)에서 추대를 좇아 제왕의 자리에 올랐으니 신하된 자로서의 절개를 잃었으며, 적병에게 포위되어 위급함이 매우 절박하니 충신과 열사들이 눈물을 뿌리고 상처를 싸매며 싸우느라 쌓인 시체가 산더미를 이루었고 흘린 피가 내를 이루었거늘 바야흐로 비빈(妃嬪)과 함께 오로지 주사위와 바둑을 두느라 밤을 새었습니다. 신하 가운데

간(諫)하는 자가 있어도 허물을 고칠 생각은 하지 아니하고 버섯으로 주사위를 만들어 노는 소리를 들리지 않도록 가렸으니, 이것이 임금으로서 할 일이겠습니까? 그리고 다행히 하늘의 묵묵한 도움, 곽자의(郭子儀)와 이필(李泌)의 곧은 충심에 힘입어 양경(兩京 : 낙양과 장안)을 회복하고 고국으로 돌아왔는데도, 안으로는 은밀히 투기하는 부인과 간사하고 사특한 신하들이 있었고 밖으로는 발호하는 번진(藩鎭)과 제멋대로 날뛰는 적도들이 많았고, 늙은 아비를 봉양하지 못한 데다 또 어진 아들을 죽였으니, 이를 중흥주(中興主)라 하면 비루하지 아니하겠습니까?"

송태조가 길게 탄식하며 말했다.

"당숙종(唐肅宗)이 비록 덕은 없을지라도 우리 송나라에서 일컫는 중흥주에 견주건대 그 허물은 아주 적다 할 것입니다. 정강(靖康)의 변란이 제북(濟北)에서 일어나자 중국에는 주인이 달아나 없었고 왕실의 지친으로 오직 강왕(康王 : 조구) 혼자만 있었던 까닭에 백성들이 우러렀고 여러 신하들이 따랐으니, 인심이 우리 송나라를 잊지 않은 것입니다. 신묘(神廟 : 최부군의 사당)에서 이마(泥馬 : 흙으로 빚은 말)를 타니 말이 하룻밤 사이에 천리를 달려 강을 건너게 하자, 오랑캐의 추격병이 따라오지 못한 것은 아마도 귀신이 도운 것이니 또한 하늘이 우리 송나라를 버리지 않은 것입니다. 게다가 송택(宋澤 : 宗澤의 오기)과 이강(李綱)의 심원한 모책, 악비(岳飛)와 한세충(韓世忠)의 용맹으로써 족히 오랑캐 병마의 먼지를 쓸어버리고 신주(神州 : 중국)를 회복할 수 있었습니다.

그러나 따르는 이가 한 사람도 있지 아니하고 한 계교도 쓰지 않고서는 한쪽 모퉁이인 임안(臨安)에다 왕업을 의지하고 아버지와 형의 원한 깊은 원수를 갚지 아니하며 일신의 구차한 편안함을 탐하였으니, 어찌 애석하지 않겠습니까? 오국성(五國城 : 휘종과 흠종이 잡혀가 죽은 곳)에는 쓸쓸히 달빛만 비추고 벽에 붙인 글에는 피눈물이 어려 있으니, 비록 어리석은 필부(匹夫)와 진(秦)나라와 월(越)나라처럼 아무런 관계가 없는 사람일지라도 이에 이르러서는 아직도 몹시 슬프고 애달픈 마음이 있거늘, 하물며 부자간 천륜의 지극한 정임에야 말할 것이겠습니까? 저 강왕은 섶에 누워 쓸개를 맛보며 원수를 갚으려 해야 할 때를 당해서도 서호(西湖)의 풍경에 용주(龍舟 : 임금이 타는 배)를 띄워 남다른 흥취를 돋우며 놀고 즐기는 것을 일삼았으니, 진실로 인정에 있어서 차마 하지 못할 바입니다. 동창(東窓 : 진회)의 간계에 빠져 화(和)라는 글자에 우롱당하고 있음을 깨닫지 못하고 강남(江南)의 금은과 비단[金帛]을 바치면서 함께 하늘을 이고 살 수 없는 원수를 섬겼으니, 어찌 애석하지 않겠습니까?

간신(奸臣)을 친애함이 골육보다도 더하고 충신을 잊음이 원수보다도 빨랐습니다. 악비(岳飛)가 백전백승하니, 금나라의 장수와 군졸들은 악비의 군대 함성을 듣기만 하면 곧 모두 간담이 서늘했고, 나라를 그르친 간신들은 오직 그가 성공하여 이제(二帝 : 휘종과 흠종)가 돌아올까 두려워하여서 하루에도 금패(金牌)를 12번이나 보내어 철군하기를 재촉하였습니다. 마침내 만고의 충정(忠貞)으로 하여금 촉루(鐲鏤)의 칼끝에 죽게 하여 오자서(伍子胥)와 같은 원한을 품게 한 데다 중원(中原)의 부로들이 바라는 눈을 가리고 낙양(洛陽)에 있던 능침(陵寢)들이 죄다 여우나 토끼의 굴이 되었으니, 어찌 애달프지 않겠습니까? 그 죄상이 이 같은데도 중흥주라면 또한 우습지 않겠습니까?"

한태조가 미소를 지으며 말했다.

"다 듣고 나니 두 제왕의 말씀을 자못 중대합니다만, 그러나 단지 하나만 알고 둘은 모르는 것입니다. 안사(安史 : 안녹산과 사사명)의 난 때 당숙종(唐肅宗)이 아니었으면 비록 충신이 있을지라도 누구를 의지하여 공을 세울 수 있었겠으며, 정강(靖康)의 변란 때 송고종(宋高宗)이 아니었으면 남쪽으로 옮겨 온 세월 동안 종묘사직에는 주인이 없었으리니, 어찌 작은 허물로 큰 공을 덮어버릴 수 있겠습니까? 좋은 목재는 몇 자 정도의 썩은 부분이 있어도 통째로 버리지 않고 아름다운 비단은 한 매듭의 상한 부분이 있어도 온 필을 버리지 않는 법이니, 제왕이 사람을 논하는 것은 마땅히 남의 악을 숨겨주며 선을 드러내어야 하고 죄는 용서해주며 공업을 포상해야 합니다. 짐의 자손 및 당숙종과 송고종을 함께 의당 청해야 할 것입니다."

당나라와 송나라의 두 제왕은 비록 마음에 불쾌하였지만 마지못하여 각기 시신(侍臣)을 보내어 청하였다.

청룡이 그려진 의자 4개를 동쪽 벽에 놓아두었다. 이윽고 모두 왔는데, 맨 먼저는 광무황제(光武皇帝)로 처사 엄광(嚴光) 및 공신인 26명의 장수가 호위하고, 다음은 소열황제(照烈皇帝)로 운대(雲臺)에 화상이 그려진 제갈량(諸葛亮)·방통(龐統)·관우(關羽)·장비(張飛) 등 20여 명이 호위하고, 다음은 당숙종황제(唐肅宗皇帝)로 곽자의(郭子儀)·이광필(李光弼)·안진경(顔眞卿)·장호(張鎬) 등이 호위하고, 다음은 송고종황제(宋高宗皇帝)로 송역(宋繹:宗澤의 오기)·이강(李綱)·악비(岳飛)·장준(張俊) 등이 호위하여 전각(殿閣) 위에 올라 읍양(揖讓)의 예를 마치고는 서쪽을 향해 차례로 좌정하였다. 다시 술상을 내어오자, 당나라 송나라 명나라의 세 황제가 광무제에게 말했다.

"하해(河海) 같은 도량과 일월(日月) 같은 밝은 덕을 우러른 지 오래였습니다. 오늘 모임에서야 성한 위의(威儀)를 보게 되니 다행함을 헤아릴 수가 없습니다."

광무제가 겸손히 사양하며 말했다.

"다행히 이전 군주들의 위엄 및 하늘의 말없는 도움에 힘입어 사직을 중흥하였으나, 짐의 덕으로 이룬 것이 아닌데도 지나치게 칭찬하고 장려해주니 진심으로 매우 부끄럽습니다."

말이 미처 끝나기도 전에, 저 멀리 하늘에서 생황과 피리 소리가 들려왔다. 이윽고 자미선관(紫微仙官) 한 명이 황학(黃鶴)을 타고 구름 사이로 내려와서 법기를 청하니, 한태조가 시신(侍臣)으로 하여금 그를 맞이하여 자리에 오르게 하였다. 선관이 절을 하고 예를 갖춘 후에 고하였다.

"옥황상제의 말씀을 받들어서 우러러 여러 황제들께 아룁니다. 이제 각 시대마다 덕이 높았던 군주들이 한 법당에 모여 천고(千古) 제왕들의 경륜했던 대업을 논하고 온 세상의 백성들을 구제했던 일을 밝히니 공업은 모든 왕의 으뜸이라 덕은 만대(萬代)에 전해질 것이거늘, 하물며 충신(忠臣)이 숲과 같고 맹장(猛將)이 구름처럼 모였으니 진실로 천하의 고상한 모임이요, 비길 데가 없는 성대한 행사입니다. 그윽이 생각건대, 훌륭한 장수와 이름난 재상은 종묘사직의 기둥이요, 정충대의(精忠大義)는 신하된 자의 절조(節操)이며 지모(智謀)와 용략(勇略)은 국가를 좌우하는 보배이니, 이 다섯 가지의 보배로써 여러 신하들을 품평하여 백대(百代)의 공평한 의론을 정하고 천도(天道 : 하늘의 법도)의 인과응보를 밝히며, 또 각 시대마다 나라를 그르친 간신들과 임금을 죽인 시역(弑逆)의 죄상들을 들추어 늘어놓고 논하여 하늘이 복선화음(福善禍淫)하는 이치를 밝히라고 하셨습니다."

한태조가 놀라서 물었다.

"옥황상제께서 이처럼 명을 내리시니 짐(朕)들이 비록 재주와 덕이 없을지라도 어긋남이 없도록 삼가 받들 것이지만, 열사(烈士)와 충신(忠臣) 그리고 난신적자(亂臣賊子)는 어느 시대라도 각각 있었을 것이라 어느 시대부터 시작하여 품평해야 할지 모르겠소이다."

선관이 대답했다.

"진한(秦漢) 이전은 노(魯)나라 성인(聖人 : 공자)이 춘추(春秋)를 지었으니 필법의 공변됨이 천지와 같고 포폄(褒貶)의 엄정함이 곤월(袞鉞 : 곤룡포와

도끼) 같은지라 다시 논의할 필요가 없습니다. 진한 이후로 지금의 세상에 이르기까지는 인물을 포폄하여 화(禍)와 복(福)을 내리되, 죄가 가벼운 자는 지부(地府 : 저승)에서 이미 다스렸습니다. 반역죄를 저지른 자는 그 수가 많지 않으니 금일 내로 거의 처단할 수 있으려니와, 각 시대의 인재들을 다섯 등급으로 가려 뽑아 택하려면 그 숫자가 억뿐만이 아니니 하룻밤 사이로는 할 수가 없을 듯합니다. 오늘 잔치 자리에 따라온 신료부터 시작하여 먼저 품평하고 그 외는 각자 귀부(貴府)에 돌아가 천천히 품평하여 정하라고 하셨습니다."

한태조가 명을 받아 한편으로는 대홍려(大鴻臚 : 빈객 접대 관장하는 벼슬아치)에게 분부하여 법주(法酒)와 어선(御膳 : 밥상)을 갖춰 선관을 대접하게 하였으며, 다른 한편으로는 번쾌(樊噲)를 불러 오색 깃발을 하나씩 나누어 남루(南樓)에 세우게 하고 북을 쳐서 명령하였다.

"어진 재상의 일을 이룬 자는 홍기(紅旗) 아래에 앉고, 지모가 출중한 자는 청기(靑旗) 아래에 앉고, 용맹이 남보다 뛰어난 자는 백기(白旗) 아래에 앉아라!"

세 번 북을 치고 세 번 외치니 뭇사람들이 서로 보며 나가려는데, 다시 영을 내렸다.

"이는 모든 황제가 옥황상제의 명을 받든 것이니, 여러 신하들은 감히 더디거나 늦지 말라!"

뭇사람들이 일제히 아뢰었다.

"여러 신하들로 하여금 스스로 정하라 하면, 뉘라서 충의의 마음이 없다 하며 뉘라서 장수와 재상의 재주가 없다 하겠습니까? 청컨대 다섯 가지 재덕을 갖춘 자를 뽑아서 여러 신하들을 포폄하게 하여 각각 차례를 정하게 하소서."

한태조가 유후(留侯 : 장량)를 불러 물었다.

"누가 능히 이 소임을 담당하겠는가?"

장량이 대답했다.

"신하를 아는데 군주만한 분이 없는데다 또 여러 성스런 군주들이 이 자리에 계시니 신(臣)의 얕은 견해가 미칠 바가 아닙니다."

당태종이 말했다.

"자방(子房 : 장량의 字)이 참으로 그 사람입니다. 어찌 다른 사람을 구하여 쓰겠습니까?"

장량이 사양하며 말했다.

"신(臣)은 본래 사람을 겉만 보고도 그 인격을 알아보는 식견이 없으면서 입으로 세 치 혀를 놀려 제왕의 스승이 되었으니 포의(布衣)가 누릴 수 있는 최대의 영광이었습니다. 요행히 공을 이룬 후에는 마음으로 선술(仙術)을 사모하여 인간 세상의 일을 버리고 적송자(赤松子)를 따라 노닐었으니, 각 시대 영웅들의 성명도 오히려 능히 다 알지 못하거늘 하물며 인물의 고하를 품평하는 소임을 어찌 감히 담당하겠습니까? 송태조께서 여러 신료들로 하여금 각기 합당한 사람을 추천하도록 하면 될 것입니다."

명이 내려지자, 어떤 이는 소하(蕭何)가 적당하다 하고 어떤 이는 이정(李靖)이 적당하다 하며, 어떤 이는 조보(趙普)를 추천하고 어떤 이는 곽자의(郭子儀)를 추천하니, 논의가 분분하여 오래도록 정하여지지 아니하였다. 명태조가 말했다.

"진실로 방불한 사람이라도 구하면 시대마다 있으려니와, 이 소임을 감당할 자는 반드시 은일의 덕을 품은 부열(傅說) 같고, 세 번 초빙하는 예로 대우한 이윤(伊尹) 같고, 신통스런 계략을 지닌 여상(呂尙) 같고, 국가를 잘 다스린 관중(管仲) 같고. 어린 임금을 보필한 주공(周公) 같고, 전쟁터에 나아가면 승리한 방숙(方叔)과 소호(召虎) 같고, 나라 안으로 들어오면 잘 보필한 재상 소공(召公)과 필공(畢公) 같이 되어야 바야흐로 좋을 것이나, 이와 같이 하는 것이 어찌 쉽겠습니까? 일찍이 듣건대 촉(蜀)나라 재상 제갈량(諸葛亮)은 사람 가운데 용 같은 비범한 인재요, 삼대(三代)의 인물이라 하니, 이 사람이 마땅할 것입니다."

모두 "좋다."고 하였다. 이때 조보(趙普)가 아뢰었다.

"제갈량이 천하를 통일한 공이 없으니 어떻습니까?"

송태조가 책망하여 말했다.

"경(卿)은 망령된 말을 말라! 지모야 사람에게 있지만 나라의 흥망은 하늘에 달렸으니, 만일 덕으로 의논하지 않으면 소진(蘇秦)과 장의(張儀)의 궤변이 도리어 공자와 맹자의 바른 도(道)보다도 능가할 것이다. 공명(孔明)은 500명의 군사로 조조(曹操)의 20만 군사를 격파하였으니, 소열황제(昭烈皇帝 : 유비)는 송곳 하나 꽂을 만한 조그마한 땅조차도 없었다가 촉(蜀)나라의 온 강산을 삼분하는 형세를 이루었고, 여섯 번이나 기산(祁山)에 오르니 사마의(司馬懿)가 간담이 서늘하였고, 일곱 번이나 사로잡았다가 놓아주어 맹획(孟獲)으로 하여금 마음으로 복종케 하였다. 그렇지만 하늘이 돕지 아니하여 한나라는 끝내 통일하는 공업을 이루지 못했으나, 팔진(八陣)의 풍운이 귀신을 놀라게 하였고 두 번의 출사표에서 한 충성된 말이 그 빛을 일월과 다투었으니, 어찌 승패로 영웅을 논할 수 있단 말인가?"

공명을 불러 들어오게 하니, 얼굴은 맑고 차가운 옥 같았으며 눈은 새벽별처럼 밝았으며 눈썹은 강산의 빼어난 기운을 띄었으며 가슴속은 천지조화의 재주를 품었는지라, 진실로 제왕을 보좌할 사람이요, 둘도 없는 국사(國士 : 일국에서 가장 뛰어난 인물)이었다. 그리하여 탑전에 나아와 네 번 절하니, 한태조가 말했다.

"경은 인물들을 포폄하여 황상(皇上)의 명령을 받들어 행하라."

제갈량이 사양하며 말했다.

"이 소임은 중대하니 신(臣)이 감당할 바가 아닙니다."

한태조가 말했다.

"사양치 말라. 경은 필시 족히 감당하리로다."

세 번이나 사양했는데도 윤허하지 않자 공명이 사양하기를 거두었고, 호전(胡銓)과 송렴(宋濂)으로 종사(從事)를 정하였다. 공명이 도탑게 말했다.

"이 중에는 입으로 공자와 맹자의 글을 외우고 마음으로 요임금과 순임금의 도를 흠모하는 사람도 있을 것이며, 더러는 절의 지키기를 권면하며 소보(巢父)와 허유(許由)의 남긴 발자취를 밟으려고 마음을 고상하게 가져 제왕이나 제후를 섬기지 않는 고사(高士)에다 재주와 덕을 고루 갖춘 사람도 있을 것이니, 먼저 품평하여 성스런 군주들이 뭇 선비들의 절개를 포상하려는 성대한 덕을 드러내는 것이 어떻습니까?"

모두 "좋다."고 하였다.

갑자기 쇠로 만든 갑옷을 입은 신인(神人)이 섬돌의 아래에 꿇어앉아 아뢰었다.

"한무제(漢武帝), 당헌종(唐憲宗), 송신종(宋神宗) 세 황제께서 군문(軍門) 밖에 도착하여 뵙기를 청하나이다."

한태조가 말했다.

"짐의 자손은 비록 흉노(匈奴)를 정벌한 공이 있을지라도 안으로는 욕심이 많고 밖으로는 사치가 지나쳐 사해(四海 : 천하)를 병들게 했습니다. 신종(神宗)은 뜻이 크되 재주가 작았는지라 소인배들을 임용하여 끝내 나라를 그르쳤습니다. 생각건대 헌종(憲宗)은 들어오도록 허락하는 것이 어떻습니까?"

당태종이 말했다.

"재주가 있든 재주가 없든 또한 각자 내 자손이라고 말하나니, 이미 오늘 연회가 열리는 것을 듣고 서로 신하들을 거느려 왔거늘 누구는 들이고 누구는 물리치는 것은 사리에 합당하지 않습니다. 하물며 무제(武帝)는 만고의 영웅이고 신종(神宗)은 공손하고 부지런하고 남음이 있는데다 삼대(三代)의 이상을 흠모하였으니 어찌 작은 허물을 백옥의 티로 삼겠습니까?"

문을 열고 맞아들이라 재촉하니, 맨 먼저는 한무제(漢武帝)로 용의 수염을 한 기이한 모습이었는데 동중서(董仲舒)·공손홍(公孫弘)·곽광(霍光)·위청(衛靑)·곽거병(霍去病) 등이 호위하였으며, 다음으로는 당헌종(唐憲宗)으로 풍채가 뛰어나고 빼어난 기상이 세상을 덮었는데 배도(裴度)·무원형(武元衡)·이강(李綱)·이길보(李吉甫)·두황상(杜黃常 : 杜黃裳의 오기)·이소(李愬)·유공작(劉公綽 : 柳公綽의 오기) 등이 호위하였으며, 다음으로는 송신종(宋神宗)으로 몸가짐이 점잖고 얼굴이 맑았는데 사마광(司馬光)·문언단(文彦博 : 文彦博의 오기)·한기(韓淇 : 韓琦의 오기)·범중엄(范仲淹)·구양수(歐陽脩)·적청(狄靑)·장방평(張方平) 등이 호위하였다. 전각(殿閣)에 올라서 인사를 끝내고 서벽(西壁)에다 자리를 정하였다.

위징(魏徵)이 나아와 아뢰었다.

"금일의 연회가 자못 엄숙하여 전각 위에는 시신(侍臣)들이 드물지만 뜰아래에는 떠들썩하는 소리가 난잡하니, 청컨대 신하들을 뽑아 제왕들을 모시게 하여서 위의를 엄숙하게 하소서."

제왕이 "좋다."고 하자, 위징이 물러나와 공명에게 제왕의 뜻을 전하고 문관과 무관 각각 한 명씩 뽑아서 전각에 올라 모시게 하니, 육고(陸賈)와 주발(周勃)이 한나라 고조를 모셨으며, 방현령(房玄齡)과 이정(李靖)이 당나라 태종을 모셨으며, 두의(竇儀)와 조빈(曺彬)이 송나라 태조를 모셨으며, 법정(法正)과 장비(張飛)가 한나라 소열제를 모셨으며, 안진경(顏眞卿)과 장순(張巡)이 당나라 숙종을 모셨으며, 이강(李綱)과 한세충(韓世忠)이 송나라 고종을 모셨으며, 급암(汲黯)과 곽거병(霍去病)이 한나라 무제를 모셨으며,

한유(韓愈 : 韓愈의 오기)와 이소(李愬)가 당나라 헌종을 모셨으며, 구양수(歐陽脩)와 적청(狄靑)이 송나라 신종을 모셨다.

숙손통(叔孫通)과 우세남(虞世南)으로 좌우의 알자(謁者 : 빈객을 인도하는 사람)를 삼고, 도곡(陶谷)과 방효유(方孝孺)로 좌우의 학사(學士)를 삼았다. 분양왕(汾陽王) 곽자의(郭子儀)는 붉은빛 비단으로 만든 군복에 장검을 차고서 전각 위의 동벽에 서고, 수정후(壽亭侯) 관우(關羽)는 쇠로 만든 갑옷을 입고서 청룡도(靑龍刀)를 잡고 전각 위의 서벽에 섰다. 회음후(淮陰侯) 한신(韓信)은 경엄(耿弇)·위청(衛靑)·조운(趙雲)·이적(李勣) 등을 거느리고서 큰 칼을 차고 동쪽 계단 위에 서고, 임회군왕(臨淮郡王) 이광필(李光弼)은 석수신(石守信)·악비(岳飛)·서달(徐達)·부우덕(傅友德) 등을 거느리고서 긴 창을 비껴 차고 서쪽 계단 위에 섰다. 그 차림새가 매우 엄숙하고 칼과 창이 밝게 빛나서 감히 우러러보지 못하였다.

갑자기 쇠로 만든 갑옷을 입은 신인(神人)이 급하게 달려와서 말했다.

"진시황제(秦始皇帝)가 진무제(晉武帝)·수문제(隋文帝)·육조오대(六朝五代)의 창업 군주들을 거느리고, 서초패왕(西楚覇王)이 진승(陳勝)·조조(曹操)·손권(孫權)·전류(錢鏐)·유숭(劉崇)을 거느리고 문밖에 와서는 문을 열라며 재촉하고 있습니다."

한태조가 말했다.

"사람이 온 것을 거절함은 도의에 어긋나니, 따라서 잘 대우하는 것만 못하다."

공명이 아뢰었다.

"이제 역대의 제왕들이 모두 이르렀지만 반드시 앉는 자리의 차례를 다투면서 각각 공업을 자랑하여 떠들썩할 것이리니, 신(臣)이 청컨대 잠시 동안만 동서의 누각에 머물러 있게 해주십시오."

그리하여 송렴(宋濂)으로 하여금 깃발에 크게 쓰도록 하였으니, 곧 '비록 천하를 얻었을지라도 백년을 누리지 못한 자는 법당에 들지 못할 것이요, 정통성을 계승하지 못한 자도 역시 동루에 들지 못할 것이다.' 하여 깃발을 문에 세웠다.

이윽고 진시황제(秦始皇帝)가 태아검(太阿劒)을 차고 표마(驃馬)를 몰아 들어오는데 위엄이 천신(天神) 같고 호령이 벼락 치듯 하였으며, 이사(李斯)·여불위(呂不韋)·왕전(王剪)·몽염(蒙恬)·왕분(王賁)·장한(章邯) 등이 뒤따랐다. 다음으로는 진무제(晉武帝)였는데, 장화(張華)·배위(裵頠)·양우(羊祐：羊祜의 오기)·두예(杜預)·등애(鄧艾)·왕준(王俊：王濬의 오기) 등이 뒤따랐다. 그 다음으로는 수문제(隋文帝)였는데, 왕통(王通)·소위(蘇違：蘇威의 오기)·양소(楊素)·사만세(史萬世：史萬歲의 오기)·한금호(韓擒虎)·하약필(賀若弼) 등이 뒤따랐다. 그 다음으로는 송무제(宋武帝：劉裕), 제고조(齊高祖：蕭道成), 양무제(梁武帝：蕭衍), 진무제(晉武帝：陳武帝의 오기, 陳霸先), 후량태조(後梁太祖：朱全忠), 후당장종(後唐莊宗：李存勗), 후한고조(後漢高祖：劉知遠), 후주태조(後周太祖：郭威)가 문무관 여러 신하들을 거느리고 왔다.

진시황(秦始皇)이 바로 법당으로 오르려고 하자, 숙손통(叔孫通)이 앞을 가로막으며 고하였다.

"이곳은 창업주의 연회이니 오직 나라를 세운 군주라야 법당에 들어갈 수가 있고, 그 나머지 제왕들은 동서의 누각에 나뉘어 들어갈 수 있습니다."

진시황이 성을 내며 말했다.

"그대는 보좌나 하는 선비이니 어떻게 나를 알겠는가? 나는 처음으로 천하를 통일하여 아방궁(阿房宮) 앞에서 육국(六國)의 무릎을 꿇렸고, 만리장성(萬里長城)을 쌓아 흉노(匈奴)를 멀리 쫓아냈으며, 사해를 연못으로 삼고 팔방을 뜰로 삼았으니 어찌 창업한 것이 아니랴? 나의 공덕은 삼황오제(三皇五帝)보다 더하도다. 한태조와 당태종, 송고조를 나는 아이같이 보았거늘, 어찌 이 법당에 들어가지 못한단 말인가?"

숙손통(叔孫通)은 이에 놀라고 두려워하여 얼굴빛이 달라지더니 한 마디 말도 하지 못하자, 공명이 나아가 말했다.

"지금 육국(六國) 때의 변변치 못했던 제후와 다르니, 폐하는 함부로 위협을 가하지 마십시오. 이른바 창업이라는 것은 초야에서 일어나 손에 삼척검(三尺劍)을 집고 세상의 어지러운 일을 깨끗이 쓸어내어 도탄에 빠진 백성들을 구제하고 특별히 만대에 빛나는 공업을 베푸는 것이거늘, 폐하는 그렇지 못하였습니다. 주효왕(周孝王) 때에 비로소 비자(非子)가 진(秦)나라 땅에 봉해졌고 뒤로 제후국이 되었으며 효공(孝公)에서부터 강성해졌는데, 진은 누에가 되고 육국은 뽕잎이 되어 누에가 뽕잎을 죄다 갉아먹기에 이르렀으니, 공업으로 말할진댄 혜왕(惠王)·소왕(昭王)이 으뜸인지라 폐하는 포의(布衣)로 일어나 집안을 일으켜 나라를 만든 군주가 아닙니다.

삼대(三代)의 성군(聖君)은 거친 밥과 나물국을 싫어하지 아니하고 띳집과 흙섬돌 위에서 정사(政事)를 펼치매 인수(仁壽)의 영역에 있던 백성들이 화락하게 지내며 길거리에서 태평을 노래하였거늘, 폐하는 그렇지 못하였습니다. 아침이면 땅을 다투고 저녁이면 성을 공격하여 죄 없는 백성으로 하여금 참혹하게 죽도록 하였으며, 천하를 통일하기에 이르러서는 아방궁을 짓고 만리장성을 쌓느라 천하를 소란스럽게 하고 온 백성들을 곤궁케 하여 어유하(魚游河: 고기는 강물에서 자유롭게 노니는데) 한 곡조의 슬픔과 원망이 뼈에 박혔거늘, 폐하는 무슨 공덕으로 삼황오제(三皇五帝)보다 더하다고 하십니까?

행여 주(周)나라 왕실이 쇠퇴하고 성스런 군주가 일어나지 아니한 때를 만나 제멋대로 위세를 부렸지만, 만일 탕왕과 무왕을 만났으면 황금도끼와 흰 깃발 아래에 폐하의 목숨은 보전하지 못했을 것입니다. 호지(滈池)

에서 어느 날 저녁에 백벽(白璧 : 흰 옥)을 전하니, 온량거(輼輬車) 속에 썩어 문드러지자 소금에 절여 말린 물고기를 실었지만 심한 악취가 맹위를 떨쳐 또한 자못 참담하였는데, 시신이 채 식지도 않고 메운 흙이 미처 마르지도 않아서 사슴이 궁중에서 내달렸고, 기러기가 밭두둑 위에 날아 밭 갈던 필부(匹夫)가 쟁기를 메고 한번 소리를 질러 군웅(群雄)들이 벌떼처럼 일어났어도 폐하의 혼백이 능히 제어치 못했습니다. 항왕(項王 : 항우)의 휘하 군사들이 여릉(驪陵 : 廬陵의 오기)을 헐어 헤쳤어도 폐하의 혼령은 또한 금할 수가 없었습니다.

진실로 성스러운 덕을 지닌 군주이시라면 어찌 사후에 적막함이 이 같을 수가 있겠습니까? 하물며 지금 천백 년 지나서도 의지할 곳 없는 외로운 넋이 되어 옛날의 위풍을 자랑하면서 한태조와 당태종을 깔보아 업신여기니, 한갓 모든 영웅들의 한바탕 비웃음을 살 뿐입니다."

진시황은 얼굴에 멋쩍은 빛을 가득히 띠고 묵묵히 한참 동안 있다가 말했다.

"법당의 동쪽과 서쪽 벽에 벌여 앉은 사람이 많은데 창업한 공이 있느냐?"

공명이 말했다.

"이들은 모두 한나라, 당나라, 송나라의 창업 황제의 자손들로서 선제(先帝)를 모시고 법당의 잔치 자리에 참여하는 것은 사리에 마땅히 그래야 하는 것이나, 또한 창업한 군주가 아니라면 주장되는 자리에 앉는 사람이 될 수 없습니다. 지금 폐하는 동쪽이나 서쪽 벽에 앉고 싶다면, 막지 않더라도 법당에 들어가서는 아니 됩니다."

이사(李斯)가 나아가 말했다.

"이 사람은 예사 사람이 아니라 촉(蜀)나라 승상 제갈량(諸葛亮)인데 언론이 정대하고 의리가 명백하여 다투기가 어려우니, 원컨대 폐하께서는 동루(東樓)로 드십시오."

진시황은 이에 몸을 돌려 동루로 향하였다.

진무제(晉武帝)가 뒤에 서 있다가 말했다.

"내가 깃발에 쓴 것을 보건대 천하를 통일하여 백년이 된 자는 법당에 들게 하였거늘, 나는 오(吳)나라와 촉(蜀)나라를 평정하여 자손에게 전한 것이 150년이었으니 어찌 법당에 들지 못하겠는가?"

공명이 비웃으며 말했다.

"옛사람이 천하에 그릇을 견준 것이 있으니, 제가 그것을 설명해보도록 하겠습니다. 한나라가 큰 그릇을 두어 400년을 전하다가 헌제(獻帝) 때에 이르러 힘이 약해지고 그릇이 무거워서 들지 못하니 도적이 사방에서 일어나 침을 흘렸거늘, 조맹덕(曹孟德 : 조조)이 평생 간교한 계략을 다하여 겨우 얻어서 아들 조비(曹丕)에게 맡기니 사마중달(司馬仲達 : 司馬懿)이 곁에서 보좌하다가 그것을 탈취하여 손자(孫子 : 司馬炎)에게 전하였는데, 이는 도둑질한 그릇을 다시 훔친 것이니 어찌 부끄럽지 않겠습니까?

하늘이 만일 저에게 몇 년의 수명을 더 주어 오장원(五丈原)에서 별이 떨어지지 않았다면, 당당한 한(漢)나라의 기업(基業)이 어찌 전오(典午 : 晉나라)에게 돌아갔겠습니까? 하물며 아비는 양거(羊車)를 타고 양이 좋아하는 대나무 잎과 소금을 찾았으며, 아들은 화림원(華林園)에서 개구리 소리를 의논하였으니, 덕이 높은 군주와 현명한 군주는 대대로 나는 법입니다. 천하를 얻은 지 40년이 되지 못하여 골육의 난이 일어나고 오호(五胡)의 변이 일어나서 회제(懷帝)와 민제(愍帝)가 서민의 청색 옷을 입고 술잔을 나누었으니, 이와 같이 하여 백년을 지낸들 또한 구차스럽지 않겠습니까?"

진무제가 부끄러워하며 아무 말 없이 진시황의 뒤를 따랐다. 수(隋)나라 문제(文帝) 이하 여러 군왕들도 모두 동루(東樓)로 들어갔다.

서초패왕(西楚覇王 : 항우)이 이어서 안으로 들어오니 장한 기운이 하늘에 뻗쳤고 성을 내어 꾸짖는 소리에 많은 사람들이 피하여 달아났다. 범증(范增)·종리매(鍾離昧)·용저(龍且)·항백(項伯)·항장(項莊) 등이 뒤를 따랐다. 초왕(楚王) 진승(陳勝)·위무제(魏武帝) 조조(曹操)·오왕(吳王) 전류(錢鏐)·한왕(漢王) 유숭(劉崇) 등이 각각 문무관을 거느리고 이르렀다. 항왕(項王 : 항우)이 물었다.

"이 연회를 누가 주관하는가?"

위징(魏徵)이 대답했다.

"한태조께서 큰 잔치를 베풀어 당태종(唐太宗), 송고조(宋高祖), 명고조(明高祖) 세 황제를 대접하면서 각 시대의 영웅들을 위로하고 있습니다. 대왕께서 때마침 오시니 화려한 잔치가 더욱 빛나겠습니다."

항왕이 하늘을 우러러 탄식하며 말했다.

"진실로 천지간에 없던 일로서 유계(劉季 : 유방)는 주인이 되고 항적(項籍)은 손님이 되란 말이냐?"

말을 마치고 천천히 걸어서 섬돌을 오르니, 위징이 말했다.

"대왕은 창업한 군주가 아니시니, 잠시 서루(西樓)로 가십시오."

항왕이 말했다.

"나는 평생 유계(劉季)를 두려워하지 않았지만, 단지 전부(田父 : 농부)에게 속임을 당하여 큰 늪에 빠졌으니 비록 장한 감회가 떨쳐 일어나는 것을 억누를 길이 없었을지라도 만일 정장(亭長)의 말을 따라 다시 오강(烏江)을 건넜더라면 진록(秦鹿 : 진나라 황제)은 누구의 손에 죽었을지 알지 못했을 것이다. 내가 한번 고개를 돌리면 만고의 영웅들이 눈 아래로 굽어볼 뿐이었거늘, 누가 능히 나를 지휘한단 말이냐?"

돌아보며 환초(桓楚)에게 말했다.

"긴 창을 가지고 오라."

공명이 말했다.

"옛날 제(齊)나라 환공(桓公)이 일찍이 규구(葵丘)에서 모여 맹세할 때 한 번 교만한 얼굴빛을 보이자 배반한 나라가 아홉이었으니, 저 제후들의 모임에서조차 환공의 위엄과 덕망으로도 오히려 무례하지 못했거늘, 하물며 지금 만승천자(萬乘天子)의 모임에서 대왕은 어찌 단지 필부의 용맹만으로 이같이 당돌하십니까?"

항왕이 말했다.

"홍문(鴻門)에서 잔치할 때 패공(沛公)이 무릎걸음을 하며 머리를 조아리고 나에게 빌어서 나는 한 자리에 같이 앉도록 허락했거늘, 내가 지금 이곳에 왔는데도 패공은 어찌 나를 맞이하지 아니하고 상석에 앉아서 도리어 내가 법당에 오르는 것을 막는단 말인가?"

공명이 말했다.

"고황제(高皇帝)가 손님과 주인 사이에 지켜야 할 예의를 잃은 것이 아닙니다. 이미 창업한 임금을 위한 잔치를 베풀어 모든 제왕들이 바로 법당에 들었으니, 진실로 마땅하지 않은바 서루(西樓)에 잠시 머물며 주인의 청을 기다려도 늦지 않을 것입니다."

항왕이 말했다.

"그만 말하라. 창업을 했든 하지 않았든 천하의 영웅 가운데 나보다 더 뛰어난 사람이 없거늘 어찌 곧바로 나를 들이지 않는단 말인가? 아방궁(阿房宮)을 사르고 남은 불이 있으니, 오늘 금산사(金山寺)를 한 움큼의 재로 만들고야 말겠다."

공명이 말했다.

"제가 비록 대왕과 함께 같은 시대에 태어나지 못했지만, 태사공(太史公 : 사마천)의 열전(列傳)을 읽으면서 일찍이 책을 덮고 탄식하며 대왕의 행위를 애석해하지 않은 적이 없었는데, 오늘 다행스럽게도 대왕과 서로 만났으니 어찌 품은 생각을 다 아뢰지 않겠습니까? 예부터 참 영웅은 인의(仁義)를 숭상하고 용맹이야 자랑하지 아니하였습니다. 대왕은 하루아침에 항복한 군졸 40만 명을 신안(新安)에 파묻었으니, 이는 장수로서 어질지 못한 것입니다. 고황제(高皇帝 : 유방)를 파촉(巴蜀) 땅에 몰아넣어 애초의 약속을 혼자 저버렸으니, 사람에게 신의가 없는 것입니다. 관중(關中)의 요해지를 버리고 팽성(彭城)에 도읍을 정하였으니, 이는 일을 처리함에 지혜가 없는 것입니다. 의제(義帝)의 넋으로 하여금 강 가운데서 원한을 품게 하였으니, 이는 신하된 자로서 충성스럽지 못한 것입니다. 진평(陳平)의 반간계(反間計)를 믿어 한 사람의 곧은 모신(謀臣 : 지략 있는 신하)을 의심하였으니, 이는 임금된 자로서 현명하지 못한 것입니다. 따라서 내가 보기에는 참 영웅이 아닙니다. 비록 산을 뽑는 힘과 세상을 뒤덮을 기개를 가지고 있다 하더라도 어찌 족히 귀하게 여기겠습니까? 이제 홍문연(鴻門宴)의 장한 기세를 생각하고 해하(垓下)의 슬픈 노래를 단지 잊은 것이며, 오직 아방궁(阿房宮)의 사른 불을 기억하고 오강(烏江)에서 목을 찔러 죽었던 것을 모두 잊은 것이니, 가만히 생각건대 장군이 취하지 않아야 할 것들입니다.

항왕이 고개를 숙이고 한참 동안 잠자코 있다가 말했다.

"차라리 닭 부리가 될지언정 소꼬리는 되지 않는다 하였으니, 내가 서루(西樓)의 주인이 되어 따로 잔치를 베풀리라."

서루로 향하니, 조조(曹操)·손권(孫權) 등 여러 사람들이 뒤를 따랐다.

이때 군웅(羣雄)이 밖에서 기다린 자가 헤아릴 수 없었는데, 사나운 목소리로 크게 소리쳐 말했다.

"우리들은 모두 땅을 차지하고 제왕이라 일컬으니 온 세상이 우리를 호랑이처럼 여겼는데, 어찌 승패로 영웅을 논할 수 있겠느냐?"

팔을 걷어붙이고 문을 두드리며 떠들썩한 소리가 전각 안에 들렸는데,

맨 먼저는 공손술(公孫述)·원소(袁紹)·이밀(李密) 등 백여 명이었다. 한나라 장군 오한(吳漢)이 군대를 순시하다가 궐문에 이르러 꾸짖으며 말했다.

"공손자양(公孫子陽 : 공손술)은 우물 안의 개구리일 뿐이라서 천명을 알지 못하고 백제성(白帝城)을 차지하였다가 끝내 몸을 보전하지 못했다. 원소(袁紹)는 한나라 명신(名臣)의 자손으로 신하의 절의를 지키지 못하여 자신도 죽고 일족도 멸망했다. 포산공(蒲山公)은 대대의 명문귀족으로 혼란한 때를 만나서 재주와 책략을 자신하고 도리가(桃李歌)를 잘못 믿어 망령되이 잘난 체하다가 한번 패하고는 당(唐)나라에 귀순했으며, 또한 도리어 모반할 계책을 내었다가 성언사(成彦師)의 칼머리에 죽은 넋이 되었다. 그밖의 여러 사람들은 또 공업이라고 일컬을 것이 없으니, 어찌 부끄러워하지 않고 잊을 수 있단 말인가?"

여러 사람들은 모두 분함을 품고 흩어졌다.

한태조가 공명(孔明)을 재촉하여 은일의 덕이 높고 유신(儒臣)으로서의 행실이 높은 자를 먼저 뽑으라 하였다. 이에, 문무관 수천 명이 양손을 앞으로 모으고 둘러서자, 공명이 하늘을 우러르며 말했다.

"제갈량은 재주도 부족하고 식견도 얕은데도 외람되이 황제의 명을 받았지만 군웅(群雄)의 고하를 만일 조금이라도 사사로이 기리거나 사사로이 훼손한다면 앙화를 내리소서."

다시 황제의 명을 받고 일어나 말했다.

"장자방(張子房 : 장량)은 5대에 걸쳐 한(韓)나라의 재상을 지냈으나 한나라가 망하자 복수하려는 것을 꾀하였는데, 동생이 죽어도 장례를 지내지 않고 재산을 있는 대로 다 털어 힘센 용사를 찾아서 쇠몽둥이를 쥐고 박랑사(博浪沙)에서 진시황의 예비수레를 쳤으며, 황석공(黃石公)으로부터 이교(圯橋) 위에서 비서(秘書)를 받아 진(秦)나라와 초(楚)나라를 멸하고 위대한 한(漢)나라를 세웠으면서도 벼슬과 녹봉을 사양하고 적송자(赤松子)를 좇았으니, 유자(儒者)의 기상과 고사(高士)의 지절(志節)일 것입니다.

동중서(董仲舒)는 3년 동안 장막을 드리워 배우기에만 전념하느라 정원을 엿보고 밖으로 나오지 않았는데, 의리를 바르게 하고 이익을 꾀하지 아니하며 도리를 밝히고 대가를 꾀하지 아니하였으니, 한(漢)나라 왕조의 참된 선비는 오직 이 사람뿐일 것입니다.

문중자(文仲子) 왕통(王通)은 <태평십이책(太平十二策)>을 올려 치도(治道 : 나라를 다스리는 방법)를 논하매 말씀이 정대하였고, 하수(河水)와 분수(汾水) 사이로 물러나 살면서 도학(道學)을 강론하매 배우려는 자들이 수백 명이었으니, 이 또한 당대의 대학자일 것입니다.

한퇴지(韓退之 : 한유)는 <불골표(佛骨表)>를 올려 이단을 배척하였고 <악어문(鰐魚文)>을 지어 해신(海神)을 감동시켰으며, 정성으로써 형산(荊山 : 衡山의 오기)의 구름을 걷어내었고 문장으로써 8대 동안의 쇠미했던 풍조를 진작시켰는데, 해처럼 빛나고 옥처럼 빛나며 주공의 뜻과 공자의 사상 등의 고상한 정조를 지녔으니, 덕이 당대에 높으며 이름이 만고에 드리울 것입니다.

정명도(程明道 : 정호)는 1,400년 동안 전해지지 않던 도통을 이었는데, 몸을 닦음은 공자와 맹자를 본보기로 삼고 임금을 섬김은 요임금과 순임금을 목표로 삼아 기상은 봄바람 같이 온화하고 학문은 자하(子夏)와 비슷하였으니, 삼대(三代) 이후의 참된 선비요 만세의 표준일 것입니다.

엄자릉(嚴子陵 : 엄광)은 광무제(光武帝)가 친구로 수소문하여 찾자 만승(萬乘 : 천자)을 깔보고 무례하여 광무제의 배 위에 다리를 걸쳐 천자를 넘보는 객성(客星)이었지만, 동강(桐江)의 주인으로 낚싯줄 하나로 나라를 붙들어 천년의 향기를 퍼뜨렸으니, 선생의 풍모는 산처럼 높고 물처럼 길이 흐를 것입니다.

이장(李長 : 李長源의 오기, 李泌)은 백의산인(白衣山人)으로서 천자를 보좌하며 제후들을 평정하였는데, 가슴에는 국사를 경륜할 만한 능력을 품었고 밖으로는 신선술(神仙術)에 의탁하였으니 또한 자방(子房 : 장량)의 무리일 것입니다.

진도남(陳圖南 : 陳摶)은 절뚝거리는 나귀의 등에 큰 뜻을 싣고 풍진 세상을 한가로이 왕래하였는데 예조(藝祖 : 송태조)가 먼저 등극하였음을 듣고 한바탕 크게 웃다가 나귀 등에서 굴러 떨어지고 벽산(碧山)으로 돌아가 자취를 감추고는 연화봉(蓮花峰) 위에서 쌍학(雙鶴)을 길들이고 농사지으며 운대봉(雲臺峰)의 객관 속으로 천길 오르기를 꿈꾸었으니, 세상의 덧없는 영화는 썩은 쥐나 다를 바 없이 여겼을 것입니다.

유백온(劉伯溫 : 유기)은 가슴 속에 조화의 기틀이 서리고 마음으로 선술(仙術)을 통달하였는지라 금릉(金陵)의 기운만 보고도 미리 십년 뒤의 천자를 알 것입니다."

그리하여 아홉 사람을 품평한 이름을 나열하여 적어 올렸다.

그리고 또 말했다.

"소하(蕭何)는 한신(韓信)을 천거하여 대장으로 삼고 관중(關中)을 지키어 나라의 근본을 견고히 하였으며, 진(秦)나라의 지도를 수습하여 그 정황을 살폈으며, 군량을 수송하고 군사를 조달하여 일찍이 궁핍해 떨어진 적이 없었으니, 공업의 굉대함은 우선 버려두고 논하지 않더라도 백성을 윗사람 모시듯 받들어야만 현자(賢者)가 모여든다고 한 말은 족히 천고의 밝은 재상이 될 것입니다. 등우(鄧禹)는 13세 때 경사(京師 : 장안)에서 유학하여 광무황제(光武皇帝)가 비상한 사람임을 알아보았으며, 말채찍을 지팡이로 삼아 군문(軍門)에 와서 천하를 평정할 가장 좋은 계책으로 여러 영웅들을 임용하되 각기 그 재주에 적당하게 하였으니, 그 자신은 원훈(元勳 : 나라를 위해 세운 가장 큰 공신)이 되었고 이름도 역사에 길이 드리웠습니다. 방현령(房玄齡)과 두여회(杜如晦)는 임금을 보좌할 재주를 품고 밝은 임금을 만나 천하를 평정하였으니, 천책부(天策府)에 뽑힌 18명의 학생들은 모두 고매한 기풍을 우러르며 당(唐)나라 300년의 기업(基業)을 세웠습니다. 배도(裵度)는 용모가 보통사람들보다 나을 것이 없었지만 가슴속에 수만의 갑병이 들어 있는 듯 지략이 뛰어났는데, 도적들이 그의 머리를 쳐서 쪼개어도 끝내 죽지 않았으니 하늘이 당(唐)나라 왕실을 위하여 보호한 것이었습니다. 회서(淮西)의 적들을 평정하여 명성이 온 천하에 널리 알려지고 위엄이 사해(四海)에 더하였지만 공업을 이루고도 물러났으니 녹야당(綠野堂)에서 청복(淸福)을 누릴 것입니다. 한기(韓琦)는 두 조정에 계책을 정하며 세 번이나 황각(黃閣 : 재상)에 들어가 태평을 누렸으며, 몸이 장수의 소임을 겸하니 서적(西賊)이 듣고서 간담이 서늘하였습니다. 사마광(司馬光)은 신법(新法)을 논한 것이 천지처럼 정대하였고 해와 달처럼 빛났으며, 용처럼 낙수(洛水) 가에서 일으켜 다시 등용되니 시위한 군졸들이 손을 머리에 대고 기다렸고 아동들이나 하인들까지도 모두 군실(君實 : 사마광의 자)을 기렸습니다. 이 7명은 마땅히 재상(宰相) 가운데 1등일 것입니다.

조참(曹參)은 청정(淸淨)으로, 왕도(王導)는 덕망(德望)으로, 장손무기(長孫無忌)는 겸손과 공순함으로, 두황상(杜黃常 : 杜黃裳의 오기)은 재주와 도량으로, 이강(李綱)은 강직함으로, 부필(富弼)·범중엄(范仲俺 : 范仲淹의 오기)은 충성과 근면으로 마땅히 2등일 것입니다.

이사(李斯)·조보(趙普)·이선량(李善良 : 李善長의 오기)은 재주가 넉넉하나 덕이 부족하였으며, 공손홍(公孫弘)은 공손하고 부지런하며 검소하였으나 학문을 굽혀서 제왕의 뜻에 맞추어 아첨하였으며, 왕안석(王安石)은 문장이 간결하였으나 성품이 집요하였는지라 소인배들의 우두머리에서 면하지 못했으니, 마땅히 3등일 것입니다.

장화(張華)는 화려하되 신실함이 없었으며 양소(楊素)는 능하되 어질지 못하였으니, 마땅히 4등일 것입니다. 그 나머지 여러 재상들은 5등일 것입니다.”

또 말했다.

“한신(韓信)은 칼을 잡고 한(漢)나라에 귀순하여 갑자기 장수의 지휘대에 오르니 전군(全軍)의 얼굴빛이 달라졌지만, 큰 계책을 정하니 삼진(三秦)을 병탄함이 손바닥 뒤집는 것처럼 쉬웠고 초(楚)나라·위(魏)나라·연(燕)나라·제(齊)나라를 차례로 평정하였으며, 진록(秦鹿 : 진나라 황제)을 죽이고 초후(楚猴 : 항우)를 사로잡았는데, 목앵(木甖 : 나무로 만든 작은 병)으로 군사를 건너게 하고 모래주머니로 적군을 격파하였으니 그 신통한 계략의 기이하고 훌륭함은 고금에 견줄 데가 없습니다. 이정(李靖)은 위풍이 천신(天神) 같고 정신이 가을철의 물처럼 맑았으며, 태공(太公)의 병법을 배워 육화진(六花陣)을 펼쳐서 여러 적도들을 평정하였으며, 재상과 장수의 재주를 겸하였고 지혜는 고금에 뛰어났습니다. 곽자의(郭子儀)는 얼굴이 봄날씨처럼 온화하고 기상은 가을철의 물처럼 맑았으며, 한 필의 말을 채찍질하여 사해(四海)를 회복하였으며, 지위가 신하로서 최고에 도달했는데도 사람들이 의심하지 않았고 공이 천하를 덮을 정도로 큰데도 군주가 꺼리지 않았으며 이름이 중국과 오랑캐 지역에 가득했는데도 스스로 자랑하지 않았으니, 도덕과 의리의 높기가 산악 같았고 도량의 크기가 하해(河海)와 같았습니다. 이 세 사람은 마땅히 장수 가운데 제일일 것입니다.

왕전(王翦)은 가슴속에 수만의 갑병이 들어 있는 듯 지략이 뛰어나 한(韓)나라, 위(魏)나라, 제(齊)나라, 초(楚)나라를 평정하는 것이 풀을 깎아버리듯 하였습니다. 이광필(李光弼)은 위풍이 늠름하였고 호령이 엄정하니 삼군(三軍)이 모두 다리를 떨고 사방 이웃나라가 무릎을 꿇었으며, 안사(安史 : 안록산과 사사명)의 반란군들을 무찔러 모조리 죽여 없애고 양경(兩京 :

낙양과 장안을 회복하였으니 크고 위대한 공훈은 만고에 견줄 데가 없습니다. 이소(李愬)는 오경(五更)에 눈보라 치는데도 120리를 내달려서 채주성(蔡州城)을 쳐들어가 소적(小賊 : 오원제)을 사로잡아 그 공이 역사에 길이 드리우고 이름이 사해에 떨쳤으니, 서평(西平 : 이소의 아버지)의 아들이요 당헌종(唐憲宗)의 신하입니다. 조빈(曹斌 : 曹彬의 오기)은 어짊과 후덕함으로 마음을 지키고 충성과 절의로 몸을 닦아 강남을 평정하면서 함부로 사람을 죽이지 않았는데, 그가 개선할 적에는 빈 배에 자신이 읽던 책만이 실려 있었습니다. 서달(徐達)은 서호(西湖)의 채운(彩雲)을 바라보다가 용 붙들고 봉황에 붙느라 곧 제왕을 힘껏 섬기느라 남쪽 지역을 정복하고 북쪽 지역을 토벌하며 크나큰 공을 세웠으니, 재주로 말하자면 회음후(淮陰侯 : 한신)에 버금이요 충성으로 말하자면 분양(汾陽 : 곽자의)과 나란할 것입니다. 이 다섯 사람은 마땅히 2등일 것입니다.

왕분(王賁) · 주발(周勃) · 관영(灌嬰) · 오한(吳漢) · 경엄(耿弇) · 울지경덕(尉遲敬德) · 굴돌통(屈突通) · 상우춘(常遇春) · 탕화(湯和)는 마땅히 3등일 것입니다.

위청(衛靑) · 곽거병(霍去病)은 공이 높았지만 천행 때문이었고, 백기(白起) · 왕부(王賦 : 王全斌의 오기)는 싸움을 잘하였지만 살인을 즐기었으니, 마땅히 4등일 것입니다. 그 나머지 여러 장수들은 5등일 것입니다."

<또 말했다.>

"기신(紀信)은 한(漢)나라의 빼어난 인물로 옥 같은 얼굴 늠름한 기상이 임금[한고조]의 얼굴과 방불하였는지라 형양(滎陽)이 포위되어 위태함이 조석에 처하자 한고조(漢高祖)인 것처럼 나아가 초(楚)나라를 속였는데, 맹렬히 타오르는 불길 속에서 충혼(忠魂)이 사라졌지만 화살이 마구 쏟아지는 가운데서 신룡(神龍 : 한고조)이 벗어났으니, 한나라와 초나라의 흥망은 순식간에 달라졌습니다.

소무(蘇武)는 청춘에 사신이 되었다가 백발이 되어 귀환하였는데, 땅을 파 쥐를 잡아먹고 눈을 씹으면서 굶주림과 추위를 참으며 10년 동안 절개를 죽기 살기로 지키니, 북해의 숫양이 새끼 낳는 것이 늦어지자 상림원(上林苑)의 흰 기러기가 짧은 편지를 전하였습니다.

곽광(霍光)은 주공(周公)이 성왕(成王)을 등에 업고 정사를 보살피는 그림을 받아 어린 군주 소제(昭帝)를 보필하였으며 주공(周公 : 伊尹의 오기)의 행한 일을 효칙하여 선제(宣帝)를 세웠습니다.

급암(汲黯)은 성품이 우직하니 나라를 지탱하는 신하요, 도량이 엄정하니 유자(儒者)의 기풍이었는데, 충언(忠言)으로 공손홍(公孫弘)의 간사한 꾀를 배척하였고 대의(大義)로 회남왕(淮南王 : 경포)의 역모를 꺾었습니다.

관우(關羽)는 얼굴빛이 익은 붉은 대추 같고 눈이 붉은 봉황 같았는데, 용맹으로 삼군을 빼앗고 안량(顔良)의 목을 베어 바쳤으며, <유비를 찾아> 천리 길을 혼자 가면서 촛불을 밝혀 아침까지 이르렀으니, 씩씩한 운장(雲長)은 일대의 충신(忠臣)이요, 만고의 열사(烈士)입니다.

위징(魏徵)은 담력과 지략이 남보다 뛰어나고 충의가 하늘에서 나왔는지라 용린(龍鱗 : 임금의 뜻)을 거슬리고 천둥 같은 위엄을 범했지만, 살아서는 사람들의 거울이 되었으며 죽어서는 꽃다운 이름이 남았습니다.

안진경(顔眞卿)은 대의(大義)를 주창하여 군사를 일으키니 천자가 그의 얼굴을 보지 못한 것을 탄식하였고 충의가 당당하니 적장이 이름만 듣고도 멀리서 피하였지만 소인들의 참소를 만나 몸을 범의 굴에 던지고 말았는데, 홀로 다 바친 충성과 큰 절개는 진실로 안고경(顔杲卿)의 동생이었습니다.

장순(張巡)·허원(許遠)·남제운(南霽雲)·뇌만춘(雷萬春) 등은 충성심이 해를 꿰뚫었고 절의는 높디높은 가을 하늘에 닿았으니, 살아서는 충신이 되어 사람이 지켜야 할 도리인 강상(綱常)을 붙들었으며, 죽어서는 여귀(厲

鬼)가 되어 역적들을 섬멸하였습니다.

악비(岳飛)는 등에 문신하여 충성심을 드러내고 나라를 위하여 몸을 돌보지 않고 목숨을 바쳤으며, 적의 상황을 잘 헤아려 승리를 거두는 데에 정도(正道)로써 또 기계(奇計)로써 하니 도적들이 두려워하여 넋이 나가지 않음이 없었습니다.

진평(陳平)은 얼굴이 관옥(冠玉) 같고 정신은 가을 물처럼 엉기었으니, 향리(鄕里)의 사(社)에서 제사 지낸 고기를 공평하게 나눈 것에 칭찬함이 있었고 해진 자리로 만든 문 밖에는 장자(長者)들의 수레바퀴 자국이 남아 있었으며, 황금을 흩어서 적들이 서로 의심하게 했고 미인을 그려서 포위를 풀게 하였습니다.

방통(龐通 : 龐統의 오기)은 덕공(德公 : 방덕공)의 좋은 영향으로 봉추(鳳雛 : 봉황 새끼)의 빼어난 바탕을 지녔는지라, 연환계(連環計)를 내어 노만(老瞞 : 조조)의 간담을 서늘하게 하였으니 적벽(赤壁)은 연기와 화염으로 물들었고 익주(益州)는 지푸라기를 줍듯이 취한 공을 이루었다. 그리하여 몸이 비록 낙봉파(落鳳坡)에서 죽었을지라도 이름은 많은 서적에 길이 드리우게 되었습니다.

범증(范增)은 나이 70에 기이한 계책을 품고 한마디 말로 초(楚)나라 산동(山東)의 군웅(群雄 : 항량)을 설득하여 모두 그의 아래에 모여들도록 회왕(懷王)을 세우라고 권면하였으니 의로운 소리 볼만 했고, 세 번이나 옥결(玉玦)을 들었던 지모 또한 넉넉했습니다.

팽월(彭越)은 눈이 새벽별처럼 밝고 몸이 가을 매와 흡사했는데, 천하를 횡행했지만 대적할 자가 없었으니 한(漢)나라와 초(楚)나라의 흥망이 발을 움직이는 사이에 달려 있었습니다.

가복(賈復)은 천 리 밖에서 쳐들어오는 적을 막느라 몸이 수없이 창에 찔려 창자와 위장이 흘러나오자 비단으로 싸매고 모조리 무찔러 죽이기를 그치지 아니하여 마침내 크나큰 공을 세웠습니다.

　조운(趙雲)은 당양(當陽)의 장판(長坂)에서 전공(戰功)을 세웠고, 한 칼로 위(魏)나라의 여섯 장수를 베었으며, 백제성(白帝城) 밖의 필마를 타고 백만의 적군을 대적하였으니, 용맹한 기상과 빼어난 풍모는 예로부터 지금까지 미칠 자가 없습니다.”

　말이 채 끝나기도 전에, 어떤 재상(宰相)이 눈물을 머금고 나아와 말했다.

　“승상(丞相 : 제갈량)께서는 어찌 저를 알아보지 못하십니까? 승상께서 출병하여 승리하지 못하고 먼저 돌아가시니 구원(九原 : 저승)의 영웅들이 눈물로 옷깃을 적셨던 데다, 비위(費禕)와 동윤(董允 : 董允의 오기)이 연달아 서거하여 사직이 위기일발이었을 때, 한 치 정도의 작은 댓가지와 같은 힘으로 소임을 맡게 되었기 때문에 고립된 군사들을 끌고 대의를 붙들어 승상께서 남긴 생전의 원한을 씻고자 하였습니다. 그러나 어쩔 수 없이 염실(炎室 : 한나라)의 국운이 다하여 담요로 몸을 감싼 장수(將帥 : 등애)가 은밀히 검각(劍閣)을 넘으니, 크나큰 집이 무너지는데 어찌 한낱 기둥만으로 지탱할 수 있었겠습니까? 그때 종회(鍾會)에게 투항한 것은 죽기를 두려워하여 살기를 탐한 것이 아니라 또한 한나라 왕실을 회복하려는 계획을 도모함이었거늘, 세상인심이 신중하지 못해 사람들의 말이 분분하더니만 촉한(蜀漢)이 망하게 된 허물을 저에게 돌리니, 어찌 애통함이 간절하지 않겠습니까? 야대(夜臺 : 무덤)는 아득히 멀기만 하고 원통하게 죽은 넋은 아무 말이 없으니, 지하세계에서 품은 한을 씻을 기약이 없었습니다. 오늘 승상께서 천고의 인물들을 품평할 권한을 쥐고는 마치 맑은 거울이 공중에 매달리고 공평한 저울이 물건을 다는 듯해 보잘것없는 덕이며 대수롭지 않은 공조차도 일일이 칭찬하여 장려하셨거늘, 저에 대해서는 한마디 말이 없으니 뉘라서 다시 저의 심정을 드러내 밝혀주겠습니까?"

가만히 살펴보니, 곧 촉한의 상서령(尚書令) 강유(姜維)이었다. 공명이 탄식하여 말했다.

"슬프다, 백약(伯約 : 강유의 자)이여! 국가의 흥망은 하늘에 달렸고 장수에 달려 있지 않나니, 안으로 정치를 잘하고 밖으로 외적의 침입을 물리치는 것이야 나라를 다스리는데 항상 지켜야 할 도리이다. 정사를 어지럽게 한 애송이가 사람의 마음을 흐려 정신을 못 차리게 하는데도 그대는 제거하지 못했으며, 사마(司馬 : 사마소)가 융성할 운을 만나 강약에 있어 매우 차이가 있는데도 그대는 스스로 헤아리지 못하여 안으로 백성의 힘을 고갈시키고 밖으로 강적에게 도발했으니, 잎은 푸른데도 뿌리가 먼저 시든 격이고 얼굴 모습은 변하지 않았는데도 위장이 먼저 병든 격이라 어찌 애석하지 않을 수 있으랴? 비록 그러할지라도 경영하는 뜻이 적을 토벌하는 것보다 엄중하니, 비록 격파했을지라도 되레 이 터전을 경영했다면 절로 천년 동안 공정한 의론이 있었을 것이다. 하필이면 내가 붓을 잡았다고 하여 함께 같은 일을 했던 사사로운 정을 돌아보겠느냐?"

이에 강유가 크게 탄식하고 떠나갔다.

공명이 이미 차례를 정하고 이름을 벌여 적어서 올리니, 모든 황제들이 서로 돌려보고 칭찬하기를 그치지 않으며 옥쟁반에 향온주(香醞酒)를 가득 부어 맛보게 하였다. 술이 얼큰히 취하자 고쳐 앉고는 동루(東樓)와 서루(西樓)의 모든 황제(皇帝)들을 청하였는데, 한태조는 주장되는 자리에 앉고, 한나라 광무제 이하는 동서로 나뉘어 앉으며 남쪽으로 향하고, 진시황제 이하는 동벽에서 서쪽을 향하고 초패왕 이하는 서벽에서 동쪽을 향하여 좌정하면서, 각각 대신(大臣) 한 명씩 모시도록 하였다. 금관(金冠)과 패옥(佩玉) 소리가 쟁강쟁강 울렸고 봉황이 그려진 부채와 채색 휘장, 화려한 촛불이 광채를 내뿜었고 그 차림새가 엄숙하며 그 기상(氣像)이 의

젓하고 점잖았으니 감히 처다볼 수가 없었다.

한태조가 옥 술잔을 들어 진시황에게 권하며 말했다.

"천지는 늙지 아니하나 인간사 쉬 변하여 푸른 바다가 뽕나무 밭으로 되는 것이 아침저녁으로 서로 맞바꾸니, 공후장상(公侯將相 : 고관대작)이 어찌 종자가 있겠습니까? 한번 패하고 한번 흥하는 것은 하늘이 낸 법으로 면치 못할 바일러니, 만일 덕이 융성하여 복록을 영원히 누린다면 당우(唐虞 : 요순시대)와 삼대(三代 : 夏殷周 시대)가 어찌 망할 까닭이 있겠으며, 힘이 많아서 승부를 결정짓는 것이라면 치우(蚩尤)와 공공(工共)이 어찌 패할 까닭이 있겠습니까? 국가의 크고 작음, 운수의 길고 짧음은 모두 하늘이 정한 운명일러니, 지금 보건대 잡초 속의 한 움큼 흙과 다를 것이 없는지라 세상사는 어찌 헛되고 우스꽝스럽지 않겠습니까? 진시황이 천하를 얻었을 때는 비록 만세(萬世)에 전해지기를 바랐겠지만 자신이 죽자마자 자손들이 멸망하고 종묘사직이 기울어 망했으니 이 또한 하늘이 정한 운명일진대, 내가 천하를 얻은 것은 진(秦)나라로부터 앗은 것이 아니라 항왕(項王 : 항우)으로부터 앗은 것입니다. 진나라가 천하를 잃은 것은 항왕에게 잃은 것이 아니라 조고(趙高)에게 잃은 것이니, 바라건대 진시황은 나를 한하지 마십시오. 흔쾌히 몇 잔의 술을 마시고 흉금을 털어놓으며 같이 즐기는 것이 어떠합니까?"

진시황이 흔연히 술잔을 잡고 웃으며 말했다.

"한태조의 말씀은 참으로 사리에 통달한 의론입니다. 저 역시 보잘것 없는 소인배가 아니나니, 어찌 천리(天理)를 알지 못하고 이미 지난 잘잘못을 마음에 두겠습니까?"

갑자기 서벽의 상좌(上座)에 있던 서초패왕(西楚覇王 : 항우)이 눈은 횃불 같고 목소리는 우레 같았는데 길게 탄식하여 말했다.

"홍문(鴻門)의 잔치에서 범증(范增)이 들어 보인 옥결(玉玦)에 응하지 않은 것과 오강(烏江)에서 빈 배를 띄우지 않은 것이 지금까지도 한스럽습니다."

진시황이 위로하며 말했다.

"천명(天命)은 벗어나지 못하리니, 항왕(項王)은 지난 일일랑 기억하지 마오. 짐은 일찍이 낮잠을 자다가 꿈을 꾸었는데, 홍의동자(紅衣童子)와 청의동자(靑衣童子)가 해를 두고 다투느라 서로 싸우더니만 홍의동자가 승리해 해를 취하니, 청의동자는 동남쪽 땅을 향해 가고 홍의동자는 해를 몰아 서쪽 땅을 향해 가거늘, 나는 적이 괴이하게 여겼었소. 나중에 한제(漢帝 : 蜀漢 유방)는 깃발을 붉게 하고 서쪽으로 파촉(巴蜀)에 봉해졌으니 이는 홍의동자가 서쪽 땅을 향한 조짐이었고, 그대는 청색을 숭상하고 팽성(彭城)에 도읍을 정했으니 이는 청의동자가 동남쪽 땅을 향한 조짐이었소. 이로써 보건대, 하늘이 미리 정한 것은 사람의 힘으로 미칠 바가 아니오."

송태조가 손뼉을 치며 크게 웃고 말했다.

"진시황이 천명(天命)을 말하나 나는 사람의 일[人事]을 말할진대, 상고(上古)시대는 말하지 않고 다만 삼대(三代) 이후를 보자면, 우왕(禹王)·탕왕(湯王)·문왕(文王)·무왕(武王)은 인의(仁義)로써 흥하였고 하(夏)나라 걸왕(桀王)과 상(商)나라 주왕(紂王)은 포학(暴虐)으로써 망하였으니, 이는 천리의 떳떳함입니다. 한고조(漢高祖)는 어질고 덕이 두터운 장자(長者)요, 서초패왕(西楚霸王)은 굳세고 사나운 독부(獨夫 : 인심을 잃은 군주)인데, 그 흥하고 망함을 어찌 죽는 것을 지켜보기를 기다린 이후에야 알겠습니까? 설사 범증(范增)의 계교를 받아들여 패공(沛公 : 한고조 유방)을 비록 홍문연(鴻門宴)에서 죽였을지라도, 서초패왕이 만약 거칠고 도리에 벗어난 행실을 고치지 않는다면 천하에 어찌 패공이 없겠습니까? 강동(江東)의 젊은이 8,000명은 날아가는 연기처럼 뿔뿔이 흩어졌는데, 몸 붙일 곳 없이 떠도는 외로운 신세가 비록 다시 강동을 건너간다 해도 강동의 부로(父老)들이 반드시 그 살을 씹어 먹고 그 껍질을 깔고자 할 것입니다. 어찌 다시 함정에 빠진 호랑이를 두려워하여 다시 높이 받들 자가 있겠습니까? 두목(杜牧)의 시에 이른바 '권토중래했더라면 천하 주인이 바뀌었을지도 알지 못할 일이다.'는 말은 시인이 남긴 글의 공치사일 뿐이지 어찌 참된 의론이라 하겠습니까?"

모든 황제들이 탄복하지 않은 이가 없었고, 항왕은 자못 너무나 무료함을 금할 수가 없었다.

한태조가 말했다.

"한때의 승패와 천고의 흥망은 옛일로 살펴보건대 모두 춘몽(春夢 : 덧없는 일)이고, 기억하고 있는 생전의 원한은 사람마다 누구나 있을 것이니, 다만 평생의 통쾌한 일을 이야기하여서 슬픈 회포를 잊는 것이 어떠합니까?"

진시황이 먼저 대답했다.

"짐에게는 세 가지의 통쾌한 일이 있었는데, 육국(六國)의 제후들을 사로잡아 아방궁(阿房宮) 앞에 무릎을 꿇어앉혔고, 천하의 병기(兵器)를 거두어 녹여서 청동 사람 12명을 만들었으니, 그 첫 번째의 통쾌했던 일입니다. 어린 남녀 아이들을 보내어 삼신산(三神山)의 선약(仙藥)을 구하도록 돌을 몰아 바다로 가게 하였고, 안호생(安胡生 : 安期生의 오기)과 함께 3,000년 후에 만나기로 약속하였으니, 그 두 번째의 통쾌했던 일입니다. 몽염(蒙恬)으로 하여금 30만의 대군을 거느리고 멀리 흉노(匈奴)를 좇아 만리장성(萬里長城)을 쌓게 하였으니, 그 세 번째의 통쾌했던 일입니다. 원컨대 한고조의 통쾌했던 일을 듣고 싶습니다."

한태조가 말했다.

"나는 백번 싸우고서야 겨우 공을 거두었으니 무슨 통쾌했던 일이 있었겠습니까? 다만, 경포(鯨布 : 黥布의 오기)를 물리치고 돌아오다가 고향인 패읍(沛邑)에 이르러 큰 잔치를 베풀어서 향리(鄕里)의 부로(父老)들을 대접하였는데, 촌 늙은이와 시골 아이들이 유계(劉季)를 부르며 저 물가와 저 언덕의 옛 자취가 여전하였고, 큰 바람이 일어나 구름이 날아오르니 사람의 타고난 기질과 방불한지라 장한 회포를 참지 못하여 한 곡조의 노래를 짓고 심기를 폈으니, 통쾌했던 일이라 할 만합니다.

남궁(南宮)에서 주연을 베풀고 옥 술잔을 들어 상황(上皇 : 한고조의 부친)에게 장수를 비는 뜻으로 술을 바치며 말씀드리기를, '소자(小子)를 꾸짖으실 때 농사에 힘쓰지 않고 가업에 힘쓰지 않는다 하여 뭇사람들만 못하다고 하시더니, 오늘날 소자가 이룬 바가 뭇사람들에게 어떠하겠습니까?' 하였는데, 상황께서는 매우 기뻐하시고 종일토록 즐기셨으니, 이는 자식 된 자로서의 효를 극진히 한 것이고 통쾌한 일은 그것보다 더 나은 것이 없습니다."

당태종이 말했다.

"짐에게도 한고조의 통쾌했던 일이 있었습니다. 천하가 태평한 후에 상황(上皇 : 당태종의 부친)을 모시고 큰 잔치를 베풀었는데, 힐리가한(詰利可汗 : 頡利可汗의 오기)이 일어나 춤을 추고 풍지대(風之戴 : 馮智戴의 오기)가 시를 읊으니, 상황께서 매우 기뻐하시며 말씀하시기를, '호월(胡越)이 한 집이 된 것처럼 천하를 통일한 것은 만고에 없는 바이라.' 하셨으니, 이는 가장 통쾌했던 일입니다. 위징(魏徵)의 말을 좇아 인의(仁義)를 힘쓰니 교화가 크게 행하였고, 백성들이 부유하여 여염(閭閻 : 민가가 모여 있는 곳)에 대문을 닫지 아니하고 나그네도 양식을 싸서 다니지 아니하였으니, 마음으로 매우 통쾌했던 일입니다."

명태조가 듣기를 마치고 줄줄 눈물을 흘리며 말했다.

"고애자(孤哀子)와 같은 경우의 인생은 일찍이 부모님을 모두 여의었는데, 진시황(秦始皇)이 허다하게 통쾌했던 일은 부럽지 않으나 한고조(漢高祖)와 당태종(唐太宗) 두 황제가 부모님을 기쁘게 한 즐거움은 지금의 세상에서 다시 볼 수 없으니 어찌 슬프지 않겠습니까?"

온 좌석에 앉은 사람들이 근심스러워하자, 송태조가 말했다.

"나는 여러 사람들의 뜻에 내몰려서 하루아침에 천자가 되었지만 하북(河北)을 맑히지 못했고 또한 해내(海內)조차도 한데 모아 하나로 만들지 못했으니, 심사가 매양 즐겁지 못합니다. 다만 눈 내리는 밤에 미복잠행하다가 조보(趙普)의 집에 이르렀는데 눈빛과 달빛이 희고도 깨끗하여 경치가 맑고 빼어나니, 술을 데우고 고기를 구워 조용히 술잔을 주고받으며 천하의 대사를 의논했던 그 그윽한 흥과 맑은 생각은 지금까지도 잊을 수가 없습니다."

광무제(光武帝) 이하도 평생의 일을 말하고 치도(治道)를 논란하여 더욱 즐겁게 해주었다. 갑자기 위무제(魏武帝) 조조(曹操)가 엎드려 절하며 말했다.

"신(臣)에게 한 가지 통쾌했던 일이 있으니 그것을 아뢰고 싶습니다. 신이 삼척검(三尺劍)을 들고 일어나 원소(袁紹)·원술(袁術)을 격파하며 여포(呂布)를 사로잡고 장노(張老 : 張魯의 오기)·장수(張守 : 張繡의 오기)를 굴복시켰습니다. 북쪽으로는 흉노를 정벌하고 서쪽으로는 농서(隴西)를 얻으며 남쪽으로는 장강(長江)에까지 닿으니, 깃발들이 하늘을 뒤덮었습니다. 긴 창을 손에 비껴들고 거대한 배에 올라앉아서 동쪽으로 하구(夏口)를 바라보고 남쪽으로 시상(柴桑)을 가리키며 서쪽으로 무창(武昌)을 대하고 북쪽으로 변경(汴京)을 통하는데, 맑은 강 물결은 펼쳐 놓은 흰 명주와 같았고 밝은 달은 대낮 같았거늘, 새벽별이 점점 드물고 까막까치가 남쪽으로 날아갈 때에 마음이 기뻐서 술을 마시며 시를 읊었습니다."

한태조가 말했다.

"그대의 말을 들으니, 가슴 속이 시원하도다."

그리고 크게 웃으니, 온 좌석에는 화기애애한 얼굴빛이 넘쳐흘렀다.

옥 술잔을 씻어 경액(瓊液 : 좋은 술)을 다시 올리려는데, 갑자기 '염라포공(閻羅鮑公 : 閻羅包公의 오기)이 옥황상제의 명을 받들어 여러 죄인들을 거느리고 문 밖에 이르렀다.'는 소리가 들리자, 한태조가 노래와 춤을 멈추고 속히 청하여 맞아드리게 하였다. 포공(鮑公 : 包公의 오기)이 섬돌 아래에서 신하의 예로 뵙기를 청하니, 한태조가 송태조를 돌아보며 말했다.

"이는 필시 송태조가 이 자리에 앉아 있기 때문일 것입니다."

송태조가 시신으로 하여금 명을 전하게 하며 말했다.

"인간 세상에 있어서 군신 간의 예를 논하건대, 모든 제왕은 한(漢)나라 신하들의 자손이로되 한고조와 자리를 맞대고 앉아있으며, 한고조 또한 진(秦)나라 백성이로되 진시황과 같은 자리에 있거늘, 하물며 그대는 하늘이 내린 벼슬을 받아 왕의 지위에 오른 존귀함이 인간 세상에 있어서 제왕의 견줄 바가 아니니, 빨리 올라와 서로 읍(揖)하는 예를 행하시오."

염왕(閻王)이 두세 번 사양하다가 전각에 올라 예를 마치고 선관(仙官)과 함께 동서로 나뉘어 자리를 정하였다. 넓은 뜰에 촛불을 밝히니 역사(力士)와 야차(夜叉)들이 범과 이리처럼 사납고, 머리는 소 같고 얼굴은 말 같은 귀졸(鬼卒)들이 죄인들을 몰아서 차례로 들어왔는데, 살기가 등등하고 어둑한 구름이 사방에 끼었다. 한 무리는 한나라의 왕망(王莽)과 동탁(董卓 : 董卓의 오기), 당나라의 안록산(安綠山 : 安祿山의 오기)과 황소(黃巢) 등 수십여 명이었는데, 흰 글자로 각각 그 등에다 썼으되 '신하로서 자기 임금을 죽이고 찬탈한 역적'이라 하였다. 또 한 무리는 한나라의 양익(梁翼), 당나라의 이임보(李林甫), 송나라의 진회(秦檜)·장돈(張敦 : 章惇의 오기)·진경(秦京 : 蔡京의 오기)·가사도(賈師道 : 賈似道의 오기) 등 70여 명이었는데, 각각 그 등에다 썼으되 '충신을 어려움에 빠뜨리고 나라를 그르친 죄인'

이라 하였다. 또 한 무리는 진(秦)나라 조고(趙高), 한나라의 역적 십상시(十常侍), 당나라의 역적 이보국(李甫國 : 李輔國의 오기)·전영자(田令孜 : 田令孜의 오기)·구사량(仇士良), 송나라의 역적 염문웅(廉文翁 : 閻文應의 오기)·동관(董貫 : 童貫의 오기) 등 백여 명이었는데, 각각 그 등에다 썼으되 '자기 임금을 폐위하고 정사를 어지럽힌 자'라 하였다. 푸른 돌로 형틀을 만들었고 또 쇠사슬로 그 손발을 잡아매어서 양들을 몰 듯했는데, 게으름을 피우면서 늑장을 부려 빨리 걷지 않으면 쇠채로 어지러이 치니 피비린내가 낭자하고 애통하는 소리가 멀리 하늘에 사무쳤다.

한태조가 공명을 불러 죄질의 가볍고 무거움을 추궁하여 죄형(罪刑)을 정하게 하니, 공명이 물러나와 역대 죄인의 문서들을 상세히 살펴보고는 아뢰었다.

"신(臣)이 염라왕(閻羅王)의 처단을 보건대, 소견이 날카로우며 명철하였고 결단이 공정하였기 때문에 소신(小臣)의 천견을 더할 것이 없었습니다. 다만 왕망(王莽)과 동탁(董卓) 등 역적들이 인간세상에서 머리를 보전치 못하는 형벌을 받고 지하세계에 들어갔다가 또 참혹한 화를 입고서 천여 년에 이른 자도 있고 팔백 년에 이른 자도 있으니, 처벌이 이미 행해졌습니다. 천지(天地)가 살리기를 좋아하는 덕 때문에 인간세계로 되살아왔지만, 그들의 눈을 멀게 하고 팔을 저리게 하여 길가에서 죽게 하거나 비명에 죽게 하여서는 삼생(三生)의 업을 닦은 연후에야 다시 평범한 사람으로 살아나게 했습니다. 그런데 조고(趙高)·장탕(張湯 : 張讓의 오기)·조절(曹節) 등은 소, 양, 개, 돼지의 몸이 되어 도륙의 화를 입게 하였지만, 오직 이임보와 진회는 하늘에 가득 찬 죄악을 범하고 몸이 위태해져 도륙될 형벌에 처했는데도 자리에 누워 편안히 죽었으니, 충신과 열사들이 남긴 생전의 한으로 지금까지도 가슴이 답답합니다. 청컨대, 풍도옥(酆都獄 : 지옥)에 도로 살려서 살갗을 벗기고 뼈를 부수는 혹독한 형벌을 받게 한 뒤로 비록 억만 겁을 지날지라도 영원히 세상에 태어나지 못하게 해주십시오."

모두가 "좋습니다." 하니 명이 내려졌는데, 무수한 귀졸(鬼卒)들이 바야흐로 여러 죄인들을 몰아내었다. 그때 갑자기 한 죄인이 신장은 9자요 몸무게가 1,000근으로 북소리 같은 목소리로 외치면서 원통함 호소하기를 그치지 아니하는지라, 보니 곧 한(漢)나라 역신(逆臣) 동탁(董卓)이었다. 그가 섬돌에 머리를 찧으며 소리쳤다.

"신(臣)은 본디 반역한 신하가 아닙니다. 중상시(中常侍) 장탕(張湯 : 張讓의 오기) 등이 그 종묘사직을 기울어뜨리고 조정의 신하들을 살해하자, 승상 하진(何進)이 태후(太后 : 하태후)의 명으로 신하를 불렀기 때문에 수하친병(手下親兵 : 휘하의 병졸)을 거느리고 들어와 환관들을 모조리 죽여 조정을 맑히고 어진 임금을 가려 세워서 종묘사직을 보전하였으니, 무식한 무부(武夫)로서 비록 한때 제멋대로 한 죄가 있었을지라도 공이 크고 허물은 적거늘, 마침내 여포(呂布)라는 간신의 창끝에 넋이 되었고 시신의 배꼽에 놓은 불은 7일이 되었는데도 그것을 끌 사람이 없었습니다. 재앙의 참혹함이 신(臣)과 같은 자가 없었는데도 지부(地府 : 저승)에 이르자 또 살펴주지 아니하여 온갖 형벌을 겪은 지 천여 년에 이르렀습니다. 어찌 다행히 오늘에야 돌아오라는 은명(恩命 : 임금의 명령)이 있었거늘, 또 삼생(三生)의 고초를 겪게 하니 어느 때에야 하늘의 해를 다시 볼 수 있겠습니까? 저 조조(曹操)는 한나라 때 간특한 영웅이고 주온(朱溫 : 주전충)은 당나라 왕실의 극적(劇賊 : 큰 도둑)으로 군주를 시해하고 나라를 탈취했으니 무슨 공덕이 있을 것이며 그 죄가 어찌 미세하겠습니까? 그런데도 지금 외람되이 군왕의 복색을 하고서 법연(法宴)에 참석하게 하니, 천도(天道)가 공정하다 하겠습니까?"

모든 황제는 들고서 미소를 짓거늘, 위무제(魏武帝 : 조조)와 양태조(梁太

祖 : 주전충)는 모두 고개를 숙이고 얼굴빛이 흙빛 같이 변하여 몸 둘 곳을 알지 못했다. 한태조가 좌우로 하여금 명을 내리게 하면서 말했다.

"한번 흥하고 한번 망함은 천도의 불변의 법칙이다. 그런 까닭에 한나라의 운수가 쇠하여 조조(曹操)가 일어나고 당나라의 운수가 다하여 주온(朱溫)이 일어난 것이니, 비록 도리를 어겨 막되어서 제왕으로서의 업적을 오랫동안 누리지 못하였지만 또한 한때의 정통을 이은 것이다. 너 동탁(董卓 : 董卓의 오기)은 한나라의 덕업이 비록 쇠했을지라도 천명이 아직 끊어지지 않았거늘 지레 신하 된 자로서의 절개를 잃었으니, 이는 왕망(王莽)과 안록산(安祿山)의 무리인 것이다. 어찌 떠들썩하게 호소함이 이와 같이 한단 말이냐?"

말이 끝나자, 황건역사(黃巾力士)가 앞에서 당기고 뒤에서 밀며 나는 듯이 문을 나갔으며, 염라왕과 선관(仙官)들이 일어나 하직을 청하니 모든 황제가 일어나 송별하고 자리를 잡아 앉았다.

한고조(漢高祖 : 한태조)가 명태조를 돌아보며 말했다.

"사람이 요순(堯舜)이 아니거늘, 일마다 어찌 다 잘하기만 하겠습니까? 비록 태평을 이루었을지라도 정사(政事)하는데 실책이 없을 수가 없거늘, 지금 좌중에 간언(諫言)을 순히 받아들여서 나라를 다스리는데 능한 자가 몇이나 되며, 간언을 물리치며 받아들이지 않아서 일을 망치는데 이른 자가 또 몇이나 되겠습니까? 지금 우리는 때도 이미 지났거니와 자취도 이미 머니, 그것들을 들어도 아무런 도움이 되지 않습니다. 명태조는 앞길이 만 리이니, 사람들이 잘하고 잘하지 못한 것을 평하되 잘한 것은 취하고 잘하지 못한 것은 버리면 어찌 도움 되는 바가 있지 않겠습니까? 명태조의 뛰어난 식견은 족히 사람을 알 터이니, 원컨대 수고를 잊고 천 년 역대 제왕들의 잘잘못을 논해 주십시오."

명태조가 사양하며 말했다.

"공자는 성인(聖人)이시거늘 ≪춘추(春秋)≫를 짓고 제후들을 기리고는 오히려 말씀하시기를, '나를 알아주는 것도 ≪춘추≫ 때문일 것이며, 나를 비난하는 것도 ≪춘추≫ 때문일 것이다.' 하셨습니다. 과인의 덕은 공자와 여러 황제에게 미치지 못하거니와 여러 제후에 견줄 바가 아니거늘, 망령되이 포폄을 더하면 또한 잘못되지 않겠습니까? 넓은 마음과 큰 도량이라야 비록 자신의 잘못을 남에게 듣는 것을 기쁘다고 하겠지만, 후세의 비방은 어찌 면할 수 있겠습니까?"

한태조가 웃으며 말했다.

"이는 우리들이 스스로 듣기를 원하는 바이니, 명태조가 공정하게 의논하면 그 뉘라서 그르다고 여길 수 있겠습니까? 유달리 고집스레 사양하지 마십시오."

이어서 명태조가 앉았던 의자를 가운데로 옮겨서 놓게 하니, 명태조가 의자에 나아가 말했다.

"바라건대 먼저 기상을 살펴서 말씀드리고, 다음으로 잘잘못을 논하고 싶습니다. 바람과 천둥이 진동하고 물결이 거세게 용솟음쳐 땅을 휘말아가서 하늘에 잇닿은 것은 진시황(秦始皇)의 기상입니다. 가을의 찬 서리가 살을 에는 듯하고 층암절벽 위에 하늘로 우뚝 솟은 것은 한무제(漢武帝)의 기상입니다. 장강(長江)이 호활하여 깊은지 얕은지 알지 못하는 것은 한소열제(漢昭烈帝)의 기상입니다. 장마가 막 개였을 때 맑은 하늘에 구름 한 점 없이 아침 해가 동쪽에서 떠오르는 것은 한광무제(漢光武帝)의 기상입니다. 가을하늘이 높기도 높고 맑은 바람이 서늘하게 부는데 밝은 달과 은하수가 서로 빛을 다투는 것은 당태종(唐太宗)의 기상입니다. 먹구름이 흩어져 걷히고 날씨가 화창한 것은 송태조(宋太祖)의 기상입니다. 당숙종(唐肅宗)은 봄 날씨가 온화하고 엷은 구름이 살짝 떠가는 것과 같습니다. 당헌종(唐憲宗)은 높은 산의 보라매 같습니다. 송신종(宋神宗)은 악와(渥洼)

의 용과 닮았다는 준마와 같습니다. 송고종(宋高宗)은 봄비가 부슬부슬 내리고 구름이 미처 걷히지 않은 것과 같습니다."

한고조가 말했다.

"명태조는 사람을 겉만 보고도 그 인격을 알아보는 식견이 마음을 밝혀주는 보배로운 거울에 견줄 만하려니와, 유독 짐만은 그 높은 의론에 들지 못하였으니 족히 말할 것도 못되는 것입니까?"

명태조가 말했다.

"감히 그런 것이 아닙니다. 삼강(三江)의 깊이와 오호(五湖)의 넓이야 쉽게 알 수 있습니다. 그러나 큰 바다에 이르러서는 변화를 헤아릴 수가 없나니, 한고조의 기상은 큰 바다의 용과 같습니다."

한고조가 웃으며 말했다.

"어찌 과장함이 이렇듯이 지나치십니까? 나머지 제왕들에 대해서도 또한 다 말하십시오."

명태조가 말했다.

"진무제(晉武帝)는 봄바람 속의 꽃과 버들 같습니다. 진원제(晉元帝)는 시집온 지 사흘 된 신부 같습니다. 제고조(齊高祖)는 부잣집의 늙은이가 재물 다스리는 것을 보살피고 지키는 것과 같습니다. 양무제(梁武帝)는 산속의 늙은 중이 불경을 외는 것과 같습니다. 수문제(隋文帝)는 추운 날씨에 싸락눈이 펄펄 내리는 것과 같습니다. 주고조(周高祖)는 먹구름 속에 무지개가 있는 것과 같습니다. 후당(後唐)의 장종(莊宗)은 빈산에 놀란 범이 뛰는 것과 같습니다. 석진주(石晉主 : 후진 석경당)는 깊은 연못 속에 있는 늙은 이무기와 같습니다. 후한조(後漢祖)는 뜨거운 햇빛이 비치는 가운데 천둥이 울려 퍼지는 것과 같습니다. 주태조(周太祖)는 큰 바람이 먹구름을 불어 헤치는 것과 같습니다. 항왕(項王 : 항우)은 세찬 바람에 소낙비 오는데 천둥이 치는 것과 같습니다. 조맹덕(曹孟德 : 조조)은 자욱한 안개

속에 숨은 벌과 같습니다.

또 잘잘못을 의논컨대, 진시황(秦始皇)은 영웅의 기상으로 부국강병의 기업(基業)을 이어받아 육국(六國)을 평정하고서 만세토록 보존되기를 기약하였는데, 위풍이 온 세상에 두루 퍼지고 호령이 온 세상을 진동하되 성품과 도량이 지나치게 강경하고 사나운데다 일을 행하는 것이 난폭하고 도리에 어그러졌으니, 밖으로는 만리장성을 쌓아 오랑캐들을 정벌하며 안으로는 신선이 되기를 바라고 시서(詩書)를 불살랐습니다. 비록 이사(李斯)의 형명(刑名 : 형벌 위주의 통치술)과 조고(趙高)의 가각(苛刻 : 모질고 인정 없음)이 아니라도 통치가 장구하기를 바라지 못할 것이거늘, 하물며 그와 같은 무리들을 등용하여 제멋대로 호해(胡亥)를 세우게 하고 17명의 형을 건너뛰어 제왕의 자리를 잇자, 혼매한 덕이 더욱 심해져 산동(山東)의 군웅들이 벌떼처럼 일어나고 지도(軹道)에서 <자영(子嬰)이> 백마에 이끌려 나온 것은 스스로 취한 것이 아니겠습니까?"

진시황이 고개를 숙이고 아무런 말이 없었다. 또 명태조가 말했다.

"한고조(漢高祖)는 사람됨이 활달하고 타고난 도량이 커서 어질고 덕이 두터운 장자(長者)였는데, 필부의 몸으로 초야에서 우뚝 일어나 진록(秦鹿 : 진나라 황제)을 얻었고 초후(楚猴 : 항우)를 사로잡아 8년 모진 고초 끝에 마침내 큰 뜻을 이루었으니, 규모가 원대하고 제도가 방대하여 400년의 기업(基業)을 반석 같이 견고하게 한 성대한 덕과 뛰어난 공은 삼대(三代) 이후에 으뜸입니다. 하늘과 땅처럼 광대함, 해와 달 같은 총명함은 입으로 말하기가 어렵지만, 후세의 역사기록으로서 보건대 조그마한 흠이나 작은 잘못은 없지 아니하니 홍구(鴻溝)의 언약을 저버림은 믿음이 부족함이요, 공신(功臣)들을 살육한 것은 어짊이 부족함이요, 팽성(彭城)이 포위당한 것은 슬기가 부족함이요, 모돈(冒頓)에게 <한나라 공주를> 출가시키기로 한 것은 바른 도리가 아니었습니다. 대개 권모술수는 한 세대를 고무하나 도덕은 삼대에 이르도록 변함없는 까닭에 상산(商山)의 노옹(老翁)들이 자지가(紫芝歌)를 부르며 자취를 감추었고, 바다의 섬에 있던 열사(烈士 : 전횡의 무리)들이 매우 통분함을 품고서 기꺼이 죽었으니, 이것이 한낱 흠입니다.

한무제(漢武帝)는 재주와 타고난 바탕이 활달하고 기상이 웅장하여 건원(建元) 원년에 현량한 사람을 불러 직언으로 극간할 수 있는 자를 구하니, 문관과 무관들이 많고 뛰어나 예악의 문물이 찬란하였으며, 이단을 배척하고 육경(六經)을 다듬었습니다. 이때를 당하여 한무제의 마음은 바람이 없는 잔잔한 수면 같고 티끌이 앉지 않은 거울 같았으니, 만일 동중서(董仲舒)를 재상으로 삼고 급암(汲黯)을 간관(諫官)으로 삼아 뛰어난 인재를 가려 등용하였으면 거의 향기로운 정치하기를 바랄 수 있었겠지만 끝내 좋은 결말을 맺지 못했습니다. 병력을 기울여서 전쟁을 일삼아 사방의 오랑캐를 정벌하였고 신선(神仙)을 구하여 토목공사를 날마다 벌여 천하에 일이 많고 제작하는 것이 어지러웠으니, 태산(泰山)에서 봉선(封禪)하고 후토신(后土神)에게 제사를 지내었으며, 백량대(柏梁臺)를 쌓고 승로반(承露盤)을 세웠으며, 비렴관(蜚廉舘 : 蜚廉觀의 오기)을 건립하고 통천대(通天臺)를 세웠습니다. 높은 누각들이 구름을 가리고 수많은 용마루가 숲을 이루듯 하니, 온 백성이 피폐하였고 중국의 재력이 텅 비었습니다. 비유컨대 무너져버린 집이 사방의 벽마다 바람을 맞는 듯하며, <추풍사(秋風辭)>에서 후회하는 마음의 싹과, 윤대(輪臺)의 백성을 위로하는 조서(詔書)가 아니었다면 진(秦)나라를 망하게 했던 전철이 이어졌을 것입니다. 진시황과의 차이가 어찌 한 자나 한 치이겠습니까?

광무제(光武帝)는 백수향(白水鄕)에서 군사를 일으켜 갑옷을 입고 날카로운 무기를 들고서 옛날 한(漢)나라의 기업(基業)을 회복하였으며, 한단(邯鄲)을 치면서 왕랑(王郞)의 목을 베었으며, 의양(宜陽)의 전투에서 유분자(劉盆

子)의 무릎을 꿇렸으니, 해와 달이 비추는 곳과 서리와 이슬이 내리는 곳과 배와 수레가 통하는 곳은 모두 <복종하여> 신첩(臣妾)이 되었습니다. 넓고 큰 도량이 한고조(漢高祖)와 똑같았습니다. 태학(太學)에 임하여 경술(經術)을 강론하였으니 공업이 삼대(三代)를 겸하였고 문무가 서경(西京 : 장안)에서 빛났으되, 다만 애석한 것은 도참(圖讖)을 신봉하는데서 말미암아 훈신(勳臣)의 작록(爵祿)이 끊어진 것이고 적복부(赤伏符)를 믿어 태산(泰山)에서 봉선(封禪)을 행한 것이며 음여화(陰麗華)를 총애함으로 인하여 적자(嫡子)로서의 왕세자 지위를 바꾼 것이니, 어찌 태양에 엷은 구름이나 밝은 거울에 미세한 티끌이 되지 않겠습니까?

소열제(昭烈帝 : 유비)는 황실의 후예로서 영웅의 재질을 지녔지만 한(漢)나라 왕실이 기울어져 무너진 때를 당하여 대의를 붙들고 조조(曹操)에게 귀부(歸附)하였다가 원술(袁術 : 袁紹의 오기)의 세력을 빌려 유표(劉表)의 빈객이 되었어도 백전백패하였습니다. 그럼에도 장한 뜻이 꺾이지 않아서 왼쪽에 용을 끼고 오른쪽에 봉황을 얻어 산하를 분할하고 천하를 삼분하여 겨우 한나라 왕실의 끊겨진 계통을 이었습니다. 아, 소열제의 도타운 덕과 공명의 곧은 충심은 끝내 옛 문물을 회복하지 못했으니, 어찌 천명이 아니겠습니까?"

선주(先主 : 유비)가 듣고 나더니 억울하여 눈물을 흘리며 말했다.

"일찍 아비를 여의고 덕이 부족한 몸으로 난세를 당하였는데 종사와 국가가 멸망하는 것을 슬퍼하고 조조(曹操)의 간사함을 통분하여 스스로의 힘을 헤아리지 못한 채 오로지 회복 이것만을 도모했지만, 재주도 없고 덕도 부족하여 능히 평정해 없애지 못하였으나 다행하게도 제갈량(諸葛亮)과 방통(龐統 : 龐統의 오기)의 지모, 관우(關羽)와 장비(張飛)의 용맹 등에 힘입어 한쪽 모퉁이 잠총(蠶叢 : 촉나라 땅)으로 겨우 혈식(血食 : 나라의 제사)만을 이었습니다. 저의 소원은 이에서 그치지 않았지만 하늘이 돕지를 않아서 한나라의 운수가 거의 끝나간 데다 손권(孫權)에게 속임을 당하고 육손(陸遜)에게 패배를 당하였으니, 어찌 마음이 아프지 않겠습니까?"

명태조가 위로하여 말했다.

"옛사람들의 말에 '비록 지혜가 있어도 때를 만나는 것만 못하다.'고 했나니, 소열제의 덕으로 육손에게 곤란을 겪은 것도 천명이거니와 한나라의 흥망성쇠는 사람의 힘으로 되는 것이 아닙니다."

선주(先主)는 몸을 굽혀 고마움을 표했다.

명태조가 또 말했다.

"당태종(唐太宗)은 세상에 드문 뛰어난 군주로서 동쪽으로 치고 서쪽으로 치며 호령이 폭풍우 같고 위세가 천둥 치는 것 같았는데, 설인귀(薛仁貴)를 항복시키고 왕충(王充 : 왕세충)을 결박하고 두건덕(竇建德)을 사로잡으며, 병주(幷州)의 전투에서 유무주(劉武周)를 패주시키고 산동(山東)을 격파할 때 유흑달(劉黑達 : 劉黑闥의 오기)을 주벌하고 강릉(江陵)을 정벌할 때 소선(蕭銑)을 평정하여 6년 안에 집안을 일으켜 나라를 만들었으니, 황제의 기업(基業)을 이룸이 또한 자못 신속하였습니다. 황제로 즉위한 뒤에는 인의(仁義)를 힘쓰고 문덕(文德)을 숭상하여 직간(直諫)을 들으며 형옥(刑獄)을 삼가고 궁녀(宮女)를 내치며 황충(蝗虫 : 메뚜기)을 삼키고 공신(功臣)을 후대하며 사치를 경계하니, 천하가 태평하고 호월(胡越)이 한 집이 된 것처럼 통일되어 수많은 백성들이 온화한 봄바람 속에 있는 듯했는지라 어찌 아름답지 않겠습니까? 논하는 자들이 이르기를, 도량이 큰 것은 한고조와 같고 무용이 뛰어난 것은 위나라 조조와 같고 화란을 평정한 것은 탕왕과 무왕 같다고 하나, 만약 '흰 옥에도 사소한 결점이 있다.'고 한다면 저 ≪시경≫의 <관저(關雎)>와 <인지(麟趾)>의 뜻[왕이 가정을 잘 다스린 이후에 천하에 교화를 펼 수 있다는 뜻]에 흠결이 있습니다. 당당한 천자가 오랑캐의 풍습을 면치 못하고 무씨(武氏 : 측천무후)를 재인(才人)으로 봉하여 위주(僞主)의 난이 일어날 싹을 만들었으며, <고구려 정벌을 말린> 위징(魏徵)의 비석을 넘어뜨리고는 군신들의 간언을 따르지 않고 친히 고려(高麗 : 高句麗)를 정벌하여 만승천자로서의 위엄이 꺾였으니 어찌 한스럽지 않겠습니까?"

당태종이 말했다.

"명태조의 말씀이 비록 지극히 정대할지라도 몇 건의 일에 대해서는 짐도 할 말이 있으니, 무씨(武氏)를 없애지 않고 그냥 둔 것은 이순풍(李淳風)의 말 때문이지 그녀를 총애했기 때문이 아니었으며, 고려(高麗 : 高句麗)를 친히 정벌한 것은 연개소문(淵蓋蘇文)의 반역으로 결낸 것이지 땅을 탐한 것이 아닙니다. 그리고 위징의 비석을 다시 바로 세운 것은 그 그른 것을 깨달은 것이니, 이것은 군자라도 용서할 바입니다. 그런데도 명태조의 부월(斧鉞)이 삼엄하니 책망하는 것이 또한 가혹하고 각박합니다."

명태조가 말했다.

"한 점의 사마귀가 예쁘지 않은 얼굴에 생기면 사람들은 애석하게 여기지 않을 것이나 서시(西施)의 얼굴에 있으면 애석하게 여길 것이며, 저는 소가 열 번 거꾸러져도 지나가는 사람들은 괴이하게 여기지 않을 것이나 천리마(千里馬)가 한번만 넘어져도 사람들은 모두 흠으로 삼나니, 당나라 황제는 덕이 온전하고 공이 높은 까닭에 책망 또한 심했습니다. 그러나 전사옹(田舍翁 : 魏徵)이 당태종의 면전에서 허물을 직언한 것에 견주면 오히려 연약할 것입니다."

모든 황제들이 매우 기뻐하며 웃으시니, 온화한 기색이 눈썹 가에 넘쳐나고 봄빛이 얼굴에 가득하였다. 명태조가 또 말했다.

"당나라 7대 때 간신들이 재앙을 만들어 비린 티끌이 적현(赤懸 : 赤縣의 오기, 중국)에 캄캄하게 자욱하고 융마(戎馬 : 오랑캐 군마)의 말발굽이 중원(中原)을 함부로 짓밟으니, 서측(西蜀)의 북방이 오랑캐의 땅이 되고 하남

(河南)과 하북(河北)이 말갈의 터가 되어 온 백성이 도탄에 빠지고 사직의 위급함이 매우 절박하였습니다. 이때 숙종(肅宗)이 황태자의 지위에 있었는데 <관중의> 부로(父老)들이 <분조를 조직하라는> 청을 따르다가 영무(靈武)에서 즉위하니, 열사와 충신들이 그림자 좇듯 하여 먼저 태원(太原)을 정복하고 다음으로 하동(河東)을 평정하고 이어서 양경(兩京)을 회복하고 하북을 수복하여 역적 오랑캐 무리를 죄다 멸하고 상황(上皇 : 현종)을 맞아들여 중흥한 공렬이 후한(後漢)과 금주(今周 : 북주)와 같았습니다. 다만 성품과 도량이 유약하고 명민한 판단이 부족하였으니, 왕후 장씨(張氏)를 특별히 총애하여 날마다 바둑 두기를 일삼았고, 환관(宦官 : 이보국)을 직접 임용하여 참람되게도 국권을 옮겨 쥐었습니다. 아깝다! 곽자의(郭子儀)와 이광필(李光弼)은 좀처럼 세상에 나지 않을 장수였고, 안경서(安慶緒)는 곤궁하여 굶주린 도적이었으니, 비유컨대 사나운 호랑이를 몰아 한낱 양을 잡는 것과 같았거늘, 꼬불꼬불한 길에서 보병과 기병 60만 대군이 하루 아침에 아무런 까닭 없이 무너지려 했으니, 어찌 소인을 임용한 소치가 아니겠습니까? 끝내 이보국에게 속아 넘어가 천고에 폐를 끼쳤거늘 하늘이 도와주지도 군웅들이 도와주지도 않으니 어찌 지탱할 수 있겠습니까? 단지 바르게 말씀드리건대, 난세를 다스려 바른 세상으로 되돌린 군주는 아닙니다.

당헌종(唐憲宗)은 강직하고 밝은 자질로 어진 재상을 임용하고 간관(諫官)을 가까이하고 신임하며 중흥의 뜻을 품어 역신(逆臣)들을 쓸어 없애고, 하남부(河南府) 30여 읍에서 모두 귀복(歸復)하는 약속을 받아냈으니, 큰 고래가 죽으매 동해에 놀란 물결이 일지 않았고, 요괴로운 기운이 사라지매 태양이 빛을 얻었습니다. 아깝다! 궁궐을 미처 제대로 갖추지 못하자 토목공사부터 먼저 일으키며 태평세월을 바라서 이전의 공업을 이미 망가뜨렸으니, 영웅의 군주로도 처음부터 끝까지 한결같지 못함이 이와 같거늘, 하물며 용렬한 군주와 어리석은 군주로서야 어찌 말할 것이 있겠습니까?

송태조(宋太祖)는 <하늘이> 재앙과 난리를 싫어하여 중국의 임금이 되게 하였는데, 즉위 초년에 오대(五代)의 폐단을 혁파하고 만세의 장구한 계책을 세웠으며, 검소를 숭상하고 사치를 경계하였으며, 한통(韓通)을 추증하고 그의 절의를 정표(旌表)하였으니, 총명하고 예지로우며 신묘한 무예를 가진 임금이 아니고서는 뉘라서 능히 이에 미치겠습니까?

송신종(宋神宗)은 검소하고 공손하며 부지런함이 한(漢)나라 문제(文帝)의 부류이되, 사람을 알아보는 데에 어두워 상홍양(桑弘羊)과 상앙(商鞅)의 술법을 행하였고, 신법(新法)을 창안하여 예전의 제도를 혼란시켰는지라 천하가 원망하여 떠들썩하고 신하와 백성들이 곤궁하였습니다. 대개 왕안석(王安石)은 여혜경(呂惠卿)에 의해 잘못되었으니, 어찌 재주가 부족했기 때문이 아니었겠습니까? 정강(靖康)의 변란을 빚어낸 죄가 신종(神宗)이 아니고 누구겠습니까?

송신종(宋神宗 : 宋高宗의 오기)은 재주가 짧고 마음이 좀스러웠는데, 강남에 머물며 진회(秦檜)의 손에 <악비가> 죽임을 당하였고 변경 북방에서 풍상을 겪으며 두 황제(皇帝 : 흠종과 휘종)의 넋이 사라졌으니, 공적이 낮고 왕실이 쇠미해지는 것이야 또한 당연하지 않겠습니까? 다만, 어진 적장자를 선택해서 사직의 중책을 맡긴 그 공이야말로 허물을 덮을 만했습니다.

남은 제왕(帝王)들은 육조(六朝)시대가 어수선하고 오대(五代)가 어지러워 어제는 신하의 반열에 끼어 있다가 오늘 천자의 지위에 오른 것이니, 얻기도 어렵지 아니하고 잃기도 또한 쉬운지라 서로 간의 장단점과 앞뒤 간의 우열이 구구하게라도 다르지 않지만, 그 가운데에 동서의 양진(兩晉)이 정통을 계승한 왕업(王業)입니다."

항왕(項王)이 큰소리로 떠들었습니다.

"고금제왕을 모두 논하였는데 나를 언급하지 않음은 무슨 까닭이오?"

명태조가 대답했다.

"짐이 잊은 것이 아닙니다. 왕이 행한 일을 헤아리건대 필부로서 한 일은 많으나 제왕으로서의 덕은 부족하니, 기리자면 아첨에 가깝고 헐뜯자면 왕이 들으려 하겠습니까?"

항왕이 잠잠하며 아무런 대답이 없었다.

명태조가 말을 끝내며 한태조를 향해 말했다.

"공자(孔子)께서는 자공(子貢)이 남을 비방하는 것을 꾸짖으셨고, 마원(馬援)은 '남의 허물을 듣거든 부모의 이름을 듣는 것과 같이 하여 귀로 들을지언정 입으로는 말하지 말지라.'고 했거늘, 지금 과인이 자기의 과덕(寡德 : 덕망이 없음)을 생각지 않고 밝은 임금과 어진 군주들의 일에 대해서 방자히 평론하였으니 부끄럽고 송구하여 몸 둘 곳이 없습니다."

자리에 가득한 사람들이 칭찬하여 말했다.

"명태조가 여러 군왕들을 포폄한 것과 공명(孔明)이 여러 신하들을 품평한 것이 비록 옥형(玉衡)으로 달고 금척(金尺)으로 재었을망정 가볍고 무거움과 길고 짧음에 조금도 어긋나거나 틀리지 않을지니 어찌 그리도 과도히 겸양한단 말입니까?"

명태조가 겸손하게 사양하고 이전 자리로 나아가고는 물었다.

"짐이 도읍을 정하고자 하는데 어느 곳이 마땅하겠습니까?"

한태조가 말했다.

"짐이 북쪽으로 진희(陳稀)를 정벌하여 연(燕)과 대(代)의 지경에까지 이르렀고, 남쪽으로 경포(鯨布 : 黥布의 오기)를 물리쳐 오원(五原)의 강산을 두루 보았는데, 기주(冀州)와 금릉(金陵)이 남북에서 가장 뛰어난 지역이었습니다. 시험삼아 천하의 지형을 논하자면, <천하의> 서북에는 곤륜산(崑崙

山)이 있으니 산의 서쪽은 서역(西域)의 제국(諸國)이 되고 중국의 모든 산은 다 곤륜산에서 뻗어 나온 산줄기입니다.

동북 방향의 첫째 줄기는 만리장성(萬里長城)의 안과 황하(黃河)의 밖으로 뻗어나가 동쪽으로 갈석산(碣石山)에 이르렀는데, 모두 기주(冀州)입니다. 요임금이 도읍으로 정한 평양(平陽), 순임금이 도읍으로 정한 포판(蒲坂), 우임금이 도읍으로 정한 안읍(安邑), 탕임금이 도읍으로 정한 박(亳)은 모두 이 땅에 있습니다. 둘째 줄기는 옹주(雍州)로 뻗어나가 장안(長安)이 되었습니다. 셋째 줄기는 서주(徐州)로 뻗어나가 낙양(洛陽)과 변경(汴京)이 되고, 동으로 태산(泰山)이 되고 북으로 청주(靑州)가 되었습니다. 넷째 줄기는 익주(益州)에서 양주(揚州)에 이르렀다가 아래로 항주(杭州)에 놓여 금릉이 되었으니, 용이 서리고 범이 걸터앉아 있는 듯해 산세가 웅장한 곳이라 진실로 제왕의 도읍이라 할 만합니다.

대저 천운(天運)이 순환하여 천지의 기운이 성하다가도 쇠하기 때문에 삼대(三代)의 이전에는 제왕(帝王)이 하북(河北)에서 많이 나왔고 한당(漢唐) 이후에는 도읍이 하남(河南)에 많이 있었지만 강남(江南)만은 왕기(王氣)가 한창 성하니, 명태조가 장차 도읍할 터를 보려 할진댄 금릉(金陵)보다 더 좋은 곳이 없을 것입니다."

명태조가 고마움을 표했다.

진시황(秦始皇)이 한무제(漢武帝)에게 물었다.

"짐은 일생토록 있는 힘을 다해서 신선을 찾았어도 일찍이 그 방불한 자조차 만나지 못했습니다. 듣건대 무제를 가까이 모시던 신하 중에 참 신선이 있다 하던데, 청하노니 한번 볼 수 없겠습니까?"

한무제가 웃으며 말했다.

"이는 필시 동방삭(東方朔)을 가리키는 말씀인 듯합니다. 그 사람은 본디 신선의 풍채와 도인의 골격을 지녔지만, 자취를 금문(金門)에 감추고 성품이 남 웃기는 이야기를 즐겨하여 신선의 도를 말하지 않으니 불러 보아도 보탬이 없을 것입니다."

한태조가 말했다.

"선도(仙道)는 숨어 알려지지 아니한 술법입니다. 사람을 품평하던 중에 경솔하게 의논할 수 없으려니와, 이 사람은 남 웃기는 이야기를 즐겨한 다 하니 좌중에 불러서 선웃음이라도 치게 하면 좋을 듯합니다."

이윽고 동방삭을 부르니, 동방삭이 들어와 사배(四拜)를 하는데 신장이 9자나 되고 눈이 샛별같이 번뜩였다. 한태조가 말했다.

"경은 사람을 잘 평가한다 하니, 시험삼아 좌중의 여러 신하들에 대해 저마다 적합한 그 쓰임을 말하라."

동방삭이 대답했다.

"신의 얕은 식견으로 어찌 감히 신하들의 재주에 대한 우열을 평가하 여 지붕 위에 지붕을 얹고 침상 위에 침상를 겹쳐 놓는 격으로 쓸데없이 반복하겠습니까?"

한태조가 말했다.

"일시적인 농담으로 그 기뻐함을 더할 수 있으리니 사양하지 말라."

동방삭이 일어나 절한 뒤에 말했다.

"신의 소견으로 말씀드리자면, 제갈량(諸葛亮)으로 이부상서(吏部尙書)를 삼고, 소하(蕭何)로 호부상서(戶部尙書)를 삼고, 곽광(霍光)으로 태위(太尉)를 삼고, 위징(魏徵)으로 간의대부(諫議大夫)를 삼고, 한유(韓愈)로 지제고(知制誥) 를 삼고, 이정(李靖)으로 중서령(中書令)을 삼고, 이비(李秘 : 李泌의 오기)로 대홍려(大鴻臚)를 삼고, 범증(范增)으로 공부상서(工部尙書)를 삼고, 관우(關羽) 로 집금오(執金吾)를 삼고, 기신(紀信)으로 우림장군(羽林將軍)을 삼고, 조운(趙 雲)으로 유격장군(遊擊將軍)을 삼고, 한신(韓信)으로 대원수(大元帥)를 삼고, 엄 광(嚴光)은 한나라 청풍(淸風)을 주어 부춘후(富春侯)를 봉하고, 진단(陳摶)은 당나라 백운(白雲)을 맡게 하여 화산백(華山伯)을 봉함이 어떠하겠습니까?"

자리에 가득했던 사람들이 크게 웃었다.

한태조가 공명(孔明)에게 명하여 1등한 사람을 선발해서 전각에 올라와 장수를 비는 뜻으로 술을 바치게 하니, 모든 사람들이 차례로 올렸다. 소하(蕭何)가 일어나 춤추면서 노래를 불렀다.

몸은 도필리(刀筆吏)로서 일어났지만	身起刀筆
개를 풀어 짐승을 쫓게 한 공업을 이루었네.	方成發蹤指示之功
촉산이 높고 한수가 깊으니	蜀山高漢水深
사백 년 대업이 이로부터 비롯되었네.	方四百大業從此始

등우(鄧禹)가 노래를 불렀다.

지팡이 끌고 군문으로 오다가	仗策軍門
길에서 현명한 군주를 만났네.	方遇明主于巷
땔감을 안고 와 옷을 말리며	抱薪燎衣
온갖 위험과 고초를 갖추 맛보았네.	方備嘗險阻艱難
이름은 죽백에 드리우고	名垂竹帛
얼굴은 운대의 초상화로 남았도다.	方遺像雲臺之畫

배도(裴度 : 裵度의 오기)가 노래를 불렀다.

탁록의 전쟁에서 헌원을 돕고	涿鹿風塵助軒轅
오호의 그윽한 달빛에 범려의 배 띄웠네.	方五湖烟月泛范蠡之舟
녹야당 안이 맑은 홍취로 넉넉하니	綠野堂中淸興足
속세의 부귀공명은 헌신짝 같았네.	方世上功名如弊屣

한신(韓信)이 노래를 불렀다.

초나라 섬겼으나 쓰이지 못하여	事楚不見用
한나라 귀순하여 장단에 올랐네.	方歸漢登將壇
괴철의 심원한 모책도 따르지 않았거든	不從蒯撤深謀
진희와 했던 말을 들었던 이 누구였던가.	方陳豨之言聽者爲誰

이정(李靖)이 노래를 불렀다.

남아가 세상에 태어나	男兒生世
성군을 만나 공업을 세웠네.	方逢聖主成功業
몸소 태평을 이루었으니	身致太平
이름이 청사에 빛나네.	方名輝靑史

곽자의(郭子儀)가 노래를 불렀다.

충성으로 방패를 삼고	以忠誠爲干
절의로 칼과 창을 삼았네.	方節義爲釖戟
성군의 위령으로 중원을 숙청하니	聖主威令肅淸海內
늙은 신하의 공이 어찌 있겠는가.	方老臣之功何有

기신(紀信)이 노래를 불렀다.

외로운 성의 달이 어두우니	城孤月黑
일만 군사가 피눈물 뿌렸네.	方一萬軍兵灑血淚
절의와 충성이 가을하늘을 가로질렀으되	節義貞忠橫秋空
세상에 나를 아는 이는 한창려 뿐이었네.	方世上知我韓昌黎一人

악비(岳飛)가 노래를 불렀다.

살아서 임금의 은혜 저버리고	生負君恩
죽어서 원통한 넋이 되었도다.	方死爲寃魂
애비와 아들이 하루아침에 함께 죽었으니	父子一朝幷命
아득하고 아득한 하늘아 내 무슨 죄이던고.	方悠悠蒼天我何罪

악비가 노래를 마치고 두 눈의 눈물이 옷깃을 적시니, 자리에 가득한 사람들이 모두 슬퍼하였다. 진평(陳平)이 노래를 불렀다.

용을 끌어잡고 봉황에 붙어	攀龍附鳳
여섯 번 기묘한 계책을 내었네.	方六出奇計
태산이 숫돌 같고 황하가 띠 같도록	泰山如礪黃河如帶
공 세우고 이름 드리워 길이 부귀 누릴지라.	方功成名垂長享富貴

방통(龐統)이 노래를 불렀다.

잠총의 하늘과 땅에서 천자의 군사를 몰다	蠶叢乾坤駈天兵
적로마가 거꾸러질 줄 뜻하지 않았었네.	方不竟的盧馬蹶
오늘이 무슨 날이란 말인가	今日何日
성군을 모시고 법당에서 즐기느뇨.	陪聖主一堂行樂

범증(范增)이 노래를 불렀다.

백발의 늙바탕에 전쟁에서	白首風塵
무슨 일을 구했던가.	方求何事
군왕이 기묘한 계책을 쓰지 않으니	君王不用奇謀

또한 어디에 쓰겠는가.　　　　　　　　方亦奚以爲

팽월(彭越)이 노래를 불렀다.

이름이 회음(淮陰 : 한신)과 나란하니　　　名齊淮陰
공적이 한나라 왕실에서 높았네.　　　　方功高漢室
촉도의 바람이 애달프게도　　　　　　　蜀道風悲
당당한 대장부가 아녀자의 꾀에 빠졌네.　方堂堂丈夫陷兒女子之計

가복(賈復)이 노래를 불렀다.

단심에 탄식하여 몸 절로 가벼웠을 뿐　　丹心擊節身自輕
사람들은 그 용맹을 잘못 허여했네.　　　方人誤許其勇力
남으로 북으로 정벌하며 성군을 도우니　南征北伐助聖主
천하의 티끌이 맑아지고 물결이 잠잠했네.　方九州塵淸四海波伏

조운(趙雲)이 노래를 불렀다.

아미산 검각에서 머리를 돌리니　　　　峨嵋劍閣回首
장한 기상이 사라지고 말았네.　　　　　方壯氣不消
살아서 오나라 위나라 평정치 못했으니　生不能定吳魏
오늘날 용맹했다고 일컬어짐이 부끄럽네.　方今日恥勇猛之稱

　노래하기를 마치고 물러나 엎드려 절하니, 풍채가 당당하고 예절에 맞
는 몸가짐이 정중하였다. 한태조가 술을 하사하고 이어 역대의 신료들에
게 술을 내리게 하여 교리(交梨 : 배)며 화조(火棗 : 대추), 용간(龍肝)이며 봉
수(鳳髓)를 자리마다 벌여놓았으며, 다음으로 호위하고 있는 육군(六軍)들

에게도 호궤하게 하여 즐기는 소리가 우레와 같았다.

홀연히 징소리와 북소리가 천지를 진동하며 철기(鐵騎) 수십만 명이 들판을 뒤덮고 오니, 문을 지키던 장수가 나아가 정탐하고는 급히 보고하였다.

"원세조(元世祖)의 대군이 밖에 진을 치고 사자(使者)를 보내어 문에 이르렀습니다."

한태조가 원나라 사신을 부르도록 하여 온 까닭을 물으니, 사자가 대답했다.

"우리 황제가 천하를 통일한 공덕이 한(漢)나라나 당(唐)나라보다 못하지 않거늘 오늘의 연회에 초대하지 않았으므로 흉노(匈奴)와 돌궐(突厥), 오호(五胡)의 원위(元魏 : 北魏), 요금(遼金)의 토번(吐藩 : 티베트)을 거느리고 문죄하는 군사를 일으켜 왔으니, 만약 신속히 청하여 맞아들인다면 피차간에 전쟁을 하는 환란이 없을 것이나, 그렇지 않다면 승부를 결단코자 하나이다."

한태조가 노하여 꾸짖었다.

"네 임금이 이적(夷狄)으로서의 분수를 알지 못하고 남방의 세력이 크게 떨치지 못하는 때를 타고서 중국을 쳐 멸망시키려 사해(四海)를 어지럽게 하니, 그 죄가 하늘에 가득하리라. 오랑캐는 백 년의 운도 없는 데다 백성들이 오른쪽 옷섶을 왼쪽 옷섶 위로 여미는 것을 매우 수치스럽게 여기므로, 이곳에 진인(眞人)이 내려와 개와 양 같은 오랑캐를 베어 없애고 중원(中原)을 맑히셨으니, 짐이 기쁘고 다행함을 이기지 못하여 옥황상제께 아뢰고 이 연회를 베풀었다. 그리고 여러 중흥 천자들과 함께 술잔을 들어 명태조에게 축하한 것은 바로 오랑캐 먼지의 더러운 자취를 쓸어버렸기 때문이니, 어찌 쿠빌라이(必忽必 : 忽必烈의 오기, 원세조 이름)를 초청할 이유가 있겠느냐? 너희 되놈들은 언사가 패악하고 예의가 거만하니 마땅히 네놈의 머리를 먼저 베어서 깃대에 걸어놓고 삼군을 호령할 것이로되, 우리 중국의 예법에 적국과 상대하면서 사자를 죽이지 않는 까닭에 너를 놓아주노니, 돌아가서 네 임금에게 말하여라. 오랑캐의 운수가 장차 다하여 혈식(血食 : 나라의 제사)이 얼마 되지 않아 끊길 것이다. 어찌 황송함을 모르고 스스로 아주 결딴나 없어지기를 재촉한단 말인가? 속히 군문(軍門)에 나아와 항복을 청하고 머리를 조아려라. 그렇게 한다면 용서가 있으려니와 그렇지 않다면 한 필의 말과 한 대의 수레조차도 돌아갈 수가 없을 것이다."

원나라 사자는 몹시 두려워서 어찌할 줄 모르며 머리를 감싸고 돌아갔다.

당태종이 웃으며 말했다.

"한고조가 백등산(白登山)에서 7일간 모돈(冒頓)에게 포위되었을 때는 어찌 그리도 약하셨습니까? 오늘 원나라 사신에게 명령할 때는 천자의 풍도가 크게 떨쳐 곁에 있던 사람으로 하여금 두려워 털끝이 쭈뼛하게 했으니 어찌 그리도 장하십니까?"

한태조가 웃으며 말했다.

"그때는 그때이고 지금은 지금입니다. 그때는 누경(婁敬)의 말을 듣지 아니하여 흉노에게 곤욕을 당한 것이려니와, 지금은 주인과 손님의 형세입니다. 진시황(秦始皇)과 한무제(漢武帝)가 이 자리에 있어 적의 간담을 서늘하게 할 수가 있고, 당태종(唐太宗)의 영민함과 용맹함, 송태조(宋太祖)의 위풍은 또한 오랑캐의 혼을 놀라게 할 수 있으리니, 내 비록 평범하고 보잘것없으나 남의 힘으로 일을 이룰 수 있을 것입니다. 하물며 천고(千古)의 오랜 세월 동안 이름난 장수들이 모두 전각(殿閣)의 섬돌에 나열해 있고, 몽염(蒙恬)·위청(衛靑)·곽거병(霍去病)·이정(李靖)·곽자의(郭子儀)·악비(岳飛)는 모두 오랑캐가 두려워 복종하던 장군들입니다. 내 어찌 저들을 두려워하겠습니까?"

자리에 가득한 사람들이 크게 웃었지만, 오직 송고종(宋高宗)만이 근심스런 얼굴빛으로 말했다.

"호원(胡元 : 오호의 北魏)과 요금(遼金)의 강성함은 물론이거니와, 구이(九夷)와 팔만(八蠻)이 모두 체결하여 왔는지라 이 또한 강적(强賊)으로 가벼이 볼 수가 없으리니 화의를 청하는 것만 못합니다."

송태조(宋太祖)가 벌컥 화를 내며 말했다.

"금산사(金山寺)에 어찌 비단을 물 쏟듯이 한 자가 있단 말이냐? 만일 화친을 청코자 하면 진회(秦檜)를 불러 너에게 붙여주마."

송고종(宋高宗)이 부끄러워하는 기색이 얼굴에 가득하더니 다시 말을 하지 못했다. 한무제(漢武帝)가 억울하여 탄식하며 말했다.

"사람이 타고난 성정은 비록 죽어도 변하기 어렵다지만, 저 고종(高宗)이 아버지와 형의 원수를 갚지 못하고 모욕을 당하다가 오늘 좋은 기회를 만났는데도 치욕을 씻을 마음은 없이 오히려 화친 청하기를 생각하니, 이로써 보건대 송나라 왕실이 변변치 못하게 된 것은 오직 진회(秦檜)의 죄악 때문만이 아닙니다."

송고종(宋高宗)이 더욱 몸을 구부리고 조심조심 걸으면서 몸 둘 땅이 없는 듯하였다. 진시황(秦始皇)이 분노를 이기지 못하여 팔을 걷어 올리며 말했다.

"지금 송고종(宋高宗)의 의론을 듣자니, 사람으로 하여금 숨이 막혀 죽게 할 따름입니다. 짐이 여러 황제들을 위하여 청컨대 한무제(漢武帝)와 함께 친히 이 역적의 괴수를 정벌하여서 금일의 치욕을 씻겠습니다."

당태종(唐太宗)이 웃고 만류하며 말했다.

"법당(法堂)의 위아래에는 이름난 장수들이 숲을 이룬 듯하니, 어찌 구태여 만승(萬乘)의 지존(至尊)으로서 친히 개와 양처럼 하찮은 오랑캐와 승부를 겨루겠습니까? 하물며 오늘의 연회는 실로 좋은 일이거늘, 전쟁 때문에 마치는 것은 진실로 마땅하지 않습니다. 먼저 사자(使者)를 보내어 저쪽의 회답을 들어본 연후에 전쟁을 해도 늦지가 않습니다."

한태조가 태중대부(太中大夫) 육고(陸賈)에게 명령했다.

"그대는 원나라 군중에 가서 군정(軍情)을 살피고 형세를 정탐하여 돌아와서 보고하라."

육고가 돌아와서 보고하였다.

"신(臣)이 가서 역대 천자의 성덕을 널리 알리고 진시황(秦始皇)과 한무제(漢武帝)께서 친히 정벌하려는 저의를 전하니, 원(元)나라 세조(世祖)는 크게 두려워하고 전쟁할 마음이 없었습니다. 그런데 그 손자 성종(成宗)이 말하기를, '지금에 이르러 항복하면 필시 중국 만대에 비웃음을 받게 될 것이요, 물러나서 고국으로 돌아가면 저들은 필시 승세를 타고 우리를 추격할 것이니 진퇴유곡입니다. 진시황(秦始皇)과 한무제(漢武帝)는 우리와 오래된 묵은 원한이 없어 꼭 싸울 필요가 없거니와, 듣건대 명태조(明太祖)는 바야흐로 북벌을 하려 한다 하니 마땅히 명태조(明太祖)와 자웅을 겨루어야 뒷날 사직의 길흉을 점칠 수 있을 것입니다.' 하니, 세조(世祖)가 그 말을 따라 명태조(明太祖)와 서로 싸우기를 청하였습니다. 신(臣)이 그들에게 퇴각하도록 권유했어도 반드시 듣지 않을 것이라서, 그들의 군중 형세를 살펴보니 군사는 비록 많지만 정제되어 있지 않아 여러 추장들이 모두 모여 위차를 다투느라 서로 화목하지 못하였고, 또 역대 황제들의 성덕과 많은 명장들의 용맹을 두려워하여 군졸들이 모두 뿔뿔이 달아나려는 마음이었습니다. 만일 이때를 타서 일지병(一枝兵 : 한 부대의 병력)을 보낸다면 적국은 마치 썰물이 밀려나가는 듯한 형국일 것입니다. 때문에 신은 전쟁할 의사를 표명하고 돌아왔습니다."

명태조가 다 듣고는 몸을 떨쳐 일어나 모든 황제들에게 말했다.

"이 도적은 무례함이 심하니, 오늘 무찔러 죽여 없애버리지 못하면 무슨 면목으로 중국에 서겠습니까? 과인만이라도 휘하의 장수들을 거느리고 출전하여 그 승패를 보겠습니다."

친히 대군을 거느려 절의 문밖에 둔치고 서달(徐達)·상우춘(常遇春)·탕화(湯和) 등의 장수들로 하여금 좌우로 돌격하게 하니, 화광이 하늘로 치솟고 함성이 땅을 진동하였다. 원나라 군대가 대패하여 갑옷을 버리고 무기를 끌며 달아나거늘, 10여 리를 따라가 마구 치니 모든 추장들이 모두 안개가 흩어지듯 하였다.

명태조가 승전고를 울리며 돌아오니, 모든 황제들이 크게 기뻐하며 맞아서 축하하고 금으로 된 술잔을 씻어 경액(瓊液 : 술)을 내어왔다. 서쪽 하늘의 달이 기울고 수부(水府)의 닭이 울거늘, 항왕(項王)이 먼저 돌아가고 진시황(秦始皇)·한무제(漢武帝)·한광무제(漢光武帝) 이하 여러 황제들이 차례로 일어나니 '물렀거라.' 하는 소리가 원근에서 들렸다. 오직 한고조, 당태종, 송태조가 자리에 머물렀다가 명태조에게 말했다.

"명태조의 얼굴을 보니 진실로 당당한 태평성대의 천자입니다. 이후 3년이면 천하가 평정되어 황제의 자리를 길이 누리리니, 오늘의 즐거움을 의당 서로 잊지 말도록 합시다."

명태조가 일어나 감사하며 말했다.

"황제들께서 베풀어주신 두터운 마음을 과인이 어찌 감히 잊겠습니까?"

이윽고 촛불을 밝히고 조용히 담소하는데, 유사(有司)가 고하였다.

"옥루(玉漏 : 물시계)가 이미 다하고 하늘빛이 불그스름하게 밝아와 거마를 정돈해 놓고 기다리고 있습니다."

네 황제가 차례로 탔다.

<금화사몽유록> 끝 ♣

한문필사본 〈금산사몽유록〉

원문과 주석

金山寺夢遊錄

　　金山在江東縣, 寺之刱, 未知何代何年, 而其結構之精嚴, 殆甲於天下。蒼龍四衛, 山埶[1]最高, 淸淑之氣, 上幡于天, 而靈異之著, 盖已久矣。

　　逮夫元順帝至正[2]末, 江東有一秀士[3], 志氣豪俠, 胸襟灑落[4], 才兼文武, 學通古今, 知胡運之將盡, 見盜賊之群起, 乃無意於爵祿, 以周覽山川之志。

　　一日, 行至金山, 採藥洗濯溪, 彎弓以逐獸, 來往溪邊, 不覺日暮。忽暝色四起, 棲鴉亂啼, 石逕崎嶇, 彷徨獨立, 莫知所適。夜入金山寺, 僧皆避兵四走, 殿閣荒塵, 惟有獸蹄鳥跡, 交雜于中而已。秀士飢餒頗甚, 披塵困臥于佛榻。

　　忽有一人言："漢皇帝來臨云, 而唐宋明三皇帝, 尙無消, 亦可怪也." 一人問曰："四位天子, 以何事來會?" 答曰："漢太祖[5], 以豁達大度[6], 乘二七際之運[7], 基四百年之國, 唐太宗・宋太祖・明太祖, 俱有刱業。而四皇今夜, 設一

---

1) 山埶(산집) : '山勢'의 오기인 듯.
2) 至正(지정) : 元나라 順帝(1333-1367)의 연호(1341-1367). 그 앞에 '元統, 至元'이라는 연호를 썼다.
3) 秀士(수사) : 학술과 덕행이 뛰어난 선비.
4) 胸襟灑落(흉금쇄라) : 마음이 탁 트임. 黃庭堅이 <濂溪詩序>에서 주돈이의 높은 인품과 탁 트인 흉금을 묘사하여 "흉금이 시원하기가 마치 맑은 바람과 씻은 듯한 달.(胸中灑落, 如光風霽月.)"이라고 한 데서 온 말이다.
5) 漢太祖(한태조) : 漢太祖高皇帝 劉邦을 가리킴. 흔히들 漢高祖라 칭한다. 楚나라 懷王의 命을 받고 項羽와 길을 나누어 秦나라를 공략하여 먼저 關中에 들어갔다. 그 후 項羽와 다투기 무릇 5년, 마침내 국내를 통일하고 漢朝를 세워, 長安에 도읍하였다.
6) 豁達大度(활달대도) : 활달하고 큰 도량. ≪사기≫<高祖本紀>에서 "뜻은 활달하고 항상 큰 도량이 있었다.(豁達大度)"라고 하여 漢高祖를 칭찬한 말.
7) 二七際之運(이칠제지운) : 火德의 운을 일컫는 말. ≪河圖洛書≫에 의하면, 生數로서 地二生火(땅의 2는 화를 낳음)와 成數로서 天七成火(하늘의 7은 화를 이룸)는 곧 火를 일컫기

大宴會, 故金山神靈及土地・城隍, 皆待候矣." 秀士聞而怪之。

俄而, 星月蒼凉, 燭光照曜羣動地, 紅布官員百餘人, 先入法堂, 高設錦帳, 金榻四座, 次第列置, 左右設日月屛[8], 每座前排玉案, 列兩行火燭。且於東西兩樓, 亦皆排設, 極其廣闊, 可容萬人, 光彩燦爛, 眼纈不敢見焉。

設畢, 遙聞呵殿[9]之聲, 降自九霄, 而億萬軍兵, 齊鳴金鼓, 四面扈衛, 靑紅旗幟, 黃金節鉞, 飄颻嫋娜, 威儀甚盛。五色祥雲, 覆擁輦上, 左右羣臣, 玉佩琤琤。一陣香烟, 前導而升九層階。金冠黃袍, 徐步入堂, 爲首隆準[10]龍顏, 此漢太祖高皇帝。次龍鳳之姿[11], 天日之表[12], 氣宇堂堂, 英彩拔越, 此唐太宗[13]。次龍顏鳳目, 方面大耳, 此宋太祖[14]。次龍鳳姿質, 氣像嚴偉, 此大明洪武皇帝[15]。

漢太祖座上榻, 唐太宗座二榻, 宋太祖座三榻, 四榻則明帝踽踽謙讓。漢帝曰 : "今之歷數[16]在帝躬, 何以讓焉?" 明帝答曰 : "此榻, 刱業主所座。顧今寡人之德薄, 不能掃除, 北有元帝[17], 西有陳友諒[18], 經座此位, 不亦濫乎?" 漢帝

때문이다.

8) 日月屛(일월병) : 日月屛風. 주로 용상 뒤에 놓였는데 이 병풍은 왕권을 상징할 뿐만 아니라 백성들의 태평성대를 염원하는 의도에서 제작된 것이라 한다.

9) 呵殿(가전) : 辟除. 지위가 높은 사람이 행차할 때, 驅從 別陪가 잡인의 통행을 금하던 일.

10) 隆準(융준) : 높이 솟은 콧마루.

11) 龍鳳之姿(용봉지자) : 용과 봉황처럼 준수한 자질. 곧, 帝王의 모습.

12) 天日之表(천일지표) : 四海에 군림할 相. 곧 천자의 人相.

13) 唐太宗(당태종) : 李世民. 隋나라 말기의 난에 아버지인 高祖 李淵을 도와 천하를 통일하고 3省 6部와 租庸調 등의 여러 제도를 정비, 外征을 행하여 나라의 기초를 쌓았다.

14) 宋太祖(송태조) : 趙匡胤. 後周를 통합하고 화북지방을 평정하여 宋나라를 창건한 황제가 되었다. 점진적 개혁을 통하여 문민통치와 중앙집권제를 확립했다.

15) 大明洪武皇帝(대명홍무황제) : 明나라 太祖 朱元璋. 諡號는 高皇帝. 홍건적에서 두각을 나타내어 각지 군웅들을 굴복시키고 명나라를 세웠다. 동시에 북벌군을 일으켜 원나라를 몽골로 몰아내고 중국의 통일을 완성, 漢族 왕조를 회복시킴과 아울러 중앙집권적 독재체제의 확립을 꾀하였다.

16) 歷數(역수) : 왕위를 주고받는 차례. 예정된 운명.

17) 元帝(원제) : 원나라 順帝를 가리킴.

18) 陳友諒(진우량) : 元나라 말기의 群雄. 본래 성은 謝인데, 할아버지가 진씨 집안에 데릴사위로 들어가 그 성을 따랐다. 徐壽輝가 반란을 일으키자 그 휘하에 들어가 倪文俊의 簿椽이 되어 무장으로서의 자질을 길러나갔다. 至正 17년(1357) 예문준을 죽이고 그 병력을

笑曰 : "惟彼兩賊, 不數年而平定。且今日宴席, 爲帝以設, 請勿辭." 明帝三讓, 而后升座。

諸從臣僚, 分文武, 東西班而侍衛。漢之文官, 蕭何[19]・張良[20]・陳平[21]・酈食其[22]・陸賈[23]・隨何[24]・叔孫通[25]等二十餘人, 唐長孫無忌[26]・魏徵[27]・王洼[28]・房玄齡[29]・杜如晦[30]・劉文靜[31]・褚遂良[32]・虞世南[33]・

모은 다음, 안휘성 남부에 기반을 굳혔다. 1359년에는 황제 서수휘를 죽이고 스스로 황제라 부르며 국호를 大漢이라 했다. 江州에 도읍하고 한때 江西와 호남, 호북을 세력 아래 두고 朱元璋과 싸웠지만, 1363년에 패하여 전사했다.

19) 蕭何(소하) : 前漢의 정치가. 漢나라 高祖 劉邦의 功臣. 韓信・張良과 더불어 한나라 三傑. 한나라 유방과 초나라 항우의 싸움에서는 관중에 머물러 있으면서 고조를 위하여 양식과 군병의 보급을 확보했으므로, 고조가 즉위할 때에 논공행상에서 으뜸가는 공신이라 하여 鄭侯로 봉해지고 식읍 7,000호를 하사받았으며, 그 일족 수십 명도 각각 식읍을 받았다. 秦나라의 법률・제도・문물의 취사에 힘쓰고 한나라 왕조 경영의 기틀을 세웠다. 漢나라의 律令 '律九章'을 만들었다.

20) 張良(장량) : 前漢 創業의 功臣. 자는 子房. 蕭何와 韓信과 함께 한나라 三傑. 漢高祖 劉邦의 謀臣이 되어 秦나라를 멸망시키고 楚나라를 평정하여 漢業을 세웠다.

21) 陳平(진평) : 前漢 초기의 공신. 지모가 뛰어나 項羽의 신하였다가 高祖 劉邦에게 투항하여 여섯 가지의 묘책을 써 楚나라 승상 范增을 물리친 공을 세웠다. 惠帝 때 좌승상이 되고, 呂氏의 난 때는 周勃과 함께 평정하였다. 文帝 때 승상이 되었다.

22) 酈食其(역이기) : 漢初의 策士. 高祖를 위해 齊에 가서 遊說하여 70여성을 항복받았는데, 후에 韓信의 대병이 齊를 공략하였으므로 大怒한 齊王 田廣에게 죽임을 당했다.

23) 陸賈(육고) : 漢初의 학자. 초나라 사람. 高祖의 說客으로서 南越王 趙佗를 설득시켜 천하 통일에 공이 커 벼슬이 太中大夫에 이르렀다. 칙명을 받들어 ≪新語≫ 12편을 지었다.

24) 隨何(수하) : 前漢 초기의 정치가. 漢高祖의 辯士로서 공을 많이 세운 文臣. 楚漢 쟁패시 고조의 謁者로 당시 項羽의 부하였던 英布를 설득하여 초나라를 배반하고 한나라에 망명하게 하였다. 한나라가 창건되자 그 공으로 護軍中尉가 되었다.

25) 叔孫通(숙손통) : 前漢의 유생. 秦나라를 배신하고 漢나라의 高祖를 섬겨 儀禮를 제정하였고 그 공로로 만년에는 太子太傅가 되었다.

26) 長孫無忌(장손무기) : 唐나라 초기의 정치가. 唐高祖 李淵이 기병했을 때 太宗을 따라 변방 정벌 사업에 가담했고, 玄武門의 정변을 평정하여 趙國公에 봉해졌다. 高宗때 황후를 武昭儀로 올려놓으려 하자 이를 반대하다 黔州로 유배당하여 그곳에서 목매 자살했다.

27) 魏徵(위징) : 唐나라 太宗 때의 名臣. 諫議大夫・祕書監이 되고 鄭國公에 봉해졌다. 시류에 아부하지 않고, 자신을 돌보지 않으며, 마음에서 우러나오는 진실한 말로 황제에게 200여 차례 직간했다 하여 후세에 忠諫의 대표적 인물로 꼽힌다.

28) 王洼(왕규) : 王珪의 오기. 당나라 본디 태자 李建成의 洗馬로 있으면서 태자를 섬기던 인물이었는데, 太宗이 형 이건성을 죽이고 황제에 오른 뒤에 魏徵과 함께 태종에게 등용되어 큰 공을 세운 인물이다. 太宗 때에 諫議大夫가 되어 禮部尙書에 이르렀다.

29) 房玄齡(방현령) : 唐나라 정치가. 太宗이 즉위하자 15년 동안 재상의 자리에서 杜如晦와

馬周34)等二十餘人, 宋趙普35)・竇儀36)・王璃37)・張齊賢38)・雷德讓39)・李
光弼40)等二十餘人, 華山處士陳搏41)白衣入侍, 明劉基42)・宋濂43)・聚承44)・

함께 태종의 貞觀之治를 도왔다.

30) 杜如晦(두여회) : 唐나라 정치가. 房玄齡과 함께 李世民을 보좌하여 태종으로 옹립했으며,
당나라의 법률과 인사 제도를 정비해 貞觀之治를 구축하였다.

31) 劉文靜(유문정) : 唐나라 太宗 때의 인물. 隋末에는 晉陽의 현령으로 있다가 唐태종과 함
께 기병하여 천하를 통일하는데 공이 있었다. 그는 자신의 재주와 공훈이 裵寂의 아래에
있다고 여겼다.

32) 褚遂良(저수량) : 唐나라 초기의 정치가・서예가. 太宗이 중용하였으나 직간함으로 그를
꺼리었다. 高宗이 황후를 폐하고 武昭儀를 세우매 극간하다가 내쫓김을 당하고 울분으로
죽었다.

33) 虞世南(우세남) : 唐 초기의 명신. 煬帝는 그의 지나치게 바름을 꺼려 중용하지 않았으나,
太宗은 그를 중용하였고 德行・忠直・博學・文詞・書翰에 능하다 하여 五絶이라 칭송하
였다. 書家로도 유명하다.

34) 馬周(마주) : 唐太宗의 문신. 어릴 때 고아가 되고 가난했지만 배우기를 좋아했고 ≪시경≫
과 ≪춘추≫에 밝았다. 中郞將 常何의 家客으로 있으면서 629년 상하를 대신해 20여 가
지 일에 대해 쓴 上書가 당시의 절실한 일들이었다. 태종이 불러 이야기를 나누어보고
몹시 기뻐하며 門下省에서 일하도록 했다. 나중에 監察御史와 給事中, 中書侍郎, 中書令
등을 지냈다. 명쾌하고 주도면밀한 변설로 諫言하여 태종의 총애를 받았다.

35) 趙普(조보) : 宋나라 건국 공신・재상. 太祖 추대에 공이 있어 정승이 되어 創業期의 內外
政治에 참여하였으며, 태종 때에도 政丞과 太師를 지냈다. 처음에는 학문이 어두웠으나
太祖의 권고를 받은 뒤부터는 그의 손에서 책이 떠나지 않았다 한다.

36) 竇儀(두의) : 吳末宋初의 관리. 竇禹鈞의 長子. 宋太祖 때에 工部尙書, 判大理寺事 등을 지
냈다.

37) 王璃(왕리) : 王祜 오기. 五代末 宋初의 관리. 五代十國 시기의 인물로 뒤에 北宋의 관리가
되었다. 後晉, 後漢, 後周에서 魏縣令, 南樂令을 지냈다. 송나라에서 監察御史, 知光州, 殿中
侍御史, 知制誥, 集賢院修撰, 翰林學士, 河中府, 中書舍人, 充史館編修, 兵部侍郎 등을 역임했
다.

38) 張齊賢(장제현) : 송나라 태조가 洛陽에 행차했을 때, 布衣로 와서 보고 열 가지 대책을
올리기도 하였다. 宋 眞宗 때 兵部尙書・中書門下平章事를 거쳐 司空에 이르렀다.

39) 雷德讓(뇌덕양) : 雷德驤의 오기. 송나라 초의 判大理寺. 太祖의 노여움을 사서 商州司戶參
軍으로 좌천되었다가 秘書丞이 되었고, 太宗 때에는 戶部侍郎이 되었다.

40) 李光弼(이광필) : 미상.

41) 華山處士陳搏(화산처사진단) : 陳搏은 ≪주역≫에 능했음. 전설에 의하면, 진단이 일찍이
자신의 사주를 짚어 보니 천자가 될 운명이었다. 그래서 100일 동안 잠을 자며 기회를
기다리다가, 흰 나귀를 타고 汴州에 들어갔다. 중도에 자신과 사주가 같은 宋太祖가 천
자에 등극했다는 소식을 들었다. 진단이 어이없어 크게 웃다가 나귀 등에서 떨어져서는
"천하가 이 사람에게 정해졌다.(天下於是定矣.)"라고 하였다. 이윽고 그 길로 화산에 들어
가 도사가 되었다.

42) 劉基(유기) : 元末 明初의 유학자・정치가. 천문・병법에 능했다. 明나라 太祖를 도와 中原

張孟⁴⁵⁾・方孝孺⁴⁶⁾・孟成⁴⁷⁾等二十餘人,　漢朝武臣,　韓信⁴⁸⁾・彭越⁴⁹⁾・曹
參⁵⁰⁾・黥布⁵¹⁾・王陵⁵²⁾・周勃⁵³⁾・樊噲⁵⁴⁾・灌嬰⁵⁵⁾・張耳⁵⁶⁾・記信⁵⁷⁾等三

을 얻어 誠意伯이 되었다.

43) 宋濂(송렴) : 明나라의 유학자. 太祖가 세력을 잡은 후에 부름을 받고 南京으로 가서 왕세
　　자의 스승이 되고, 1369년 ≪元史≫ 편수의 총재를 지낸 뒤, 동년 翰林學士에 임명되었
　　다. 이후, 태조의 고문으로 신임이 두터웠고, 68세에 致仕하였다. 71세 때 그의 손자가
　　죄를 지었기 때문에 그도 四川省으로 귀양 가서 그곳에서 병사하였다.

44) 聚承(취승) : 미상.

45) 張孟(장맹) : 미상.

46) 方孝孺(방효유) : 明나라 大臣이자 학자, 문학가, 사상가. 燕王 朱棣가 황위를 찬탈한 뒤,
　　스스로 周公이 成王을 도운 일에 비교하면서 그에게 卽位詔書를 기초하도록 명하자 붓을
　　땅에 내던지고 "성왕이 어디에 있는가?"라며 죽음을 각오하고 거부했다. 연왕은 노해
　　그를 磔刑에 처했고, 그의 학생 870여 명과 친족 등 10族이 멸족되었다.

47) 孟成(맹성) : 미상.

48) 韓信(한신) : 前漢의 武將. 張良・蕭何와 더불어 한나라 三傑. 高祖 劉邦을 따라 趙・魏・
　　燕・齊를 멸망시키고 항우를 공격하여 큰 공을 세웠다. 한의 통일 후 楚王이 되었으나,
　　유방이 그의 세력을 염려하여 淮陰侯로 임명하기도 했다. 후에 呂后에게 피살되었다. 이
　　때 그는 '狡兎死走狗烹'이라는 명언을 남겼다.

49) 彭越(팽월) : 前漢 創業 초기의 武將. 처음엔 項羽 밑에 있었으나 뒤에 漢高祖 유방을 쫓아
　　楚나라를 垓下에서 멸하는데 많은 공을 세웠으므로 梁王으로 봉해졌다. 뒤에 참소를 입
　　어 三族과 함께 誅殺당하였다.

50) 曹參(조참) : 西漢의 개국공신. 漢高祖 유방을 蕭何와 함께 보필하여 천하를 평정하고 平陽
　　侯로 封侯되었다. 이때 선정을 베풀어 賢相으로 불렸다. 惠帝 때 소하의 뒤를 이어 재상
　　이 되어 소하가 만든 約法을 그대로 시행하였다.

51) 黥布(경포) : 項王 때의 장수. 원래 이름은 英布인데, 형벌을 받아 얼굴에 문신을 했기 때
　　문에 '黥'으로 고쳤다. 項羽를 따라 咸谷關을 칠 때 군사의 선봉장을 맡았지만, 隨何의 설
　　득으로 유방에게 귀의한 인물이다.

52) 王陵(왕릉) : 漢高祖 劉邦의 장수. 項羽가 왕릉의 어머니를 인질로 삼자, 왕릉의 모친이 몰
　　래 왕릉에게 사람을 보내 유방을 배반하지 말 것을 당부하고 자결하였다. 한나라가 건
　　국되자 安國侯에 봉해졌고, 우승상이 되었다.

53) 周勃(주발) : 漢高祖 劉邦의 武將. 高祖를 따라 통일의 공을 세우고 惠帝와 文帝를 섬겨 승
　　상에 올라 絳侯에 봉해졌다. 呂后 死後에는 그 일족의 난을 평정하여 漢室의 안녕을 도모
　　하였다.

54) 樊噲(번쾌) : 漢高祖 劉邦의 武將. 젊어서 屠狗業을 했다고 한다. 項羽가 鴻門宴에서 한고조
　　유방을 맞아 잔치할 때 范增이 유방을 모살코자 하니 번쾌가 기지를 발휘하여 유방을
　　구하였다. 이때 번쾌가 노하여 머리카락이 뻗어 위로 올라가고 눈자위가 다 찢어질 듯
　　부릅뜨며 항우를 노려보았다 한다. 뒤에 舞陽侯로 봉함을 받았다.

55) 灌嬰(관영) : 漢高祖 劉邦의 신하. 젊었을 때는 비단이나 명주를 파는 일로 업을 삼았다.
　　장군으로 齊를 평정하고, 項籍을 죽였으며, 穎陰侯에 봉해졌다. 呂后가 죽은 뒤 周勃, 陳
　　平 등과 함께 여씨 일족을 주살했다. 文帝를 옹립한 뒤 太尉가 되었다가 얼마 후 주발을

十餘人，唐尉遲敬德58)·隱開山59)·屈突通60)·薛仁貴61)等三十餘人，明徐達62)·常遇春63)·湯和64)·傅友德65)·李文忠66)·胡大海67)等三十餘人。

대신해 丞相에 올랐다.

56) 張耳(장이) : 秦末 漢初의 群雄의 한 사람. 陳勝·吳廣이 擧兵하자 陳餘와 더불어 趙나라로 가서 그 정승이 되었는데, 장이가 秦軍에게 포위되었을 때 陳餘가 구원을 거절하고 또 진나라가 망한 후 진여가 제나라 군사를 끌어들여 조나라를 공략했으므로, 장이는 漢高祖에게 귀속하여 韓信과 군사를 합하여 井徑에서 진여를 쳐 베어 죽였다.

57) 記信(기신) : 紀信의 오기. 漢高祖 劉邦의 장수. 고조가 항우의 군사에게 포위당했을 때 高祖의 수레를 타고 자신이 고조인 양 초나라 군사를 속여 고조를 도망치게 한 후 자신은 잡혀 죽었다.

58) 蔚遲敬德(울지경덕) : 尉遲敬德의 오기. 경덕은 尉遲恭의 자. 唐나라 초기의 大臣이자 名將. 凌煙閣 24공신 중 한 사람으로 천성이 순박하고 충성스러우며 중후한 모습으로 용감무쌍했다. 일생동안 전쟁터를 누비고 다녔고, 玄武門의 정변 때에 李世民을 도왔다. 벼슬은 涇州道行軍總管, 右武侯大將軍, 襄州都督, 同州刺史, 宣州刺史, 鄜州都督, 夏州都督, 開府儀同三司 등을 역임했고, 鄂國公으로 봉해졌다.

59) 隱開山(은개산) : 殷開山의 오기. 唐나라 태종 때의 사람. 唐高祖가 기병할 때에 大將軍으로 불렸으며, 태종을 쫓아 薛仁杲를 정벌하고 또 王世充을 토벌하는데 공이 있었다.

60) 屈突通(굴돌통) : 唐나라 초기의 정치가. 唐高祖가 기병했을 때 河東을 지키고 있다가 당 고조에게 크게 패해 사로잡혔다. 태종을 쫓아 薛仁杲를 정벌하고 또 王世充을 토벌하는데 공이 있었다.

61) 薛仁貴(설인귀) : 唐나라 고종 때의 장군. 668년 羅唐 연합군에 고구려가 망한 후에 당이 평양에 安東都護府를 설치하자 그는 檢校安東都護가 되어 부임했다.

62) 徐達(서달) : 처음에는 郭子興의 副將이었다가, 후에 太祖가 돌아갈 때에 戰功이 있어 大將軍이 되었다. 벼슬이 中書右丞相이 되었으며 魏國公에 책봉되었다.

63) 常遇春(상우춘) : 明나라 太祖를 섬겨 軍功을 세웠고, 벼슬이 平章軍國重事에 이르렀다.

64) 湯和(탕화) : 明나라 開國功臣. 1352년에 郭子興의 봉기군에 참가하여 千戶가 되었고, 朱元璋을 따라 長江을 건너 集慶을 점령하는데 공을 세워 統軍元帥, 征南將軍 등을 지냈다.

65) 傅友德(부우덕) : 明나라 개국명장. 元나라 말기에 劉福通의 義軍에 참가하여 李喜喜의 蜀으로 들어갔다. 뒤에 부하들을 이끌고 朱元璋에게 투항하여 大將이 되었다. 그 뒤 몇 차례에 걸쳐 북상하여 원나라의 잔병을 공격하여 큰 공을 세웠다. 또 四川, 貴州, 雲南을 공격하여 평정하였다. 그 공으로 潁國公에 봉해졌다.

66) 李文忠(이문충) : 明나라 太祖 朱元璋의 외조카이자 양자. 양자가 된 후에 친히 군사들을 이끌고, 池州를 지원 나갔다가 天完軍을 물리치는데 큰 공을 세웠다. 그 공로로 浙江行省平章事가 되었다. 명나라가 건립된 후에도 여러 차례 원정을 나가서 원나라 잔여 세력을 제거하는 데 앞장서서 曹國公에 봉해지고, 大都督府(최고의 군사기구)를 주재하고, 國子監을 주관하게 하였다. 그러나 직언을 하다 주원장의 눈에 거슬려 독살 당했다.

67) 胡大海(호대해) : 키가 크고 얼굴이 검었으며 지혜와 힘이 남보다 뛰어났다. 태조를 쫓아 강녀 건너 諸將의 땅을 빼앗았다. 僉樞密院事에 올랐다. 후에 苗軍에게 살해되었으나, 越國公에 追封되었다.

於是, 召漢朝張良·唐朝長孫無忌·宋朝趙普·明朝劉基入侍, 漢帝喟然嘆曰：“國運有限, 英雄代起, 朕剏業之時, 未知有唐有宋矣。又安知今日便作大明之世耶? 今朕等, 厭天上玉樓之閑寂, 尋下界風土之舊跡, 江山風景, 依舊秀麗, 而天時人事, 倏然而變, 豈不傷感哉?” 唐太宗曰：“物盛則衰, 天道之常, 樂極哀來, 人事之所不免者, 若天道恒久, 人事不變, 秦之始皇, 必傳之無窮[68], 漢皇雖有大德, 豈能得天下乎? 今日夜氣清幽, 山川絶勝, 歷代剏業君, 各率英雄豪傑而會, 實古今罕有之盛事。做一場之快樂, 以忘存亡之悲懷, 可乎?” 三皇帝, 齊聲應諾。

於是, 蓬萊[69]伶官[70]進樂器, 琅苑仙子舞霓裳[71], 鈞天廣樂[72], 以次而奏, 淸歌遏行雲[73], 妙舞起香風, 緱山道士[74], 橫玉笛, 齊楚小娘, 弄鳳笙, 曲調冽亮, 音韻淸絶, 怳若身飛瑤臺月宮之間也。

黃金樽中, 有瓊液[75]之澹, 白玉盤上, 盡水陸之味, 此則人世所未見也。酒半酣, 漢帝擧玉杯曰：“昔者, 朕以一釰, 斬白帝精靈, 鬼母哭聲嗷嗷[76], 心竊自

---

68) 秦之始皇, 必傳之無窮(진지시황, 필전지무궁)：≪사기≫<秦始皇本紀>의 “짐을 始皇帝라 부르고 후세는 그 수로써 계산하여 이세, 삼세에서 수만 세에 이르도록 영원히 전하도록 하라.(朕爲始皇帝, 後世以計數, 二世三世至于萬世, 傳之無窮.)”는 구절을 염두에 둔 표현임.
69) 蓬萊(봉래)：蓬萊山. 전설적인 三神山의 하나로 신선이 산다고 한다.
70) 伶官(영관)：음악을 맡아보던 관리.
71) 霓裳(예상)：무지개와 같이 아름다운 치마라는 뜻으로, 신선의 옷을 이르는 말.
72) 鈞天廣樂(균천광악)：아주 미묘한 천상의 음악. 趙簡子가 병이 들어 5일 간 인사불성이었는데, 의식이 돌아오자 “내가 상제가 계신 곳에 가서 매우 즐거웠고, 百神과 균천에서 노니는데 삼대의 음악과 달라 廣樂의 九奏와 萬舞 소리가 마음을 감동시켰다.” 하였다.
73) 遏行雲(알행운)：秦나라의 명창 秦靑이 노래를 부르자, 가던 구름도 그 소리를 듣고 멈춰 섰다는 이야기가 ≪列子≫<湯問>에 전함.
74) 緱山道士(구산도사)：緱山은 河南省 偃師縣에 있는 산. 緱嶺 또는 緱氏山이라고도 한다. 周靈王의 태자인 王子喬는 직간하다가 폐하여 서인이 되었는데 피리 불기를 좋아하였다. 道士 浮丘生이 왕자교를 인도하여 嵩高山에 올라갔는데, 그가 신선이 된 뒤 가족을 만나기 위해 잠깐 인간 세상에 내려왔다가 다시 헤어졌다는 산 이름이다.
75) 瓊液(경액)：술의 美稱.
76) 朕以一釰~鬼母哭聲嗷嗷(짐이일검~귀모곡성오오)：≪史記≫<高祖本紀>에 의하면, “漢高祖 劉邦이 亭長으로 있을 때 죄수들은 押送하는 도중 起兵을 결심하고 술에 취하여 밤길을 가게 되었었다. 마침 그의 앞에 큰 뱀이 나타나 길을 가로막자, 고조는 술김에 칼을

負。其後, 受懷王[77]命, 先入關中[78], 降子嬰[79], 約法三章[80], 初雖順矣。自鴻門宴[81]罷後, 圍於彭城[82], 敗於成皋[83], 性命之危, 非一非再, 而幸賴皇天之默佑, 羣臣之竭力, 終成大業。而備嘗險阻艱難, 豈有如朕者乎? 唐帝, 七年干戈, 百戰百勝, 威如雷霆, 勢如破竹, 東擒世充[84], 西誅建德[85], 北制突厥, 身致三十

빼어 뱀을 베었다. 뒤에 따라오던 사람들이 그곳에 이르니 한 노파가 울면서 하는 말이 '내 아들은 白帝의 아들인데 마침 뱀으로 변해 있다가 방금 赤帝의 아들에게 죽임을 당했다.'고 하였다." 한 것을 염두에 둔 표현임.

77) 懷王(회왕) : 楚懷王. 성은 熊氏고, 이름은 槐며, 威王의 아들이다. 재위 기간 중에 정치는 부패하고 賢臣들은 배척을 당했다. 昭陽에게 군사를 주어 魏나라를 공격하게 하여 襄陵에서 위나라 군대를 격파하고 여덟 고을을 얻었으나, 山東의 여섯 나라가 秦나라를 공격할 때 縱長으로 추대되었지만 函谷關까지 갔다가 패하고 돌아왔다. 張儀가 진나라에서 와서 영토 6백 리를 할애하겠다고 하면서 진나라와 우호를 맺고 齊나라와는 관계를 끊으라고 권했는데, 이를 믿었다. 다음 해 진나라가 땅을 주지 않자 공격했지만 대패하고 漢中의 땅까지 잃은 데다 병사 8만 명이 전사했다. 屈原의 만류를 뿌리치고 진나라에 들어갔다가 억류된 뒤 그곳에서 죽었다.

78) 關中(관중) : 중국 북부의 陝西省 渭水 분지 일대의 호칭. 函谷關·武關·散關·蕭關의 네 관 안에 위치하는 데서 나온 이름이다. 周의 鎬京, 秦의 咸陽, 漢·隋·唐의 長安이었다.

79) 子嬰(자영) : 秦나라의 제3대이자 마지막 왕. 왕위에 오른 지 46일 만에 劉邦에게 투항했지만, 뒤이어 咸陽에 입성한 項羽에게 살해되었다.

80) 約法三章(약법삼장) : 漢高祖가 秦나라를 멸한 후 咸陽지방의 유력자들에게 약속한 3條의 법. 곧, '사람을 죽인 자는 죽이고, 남을 상해하거나 절도한 자는 벌하며, 그 밖의 秦의 모든 법은 폐한다.'는 내용이다.

81) 鴻門宴(홍문연) : 鴻門之會. 陝西省 臨潼縣의 鴻門에서 漢高祖 劉邦과 楚王 項羽가 베푼 잔치. 항우가 范增의 권유로 유방을 죽이고자 하였으나 張良이 計策을 잘 써서 劉邦이 樊噲를 데리고 무사히 도망한 역사상 유명한 會合이다.

82) 彭城(팽성) : 江蘇省에 있는 縣. 秦나라를 멸망시킨 西楚霸王 項羽가 도읍으로 삼은 곳이다.

83) 成皋(성고) : 전국시대부터 싸움이 많던 곳. 楚나라와 漢나라가 이곳에서 겨루었다.

84) 世充(세충) : 王世充. 성격이 흉계와 속임수를 좋아했고, 兵法을 특히 좋아했다. 隋文帝 때 軍功으로 儀同에 임명되었고, 隋煬帝 때 江都郡丞에 올랐다. 황제가 江都宮에 갔을 때 아부하여 池臺를 잘 꾸며 환심을 샀다. 여러 차례 농민의 반란을 진압하여 江都通守에 올랐다. 양제가 피살되는 江都兵變 이후 越王 楊侗을 제위에 앉히고 吏部尙書가 되었다. 양동을 폐하고 스스로 황제라 칭하면서 鄭나라를 세우고 연호를 開明이라 했다. 이세민이 이끄는 唐나라에게 패한 뒤 항복했다.

85) 建德(건덕) : 竇建德. 山東 지방에 큰 기근이 들자, 도망병·무산자들을 거느리고 高士達의 부하로 들어가 軍司馬가 되어 隋나라 군대와 싸웠다. 617년 夏나라를 세우고, 이듬해에는 河北省 전역을 장악하여 군웅의 한 사람이 되었다. 그러나 621년에 李世民의 唐나라 군대에 패하여 長安에서 죽었다.

年太平, 其快豁, 非朕所比。宋朝86), 遭値主愚國危之時, 陳橋一夜, 醉睡矇矓
之間, 黃袍自加於身87), 勢順事易, 若大海之遇順風, 五季蕃鎭88), 談笑制之89),
南唐西蜀90), 容易掃除, 功列不下於漢唐。明帝, 胡運將盡, 羣雄蜂起, 分裂山
河, 称王称帝者, 知幾人哉? 何幸上帝, 特命英主, 掃除犬羊91), 六年腥穢, 虛名
僭賊, 以次削平, 萬事中原, 一朝廓淸? 功德之浩大, 威名之赫然, 可謂吾三人之
上, 謹奉杯称稱賀。" 明帝稱謝不敢當之意

　　宋帝問漢帝曰: "朕聞漢帝得天下, 輕詩書, 侮士流, 輒脫其冠, 溲溺其中, 此
之不已, 宜爲滕林92)之枯枝, 滄海之蔱芥, 而聞麗生93)之一言, 輒輟洗足, 見陸
生94)之新語95), 稱贊不已, 其乃前迷後悟而然耶?" 漢帝笑曰: "此世代逖遠, 只

---

86) 宋朝(송조) : 宋帝의 오기.
87) 陳橋一夜~黃袍自加於身(진교일야~황포자가어신) : 後周의 황제 世宗이 돌연 병사하자 7
　　세의 어린 황태자를 세종의 후계자로 세웠으나, 장병의 마음과 통할 수는 없었다. 이때
　　북방 민족 거란이 쳐들어온다는 급보를 받은 趙匡胤은 군사를 이끌고 도성을 출발했다.
　　陳橋에 머문 그날 밤, 부하 장병들은 조광윤을 황제에 추대하기로 결의하고 술에 취해
　　잠들어 있는 그에게 용포를 입히고, 말안장에 올려놓고는 도성으로 회군하였다. 어린 황
　　제는 제위를 내놓았고 조광윤이 제위에 올랐다. 그리하여 국호를 宋이라 하고 도읍은 지
　　금의 개봉으로 정했다. 원문은 이러한 것을 염두에 둔 표현이다.
88) 五季蕃鎭(오계번진) : 唐나라가 멸망하고, 宋나라가 건국하기까지 50여 년 사이에 後梁·
　　後唐·後晉·後漢·後周의 五代의 혼란기. 황하 유역의 중원을 차지하고서 잠시나마 황
　　제를 칭했던 나라들이다. 송나라 태조에게 병합되었다.
89) 談笑制之(담소제지) : 宋나라 태조 趙匡胤이 昭儀節度使 宋筠과 淮南節度使 李重進의 연이
　　은 반란을 평정한 후에 주연을 베풀면서 "어느 날 아침에 부하들이 그대들에게 황제복
　　을 입힌다면, 아무리 그대들이라도 마음이 크게 흔들릴 것이다."고 하자, 그 속내를 깨
　　달은 장수들이 다음날 모두 병을 핑계로 사직했다는 "술을 통해 병권을 놓게 했다.(杯酒
　　釋兵權.)"는 고사를 일컬음.
90) 南唐西蜀(남당서촉) : 五代十國 가운데, 십국의 일부를 가리킴. 십국은 중원을 차지하지
　　못하고 중국의 한쪽 구석을 차지하고 미처 皇帝니 王이니 하는 이름조차도 못 붙여 보
　　았던 미미한 나라들로, 이 중에는 南唐과 西蜀 같은 나라들이 비교적 잘 알려져 있다.
　　송나라 태조에게 병합되었다.
91) 犬羊(견양) : 하찮은 무리들을 뜻하는 말. 오랑캐 등 외적을 멸시하여 일컫는 말이다.
92) 滕林(등림) : 鄧林의 오기. 전설상의 아름답고 무성한 숲.
93) 麗生(여생) : 酈生의 오기. 酈食其를 가리킴. 漢高祖 劉邦이 양다리를 떡 벌리고 마루에 걸
　　터앉아 발 씻다가 역이기에게 욕을 먹자 선선히 사죄했다는 일화를 염두에 둔 표현이다.
94) 陸生(육생) : 陸賈를 가리킴.
95) 新語(신어) : 陸賈가 지은 글의 모음집. 漢高祖 劉邦이 자기가 세력을 얻고 천하를 얻게
　　된 것은 칼과 말을 통해서이니, 어찌 한가로이 시서 따위를 읽을 수 있겠느냐고 하자,

聞流傳之言, 而不知朕之本意也。當戰國之時, 天下之士, 恣行詭論, 觸忿狼秦, 以致焚坑, 此雖由於暴, 秦之虐戾, 亦豈非浮薄書生之自取也? 朕以此憤惋, 厭薄浮之囂論, 不容假借, 雖以馬上得天下, 豈不知不可以馬上治天下? 但宋帝, 卽位之初, 崇道重士, 眞儒輩出, 禮樂文物, 彬彬可觀。朕六朝[96]餘習, 擺落不得, 雜用王伯, 崇尙權數, 家法成焉。子孫則之, 四百年來, 終不純一, 大抵咎在朕躬, 心甚慊然。" 唐太宗曰: "帝能人而善將將, 成就四百年大業。夫知人, 乃唐堯大舜之所難, 善將將, 乃古今帝王之未能, 願聞其詳。" 漢帝曰: "帝之獎過, 朕不堪當, 八年風雨[97], 終成大志者, 專賴於羣臣之力耳。蕭何在關中, 內鎭撫百姓, 外轉漕[98]軍糧, 使無乏絶, 子房運籌帷幄之中, 決勝千里之外, 韓信連百萬之衆, 戰必勝功必取, 北定燕趙, 東滅齊魏, 會于垓下[99], 擒項羽[100], 是謂漢之三傑。陳平智畧超世, 酈生言辭有餘, 叔孫通治禮義, 張倉[101]定律令, 陸賈[102]明於治亂, 隨何審形勢, 曹參・樊噲善戰, 周勃・王陵善守, 灌嬰長於騎

육고가 나라는 말 위에서 다스릴 수 있는 것이 아니라고 간하며 나라의 나아갈 방향과 왕의 지킬 바에 대해 ≪新語≫를 통해서 알렸는데, 한고조는 글을 지어 바칠 때마다 감탄하였다고 한 일화를 염두에 둔 표현이다.

96) 六朝(육조): 六國을 가리킴. 秦나라의 통일전략에 대항하던 전국시대의 六國 즉 燕, 齊, 楚, 韓, 魏, 趙나라가 合從連衡의 외교술을 펼치다가 결국 진에 의해 차례로 멸망하는 나라이다.

97) 八年風雨(팔년풍우): 8년 간 항우와의 싸움을 일컫는 말.

98) 轉漕(전조): 식량을 운반할 때, 육로를 통해 운반하는 것을 轉이라고 하고, 수로를 이용하여 배로 운반하는 것을 漕라 함.

99) 垓下(해하): 安徽省 靈壁縣 남쪽에 있던 전적지. 韓信이 이끄는 漢나라 군대가 項羽의 楚나라 군대를 격파함으로써 漢高祖 劉邦이 천하를 통일하게 되었으며, 포위된 項羽는 四面楚歌 속에서 虞美人과 헤어져 자살하였다.

100) 項羽(항우): 西楚覇王이라고 일컬어진 項籍. 자는 羽. 陳勝과 吳廣이 거병하자 숙부 項梁과 吳中에서 병사를 일으켜 진군을 격파하고 스스로 서초패왕이라 일컬었던 인물이다. 그는 숙부 項梁이 군사를 일으키고 왕실의 후예인 熊心을 찾아 懷王으로 삼으니, 그 자신도 따르면서 회왕을 義帝로 높이기까지 하여 황제로 옹립하였다. 그러나 순간이었다. 그는 왕실의 호위부대인 卿子冠軍을 일망타진하고 의제를 시해하고 말았다. 이런 이유로 인심을 잃은 항우는 漢高祖에게 垓下에서 대패하여 죽었다.

101) 張倉(장창): 張蒼의 오기. 張蒼은 劉邦의 거사에 참가하여 한나라가 들어서자 常山守가 되었고, 北平侯에 봉해졌다. 文帝 때는 승상으로 10여 년 재직했다.

102) 陸賈(육고): 漢初의 학자. 초나라 사람. 高祖의 說客으로서 南越王 趙佗를 설득시켜 천하통일에 공이 커 벼슬이 太中大夫에 이르렀다. 칙명을 받들어 ≪新語≫ 12편을 지었다.

兵, 彭越·黥布, 智勇全兼, 膂力過人, 皆人傑。且非記信之忠節, 朕未免爲榮陽[103]·成皐[104]之塵, 無夏侯榮[105]收太子之事[106], 則朕幾於絶嗣矣。持機權[107], 制將帥, 謂有寸長[108], 而知人之鑑, 非朕所能也。韓信之擢用, 蕭何之力[109], 陳平之奉用, 魏無知[110]之力[111]。大凡, 叛業之時, 英雄豪傑, 攀龍附鳳[112], 奇謀秘計, 豐功偉烈, 雖未能盡記, 而請一問[113]唐宋明三朝名臣之事

---

103) 榮陽(영양) : 滎陽의 오기. 河南省 정주시 서쪽에 있는 지명. 劉邦과 項羽가 크게 싸우던 곳이다.

104) 成皐(성고) : 河南省 成皐縣. 項羽의 공격을 받아 유방과 滕公만 겨우 달아나고 韓信을 비롯한 나머지 장수는 죽거나 포로가 되었던 곳이다.

105) 夏侯榮(하후영) : 夏侯嬰의 오기. 西漢의 개국공신. 漢高祖 劉邦과 같은 沛縣 출신으로 비천한 신분이었다. 滕公으로 일컬어진다. 유방을 따라 楚漢 전쟁에서 큰 공을 세웠고, 뒤에 汝陰侯로 봉해졌으며, 惠帝와 文帝(劉恒) 때에 太僕를 지냈다. 한신을 천거하여 군량을 담당하게 하였다.

106) 收太子之事(수태자지사) : 漢高祖 劉邦이 초나라 項羽의 군사들에게 쫓기게 되자 마차의 무게를 줄이기 위해 친자식들인 아들 劉盈과 딸을 마차에 밀쳐내버렸는데, 이때 夏侯嬰이 자식을 버리는 패륜을 자행하고도 천하의 패권을 잡고자 하느냐며 항의하며 왕태자 유영을 데려왔다는 고사를 일컬음. 그 유영은 훗날 한나라 2대 황제 惠帝이다.

107) 機權(기권) : 상황에 알맞게 문제를 잘 찾아내고 그 해결책을 재치 있게 처리할 수 있는 슬기나 지혜. ≪荀子≫<議兵>에 의하면, "가지려고만 하고 폐해지기를 싫어하지 말 것이며, 이기기만 급하게 여기고 패하는 것을 잊지 말 것이며, 안은 위엄 있게 하고 밖을 경시하지 말 것이며, 이로운 것만 보고 해로운 것을 불고하지 말 것이며, 모든 일을 꾀함은 정밀히 하려고 재물 쓰는 것은 아끼지 말아야 하나니, 이것을 오권이라 한다. (無欲將而惡廢, 無急勝而忘敗, 無威內而輕外, 無見其利而不顧其害, 凡慮事欲熟而財欲泰夫是之謂五權.)"고 하여, 본디 將帥가 지녀야 할 다섯 가지 機權을 일컫고 있다.

108) 寸長(촌장) : 대수롭지 아니한 재능.

109) 韓信之擢用, 蕭何之力(한신지탁용, 소하지력) : 夏侯嬰이 韓信을 천거해 오자, 蕭何는 그를 劉邦에게 추천하지만, 자신이 받은 직책이 너무도 낮은 것에 불만을 품고 도망치려는 한신을 잡아두기 위해 소하는 "이번에도 제대로 천거되지 못한다면 나도 한을 떠나겠다."고까지 유방을 설득해, 끝내 한신이 유방으로부터 대장군의 지위에 임명되게 했다는 고사를 염두에 둔 표현.

110) 魏無知(위무지) : 陳平을 한고조에게 천거하여 천하를 통일하는 대업을 돕게 한 인물.

111) 陳平之擧用, 魏無知之力(진평지거용, 위무지지력) : 周勃과 灌嬰이 陳平에 대해 형수와 사통하였고, 위나라를 섬겼으나 받아들여지지 않자 초나라로 도망쳐 붙었다가 초나라에서 뜻대로 되지 않자 한나라로 투항했다며 헐뜯었지만, 魏無知는 행실이 바르다고 하더라도 전투를 승리로 이끌지 못한다면 무슨 쓸모가 있겠느냐며 지략이 뛰어난 선비를 천거하였다고 함으로써, 한고조 유방이 진평을 등용했다는 고사를 염두에 둔 표현.

112) 攀龍附鳳(반룡부봉) : 용을 끌어 잡고 봉황에 붙는다는 뜻으로, 훌륭한 인물 특히 임금을 붙좇아서 공명을 세움을 이르는 말.

業." 唐太宗曰："朕有長孫無忌, 忠國而愛民, 魏徵性亶正直, 諫君心之非, 制政事之病, 王珪進賢退邪, 方玄齡[114]善謀, 杜如晦善斷。才兼將相者李靖[115], 智勇兼全者李勣[116], 忠而忘身者隱開山・屈突通, 謀深慮明者劉文靖[117], 博通[118]古今者虞世南, 愛其君者褚遂良, 治衆務多才能者戴周[119], 智慧明達者溫彦博[120], 方正重厚, 朕之刱業, 專賴此也。" 宋太祖曰："才不借異代。朕之時, 第一功, 范質[121]・杜毅[122], 忠厚恭勤, 博識[123]前朝故事, 曹彬[124]・石奇信[125], 大將之才, 王全斌[126]・曹偉[127], 前鋒之才。王璃[128]之忠直, 張齊賢之

---

113) 問(문) : 聞의 오기.
114) 方玄齡(방현령) : 房玄齡의 오기.
115) 李靖(이정) : 唐나라 초기의 명장. 太宗을 섬기고 隋나라 말기의 群雄討伐에 힘썼다. 그뒤, 突厥・吐谷渾을 정벌하여 공적이 컸다.
116) 李勣(이적) : 唐나라 초기의 무장. 본성은 徐씨이나 軍功으로 李씨 성을 하사받았다. 李靖과 함께 太宗을 도와 唐의 국내 통일을 위해 힘썼다. 태종 때 英國公에 봉해지고, 고종 때 司空에 올랐다. 東突厥을 정복하고 668년 고구려를 멸망시켰다.
117) 劉文靖(유문정) : 劉文靜의 오기.
118) 博通(단통) : 博通의 오기.
119) 戴周(대주) : 戴胄의 오기. 수나라 말에 門下錄事의 벼슬을 할 때 越王의 직위를 빼앗으려는 王世充에게 항의했지만 받아들여지지 않고 鄭州長史로 쫓겨났다. 당나라에 들어 귀순하여 秦王府士曹參軍이 되었다. 태종이 즉위한 뒤 兵部郞中에 올랐고, 여러 차례 황제 앞에서 강력하게 간언하여 황제가 더욱 존중했다. 尙書右丞과 尙書左丞을 거쳐 民部尙書 겸 檢校太子左庶子가 되었고, 다음 해 조정에 참여하면서 郡公의 爵을 받았다. 太宗이 洛陽宮을 복원하려 하자, 상소를 올려 간언한 바 있다.
120) 溫彦博(온언단) : 溫彦博의 오기. 당나라 초기에 中書侍郞을 지냄.
121) 范質(범질) : 宋나라 태조 때의 사람. 당나라 말기에 진사가 되었고 知制誥를 지냈다. 송 태조 때에는 侍中에 오르고 魯國公에 봉해졌다. 청렴하기로 이름났다.
122) 杜毅(두의) : 寶儀의 오기.
123) 博識(단식) : 博識의 오기.
124) 曹彬(조빈) : 宋나라 太宗 때의 인물. 太祖를 도와 천하를 평정하고 魯國公에 封爵되어 將相을 겸하였다. 南唐을 정벌하고 金陵을 함락시켰지만 함부로 사람을 죽이지는 않았다. 귀환하여 樞密使와 檢校太尉, 忠武軍節度使를 역임했다. 태종이 즉위하자 同平章事가 더해졌다. 죽은 뒤 齊陽郡王에 追封되었다.
125) 石奇信(석기신) : 石守信의 오기. 北宋의 開國將軍. 周나라에서는 洪州防禦使의 수령을 지냈고, 宋太祖 趙匡胤이 즉위할 때에 歸德軍節度使가 되어 李筠, 李重進의 난을 토평하고 鄆州를 진압했다.
126) 王全斌(왕전빈) : 宋나라 太祖 때 忠武府節度使로서 군사 6만 명을 거느리고 후촉을 공격하여 패배시켰다. 그러나 촉을 멸한 후 탐욕에 젖어 태조 趙匡胤의 지시를 어기고 백성의 재물을 빼앗았다. 결국 반란을 일으켜 무리 10만여 명이 모여 그를 元帥로 삼아 彭

智謀, 雷德讓129)之忠勤, 傅彦卿130)・李漢超131)之勇猛, 皆可謂出衆之才矣。
然朕德薄, 臥榻之外, 不容他人鼾睡之聲, 豈可謂覇業也。" 明帝曰: "寡人, 功未
及成, 羣臣賢否, 未能祥知。大抵比之古人, 劉基似子房, 徐達似李靖, 華雲
龍132)似李嘉133), 韓孟134)似記信135), 李信善良136)似趙普, 常遇春似樊噲, 宋
濂似陸賈, 聚承似叔孫通, 湯和似周勃, 此十餘人137), 當世豪傑, 未知能樹古人
之功, 而朕誠如古人之善君, 豈曰無人才乎?" 漢帝曰: "朕不善御下138), 勳臣
多不保全, 欽服宋帝之杯酒以奪兵之智略也。" 宋帝曰: "此形勢之異也, 非此善
而彼不能也。帝之諸子中, 文帝139)最賢, 胡不立太子而致呂后140)之亂也?" 漢

州를 공격해 점령했다. 나중에 송나라 군대에 패하자 金堂으로 달아나 병들어 죽었다.
127) 曹偉(조위) : 미상.
128) 王璃(왕리) : 王祐의 오기.
129) 雷德讓(뇌덕양) : 雷德驤의 오기.
130) 傅彦卿(부언경) : 符彦卿의 오기. 후한에서 後周 때까지 관직 생활을 하여 天雄軍節度에
    오르고, 魏王에 봉해졌다. 송나라에 들어 太師에 올랐다. 태조 때 鳳翔節度로 옮겼다. 나
    중에 탄핵을 받아 파직 당했다. 智謀를 갖추고 전투를 잘 했으며, 하사받은 포상들을
    모두 부하 사졸들에게 나눠주어 사람들이 그에게 쓰이기를 즐겨했다. 요나라 사람들이
    몹시 두려워해서 符王이라 불렀다.
131) 李漢超(이한초) : 宋나라 초에 關南兵馬都監이 되었고, 太宗 때에는 應州觀察使가 되었다.
132) 華雲龍(화운룡) : 明나라 開國功臣. 元나라 말에 무리를 모아 韭山에 있다가 朱元璋을 따
    라 거병했다. 남북을 오가면서 정벌에 나서 都督同知에 오르고 燕王의 左相을 겸했다.
    淮安侯에 봉해졌다. 일찍이 北平의 변방 지역에 병사를 배치해 수비할 것을 요청하여
    허락을 받았다. 北元을 공격해 上都 大石崖까지 이르렀다. 나중에 元相 脫脫의 집에 있
    으면서 원나라 궁궐의 물건을 사용하다가 소환을 받고 오는 도중에 죽었다.
133) 李嘉(이가) : 고려대학교 도서관 소장 <금산샤 창업연녹>에 의하면 '쥬가'로 되어 있는
    바, 周苛의 오기인 듯.
134) 韓孟(한맹) : 韓成의 오기. 明나라 開國功臣. 朱元璋을 따라 徐, 泗의 전투에서 전공을
    세웠고, 벼슬은 帳前總制, 親兵左副指揮使, 司宿衛 등을 지냈다. 사후에 高陽郡侯로 봉
    해졌다.
135) 記信(기신) : 紀信의 오기.
136) 李信善良(이신선량) : 李善長의 오기. 明나라 왕조의 창업공신. 1354년 明太祖 朱元璋의
    봉기에 참여하였으며 "인의를 행하고 약탈과 살육을 금하여 민심을 얻을 것"을 주장하
    여 주원장의 신임을 받았다. 주원장이 제위에 오른 후 그는 太子少師에 임명되었다.
    1387년 左丞 胡惟庸의 모반사건에 연루되어 탄핵을 받은 후 스스로 목숨을 끊었다.
137) 此十餘人(차십여인) : 원문에는 9명만 기술되어 있는바, 필사과정에서 빠트린 것으로
    보임.
138) 御下(어하) : 아랫사람을 거느리고 지배함.

帝曰：“恒之賢, 非不知也。序次有違, 年記幼沖, 故遠置代北[141], 避呂后之毒, 後爲太平天子耳." 宋帝曰：“然則, 趙王[142]之被禍, 何也?” 漢帝曰：“朕非以如意爲類己而鍾愛也。欲試人心之向太子如何耳? 果有易樹[143]之心, 則何以四老[144]之來止之哉? 呂后妬悍婦人, 雖無此擧, 如意母子, 不得免禍焉。凡傳國以長, 此是不易之法, 後來成敗, 附之天數而已。帝初奉太后[145]之命, 顧兄弟之至情, 以萬乘之尊, 四海之富, 不傳於子, 傳於弟, 卲德美行, 不恥於三代聖君, 孰不欽印[146]? 然而身見弒逆之禍, 二子一弟, 死於非命[147], 日事孝悌, 反致慘

139) 文帝(문제) : 漢文帝 劉恒. 前漢의 제5대 황제. 高祖 劉邦의 넷째 아들이다. 처음에 代王에 책봉되어 中都에 도읍했다가 조정을 專斷하던 呂氏의 난이 평정된 뒤 太尉 周勃과 승상 陳平 등 중신의 옹립으로 제위에 올랐다. 徭役을 가볍게 하고 세금을 감해주는 등 백성들에게 휴식을 주면서 농경을 장려했다. 경제가 점차 회복되어 사회는 전반적으로 안정 국면으로 접어 들어가고 있었다. 여씨의 난 진압에 공적이 있었던 고조 이후의 功臣을 중용하는 한편 賈誼와 晁錯 등 새 관원도 두각을 나타냈다.

140) 呂后(여후) : 前漢의 시조 劉邦의 황후. 유방이 죽은 뒤 실권을 잡고 여씨 일족을 고위고관에 등용시켜 여씨 정권을 수립하였으며 동생을 後皇으로 책봉하여 유씨 옹호파의 반발을 불렀다.

141) 代北(대북) : 중국 山西省 북부 지역.

142) 趙王(조왕) : 劉如意. 한나라를 통일한 劉邦은 세 부인을 두었는데, 呂太后와 사이에는 劉盈을, 薄姬와 사이에는 劉恒을, 戚姬와 사이에는 劉如意를 두었다. 유방은 여태후의 아들 유영을 태자로 세운 후에도 유영의 마음이 여린 것 때문에 고민하던 중, 척희가 자신의 아들 유여의를 태자로 세우려고 일을 꾸미자 여태후가 신하들을 규합하고 눈물로 읍소해서 결국 아들을 황제로 만들었다. 끝까지 미련을 버리지 못한 척희는 자신의 아들 유여의를 태자로 삼으려고 하다가 유방이 죽고 난 뒤 여태후가 유여의를 불러 독약을 먹여 죽이는 참혹한 변을 당하게 된 것을 일컫는다. 똑똑한 박희는 여후의 권력이 횡포함에 따라 아들 유항을 데리고 지방의 왕(代國)으로 나가 화를 면했다가 나중에 文帝가 되었다.

143) 易樹(역수) : 세자를 바꾸어 세우는 일.

144) 四老(사노) : 漢高祖 劉邦이 태자 劉盈을 劉如意로 바꾸려 하자, 呂后는 張良의 말을 좇아 한고조가 존경하는 현자를 모셔왔는데, 바로 東園公, 夏黃公, 甪里先生, 綺里季 네 사람을 가리킴. 그리하여 태자는 바뀌지 않았다.

145) 太后(태후) : 竇太后를 가리킴. 후한의 제3대 황제 章帝(肅宗)의 황후. 후한의 초대 황제인 光武帝를 섬겼던 권신 竇融의 증손녀다. 장제의 다음 황제인 和帝(穆宗) 때 섭정이 되어 일가족이 외척으로서 권력을 휘둘렀다.

146) 欽卬(흠앙) : 欽仰의 오기.

147) 二子一弟, 死於非命(이자일제, 사어비명) : 효행이 남달랐던 宋太祖 趙匡胤은 어머니 昭獻皇后(竇太后)의 유훈을 받들어 동생 趙匡義으로 하여금 황제를 잇도록 했으니 바로 宋太宗인데, 송태종은 송태조의 두 아들 趙德昭와 趙德芳을 죽게 하였고, 아우 趙廷美도 모

禍, 豈不爲千古遺恨哉?" 宋帝大痛不已, 漢帝慰曰: "寧人負我, 無我負人, 帝勿悲也。天地昭昭, 報應丁寧, 徽欽[148]遭變, 較諸德卲[149]兄弟, 何如?" 仍顧左右, 趙普面色如土, 宋帝俛首不語。漢帝笑曰: "營天下者, 不顧家事, 成大業者, 不拘小節, 帝王家事, 豈徒區區? 朕之上皇, 被拘於項羽, 置於俎上, 暑刻是危, 比如卒當猛虎, 如示恐怯之色, 徒增兇獰之氣而已, 無益救濟之道。故以人子所不忍之言, 折彼之氣。如無項伯[150]之救, 則朕必未免天地間難容之罪人, 何足薄於父子之情乎?[151] 昔周公[152]東政誅管蔡[153], 此豈無兄弟之情? 又何報

반을 꾀한다는 모함으로 유배를 받아 쓸쓸히 생을 마감케 한 것을 일컬음.

148) 徽欽遭變(휘흠조변) : 靖康의 變을 가리킴. 金나라 6만 정예군의 기세에 눌려, 宋나라의 100만 오합지졸은 추풍낙엽처럼 무너져, 1127년 3월에 徽宗, 그의 아들 欽宗, 韋太后, 秦檜, 문무백관 등 3000여 명이 포로로 끌려간 변란으로, 北宋의 종언을 고한 역사적 사건이다.

149) 德卲(덕소) : 德昭의 오기.

150) 項伯(항백) : 項羽의 숙부. 이름은 纏, 伯은 자다. 일찍이 죄를 겼는데, 張良이 구해주었다. 項羽를 따라 병사를 일으켜 진나라를 공격하고, 楚左令尹이 되었다. 劉邦이 咸陽에 들어온 뒤 范增의 계책에 따라 鴻門宴에서 項莊이 劍舞를 추면서 劉邦을 죽이려고 했다. 그가 전날 밤에 이 사실을 장량에게 알려주고, 당일 날 항장과 함께 춤을 추면서 몸으로 막아 유방이 달아나도록 도왔다.

151) 朕之上皇~何足薄於父子之情乎(짐지상황~하족박어부자지정호) : ≪通鑑節要≫ 권4 <漢紀・太祖高皇帝>의 "초나라 군대가 식량이 적으니, 項王이 이를 염려하여 높은 도마를 만들어 태공을 그 위에 올려놓고 漢王에게 통고하기를 '이제 빨리 항복하지 않으면 내가 太公을 삶아죽이겠다!' 하였다. 한왕이 말하기를 '내가 항우와 함께 北面하여 懷王에게 명을 받아 형제가 되기로 약속하였으니, 내 아버지는 곧 너의 아버지이다. 반드시 아버지를 삶아 죽이려거든 부디 나에게도 한 잔의 국을 나누어다오!' 하였다. 항왕이 노하여 죽이려고 하였는데, 項伯이 말하기를 '천하를 위하는 자는 집안을 돌아보지 않는 법이니, 비록 죽이더라도 유익함이 없을 것입니다!' 하였다.(楚軍食少, 項王患之, 乃爲高俎, 置太公其上, 告漢王曰: '今不急下, 吾烹太公!' 漢王曰: '吾與羽俱北面受命懷王, 約爲兄弟, 吾翁卽若翁. 必欲烹而翁, 幸分我一杯羹!' 項王怒, 欲殺之, 項伯曰: '爲天下者不顧家, 雖殺之無益也!')"는 기사를 염두에 둔 표현임.

152) 周公(주공) : 周나라 文王의 아들이자 武王의 아우로, 이름은 旦이고 시호는 元. 문왕과 무왕을 도와 紂를 치고, 成王을 도와 왕실의 기초를 세우고 제도와 예악을 정하여, 주나라의 문화 발전에 이바지한 바가 크다.

153) 管蔡(관채) : 周武王의 아우요 周公의 형들인 管叔과 蔡叔. 무왕이 앓으니 주공이 대신 죽기를 청하여 神에게 고하고 그 글을 金縢에 넣었는데, 무왕이 죽고 어린 아들 成王이 즉위하매 주공이 섭정하니, 관숙과 채숙이 말을 퍼뜨려 '公將不利於孺子(주공이 장차 어린애에게 이롭지 못하리라.)'라고 하였다. 주공은 황공하여 동도로 피하였고 뒤에 성왕이 금등을 열어보고 깨달아 다시 주공을 불러들이니, 관숙과 채숙이 반란하매 성왕

私怨怨而然也? 不然, 則恐未能保幼主[154]安社稷, 朕德薄而事異, 不比於聖人行事, 而帝莫保天倫[155], 如周公行事, 若合符節, 將有辭萬世, 豈以是爲嫌? 夫天下大器也, 帝王重任也, 天命不歸, 則雖欲而不得, 爲天命在我, 則雖欲止而不得止。帝自幼, 皇天繼以濟世安民之事, 無[156]甫十八擧兵, 東伐西征, 入萬死, 出一生, 化家爲國, 豈非天命? 又何勤苦之小哉? 如守匹夫節, 以大器重任, 付之於庸兄奸弟之手, 則家亡身危, 豈不遇哉? 四海蒼生, 未見貞觀至治[157], 騷人墨客[158], 無稱煌煌太宗, 豈不惜哉? 後世一種迂濶之輩, 乃以椎刀同氣喋血[159]禁門[160]等語[161], 爲帝之瑕疵, 豈英雄之論哉? 朕每思之, 未嘗不通恨也。彼宋太祖, 與帝事有異。皇英[162]厚德, 無意失信, 金樻莊丹[163], 盟于天地, 堂堂大業, 在掌握中, 守臣節待之, 未爲晩也, 而私欲急於富貴, 延英[164]燭下, 敢行弑逆之

이 주공에게 토벌을 명하여 그들을 잡아 죽였다.

154) 幼主(유주) : 成王을 가리킴. 周武王이 죽고 아들로서 즉위하였으나 아직 어려서 政事를 볼 수 없었다. 때문에 그의 삼촌인 周公이 성왕을 등에 업고 정사를 보필하였다.

155) 帝莫保天倫(제막보천륜) : 唐나라를 세운 唐高祖 李淵의 둘째아들이었던 李世民은 玄武門의 變을 통해 태자인 형 李建成과 동생 李元吉을 죽이고 부왕을 위협하여 태자 자리를 쟁취한 것을 일컬음.

156) 無(무) : 불필요한 글자인 듯.

157) 貞觀至治(정관지치) : 중국 唐나라 제2대 황제 太宗 李世民의 治世(626~649). 이때의 연호가 貞觀이다. 隋나라 말기 전국적인 동란과 백성의 피폐 가운데 굳건히 일어서서, 당나라의 國礎를 확립하여 중앙집권을 강화하였다. 율령체제의 정비에 따라 학교·과거도 발달하였다. 안으로 房玄齡·杜如晦·魏徵 등의 명신들이 文治를 도왔으며, 밖으로는 突厥을 제압하고, 吐蕃을 회유하여 국위를 널리 떨쳤다.

158) 騷人墨客(소인묵객) : 중국 楚나라의 屈原이 지은 <離騷賦>에서 유래한 말. 詩文·書畫를 일삼는 사람이란 뜻이다.

159) 喋血禁門(건혈금문) : ≪資治通鑑≫이나 ≪通鑑節要≫에는 '喋血禁門'으로 되어 있음.

160) 禁門(금문) : 궁궐의 문.

161) 椎刀同氣喋血禁門等語(추도동기건혈금문등어) : 唐高祖가 장자인 李建成을 태자로 세웠는데 이건성이 아우인 李世民이 자신의 자리를 넘볼까 염려하여 미리 제거하려 하자 이세민이 군사를 동원하여 玄武門으로 들어가 이건성을 죽인 일을 염두에 둔 표현으로, ≪資治通鑑≫<唐紀>에는 당시의 처참한 상황이 '遂至喋血禁門'이라고 표현되어 있다. 곧, 아우가 형을 죽이고 왕위를 차지한 일과 관련하여 쓰였다.

162) 皇英(황영) : 皇兄의 오기.

163) 金樻莊丹(금궤장단) : 莊은 藏의 오기. 금궤에 감춘 丹心. 송태조가 어머니의 명령으로 장차 죽은 뒤에 그의 동생 趙匡義(후일 태종)에게 帝位를 전할 것을 趙普를 시켜 글로 쓰게 하여 金櫃에 간직한 마음을 가리킨다.

事, 是可忍也, 孰不可忍也165)? 其後, 子侄之不得其死, 無足怪也." 唐帝謝曰：
"朕不幸失兄弟之恩愛, 上以深社稷之憂, 下以牽羣臣之勸, 行一時之權道, 受千
載之誹謗矣. 今帝豁達之論, 明寡躬166)之心事, 釋後人之疑惑, 豈不感謝? 詩
云：'他人有心, 予忖度之.'167) 此之謂也."

明帝曰："寡人冒忝今日之座, 奉聞其議, 胸所塞者開, 目之所眛者明, 豁然
若披雲霧覲青天168), 得遂平生之願. 而竊思之, 以干戈之勤勞而言之, 則中興
之難, 與創業無異, 歷代中興之主, 請來何如?" 漢帝曰："此論雖好, 朕之國再,
謂之中興也, 而東漢中興, 可謂功德之專也, 三分天下169), 得益州170)者, 功烈
甚畀171), 請之不宜." 唐太宗曰："不然. 遭皇天之圮運, 奸雄都持太阿之柄, 而
昭烈172)能再吹漢火, 定巴蜀, 明大義, 以繼絶嗣者, 四十餘年, 其功不小, 而創
業未半, 而中途崩殂173), 皆天意非人力也. 況及爲人君, 任用賢才之德尤美, 今

---

165) 是可忍也, 孰不可忍也(시가인야, 숙불가인야)：≪논어≫<八佾篇>에서 공자가 季氏에 대
　　해 "팔일무를 뜰에서 추게 하니 이것을 참을진댄 어느 것인들 못 참으랴(八佾舞於庭,
　　是可忍也, 孰不可忍也?)"라고 한 데서 나온 말.

166) 寡躬(과궁)：덕이 적은 몸이라는 뜻으로 임금이 자신을 가리켜 하는 말.(寡人)

167) 他人有心, 予忖度之(타인유심, 여촌도지)：≪맹자≫<梁惠王章句 上>에 있는 구절.

168) 披雲霧覲靑天(파운무도청천)：晉나라 장수인 衛瓘이 尙書令이 되었을 때에 樂廣이 조정
　　의 명사들과 이야기하는 것을 보고 기특히 여겨 말하기를 "이 사람은 사람 중의 水鏡
　　이라 만나 보면 운무를 헤치고 청천을 본 것 같다.(此人, 人之水鏡也, 見之若披雲霧睹靑
　　天.)"라고 한 데서 나온 말.

169) 三分天下(삼분천하)：당시 중국 전역을 魏, 蜀, 吳가 분할하여 鼎立하였던 것을 일컬음.

170) 益州(익주)：蜀漢의 영토였던 四川城 일대.

171) 畀(비)：卑의 오기.

172) 昭烈(소열)：蜀漢의 초대 황제인 昭烈帝. 본명은 劉備. 자는 玄德. 前漢 景帝의 후예로,
　　184년 關羽, 張飛와 의형제를 맺고 황건적 토벌에 참가하였으며 이후 여러 호족 사이
　　를 전전하다가 諸葛亮을 얻고, 孫權과 동맹을 맺어 赤壁 싸움에서 남하하는 曹操의 세
　　력을 격퇴시켰다. 이후 荊州와 익주를 얻고 漢中王이 되었으며, 2년 후 蜀을 세워 첫
　　황제가 되었으나 형주와 관우를 잃자, 그 원수를 갚으려고 대군을 일으켜 吳와 싸우
　　다 이릉 전투가 패배로 끝나고, 白帝城에서 제갈량에게 아들 劉禪을 부탁한 후 병사하
　　였다.

173) 創業未半, 而中途崩殂(창업미반, 이중도붕조)：촉한의 제갈량이 출병할 때 後主 劉禪에게
　　올린 <前出師表>의 "선제께서 창업을 반도 못 이룬 채 중도에 붕어하시고, 지금 천하
　　가 셋으로 나누어진 가운데 익주가 피폐하니, 이는 참으로 존망이 달린 위급한 때입니

한문필사본 <금산사몽유록> 원문과 주석　103

日之請, 又何疑焉? 朕之子孫不肖, 禍亂頻頻, 而中興無君, 可歎也." 漢帝曰：
"肅宗[174]平祿山[175]之亂, 恢宗社之業, 此非中興耶?" 唐帝顰蹙彩眉曰："天
寶[176]昏君, 貪女色, 輕國家, 養胡兒於錦褓之中[177], 漁陽[178]鼙鼓, 動地而來,
蜀棧[179]靑騾, 行色蒼黃, 當是時, 念宗社, 憂君父, 何暇有他意? 而不待父命, 經
升帝位於靈武[180], 失臣子之節, 見圍賊兵, 危如一髮, 忠臣烈士, 揮淚裹瘡而戰,
積尸成丘, 流血成川, 而方與妃嬪, 專事博[181]碁, 夜而繼日。臣有諫者[182], 而
不思改過, 用茸造博[183], 以掩其聲[184], 此人君之所爲? 而幸賴皇天之默佑, 郭

다.(先帝創業未半而中道崩殂, 今天下三分, 益州疲弊, 此誠危急存亡之秋也.)"에서 나오는 말.

174) 肅宗(숙종) : 唐나라 제7대 황제. 玄宗의 셋째 아들. 이름은 李亨. 태자로 있을 때 安祿山
의 亂이 일어나 현종이 蜀나라로 달아나자 영무로 돌아와 황제에 즉위하여 郭子儀에게
명하여 양경을 수복시켰다.

175) 祿山(녹산) : 安祿山. 중국 唐나라 때 반란을 일으킨 武將. 변경의 방비에 번장이 중용되
는 시류를 타고 玄宗의 신임을 얻어 당의 국경방비군 전체의 1정도의 병력을 장
악했다. 황태자와 楊國忠이 현종과의 이간을 꾀하자 양국충을 제거한다는 명목으로 반
기를 들었으나 실패했다.

176) 天寶(천보) : 唐나라 玄宗의 후기 시대(741~756)를 말함. 현종은 재위 기간이 44년이었
는데, 초기에 정사를 바로잡아 盛唐시대를 이룬 때가 開元 연간이었고, 후기에 楊貴妃에
빠져 정사를 돌보지 않다가 安祿山의 난을 만나 나라가 어지럽게 된 시대가 天寶 연간
이었다.

177) 胡兒(호아) : 安祿山의 아이. 《通鑑節要》<唐紀·玄宗明皇帝 下>에 의하면, 양귀비가 비
단으로 만든 강보에다 안록산의 아이를 씻겼다(貴妃三日洗祿山兒)는 기록이 있다.

178) 漁陽(어양) : 河北省 密雲縣에 있는 지명. 唐玄宗 때 安祿山이 范陽節度使로 있으면서 반
란을 일으킨 곳이다. 안록산은 본래 營州柳城 출신의 胡人이라 한다.

179) 蜀棧(촉잔) : 唐玄宗의 촉으로 몽진할 때 지나갔다는 1000길 劍閣에 걸린 棧道.

180) 靈武(영무) : 甘肅省에 있는 지명. 唐肅宗이 756년 杜鴻漸 등에게 추대되어 즉위한 곳
이다.

181) 博(단) : 博의 오기. 주사위.

182) 臣有諫者(신유간자) : 李泌을 가리킴. 李泌은 唐나라의 名臣이다. 嵩山에서 施政方略에
대해 上書하여 玄宗에게 인정을 받아 待詔翰林이 되었으나, 楊國忠의 시기로 인해 은거
했다. 安祿山의 난 때 肅宗의 부름을 받고 군사에 관한 자문을 하였으나 또 다시 李輔
國 등의 무고로 衡嶽으로 은거해야 했다. 代宗이 즉위한 뒤에 翰林學士가 되었지만 또
다시 元載, 常袞의 배척을 받아 外官으로 나갔다가 뒤에 宰相이 되었고, 鄴縣侯에 봉해
졌다.

183) 博(단) : 博의 오기.

184) 用茸造博, 以掩其聲(용이조단, 이엄기성) : 《성종실록》 1489년 10월 26일 7번째 기사
의 "檢討官 洪瀚은 아뢰기를, '당숙종이 靈武에서 回駕할 적에 樹雞로 骰子를 만든 것은
소리가 밖에 들리게 될까 싶어서 한 것이니 곧 李泌이 들을까 두려워한 것인데, 이는 모두

李[185]之貞忠, 恢兩京, 返故國, 而內有陰妬之婦・奸愿之臣, 外多跋越之蕃・陸
梁[186]之賊, 旣未能養父老, 又以殺賢子, 此之謂中興之主, 不亦陋乎?" 宋帝長
歎曰: "肅宗雖無德, 比之於宋之所謂中興主, 其過細微也. 靖唐之亂[187], 起於
濟北[188], 中國無主, 王室至親, 惟康王[189]一人在, 故百性仰之, 羣臣從之, 人心
不忘乎宋矣. 神廟中, 乘泥馬[190], 一夜佗千里渡江, 胡兵之不及, 盖神之助也,
亦天之不棄宋也. 兼以宋澤[191]・李綱[192]之深謀,   岳飛[193]・韓世忠[194]之勇

張婕妤가 견제를 한 것입니다.(檢討官洪瀚啓曰 : "肅宗之回駕靈武也, 以樹雞爲骰子, 恐其聲
聞于外, 是懼李泌之聞也, 是皆張婕妤爲之牽制也.)"가 참고 됨.

185) 郭李(곽이) : 郭子儀와 李泌을 가리킴. 郭子儀는 唐나라의 名將이다. 별명은 郭令公, 郭汾
陽이다. 玄宗 때에 朔方節度右兵馬使가 되어 安綠山의 난이 일어나자 토벌에 활약하여
河北의 10여 군을 탈환하고 도읍 洛陽과 長安을 회복하였다. 두 수도를 수복한 후 조정
에 들어오니, 당 숙종은 "비록 나의 국가이지만, 실은 卿이 다시 만들었다."고 하였다.
또 代宗 때에 回紇과 손잡고 吐蕃을 정벌하고 장안을 회복하니 代國公에 봉해졌다. 벼
슬이 太尉 中書令에 이르고, 汾陽郡王에 봉해졌다.

186) 陸梁(육량) : 제멋대로 날뜀.

187) 靖唐之亂(정당지란) : 靖唐은 靖康의 오기로 靖康之變을 가리킴. 1126년 송나라가 여진족
의 금나라에 패하고, 중국 사상 정치적 중심지였던 화북을 잃어버리고 황제 徽宗과 欽
宗이 금나라에 사로잡힌 사건이다. 정강은 당시 북송의 연호이다.

188) 濟北(제북) : 지금 山東省의 濟南市.

189) 康王(강왕) : 南宋의 창시자 趙構. 조구는 宋徽宗의 아홉 번째 아들이자 欽宗의 동생이었
는데, 강왕에 廣平王에 책봉되었다가 강왕에 책봉되었다. 1127년 汴京이 함락되어 북송
이 망하자 그는 南京으로 도피하였다가 臨安에서 황제에 즉위하면서 南宋이라 하였다. 36
년간 재위하다 강요에 의해 양위한 후 81세에 병으로 세상을 떠났다.

190) 神廟中乘泥馬(신묘중승니마) : 金나라가 황제 徽宗과 欽宗을 인질로 잡아 죽이면서 북송
을 압박할 무렵, 북방의 康王으로 있던 趙構가 신변의 위협을 느껴 몰래 남쪽으로 도망
치다가 崔符君의 묘 아래에서 잠이 들었는데, 꿈에 '금나라의 추격병이 오니 속히 말에
올라 도망치라.'고 하여 얼른 일어나 근처에 있던 말을 타고는 밤낮을 쉬지 않고 달려
7백 여리를 내려올 수 있었다는 고사를 일컬음. 곧 그 말은 최부군의 사당 안에 세워
놓은 泥馬였다고 한다.

191) 宋澤(송택) : 宗澤의 오기. 欽宗 때 磁州知州가 되어 성벽과 방어물들을 정비하고 의용군
을 모아 금나라의 남하를 저지했다. 康王 趙構가 大元帥府를 열었을 때 부원수로 입경
하여 고군분투하면서 開德과 衛南에서 대승을 거두었다. 남송의 高宗 때 東京留守 겸 開
封尹에 임명되어 王善과 楊進 등 義軍을 모집하고 河北의 八字軍과 연합하면서 岳飛를
統制로 발탁해 금나라 군사를 여러 차례 격파했다. 20여 차례 상서하여 고종이 환도하
여 국력 회복을 도모할 것을 주청했지만 黃潛善 등의 제지를 받자 분한 심정이 병이
되어 버렸다. 실지 회복을 이루지 못한 비분을 참지 못하다가 임종 때 "강을 건너야
해.(過河)"를 세 번 외치고 죽었다.

力, 足以掃胡塵, 恢神州[195]。而未嘗從壹, 無用一計, 而一隅臨安[196], 便寄王業, 不報父兄之深讎, 乃貪一身苟安, 豈不惜哉? 五國城[197]中, 冷月照影, 半壁書中, 血淚猶濕, 雖以匹夫之愚, 秦越之踈[198], 至此而尙有悽愴之心, 況父子天倫之至情乎? 彼康王, 當臥薪嘗膽之時, 西湖[199]風景, 泛龍舟[200]桃逸興, 行樂是事, 固人情之所不忍爲也。陷於東窓之計[201], 莫悟和字之愚[202], 殫江南金帛之寶, 事不共戴天讎, 豈不惜哉? 親奸臣, 愈於骨肉, 忘忠臣, 甚於仇讎。岳飛百戰百勝, 金奴將卒, 聞岳飛之軍聲, 便皆喪膽, 而誤國奸臣, 惟恐其成功而二帝還, 一日之內, 送金牌[203]十二, 促其班師。終使萬古忠貞, 鐲鏤[204]釰頭, 抱子

---

192) 李綱(이강) : 南宋의 名臣. 벼슬은 太常少卿, 兵部侍郎, 尙書右丞, 尙書右僕射 겸 中書侍郎 등을 역임했다. 1126년에 송나라와 금나라가 대치하던 때 강력하게 항전을 주장하다 貶謫되었다. 송나라가 남쪽으로 내려간 뒤 高宗이 불러 재상으로 삼았다.

193) 岳飛(악비) : 南宋의 忠臣이자 武將. 농민에서 입신하여 군벌의 우두머리가 되었고, 金軍을 격파하여 공을 세워 벼슬이 太尉에 이르렀다. 당시 조정에 金나라와의 和議가 일어나 이에 반대하며 주전론을 펴다가 주화파 재상 秦檜한테 참소를 당하여 옥중에서 살해당하였다. 후세에 구국의 영웅으로 악왕묘에 모셔졌다.

194) 韓世忠(한세충) : 南宋 건국초의 무장. 北宋이 망하자 사병을 거느리고 高宗에게 달려가 남쪽의 苗傅·劉正彦의 난을 평정하고 兀朮을 격파하여 자못 권세를 떨쳤으나 秦檜의 책략으로 병권을 빼앗긴 후 西湖에 은거하여 스스로 淸涼居士라 일컬었다.

195) 神州(신주) : 중국을 신성한 나라라는 의미로 일컬었던 말.

196) 臨安(임안) : 중국 南宋의 수도. 현재의 浙江省 杭州이다.

197) 五國城(오국성) : 金나라가 쳐들어와 靖康의 난을 당하여 수도 汴京이 함락되자, 徽宗과 그의 아들 欽宗이 금나라 군사들에게 사로잡혀 북으로 갔다가 돌아오지 못하고 마침내 죽은 곳. 지금의 黑龍江省 일대에 있는 성이라고 한다.

198) 秦越之踈(진월지소) : 진나라는 중국의 서북쪽에 있고 월나라는 동남쪽에 있어서 서로 멀리 떨어져 관계가 소원한 것처럼 관심 없이 냉담하게 대하는 것을 말함.

199) 西湖(서호) : 浙江省 杭州市에 있는 호수. 3면이 산으로 둘려 쌓여 있고 한 면이 도시를 향해 있으며 호수 안에 3개의 섬이 있는 인공호수이다.

200) 龍舟(용주) : 임금이 타는 배.

201) 東窓之計(동창지계) : 宋나라 秦檜가 부인 王長脚과 동창의 아래에 앉아 橘을 먹으면서 岳飛를 죽이려는 계획을 말함. 동창은 간회를 지칭하기도 한다. 진회는 南宋 고종 때의 宰相이다. 岳飛를 誣告하여 죽이고 主戰派를 탄압하여 金나라와 굴욕적인 和約을 체결하였으므로 후세에 대표적인 姦臣으로 꼽힌다.

202) 和字之愚(화자지우) : ≪명종실록≫ 1545년 7월 27일 3번째 기사에 의하면, 李滉의 상소에 "朱文公이 '金나라 사람은 시종 和라는 한 글자를 가지고 宋나라를 우롱하였고, 송나라는 시종 이를 가지고 스스로 우롱 당하였다.'고 하였다.(朱文公曰 : '金人終始以和之一字愚宋, 宋終始以此自愚.')"는 기록이 있는바 참고가 됨.

胥205)之寃, 以塞中原父老望之眼, 洛陽陵寢, 盡爲狐兎之窟, 豈不悲哉? 其罪若
而中興, 不亦笑乎?" 漢帝笑曰："聽聽, 罷兩帝之言, 頗重大, 然徒知其一, 未知
其二。安史之亂206), 非肅宗, 縱有忠臣, 依誰樹功? 靖康之亂, 非高宗, 南渡乾
坤, 社稷無主, 豈以小疵掩大功乎? 杞梓207)有數尺之朽, 不棄全木208), 綿繡有
一段之朽, 不棄全疋, 帝王之論人, 當隱惡揚善209), 而舍罪而襃功。朕之子孫及
肅宗‧高宗, 並宜請之。" 唐宋兩帝, 雖不快於心, 不獲已各送侍臣請之。

蒼龍交倚210)四座, 置於東壁。有頃畢至, 爲首光武皇帝211), 處士嚴光212)及

---

203) 金牌(금패) : 옛날, 군령을 처리할 때 쓰이던 금패.

204) 鐲鏤(촉루) : 중국에서 유명하였던 칼의 하나.

205) 子胥(자서) : 伍子胥. 중국 춘추시대의 정치가로 楚나라 사람이었으나 아버지와 형이 살
해당한 뒤 吳나라를 섬겨 복수하였는데, 오나라 왕 闔閭를 보좌하여 강대국으로 키웠으
나, 합려의 아들 夫差에게 중용되지 못하고 伯嚭의 모함을 받아 자결하였으니, 부차는
오자서에게 촉루검을 하사하여 자진토록 하였다.

206) 安史之亂(안사지란) : 安祿山과 史思明이 唐나라 玄宗 때 일으킨 난. 안녹산이 天寶 14년
(755)에 절도사로서 반란을 일으켜 兩京을 함락시키고 국호를 大燕, 연호를 聖武라 하
였으며, 안녹산이 죽은 후 그의 부장 사사명이 范陽에 웅거하여 대연황제라고 자칭하
였다.

207) 杞梓(기재) : 좋은 재목.

208) 杞梓有數尺之朽, 不棄全木(기재유수척지후, 불기전목) : ≪자치통감≫ 권1 <周紀‧安王>
의 "성인이 사람을 관리로 등용하는 것은 장인이 나무를 사용하는 것과 같아서 그 장
점은 취하고 단점은 버립니다. 이 때문에 구기자나무나 가래나무가 몇 아름이 될 정도
로 크면, 몇 자 정도 썩은 부분이 있어도 훌륭한 장인은 이를 버리지 않는 것입니다.
지금 임금님께서는 전쟁이 난무하는 세상에 살고 계십니다. 맹수의 발톱 같고 어금니
같은 날랜 용사를 뽑으면서 2개의 달걀 때문에 방패 같고 성 같은 든든한 장수를 버리
시니, 이것은 이웃 나라에 알려져서는 안 될 일입니다.(夫聖人之官人, 猶匠之用木也, 取其
所長 棄其所短。故杞梓連抱而有數尺之朽, 良工不棄。今君處戰國之世。選爪牙之士, 而以二卵棄
干城之將, 此不可使聞於都國也。)"가 참고가 됨.

209) 隱惡揚善(은악양선) : ≪중용≫ 6장의 "순임금은 묻기를 좋아하고 천근한 말씀을 살피
기 좋아하되, 악을 숨겨주고 선을 드날리며 두 끝을 잡아 그 中을 백성에게 쓰니 그 때
문에 순임금이 된 것이다.(舜好問而好察邇言, 隱惡而揚善, 執其兩端, 用其中於民, 其斯以爲
舜乎。)"에서 나온 말.

210) 交倚(교의) : 옛날에 임금이 앉았던 의자.

211) 光武皇帝(광무황제) : 본명은 劉秀. 漢室의 일족으로 22년에 南陽에서 군사를 일으켜 王
莽의 군대를 무찌르고 한나라를 다시 일으켰다. 洛陽에 도읍했다.

212) 嚴光(엄광) : 嚴子陵. 후한 光武帝의 친구로 함께 수학했다. 광무제가 그와 함께 누웠더
니 광무제의 배 위에 다리를 얹은 일이 있었는데, 太史가 상주하기를 '어제 밤에 客星
(일시적으로 나타나는 별)이 御座를 침범하였습니다.'고 했다 한다. 그는 벼슬로 불러도

功臣二十六將侍之, 次照烈皇帝213), 雲臺214)所畵, 諸葛亮215)・龐統216)・關羽217)・張飛218)等二十餘人侍之, 肅宗皇帝, 郭子儀219)・李光弼220)・顔眞卿221)・張鎬222)等侍之, 次宋高宗皇帝, 宋綎・李綱・岳飛・張俊223)等侍之,

오지 않았으며 富春山 아래 은거하면서 桐江 七里灘에서 낚시질하였다.

213) 照烈皇帝(소열황제) : 蜀漢의 초대 황제. 본명은 劉備. 자는 玄德. 前漢 景帝의 후예로, 184년 關羽, 張飛와 의형제를 맺고 황건적 토벌에 참가하였으며 이후 여러 호족 사이를 전전하다가 諸葛亮을 얻고, 孫權과 동맹을 맺어 赤壁 싸움에서 남하하는 曹操의 세력을 격퇴시켰다. 이후 荊州와 익주를 얻고 漢中王이 되었으며, 2년 후 蜀을 세워 첫 황제가 되었으나 형주와 관우를 잃자, 그 원수를 갚으려고 대군을 일으켜 吳와 싸우다 이릉 전투가 패배로 끝나고, 白帝城에서 제갈량에게 아들 劉禪을 부탁한 후 병사하였다.

214) 雲臺(운대) : '雲臺'의 속자. 南宮雲臺. 後漢 光武帝가 이 운대에 이전의 국가 중흥의 명장 鄧禹를 비롯한 28명의 화상을 그려 붙였다.

215) 諸葛亮(제갈량) : 蜀漢의 宰相. 隆中에 은거하고 있을 때 劉備의 三顧草廬에 못 이겨 出仕한 후 劉備를 보좌하여 천하 三分之計를 제시했고, 荊州와 益州를 취하고 蜀漢을 세우는 데 큰 공헌을 했다. 또 南蠻을 평정하고 北伐을 주도했다. 유비가 죽은 뒤, 遺詔를 받들어 後主인 劉禪을 보필하다가 魏나라의 司馬懿와 五丈原에서 대전중 陳中에서 죽었다. 그가 지은 <出師表>는 名文으로 유명하다.

216) 龐統(방통) : 劉備의 策士. 諸葛亮과 동시에 軍師中郞將이 되었다. 유비가 益州를 취할 때에 계책을 내어 큰 공을 세웠다. 雒縣을 포위 공격할 때에 불행하게 화살을 맞고 죽었다. 關內侯로 추증되었다. 방덕은 원래 馬超 휘하의 장수였으나 曹操에게 투항하여 그를 섬긴 뒤에는 신의를 지켜 절개를 굽히지 않았으며, 樊城에서 關羽와 싸우다가 사로잡혀 목숨을 잃었다.

217) 關羽(관우) : 蜀漢의 勇將. 용모가 魁偉하고 긴 수염이 났다. 張飛와 함께 劉備를 도와서 공이 크며, 뒷날 荊州를 지키다가 呂蒙의 장수 馬忠에게 피살되었다. 민간에 신앙이 두터워 각처에 關王墓가 있다.

218) 張飛(장비) : 蜀漢의 勇將. 자는 翼德. 關羽와 함께 劉備를 도와 戰功을 세웠으며, 吳나라를 치고자 출병했다가 부하한테 피살되었다.

219) 郭子儀(곽자의) : 唐나라의 名將. 별명은 郭令公, 郭汾陽이다. 玄宗 때에 朔方節度右兵馬使가 되어 安祿山의 난이 일어나자 토벌에 활약하여 河北의 10여 군을 탈환하고 도읍 洛陽과 長安을 회복하였다. 두 수도를 수복한 후 조정에 들어오니, 당 숙종은 "비록 나의 국가이지만, 실은 卿이 다시 만들었다."고 했다. 또 代宗 때에 回紇과 손잡고 吐蕃을 정벌하고 장안을 회복하니 代國公에 봉해진다. 벼슬이 太尉 中書令에 이르고, 汾陽郡王에 봉해졌다.

220) 李光弼(이광필) : 唐나라 肅宗 때의 節度使. 郭子儀의 추천으로 河東節度副使가 되었고, 安祿山과 史思明의 亂을 평정하고 代宗 때에 臨淮郡王에 봉함을 받았다.

221) 顔眞卿(안진경) : 唐나라 肅宗 때의 장수. 魯郡開國公에 봉해졌기 때문에 顔魯公으로도 불렸고, 顔之推의 5대손이다. 玄宗 때 개원진사에 급제하고, 또 制科에 발탁되었다. 거듭 승진하여 武部員外郞이 되었다. 楊國忠의 견제를 받아 平原太守가 되었을 때 安祿山의

升殿上, 揖讓禮罷, 西向以次定座。復進杯盤, 唐宋明三皇帝, 向光武曰："河海
度量, 日月明德, 仰之久矣。今之會, 獲覩盛儀, 幸不可量." 光武遜謝曰："幸
賴祖宗之威靈・皇天之默佑, 社稷中興, 非朕德之攸致, 而過蒙褒奬, 心甚愧
赧."

言未已, 遙聞九霄之間有笙簫之聲矣。頃之, 紫微仙官一員, 駕黃鶴, 從雲間
而下, 請見, 漢帝命侍臣迎之上座。仙官拜禮畢, 告曰："奉玉帝綸音[224], 仰諭
於列位皇帝。今歷代聖君, 會于一堂, 論千古帝王經綸之業, 講四海蒼生濟拯之
事, 功冠百王, 德流萬代, 況忠臣如林, 猛將雲集, 眞天下之高會, 鮮匹之盛事。
竊惟良將・名相, 社稷之柱, 精忠大義, 人臣之節, 智謀・勇略, 國家之寶, 以此
五寶者, 題品羣臣, 定百代之論公, 彰天道之報應, 且論列[225]歷代誤國之奸・弑
逆之罪, 以明皇天福善禍淫之理." 漢帝驚問曰："上帝降此明命[226], 朕等雖無
才德, 惟謹奉無違, 但烈士忠臣, 亂臣賊子, 代各有之, 而不知始於何代." 仙官對
曰："奉漢以前, 魯聖人作春秋, 筆法之功[227]如天地, 褒列之嚴如衮鉞[228], 無復
可論。秦漢以後, 至于今世, 褒貶人物, 降之以禍福, 罪之輕者, 地府[229]已治之

반란을 맞았는데, 형 常山太守 顔杲卿과 함께 의병을 거느리고 나가 싸웠다. 20만 명의
의병들이 모이자 형과 함께 맹주로 추대되었다. 肅宗이 즉위하자 河北招討使가 되었다.
御史大夫를 거쳐 馮翊太守에 올랐다. 나중에 중앙에 들어가 憲部尙書에 임명되었지만,
당시의 권신 盧杞에게 잘못 보여 좌천되었다. 784년 德宗의 명으로 淮西의 叛將 李希烈
을 설득하러 갔다가 감금당했고, 곧 살해되었다. 글씨를 잘 썼는데, 남조 이래 유행해
내려온 王羲之의 전아한 서체에 대한 반동이라고도 할 수 있을 만큼 남성적인 박력 속
에 均齊美를 발휘한 것으로, 당나라 이후 중국의 書道를 지배했다.

222) 張鎬(장호) : 唐나라 肅宗 때의 宰相. 환관에게 굽히지 않다가 파직 당하였으나 代宗 때
다시 기용되었다.

223) 張俊(장준) : 南宋의 武將. 일찍아 嶽飛, 韓世忠, 劉光世와 더불어 '南宋中興四將'으로 일컬
어진다. 후에 主和派가 되어서 악비에게 모함을 씌운 秦檜에게 협조했다.

224) 綸音(윤음) : 임금의 말씀.

225) 論列(논열) : 죄목을 들추어내어 죽 늘어놓음.

226) 明命(명명) : 신령이나 임금의 명령.

227) 功(공) : 公의 오기인 듯.

228) 衮鉞(곤월) : 공자가 실제로 정치할 수 없게 되자 ≪춘추≫를 지었는데, 范寧이 <춘추
전 서>에서, "한 글자의 포양은 華袞보다 낫고, 한 글자의 나무람은 鈇鉞보다 낫다."
하였던 데서 나온 말.

矣。元惡大懟230), 其數無多, 今日內, 庶可處斷, 而歷代人才, 以五等選擇, 則其麗不億231), 一夜間, 似未及。今日宴席, 所從臣僚, 始先題品, 其外各自歸府, 徐爲之定矣."

漢帝受命, 一邊分付大鴻臚232), 具法酒御膳, 以待仙官, 一邊召樊噲, 分五色旗, 立於南樓, 鳴鼓而命曰: "成賢相之業者, 坐於紅旗之下, 智謀出衆者, 坐於靑旗之下, 勇力絶人者, 坐於白旗之下." 三鼓三呼, 衆人相顧欲出, 復下令曰: "此諸皇帝, 受玉帝命, 諸臣勿遲緩也." 衆人齊奏曰: "使輦下自定, 孰謂無忠義之心? 孰謂無將相之才? 請選具五德者, 使褒貶諸臣, 各定次第焉." 漢帝召留侯233), 問曰: "孰能當此任?" 良對曰: "知臣莫如主, 且列聖主御臨, 非臣淺見所及也." 唐帝曰: "子房234)眞其人也。豈用他求?" 良謝曰: "臣本無藻鑑235), 口掉三寸舌, 爲帝者師, 布衣之極也。幸於成功之後, 心慕仙術, 棄人間事, 從赤松子236)遊237), 歷代英雄之姓名, 猶不能盡知, 況人物高下之任, 何敢當也? 宋帝使諸臣僚, 各薦其人可也." 及命下, 或以蕭何爲可, 或以李靖爲可, 或薦趙普, 或薦郭子儀, 論議紛紛, 久不能定。明帝曰: "苟求彷佛之人, 代各有之, 當此任

---

229) 地府(지부) : 저승. 황천.
230) 元惡大懟(원악대대) : 반역죄를 저지른 사람.
231) 其麗不億(기려불억) : 《시경》<大雅·文王>의 "상나라 자손들이 그 숫자가 억뿐만이 아니지만, 상제가 이미 명하셨기 때문에 복종하였네.(商之孫子, 其麗不億, 上帝旣命, 侯于周服。)"에서 나오는 말.
232) 大鴻臚(대홍려) : 관직명. 九卿의 하나. 조정에서 손님을 접대하는 사무를 관장했다.
233) 留侯(유후) : 張良을 가리킴. 蘇軾의 <留侯論>이 있는바, 한나라 張良에 대해 논한 글이다.
234) 子房(자방) : 張良의 자.
235) 藻鑑(조감) : 사람을 겉만 보고도 그 인격을 알아보는 식견.
236) 赤松子(적송자) : 神農氏 때의 雨師. 곤륜산에 들어가 신선이 되었다고 한다.
237) 臣本無藻鑑~從赤私子遊(신본무조감~종적송자유) : 《사기》 권55 <留侯世家>에 한나라가 건립되고 장량이 유후에 봉해진 뒤에 속세의 미련을 버리고 신선술을 닦으면서 말하기를, "지금 세 치의 혀를 가지고 임금의 스승이 되었을 뿐만 아니라, 만호에 봉해지고 열후의 지위에 올랐으니, 이는 포의가 누릴 수 있는 최대의 영광으로서 나에게는 이미 충분하다고 하겠다. 따라서 이제는 인간 세상의 일을 버리고 적송자를 따라 노닐고 싶다.(今以三寸舌, 爲帝者師, 封萬戶, 位列侯, 此布衣之極, 於良足矣, 願棄人間事, 欲從赤松子遊耳。)"고 한 것을 간추린 것임.

者, 必抱隱逸之德如傅說238), 待三聘之禮239)如伊尹240), 神謀如呂尙241), 治國

家如管仲242), 輔幼主如周公, 出則方叔243)・召虎244), 入則召公245)・畢公246)

之宰相247), 方可, 然如此者, 奚易也, 曾聞蜀相諸葛亮, 人中之龍, 三代上人物,

此人可矣." 具曰："諾." 趙普奏曰："亮無統一之功, 何如?" 宋帝責曰："卿勿

---

238) 傅說(부열) : 商나라 때의 賢臣. 商王 武丁 때에 丞相을 지냈다. 그는 본래 죄인으로 부역
을 나가 성을 쌓고 있었다고 한다. 당시 무정은 어진 신하를 찾고 있었는데, 하루는 꿈
속에서 聖人을 만났다. 꿈에서 깨고 난 뒤에도 성인의 모습이 생생하게 기억이 나서 그
림으로 그려 닮은 사람을 찾도록 하였다. 최종적으로 傅巖에서 부열을 찾았는데, 그림
속의 성인과 닮았다. 그리하여 그를 재상으로 등용했는데 나라를 잘 다스렸다. 傅巖에
서 발견했기 때문에 傅를 姓으로 삼았고, 부열은 부씨의 시조가 되었다.

239) 三聘之禮(삼빙지례) : 伊尹이 처음에는 출세할 생각이 없었다가 殷나라의 임금 湯이 세
번이나 使者를 보내어 초빙한 것을 일컬음. 이윤이 마음을 돌려서, "나는 장차 이 백성
들을 堯舜의 백성으로 만들겠다." 하고 나왔다고 한다.

240) 伊尹(이윤) : 湯王을 보좌하여 殷나라의 건국에 공을 세운 어진 재상. 처음에 이윤이 탕
왕을 만날 길이 없자 탕왕의 처인 有莘氏 집의 요리사가 된 뒤, 솥과 도마를 등에 지고
탕왕을 만나 음식으로써 천하의 도리를 비유해 설명했다는 전설이 있다.

241) 呂尙(여상) : 周初의 賢臣. 본성은 姜이나, 선조가 呂國에 봉함을 받아 呂氏 성을 따랐다.
姜太公 또는 太公望이라 불리기도 하였다. 文王이 渭水가에 은거하던 그를 만나 군사로
삼았으며, 뒤에 武王을 도와 殷나라를 쳐 없애고 천하를 평정하였다. 사실 은나라를 공
격할 때 은의 병사들은 이미 사기가 떨어져 무기를 거꾸로 들고 응전했다고 전한다.
그 공으로 齊나라에 봉함을 받아 그 시조가 되었다.

242) 管仲(관중) : 齊나라의 재상이자 사상가, 경제학자. 管子, 管夷吾, 管敬仲으로도 불린다.
춘추시대에 法家의 대표 인물이자 周穆王의 후예이기도 하다. 비록 齊나라의 下卿(경
중에서 낮은 벼슬)이었지만 중국 역사상 宰相의 본보기로 삼는다. 재임 중에 안으로 개
혁을 하고 상업을 중시했다.

243) 方叔(방숙) : 西周 때 사람. 宣王 때 卿士를 지냈다. 왕명을 받아 북쪽으로 玁狁을 정벌하
고 남쪽으로 荊楚를 정복하여 공로를 세웠다.

244) 召虎(소호) : 周나라를 중흥시킨 宣王 때의 장수. 召穆公으로도 불린다.

245) 召公(소공) : 周나라의 정치가. 武王을 도와 商을 멸망시키고 周를 건국하는 데 큰 공을
세워 燕(지금의 河北 북부)을 分封받아 전국시대 七雄 가운데 하나인 燕의 시조가 되었
다. 하지만 소공은 직접 燕을 다스리지는 않고, 鎬京(지금의 陝西省 長安縣)에 머물러 있
으면서 長子인 姬克을 薊(지금의 北京)로 보내 다스렸다. 周公과 함께 周의 건국과 안정
에 크게 기여하였다.

246) 畢公(필공) : 周文王의 여섯째아들이자, 武王의 동생인 姬高. 畢에 봉해졌기 때문에 필공
이라 한다.

247) 出則方叔召虎, 入則召公畢公之宰相(출즉방숙소호, 입즉소공필공지재상) : 蘇轍의 <上樞密
韓太尉書>의 "나라 안으로 들어와서는 천하를 평화롭게 한 주나라 무왕 때의 주공과
소공 같이 하고, 나라 밖으로 나가서는 주 선왕 때 넓은 땅을 경략한 방숙과 소호처럼
활동하였다.(入則周公召公, 出則方叔召虎.)"에서 나오는 말.

妄言! 智謀在人, 成敗係天, 若不論德, 蘇張²⁴⁸⁾之詭辯, 反蹂於孔孟之正道也。
孔明, 以五百軍, 破曺操²⁴⁹⁾二十萬兵, 昭烈無立錐之地²⁵⁰⁾, 而全蜀江山, 成三
分之勢, 六出祈山²⁵¹⁾, 使司馬懿²⁵²⁾膽落²⁵³⁾, 七縱七擒²⁵⁴⁾, 使孟獲²⁵⁵⁾心服。
天不助, 漢終未成一統之功, 八陣²⁵⁶⁾風雲, 驚動鬼神, 兩表忠言²⁵⁷⁾, 光爭日月,
何可以成敗論英雄哉?" 召入孔明, 貌如寒玉, 目如曉星, 眉帶江山之秀氣, 胸藏
天地之造化, 誠王佐之才, 無雙國士²⁵⁸⁾。於是, 四拜於前, 漢帝曰 : "卿褒貶人

---

248) 蘇張(소장) : 蘇秦과 張儀. 소진은 전국시대 鬼谷子의 제자인데, 秦나라에게 대항하기 위
   해 六國合縱을 주장하여 진나라로 하여금 15년 동안 函谷關에서 나오지 못하게 만들었
   다. 장의는 전국시대 魏나라의 謀士인데, 蘇秦과 함께 鬼谷子를 사사하면서 縱橫術을 배
   웠으며, 연횡책을 주창하면서, 魏·趙·韓나라 등 동서로 잇닿은 6국을 설득, 진나라를
   중심으로 하는 동맹관계를 맺게 하였다.
249) 曹操(조조) : 후한의 曹操. 자는 孟德. 권모술수에 능하고 詩文에 뛰어난 武將으로, 黃巾
   의 난을 평정하고 獻帝를 옹립하여 실권을 쥐고 華北을 통일하였다. 赤壁싸움에서 孫
   權·劉備 연합군에게 크게 패하여, 중국 천하는 3분되었다. 獻帝 때 魏王으로 봉함을
   받았다. 그의 아들 조가 제위에 올라 武帝로 追尊하였다.
250) 立錐之地(입추지지) : 송곳 하나 세울 만한 아주 좁은 땅.
251) 祈山(기산) : 祁山의 오기. 祁山은 甘肅城 西和縣의 東北에 있는 산으로, 諸葛亮이 魏나라
   司馬懿를 치기 위해 여섯 번이나 갔다고 하는 산. 제갈량이 여섯 번째 기산으로 나아가
   사마의 3부자와 위나라 군사를 上方谷이라는 골짜기로 유인하여 지뢰와 화공으로 몰살
   시키려 할 즈음 홀연 소나기가 동이로 붓듯 하자, 제갈량이 謀事는 在人이요 成事는 在
   天이로구나 하며 탄식했다는 고사가 있다.
252) 司馬懿(사마의) : 三國時代의 魏나라 名將. 자는 仲達. 曹操를 비롯한 4대를 보필하면서
   책략이 뛰어나 蜀漢 諸葛亮의 군사를 막았으며, 文帝 때 승상에 올라 孫子 司馬炎이 제
   위를 찬탈할 기초를 닦았다.
253) 膽落(담락) : 간담이 서늘함.
254) 七縱七擒(칠종칠금) : 제갈량이 孟獲을 일곱 번 놓아주고 일곱 번 사로잡았다는 데서 유
   래된 고사로, 상대방을 마음대로 다룬다는 뜻.
255) 孟獲(맹획) : 南蠻의 왕. 劉備가 죽은 뒤 雍闓와 함께 촉나라에 반기를 들었다가 諸葛亮
   이 南征하자 일곱 번 붙잡혔다가 일곱 번 풀려난 뒤 항복하여 心腹이 되었다. 정사 ≪
   삼국지≫에는 나오지 않는 허구일 뿐이라고 한다.
256) 八陣(팔진) : 諸葛亮이 사용한 陣法. 제갈공명이 돌을 쌓아 만들었다. 天地風雲·龍虎鳥蛇
   의 여덟 가지 진형이다.
257) 兩表忠言(양표충언) 諸葛亮이 出陣에 임하여 임금에게 바친 두 번의 出師表에서 말한 충
   성된 말.
258) 無雙國士(무쌍국사) : 漢나라 승상 蕭何가 일찍이 漢高祖에게 韓信을 천거한 말 가운데
   "여러 장수는 얻기가 쉽지만, 한신 같은 사람은 둘도 없는 국사입니다.(諸將易得耳, 至
   如信者, 國士無雙.)"라고 한 데서 나오는 말.

物, 奉行上明命." 亮拜謝曰: "此任重大, 非臣所敢能當." 帝曰: "勿謝! 卿必足當矣." 三謝不允, 孔明退, 以胡銓[259]·宋濂, 定從事。孔明曺曰: "此中有口誦孔孟之書, 心慕堯舜之道, 或勵守節義, 欲蹈巢許[260]之遺蹟, 高尙其志, 不事王侯之高士, 有才德備具之人, 先爲題品, 以彰聖主衆士褒節之盛德, 何如?" 俱曰: "諾."

忽有金甲神人, 跪奏於階下曰: "漢武帝[261]·唐憲宗[262]·宋神宗[263]三皇, 到軍門外, 請見." 漢帝曰: "朕之子孫, 雖有伐匈奴之功, 內多慾而外窮奢, 以病四海。神宗, 志大才小, 任用小人, 終以誤國。惟憲宗, 許之以入, 何如?" 唐帝 <曰>: "才不才, 亦各言其子孫[264], 旣聞今日之宴會, 相率而來, 一進一退, 事理不當。況武帝萬古英雄, 神宗恭勤有餘, 且慕三代, 何以小疵爲白王[265]之玷

259) 胡銓(호전): 남송의 관리이자 문학가. 高宗 때 진사가 되고, 撫州軍事判官에 올랐다. 금나라 사람이 도강하여 남하할 때 고향의 장정을 뽑아 관군의 방어전을 돕도록 했다. 樞密院 編修官이 되었다. 1138년 秦檜가 화친을 주장하자 글을 올려 강력하게 반대하고, 당시 大臣으로서 금나라와의 화의를 주장하던 使臣 王倫, 진회, 參政 孫近 세 사람의 목을 벨 것을 강력하게 주청했다. 적과의 화의를 주장하는 간신을 처벌하기를 주창한 강직한 사람의 표본이 되었다.

260) 巢許(소허): 巢父와 許由. 소보는 堯임금 때의 高士로 산속에 숨어 世事를 돌아보지 않고 나무 위에 집을 지어 거기서 잤다는 데서 이른다. 요임금이 허유에게 천하를 讓與하니, 허유가 더러운 소리를 들었다고 시냇물에 귀를 씻었는데, 그 물에서 소에게 물을 먹이던 소보도 이 말을 듣고 또 딴 곳으로 가서 물을 먹였다는 고사가 있다.

261) 漢武帝(한무제): 前漢 제7대 임금 劉徹. 중앙집권을 강화하기 위해 지방에 刺史를 임명하여 제후들의 세력을 약화시켰고, 百家를 축출하고 儒術을 존숭했고, 널리 인재를 등용하였다. 또한 대외적으로 四夷를 정벌했는데, 특히 흉노를 격파하고 서역과의 실크로드를 확보하는 등 중국의 영토를 확대시켰다.

262) 唐憲宗(당헌종): 당나라 제11대 황제 李純. 安史의 난 이후 藩鎭(지방군벌)의 세력이 거세져 중앙의 위령이 미치지 않는 상태를 바로잡는데 힘쓰고, 직할 禁軍을 강화하였으며, 裵度 등 재정가를 재상으로 삼아 兩稅法에 바탕을 둔 봉건제 지향적 경제정책을 추진하는 등 당나라 중흥의 英主로 일컬어진다. 後嗣 다툼으로 환관 陳弘志 등에게 암살되었다. 특히, 그의 치세 때는 韓愈·柳宗元·白樂天 등의 문인들이 활약하였다.

263) 宋神宗(송신종): 北宋의 제6대 황제 趙頊. 三代의 이상을 회복한다는 기치 아래 王安石의 新法을 채용하고, 제도·교육·과학 등을 개혁을 강력히 추진하여 부국강병책을 실시했으나, 이후 新法과 舊法을 둘러싼 전쟁이 반복되는 원인이 되었다.

264) 才不才, 亦各言其子孫(재부재, 역각언기자손): 《논어》<先進篇>에는 "才不才, 亦各言其子也"로 나오는 구절.

265) 白王(백왕): 白玉의 오기.

乎?" 促令開門延入, 爲首漢武帝, 龍鬚氣像266), 董仲舒267)・公孫弘268)・霍

光269)・衛青270)・霍去病271)等侍, 次唐憲宗, 神彩表逸, 英氣蓋世, 裵度272)・

武元衡273)・李綱・李吉甫274)・杜黃常275)・李愬276)・劉公綽277)等侍之, 次

---

266) 氣像(기상) : 奇像의 오기.

267) 董仲舒(동중서) : 前漢 때의 유학자. 武帝가 즉위하여 크게 인재를 구하므로 賢良對策을 올려 인정을 받았다. 전한의 새로운 문교정책에 참여했다. 五經博士를 두게 되고, 국가 문교의 중심이 儒家에 통일된 것은 그의 영향이 크다.

268) 公孫弘(공손홍) : 漢武帝 때의 재상. 賢良에 추천되어 博士에 올랐다가 흉노의 일 때문에 관직에서 물러났다. 다시 박사가 되고, 內史와 御史大夫를 역임했다. 강력하게 諫言하기 보다는 무제의 뜻을 살펴 의사를 표현했고, 문자 수식을 적절하게 활용해 관료의 길을 걸으면서 儒術을 알맞게 응용하여 무제의 신임을 받았다. 그리하여 승상이 되고 平津侯에 봉해졌다. 최초의 丞相封侯였을 뿐만 아니라 布衣에서 승상으로 봉작까지 받은 사람은 그가 처음이었다.

269) 霍光(곽광) : 前漢의 권신. 霍去病의 이복 아우이자, 漢昭帝 황후 上官氏의 외조부, 漢宣帝 황후 霍成君의 부친이기도 하다. 漢武帝, 漢昭帝, 漢宣帝 등 삼대 황제를 섬기면서 昌邑王을 폐위시키는데 주도적인 역할을 하였다. 외모가 준수한데 특히 수염이 멋있어서 당시 사람들이 伊尹과 비교하여 '伊霍'이라고 일컬었다고 한다.

270) 衛青(위청) : 前漢 武帝 때의 名將. 車騎將軍으로 군대를 거느리고 匈奴를 격파하고 關內侯에 올랐다. 다시 병사를 雲中으로 출병하여 河套지구를 수복하고 長平侯에 봉해졌다. 大將軍으로 霍去病과 함께 대군을 이끌고 漠北으로 나가 흉노의 주력을 궤멸시켰다. 이후 7차례에 걸쳐 흉노를 정벌하여 더 이상 한나라의 위협이 되지 못하도록 했다.

271) 霍去病(곽거병) : 前漢 武帝 때의 名將. 名將 衛青의 생질이기도 한 그는 말 타고 활쏘기에 능했다. 병법은 옛 것에 연연하지 않고 용맹하고 신속하게 작전을 펼쳤다. 처음에 8백 명의 기병을 거느리고 적진 수백 리를 진격한 적도 있었다. 두 차례의 흉노와의 전투에서 승리하고 祁連山 일대를 점령하여 흉노를 사막 이북으로 도망가게 만들었다.

272) 裵度(배도) : 唐나라 大臣. 憲宗 때 司封員外郎과 中書舍人, 御史中丞을 지냈고, 藩鎭을 없앨 것을 강력하게 주장했다. 당나라 군대가 蔡를 토벌한 뒤 군대를 行營하는 일을 감시했다. 살해된 재상 武元衡을 대신하여 中書侍郎과 同中書門下平章事가 되었다. 얼마 뒤 군대를 이끌고 힘껏 싸워 吳元濟를 생포했다. 穆宗 때 여러 차례 出鎭入相하면서 천하의 중용을 받았다. 절도사를 억압하고, 宦官에 대해서도 강경책을 취하여 헌종과 목종, 敬宗, 문종의 4조에 걸쳐 활약했다.

273) 武元衡(무원형) : 唐憲宗 때의 장수. 일찍이 華原令과 御史中丞에 임명되었고, 憲宗 때 門下侍郎平章事가 되고, 이어서 劍南西川節度使로 나갔다. 다시 재상이 되었으며, 藩鎭을 평정하고 통일을 강화할 것을 힘써 주장했다. 裵度가 병사를 써서 淮西에서 吳元濟를 토벌하려는데, 王承宗이 오원제의 사면을 청하자 그가 이를 꾸짖었다. 얼마 뒤 李師道가 보낸 자객에게 칼에 찔려 죽었다.

274) 李吉甫(이길보) : 唐憲宗 때의 재상. 憲宗이 즉위하자 불려 한림학사가 되고, 中書舍人으로 옮겼다. 평장사와 집현전대학사, 監修國史를 지낸 뒤 趙國公에 봉해졌다. 이후 10여 년 동안 곤란에 처해 외직을 전전하였다. 德宗은 藩鎭 문제를 안이하게 처리해 재위 중

宋神宗, 氣雍容, 眉目淸雅, 司馬光[278]・文彦博[279]・韓琦[280]・范仲淹[281]・歐陽脩[282]・狄靑[283]・張方平[284]等侍之。上殿禮畢, 西壁定座。

에 한 번도 관할 지역을 바꾸지 않았는데, 그가 재상이 되자 1년 만에 36개 鎭을 바꿔 버렸다.

275) 杜黃常(두황상) : 杜黃裳의 오기. 唐憲宗 때의 명신. 벼슬은 門下侍郎, 同中書門下平章事에 이르렀으며 順宗 때 太常卿을 거쳐 邠國公에 봉해졌다. 어질고 강직한 신하로서 군주를 충직하게 보좌한 인물로 비유된다.

276) 李愬(이소) : 唐憲宗 때의 장수. 吳元濟가 淮西 지방에서 반란을 일으키매 토벌에 나서서 반란군의 근거지인 蔡州까지 120리를 밤에 눈이 오는 틈을 타 급히 달려 닭 울 무렵 성중에 돌입하여 오원제를 사로잡았다.

277) 劉公綽(유공작) : 柳公綽의 오기. 당헌종 때의 관리. 柳公權의 형으로 성격이 장중하고 빈틈이 없었으며 호걸과 사귀기를 좋아했다. 벼슬은 侍御史, 吏部郎中, 御史丞, 鄂嶽觀察史, 京兆尹, 河東節度使, 戶部尙書, 兵部尙書, 檢校左僕射 등을 역임했다.

278) 司馬光(사마광) : 北宋 때의 학자. 溫公이라 칭하여진다. 《資治通鑑》의 편자이다. 이 책은 천자의 정치에 도움을 주기 위해 19년의 세월을 들여, 전국시대에서부터 編年體로 편찬한 것으로, 대의명분을 명확히 한 것이다. 그는 漢代의 楊雄을 가장 숭배하였다.

279) 文彦博(문언단) : 文彦博의 오기. 北宋의 정치가이자 書法家. 仁宗, 英宗, 神宗, 哲宗 등을 섬기면서 50년 동안 재상을 맡았다. 殿中侍禦史 때에 법을 공정하게 집행하고 西夏의 침입을 성공적으로 막았다. 재상 기간에는 대담하게 8만 정병으로 군인수를 줄여 백성들의 부담을 경감시키자고 주장하기도 했다. 만년에 불법에 귀의했다. 벼슬은 太師에 이르렀고, 潞國公에 봉해졌다.

280) 韓滔(한기) : 韓琦의 오기. 北宋 때의 大臣. 벼슬은 將作監丞, 通判淄州, 開封府推官, 度支判官, 太常博士, 右司諫, 陝西經略安撫招討使 등을 역임했다. 範仲淹과 더불어 군대를 이끌고 西夏를 정벌하여 軍에서 위엄과 덕망이 두터웠다. 仁宗과 英宗 때에 재상을 지냈고, 神宗 때에 司空 겸 侍中이 되었다.

281) 范仲淹(범중엄) : 北宋 때의 정치가・학자. 인종 때 郭皇后의 폐립문제를 놓고 찬성파 呂夷簡과 대립하다가 지방으로 쫓겨났다. 饒州와 潤州, 越州의 知州를 맡았다. 그 뒤 歐陽修와 韓琦 등과 함께 여이간 일파를 비판했으며, 스스로 군자의 붕당이라고 자칭하여 慶曆黨議를 불러일으켰다. 參政知事가 되어 개혁하여야 할 정치상의 10개조를 상소하였으나 반대파 때문에 실패하였다.

282) 歐陽脩(구양수) : 宋나라 학자. 과거에 급제하여 慶曆 이후 翰林院侍讀學士・樞密府使・參知政事 등을 역임하였는데 그 동안 누차 群小輩의 참소를 입어 罷黜당하였으나 志氣가 自若하였다. 羣書에 널리 통하고 詩文으로 천하에 이름을 날려 唐宋八大家의 한 사람으로 꼽힌다.

283) 狄靑(적청) : 北宋 때의 武將. 仁宗 때 延州指使로 西夏와 싸울 때 동으로 만든 面具를 쓰고 항상 선봉에 서서 승리를 이끌었다. 이후 尹洙가 韓琦와 范仲淹에게 천거했는데, 범중엄이 그에게 《좌씨춘추》를 가르치자, 이때부터 독서에 뜻을 두어 秦漢 이래의 兵法에 정통하게 되었다. 樞密副使에 발탁되었을 때 儂智高가 반란을 일으켰는데, 황명을 받아 荊湖路를 宣撫하고 廣南의 도적들을 소탕했다. 기이한 용병술로 밤에 昆侖關을 넘어 격파하여 樞密使에 올랐다. 말년에 중상모략을 받아 탄핵되어 陳州로 쫓겨 갔다.

魏徵進奏曰: "今日法宴[285], 頗嚴肅, 殿上侍臣稀踈, 庭下誼聲亂雜, 請選入侍, 以肅威儀." 帝曰: "唯." 魏徵退, 傳聖旨於孔明, 選文武各一人, 上殿入侍, 陸賈‧周勃陪漢高祖, 房玄齡‧李靖陪唐太宗, 而竇儀‧曹彬陪宋太祖, 法正[286]‧張飛陪漢昭烈, 顔眞卿‧張巡[287]陪唐肅宗, 李綱‧韓世忠陪宋高宗, 汲黯[288]‧霍去病陪漢武帝, 韓愈[289]‧李愬陪唐憲宗, 歐陽脩‧狄靑陪宋神宗。

叔孫通‧虞世南爲左右謁者[290], 陶谷[291]‧方孝孺爲左右學生[292]。汾陽王郭子儀, 紅錦戰袍, 帶長釖, 立殿上東殿[293], 壽亭[294]關羽, 被金甲, 執靑龍刀, 立殿上西壁。淮陰侯韓信, 率耿弇[295]‧衛靑‧趙雲[296]‧李勣等, 仗大釖, 立東階上, 臨海王[297]李光弼, 率石守信‧岳飛‧徐達‧傅友德等, 橫長鎗, 立西

284) 張方平(장방평) : 北宋 때의 관리. 英宗, 神宗 때 사람으로 자는 安道, 호는 樂全居士, 시호는 文定이다. 神宗 때 參知政事를 지냈는데, 王安石의 임용과 그의 신법을 반대했다.

285) 法宴(법연) : 예식을 갖추고 임금이 신하를 접견하는 자리를 말함.

286) 法正(법정) : 東漢 말기의 謀士. 본래 劉璋의 부하였다가 劉備에게 투항했다. 뒤에 유비가 漢中을 취할 때에 曹操의 대장군 夏侯淵을 참수하는 계책을 냈다. 219년 유비가 漢中王이 된 후에 尙書令, 護軍將軍이 되었다.

287) 張巡(장순) : 唐나라의 충신. 安祿山이 반란을 일으키자 그는 眞源縣令으로서 상관의 항복 명령을 거부하고 義兵을 일으켜 전공을 세웠으나, 許遠과 함께 江淮의 睢陽城을 수비하다가 戰死하였다.

288) 汲黯(급암) : 漢武帝 때의 諫臣. 종종 直諫을 잘하여 武帝로부터 '옛날 社稷의 신하에 가깝다'라는 말을 들었다. 匈奴와 화친을 주장했고, 후에 작은 죄를 지어 파직되었다.

289) 韓愈(한유) : 韓愈의 오기. 唐代의 문인‧정치가. 자는 退之. 호는 昌黎. 唐宋 8대가의 한 사람으로, 四六駢儷文을 비판해 古文을 주장하였다. 유교를 존중하고 시에 뛰어났다.

290) 謁者(알자) : 빈객을 주인에게 인도하는 사람.

291) 陶谷(도곡) : 北宋 때의 학자. 자는 秀實, 본래의 성은 唐이다. 後晋의 高祖 石敬瑭 이름을 피하여 성을 陶로 바꾸었다. 慈‧絳‧澧 三州의 刺史를 역임하였고, 詩名이 있었으며, 鹿門先生이라 자호하였다.

292) 學生(학생) : 學士의 오기.

293) 東殿(동전) : 東壁의 오기.

294) 壽亭(수정) : 曹操가 關羽를 봉했던 漢壽亭侯라는 봉호를 일컬음. 그러나 관우는 조조를 떠나 다시 유비에게 합류했다.

295) 耿弇(경엄) : 後漢의 開國名將. 光武帝를 쫓아 大將軍이 되어 銅馬, 高湖, 赤眉, 靑犢 등의 諸賊을 격파했다. 광무제가 즉위하자 建威大將을 제수받고 好畤侯에 봉해졌다.

296) 趙雲(조운) : 蜀漢의 武將. 劉備가 曹操에게 쫓겨 처자를 버리고 남으로 도망할 적에 騎將이 되어 그들을 보호하여 난을 면하게 하니, 유비가 '子龍一身都是膽'이라 평했다.

階上。威儀極嚴, 釰戟照曜, 不敢仰視。

忽有金甲神人, 急走曰："奏始皇帝298), 率晉武帝299)·隋文帝300)·六朝五代叛業之君, 西楚覇王, 率陳勝301)·曹操·孫㰱302)·錢鏐303)·劉崇304), 至門外, 促令開門。" 漢帝曰："人來拒之不義, 莫若因善遇之." 孔明奏曰："今歷代帝王皆至, 必爭坐次, 各伐功業, 以致紛紜, 臣請姑令留東西樓下." 於是, 使宋濂大書旗面曰：'雖得天下, 未享百年, 不入法堂, 不繼正統者, 亦不入東樓.' 立旗於門。

---

297) 臨海王(임해왕)：臨淮王의 오기.

298) 奏始皇帝(진시황제)：중국 최초의 중앙 집권적 통일제국인 秦나라를 건설한 전제군주. 강력한 부국강병책을 추진하여 중국대륙의 군소 국가를 모두 통일했다. 중앙집권정책을 추진하여 법령을 정비하고, 군현제를 실시했으며, 문자·도량형·화폐를 통일하였다.

299) 晉武帝(진무제)：司馬炎. 晉王을 세습 받았고, 수개월 후에 魏元帝 曹奐을 핍박하여 나라를 선양받고, 洛陽에 도읍을 정했다. 후에 吳를 멸하여 천하를 통일하였다.

300) 隋文帝(수문제)：隋나라의 초대 황제. 본명은 楊堅. 581년 北周 靜帝의 帝位를 물려받아 즉위, 589년 南朝의 陳을 멸하여 천하를 통일했다. 律令·관제의 정비, 科擧의 창설 등 통일제국의 기초를 다졌다.

301) 陳勝(진승)：秦나라 말기의 농민 반란 지도자. 원래 신분이 비천하여 남에게 고용되어 농사에 종사했다. 진시황제가 죽은 뒤 漁陽으로 수자리를 갔을 때 屯長이었다. 蘄縣 大澤鄕에 왔을 때 폭우를 만나 정해진 기한까지 도착할 수 없을 것이 분명해져 참수형을 당하게 되자 동료 吳廣과 함께 戍卒 9백 명을 유인해 반란을 일으켜 지휘자를 살해하고, 스스로 장군이 되었다. 진나라의 학정에 시달리던 여러 군현들이 모두 호응했다. 陳땅에 주둔하면서 왕을 칭하고 張楚라 불렀다. 周文에게 주력군을 이끌고 서쪽으로 秦나라를 공격하게 했지만 秦나라의 장군 章邯이 陳을 포위하자 城父로 퇴각했다가 御者 莊賈에게 살해당했다.

302) 孫㰱(손수)：孫權. 吳나라의 초대 황제. 孫堅의 아들. 아버지의 원수 黃祖를 물리쳤다. 劉備와 더불어 曹操를 赤壁에서 대파하고 魏와 제휴하여 제위에 올랐다. 연호를 黃龍이라 하고, 도읍을 建業으로 옮겨서, 중국 남방 江蘇 일대를 다스렸다.

303) 錢鏐(전류)：吳越의 창건자. 젊어서 私鹽을 팔면서 살았는데, 권법과 용맹을 갖추었다. 당나라 말에 鎭將 董昌의 神將이 되었다. 동창이 반란을 일으키자 그가 체포해 鎭海鎭東軍節度使가 되었다. 鐵券을 하사받고 兩浙의 병사를 이끌면서 12州를 통솔했다. 당나라 昭宗 때 越王, 吳王에 봉해졌다. 後梁 태조 때 오월왕에 봉해지고, 淮南節度使를 겸했다. 나중에 스스로 오월국왕이라 불렀다.

304) 劉崇(유숭)：北漢의 世祖. 劉旻의 초명. 후한 高祖 劉知遠의 동생으로, 유지원이 즉위하자 太原尹이 되었다. 郭威와 사이가 좋지 않아 곽위가 後周를 세우자 태원에서 稱帝하니, 바로 북한이다. 거란과 연합해 周를 정벌했지만 高平에서 대패한 뒤 분을 못 이겨 죽었다.

俄而, 秦始皇帝, 佩太阿釰, 策驃馬305)而入, 威如天神, 號如雷霆, 李
斯306)·呂不韋307)·王剪308)·蒙恬309)·王賁310)·章邯311)等從之。次晉武
帝, 張華312)·裴頠313)·羊祐314)·杜預315)·鄧艾316)·王俊317)等從之。次

---

305) 驃馬(표마) : 몸이 누런색 바탕에 흰 털이 섞이고 갈기와 꼬리가 흰 말.
306) 李斯(이사) : 秦나라의 정치가. 韓非子와 함께 荀子의 문하로, 法家思想에 의한 중앙집권
    정치를 주장하였다. 始皇帝의 丞相으로서 郡縣制의 설치, 문자·도량형의 통일 등, 통일
    제국의 확립에 공헌하였다. 시황제의 사후, 2世 황제를 옹립하고 권력을 발휘했으나 趙
    高의 참소로 실각하여 처형되었다.
307) 呂不韋(여불위) : 전국시대 말기 秦나라의 宰相. 趙나라에 볼모로 잡혀 있던 子楚에게 임
    신한 사실을 숨기고 자신의 애첩을 주었는데, 자초가 훗날 莊襄王이 되었고 태어난 아
    들이 바로 秦始皇이었다. 장양왕의 태자 책봉에 공이 있어 相國으로 임명되었다. 군사
    권과 인사권을 농단하여 한때 진나라를 嬴氏가 아닌 呂氏의 나라로 만든다는 비난까지
    들었다. 진시황이 장성한 후에는 점차 실권을 잃어가다가 결정적으로 황태후의 밀통사
    건에 연루되어 모든 봉호와 작록을 삭탈당하고 진시황에게 계속 겁박당하면서 쫓겨 다
    닌 끝에 자결했다.
308) 王剪(왕전) : 翦으로도 표기됨. 秦始皇을 도와 趙·燕·薊 등 6국을 평정한 명장. 아들인
    王賁과 함께 始皇帝의 천하통일에 크게 기여하였으며, 白起, 廉頗, 李牧 등과 함께 전국
    시대 4대 명장으로 꼽는다. 王翦이 큰 공을 세워 武成侯에 봉해진데다 그의 아들인 王
    賁도 魏, 燕, 齊 지역의 합병에 큰 공을 세워, 이들 父子는 蒙武, 蒙恬 부자와 함께 시황
    제의 천하통일에 가장 큰 軍功을 세운 인물들로 꼽는다. 손자인 王離도 秦의 武將으로
    활약했지만, 鉅鹿 전투에서 項羽에게 패하여 사로잡혔다.
309) 蒙恬(몽염) : 秦나라 때의 장군. 군사 30만을 거느리고 나아가서 匈奴를 무찌르고 長城을
    쌓았다. 북쪽 변경 上郡에 병사를 주둔시키고 경비하는 총사령관으로 있자, 흉노가 두
    려워 얼씬도 하지 못했다. 그 후에 진시황이 죽자 趙高와 승상 李斯가 짜고 胡亥를 황
    제로 내세우고, 몽염 형제에게 사약을 내려 죽였다.
310) 王賁(왕분) : 秦나라의 名將. 王剪의 아들이며, 아버지와 함께 始皇帝의 천하통일에 큰 공
    을 세웠다.
311) 章邯(장한) : 秦나라의 名將. 陳勝과 吳廣이 일으킨 농민 반란을 진압하는데 큰 공을 세
    웠지만, 환관 趙高의 박해를 받고 楚나라의 項羽에게 항복하여 雍王으로 봉함을 받았다
    가 후에 漢나라의 장군 韓信에게 패하여 피살되었다.
312) 張華(장화) : 晉 武帝의 博物君子. 어려서 고아로 빈한하게 성장했으나 성품이 강직했다.
    일찍이 <鷦鷯賦>를 지은 것을 阮籍이 보고 칭찬함으로써 세상에 알려지게 되었다. 王
    濬과 杜預가 吳나라를 쳐야 한다는 글을 武帝에게 올렸을 때, 무제와 바둑을 두고 있던
    장화가 바둑판을 치우고 吳나라를 멸할 계책을 진언하여 오나라를 평정하고 난 후 廣
    武縣侯에 봉해졌다. 후에 越王 司馬倫과 孫秀에 의해 살해되었다. 다방면의 학식을 쌓아
    讖緯·方術 등에도 밝았으며, 陸機·陸云·束晳·陳壽·左思 등을 힘써 발탁했다.
313) 裴頠(배위) : 晉나라 惠帝 때 사람. <崇有論>을 지어서 그 당시 淸談의 무리를 배척하였
    다. 趙王 倫에게 피살되었다.
314) 羊祐(양우) : 羊祜의 오기. 西晉의 전략가. 여동생 羊徽瑜는 당대 최고 실력자인 西晉 司

隋文帝, 王通318) · 蘇遑319) · 楊素320) · 史萬世321) · 韓擒虎322) · 賀若弼323)

馬師의 아내였고, 외할아버지는 당대의 명사이자 대학자였던 蔡邕이었다. 魏나라 말엽에 相國의 從事官이 되어 荀彧과 같이 나라의 기밀에 관한 일을 관장하였고, 晉나라가 들어서자 鉅平侯에 봉해지고 都督荊州諸軍事로 10년간 나가는 등 위 · 진 두 왕조를 거치면서 중서시랑 · 급사중 · 황문랑 · 비서감 · 중령군 · 위장군 · 거기장군 등과 같은 요직을 두루 거쳤다. 그는 당시 정세를 면밀하게 분석한 끝에 오나라를 정벌하고 중국을 통일하는 원대한 방략을 제시했다. 그의 방략은 삼국시대를 종결짓는 커다란 그림을 그리는데 초점이 모아져 있었다. 그러나 반대파에 의해 좌절되었고, 그는 자신의 계획이 실천되는 것을 보지 못한 채 세상을 떠났다. 하지만 그가 죽은 지 2년 뒤, 진은 오나라를 평정했다. 그리하여 晉武帝에 의해 시중 · 태부로 추증되었다.

315) 杜預(두예) : 西晉의 정치가이자 학자. 司馬氏가 魏 왕조를 찬탈하여 나라를 세우자 부친은 이에 반대하여 유배형을 받았다. 두예는 司馬師의 누이동생과 결혼하여 주요 요직을 역임하였다. 河南尹 · 秦州刺史 등을 역임하고 鎭南大將軍이 되었다. 유일하게 삼국시대의 명맥을 유지하고 있던 吳나라를 공격하여 평정하였으며 뛰어난 군사전략가로서 실력을 발휘하였다. 그 공으로 武帝 司馬炎의 신임을 받았으며 형주를 총괄하는 직위에 봉해졌다. 4년간의 임기를 마치고 수도 낙양으로 돌아오다 사망하였다. ≪春秋左氏經傳集解≫를 지었다.

316) 鄧艾(등애) : 魏나라 名將. 司馬懿의 인정을 받아 尙書郎이 되고, 鎭西將軍으로서 鍾會와 더불어 蜀漢을 공격하여 成都를 함락시키고 촉한을 멸하는데 지대한 공을 세웠다. 후에 종회의 모함과 司馬昭의 시기로 인하여 압송되고, 최후에는 아들인 鄧忠과 함께 武將 田續에게 살해당했다.

317) 王俊(왕준) : 王濬의 오기. 西晉의 征東將軍. 생각이 개방적이고 큰 뜻을 품어 羊祜의 인정을 받았다. 巴郡太守에 오르고, 두 번 益州刺史를 지냈다. 중론을 물리치고 吳나라를 멸망시킬 것을 주장하여 龍讓將軍으로 황명을 받들어 오나라를 침공했다. 오나라 사람들이 설치해 놓은, 강을 횡단하는 쇠사슬을 불태워 끊은 뒤 바로 建康을 탈취하니, 오나라의 군주 孫皓가 항복했다.

318) 王通(왕통) : 隋나라 사상가. 唐나라 王勃의 조부이다. 어렸을 때부터 명철하였고, 배우기를 좋아하여 널리 書詩와 禮를 익히고 儒家를 講學하였다. 文帝에게 太平十二策을 올렸으나 채택되지 않았는데, 煬帝로부터는 부름을 받았으나 응하지 않은 채 河汾에 거쳐하며 후진들을 가르칠 뿐이었다. 문하에서는 당나라의 명신 魏徵 · 房玄齡 등이 배출되었다.

319) 蘇遑(소위) : 蘇威의 오기. 隋나라 宰相. 周에서 처음 벼슬을 시작하여 隋文帝 때는 太子少保가 되었고, 煬帝 때는 尙書右僕寺를 지냈다.

320) 楊素(양소) : 隋나라 권신. 楊堅을 도와 수의 왕조를 일으키는 데 공헌하였으며 晉王 廣과 함께 陳을 토벌하였다. 高頴과 협력하여 정치 실권을 장악한 뒤 廣을 태자로 봉하게 하였다.

321) 史萬世(사만세) : 史萬歲의 오기. 隋나라 장수. 수나라에 들어 爾朱勣이 모반을 꾀하다 주살되자 그에게까지 영향이 미쳐 除名되고 敦煌에 戍卒로 유배갔다. 竇榮이 돌궐을 공격할 때 참가해 돌궐의 장수를 목 베어 돌궐이 놀라 달아나자, 이 일로 명성을 떨쳤다. 文帝 때 돌궐의 達頭可汗이 변경을 침범하자 나가 토벌했는데, 그의 이름을 듣고는 두려워 달아나니 추적하여 대파했다. 나중에 楊素가 그의 공을 시기하여 참언을 하여 피

等從。次宋武帝324), 齊高祖325), 梁武326)帝, 晋武帝327), 後梁太祖328), 後唐莊宗329), 後漢高祖330), 後周太祖331), 各率文武諸臣而來矣。

始皇欲直升法堂, 叔孫通遮告曰: "此刱業宴, 惟刱業之主<入>法堂, 其餘

살되었다.

322) 韓擒虎(한금호) : 隋나라 장수. 용모가 웅장하고 어려서부터 강개해서 膽略으로 일컬어
    졌다. 성품이 책을 좋아해서 經史百家의 큰 뜻을 통달했다. 隋文帝가 강남을 병탄하고
    자 할 때, 그의 文武 재주를 아껴 특별히 廬州總管으로 삼아 陳나라 평정하는 임무를
    맡겼다. 이에 先鋒이 되어 정병 오백을 거느려 바로 金陵을 취하고 陳後主를 사로잡아
    돌아왔다.

323) 賀若弼(하약필) : 隋나라 文帝 때 장수. 양자강을 건너가 陳나라를 쳐서 천하를 통일하
    였다.

324) 宋武帝(송무제) : 劉裕. 진나라 안제(安帝)의 복위(復位)를 도와주었고, 나중에 동진의 대
    권을 장악했던 인물이다.

325) 齊高祖(제고조) : 蕭道成. 南朝 齊나라의 開國皇帝이다. 漢나라 때 재상을 지냈던 蕭何의
    24세손이다.

326) 梁武帝(양무제) : 蕭衍. 남조 양나라의 초대 황제. 제나라 말 황실이 어지러워지자 東昏
    侯에 대한 타도군을 일으켜 도읍인 建康(南京)을 함락시킨 뒤 남제를 멸망시키고 정권
    을 장악하면서 梁王에 봉해졌다.

327) 晋武帝(진무제) : 陳武帝의 오기. 陳霸先. 남조 진나라의 개국 군주. 西魏가 江陵을 함락
    하고 元帝가 피살당하자 王僧辯과 함께 蕭方智를 받들어 梁王으로 삼았다. 나중에 北齊
    가 蕭淵明을 세워 황제로 삼자 왕승변을 영입해 建康에서 즉위시켰다. 왕승변을 습격해
    살해하고 소방지를 세워 황제로 삼은 뒤 북제와 왕승변의 잔당들을 공격해 제거하고
    陳王에 봉해졌다.

328) 後梁太祖(후량태조) : 朱全忠. 後梁의 건국자. 당나라 말기 '黃巢의 난'의 잔당을 평정하
    여 그 공으로 각지의 절도사를 겸하는 등 화북 제일의 실력자가 되었다. 이후 梁나라
    를 세우고 당왕조를 멸망시켰으나 그의 세력범위는 화북 일부에 한정되었고, 이후 50
    년에 걸친 五代十國 분쟁의 계기가 되었다.

329) 後唐莊宗(후당장종) : 李存勗. 後唐의 창건자. 李克用의 아들이고, 어릴 때 이름은 亞子였
    다. 이극용이 죽으면서 화살 세 개를 주면서 "반드시 梁과 燕, 契丹의 원수를 갚으라."
    고 말했다. 즉위한 뒤 북쪽으로 거란을 공격하고 동쪽으로 연을 멸망시킨 뒤 後梁을 정
    복하고는 화살을 太廟에 바쳤다. 나라 이름을 唐이라 했는데, 역사에서는 후당이라 부
    른다. 나중에 교만 방자해져 정치를 도외시하다가 伶人 郭從謙이 반란을 일으켰을 때
    화살에 맞고 죽었다.

330) 後漢高祖(후한고조) : 劉知遠. 後漢의 건국자. 後晉 고조의 부하로 공을 세우고 금군의 실
    권을 장악하였으며 거란의 침공 때 출병을 거부하고 少帝가 거란에게 연행되자 제위에
    올랐다.

331) 後周太祖(후주태조) : 郭威. 後周의 초대황제. 隱帝가 시해되고 후한이 멸망하자, 951년
    즉위, 후주를 건국했다. 내정에 신경을 써서 차역·잡세 등의 균형을 꾀하였고, 자작농
    육성에 힘썼다.

諸王分入東西樓." 始皇叱曰：“汝翌儒, 何以知我? 我初幷天下, 阿房宮332)前, 跪六國之膝, 築萬里長城, 遠郤333)凶奴, 以四海爲池, 以八荒爲庭, 豈非覇業? 吾之功德, 過於三皇五帝334)。漢祖唐宋, 吾視若童稚, 豈不入法堂乎?” 叔孫通 驚惶失色, 不能出一言, 孔明進曰：“當今, 異於六國殘微之諸侯, 階下勿輕輕加 威也, 所謂覇業者, 身起草萊, 手提三尺釖, 掃滌風塵, 拯濟塗炭之生民, 特垂萬 代之光業, 階下不然。周孝王335)時, 始封非子於秦, 爲諸侯336), 自孝公337)强 盛, 秦爲蠶, 六國爲葉, 蠶食至盡, 以功言之, 惠王338)・昭王339)爲最, 階下非布

---

332) 阿房宮(아방궁)：秦始皇이 咸陽에 세운 궁전.

333) 郤(극)：却의 오기.

334) 三皇五帝(삼황오제)：삼황은 중국 고대 전설에 나오는 세 임금으로, 곧 天皇氏・地皇 氏・人皇氏 또는, 伏羲氏・神農氏・燧人氏로 일컫기도 하며, 오제는 고대 중국의 다섯 聖君으로, 곧 少昊・顓頊・帝嚳・堯・舜인데, ≪사기≫에는 소호 대신 黃帝이기도 함.

335) 周孝王(주효왕)：西周의 國君. 성은 姬씨고, 이름은 辟方이다. 共王의 동생이다. 조카 懿 王을 이어 즉위했다. 일찍이 非子에게 汧渭 일대에서 말을 키우도록 하여 크게 번식하 니 비자를 秦 땅에 봉하고, 嬴이란 성씨를 하사하면서 주나라의 附庸國으로 삼았다. 나 중에 이 나라가 발전하여 진나라가 되었다.

336) 爲諸侯(위제후)：周나라 平王이 동쪽 洛邑으로 천도하였을 때에 이를 호위한 공으로 陝 西省의 서부 지역을 맡아 제후로 승격한 것을 일컬음.

337) 孝公(효공)：전국시대 秦나라의 제25대 왕. 즉위와 동시에 商鞅을 등용하여, 체제 개혁 과 부국강병에 힘썼다. 재위 12년에 수도를 雍에서 동쪽의 咸陽으로 천도해, 중원 진출 의 발판을 마련했으며, 재위 19년에는 주나라 천자로부터 패자(제후의 우두머리)의 칭 호를 얻었다. 진시황이 천하통일의 대업을 이룰 수 있는 기초를 쌓았다.

338) 惠王(혜왕)：전국시대 진나라의 제26대 군주. 성은 嬴, 이름은 駟이다. 시호는 惠文王으 로 惠王이라고도 한다. 秦나라의 제25대 군주인 孝公의 아들이며, 제27대 武王과 제28 대 昭襄王의 아버지이다. 진나라의 군주로는 처음으로 王의 칭호를 사용했는데, 왕호를 사용하기 전까지는 惠文君으로 불렸다. 당시 진나라는 ‘全國七雄’이라 불리는 강국들 가 운데에서도 가장 강성했다. 그래서 韓・魏・趙・齊・楚・燕 등은 진나라를 상대하는 문제로 고심했는데, 蘇秦은 다른 나라들이 연합하여 진나라를 견제해 세력균형을 유지 하자는 合從策을 주장했고, 張儀는 다른 나라들이 진나라와 각각 동맹을 맺어 화친하자 는 連橫策을 주장했다. 이처럼 진나라가 패자의 지위를 유지하고 있었으므로 혜문왕이 군주가 되자 주나라의 顯王은 사신을 보내 그의 즉위를 축하하였다.

339) 昭王(소왕)：전국시대 진나라의 제28대 군주. 성은 嬴, 이름은 則이며, 稷이라고도 한 다. 시호는 昭襄王이며, 昭王이라고도 부른다. 진나라의 제26대 군주인 惠文王의 아들 이며, 제27대 武王의 이복동생이다. 소양왕은 56년 동안이나 왕위에 있었는데, 그 동 안 魏冉과 白起 등을 등용해 진나라를 크게 부강케 하였다. 주나라를 멸망시켰고, 楚・ 魏・韓・趙 등의 국가를 정벌해 동쪽으로 영토를 크게 넓혀서 진나라가 중국을 통일하 는 기초를 닦았다.

衣化家爲國之主也。三代聖君, 不厭糲飯藜羹, 爲政茅茨之下・土階之上[340], 而壽域[341]蒼生, 熙熙皞皞[342], 歌太平於康衢, 階下不然。朝爭土, 暮攻城, 使無辜之民, 肝腦塗地[343], 及幷天下, 作阿房宮, 築萬里城, 天下搔擾, 萬姓困窮, 魚游河一曲, 哀怨散骨, 階下何功德之過三皇五帝? 幸値周室之衰微, 聖主之不作, 恣意施氣[344], 如逢湯武之君, 黃鉞白旄之下, 階下之命, 不得保全矣。滈池[345]一夕, 白璧有傳[346], 轀輬車[347]中, 爛載鮑魚, 壯氣暴威, 亦頗蕭索, 尸不及冷, 墳未就乾, 鹿走宮中[348], 鴻飛壟上, 耕田匹夫[349], 荷耒一聲, 羣雄蜂起,

---

340) 茅茨之下, 土階之上(모자지하, 토계지상) : ≪사기≫<太史公自序>에 堯舜은 "흙으로 섬돌을 세 칸 올렸고, 띠풀로 지붕을 얹으면서 가지런하게 자르지도 않았다.(土階三等, 茅茨不剪.)"는 墨子의 평을 염두에 둔 표현.

341) 壽域(수역) : 仁壽之域의 준말. 인수는 ≪논어≫<雍也篇>의 "인을 좋아하는 사람은 장수를 한다.(仁者壽.)"에서 나온 말로, 누구나 天壽를 다하며 편안하게 살 수 있는 태평성대를 뜻한다. 또 ≪漢書≫ 권22 <禮樂志>에 "한 세상의 백성들을 몰아서 인수의 영역으로 인도한다면, 풍속이 어찌 성강 때처럼 되지 않을 것이며, 수명이 어찌 고종 때처럼 되지 않겠는가.(驅一世之民, 濟之仁壽之域, 則俗何以不若成康, 壽何以不若高宗.)"라는 말이 나온다.

342) 熙熙皞皞(희희호호) : 모든 백성들이 화락하게 지내는 모습을 가리킴.

343) 肝腦塗地(간뇌도지) : 간과 뇌가 흙과 범벅이 되다는 뜻으로, 전란 중의 참혹한 죽음을 형용하는 말.

344) 施氣(시기) : 施威의 오기. 위세를 부림.

345) 滈池(호지) : 西周의 서울인 鎬京에 있던 못 이름. 오늘날 중국의 陝西省 西安市 서쪽에 위치하였는데, 唐나라 이후에는 매몰되어 없어졌다 한다.

346) 滈池一夕, 白璧有傳(호지일석, 백벽유전) : 滈池君은 滈池가 있던 鎬京의 임금으로, 폭군인 商나라 紂를 정벌하고 周나라를 세운 武王을 가리키는데, 秦始皇이 죽던 해인 기원전 210년에 關東지방에 나갔던 使者가 밤에 華陰의 平舒 고장을 지날 때 水神이 옥을 주며 말하기를 "나를 위해 이것을 호지군께 넘겨주시오. 금년에는 祖龍이 죽을 것이오." 하여, 진시황이 죽고 周武王 같은 인물인 劉邦이 나타나 새 왕조가 들어설 것을 예언하였다는 고사를 일컬음. 祖龍의 祖는 始의 뜻이고 龍은 임금의 상징으로, 진시황을 암시한 것이다.

347) 轀輬車(온량거) : 국왕의 장례 때 이용하는 수레 이름. ≪사기≫<李斯傳>에, "始皇을 轀輬車 속에 두었다.(置始皇居轀輬車中.)"고 하였다.

348) 鹿走宮中(녹주궁중) : 指鹿爲馬한 趙高를 가리킴. 秦始皇帝를 섬기던 환관 조고는 시황제가 죽자 遺詔를 위조하여 태자 扶蘇를 죽이고 어리고 어리석은 胡亥를 내세워 황제로 옹립했다. 그래야만 자기가 권력을 마음대로 휘두를 수 있기 때문이었다. 아니나 다를까, 호해를 온갖 환락 속에 빠뜨려 정신을 못 차리게 한 다음 교묘한 술책으로 승상 李斯를 비롯한 원로 중신들을 처치하고 자기가 승상이 되어 조정을 완전히 한 손에 틀어쥐었다.

而階下之魂魄, 未能制焉. 項王麾下軍士, 毀析折驪陵350), 擧出寒骸, 而階下之
精靈, 亦不得禁焉. 眞是聖德之君, 何死後之寂寞如此也? 況今千百載之下, 子
子孤魂, 誇昔日之威風, 蔑視漢祖唐宗, 徒取羣雄一場之笑耳." 始皇慚色滿面,
默然良久曰: "法堂東西壁, 列座皆是多, 有刱業之功耶?" 孔明曰: "此皆漢唐
宋刱業之君皇帝之子孫, 陪先帝, 叅於一堂宴席, 事理當然, 而亦非刱業之君, 不
爲主壁351)矣. 今陛下欲坐東西壁, 則不阻, 不宜入堂也." 李斯進曰: "此非尋
常人, 蜀相諸葛亮, 言論正大, 義明白, 難以爭之, 願陛下入東樓." 始皇乃傳
身352)而向東樓.

晋武在後曰: "我見旗書, 一統天下, 滿百年者, 入法當, 予平定吳蜀, 統一天
下, 傳之子孫, 百五十年, 豈不入法堂乎?" 孔明冷笑曰: "古人有比於天下器者,
亮請明之. 漢有大器, 傳四百年, 至獻帝353)時, 力弱器重, 而不能扛, 盜賊四起
流涎, 曹孟德盡一生好計, 艱得而傳丕354), 司馬仲達355)在傍佐輔, 奪傳于子孫,
再竊盜器, 寧不愧乎? 天若假亮數年, 將星不墜於五丈原356), 堂堂漢業, 豈歸於
典午357)? 況父乘羊車358), 而尋竹葉之塩359), 子360)在花苑361), 而論蛙鳴之

---

349) 鴻飛墼上, 耕田匹夫(홍비농상, 경전필부) : 秦末에 陳勝이 큰 뜻을 품었으나 가난하여 품
    팔이로 밭을 갈다가 밭둑에 앉아 쉬면서, "王侯와 將相이 어찌 종자가 있으랴."하고 탄
    식했다는 고사를 염두에 둔 표현.
350) 驪陵(여릉) : 盧陵의 오기.
351) 主壁(주벽) : 여러 사람을 좌우쪽 양 옆으로 앉히고, 그 가운데를 차지하여 앉는 주장되
    는 자리.
352) 傳身(전신) : 轉身의 오기.
353) 獻帝(헌제) : 後漢의 마지막 황제. 성명은 劉協. 董卓에 의하여 少帝가 폐위된 후 즉위하
    였으며, 뒤에 曹操 때문에 許로 옮겨지고 조조의 맏아들 曹丕의 강요로 양위하게 됨으
    로써 후한은 멸망하였다.
354) 丕(비) : 曹丕. 삼국시대 魏나라 초대황제. 자는 桓. 曹操의 맏아들. 220년에 後漢의 獻帝
    를 폐하고, 洛陽에 도읍하여 국호를 魏라 했다. 吳나라 · 蜀나라와 자주 싸웠다.
355) 司馬仲達(사마중달) : 三國時代의 魏나라 名將 司馬懿의 字. 曹操를 비롯한 4대를 보필하
    면서 책략이 뛰어나 蜀漢 諸葛亮의 군사를 막았으며, 文帝 때 승상에 올라 孫子 司馬炎
    이 제위를 찬탈할 기초를 닦았다.
356) 五丈原(오장원) : 蜀漢의 諸葛亮이 魏나라 司馬懿와 대전하여 戰歿한 古戰場.
357) 典午(전오) : 典은 司의 뜻이고 午는 馬의 뜻으로, 곧 司馬氏인 晉나라를 가리킴.
358) 羊車(양거) : 궁중에서 쓰는 화려하게 꾸민 수레. 晉武帝는 후궁 안에 엄청난 후궁을 두

聲362), 聖主明君, 世世出矣。得天下, 未滿四十年, 骨肉之亂363)作, 五胡變364)起, 懷愍365)着靑衣, 行酒杯, 如是而過百年, 不亦苟且乎?" 晋武帝, 慚然無言, 從始皇後。隋文帝以下, 諸君皆入東樓。

西楚伯王, 繼以入內, 壯氣亘天, 叱咤一聲, 萬人辟易。范增366)·鍾離昧367)·龍且368)·項伯·項莊369)等從之。楚王陳勝·魏武帝曹操·吳王孫權·越

고서 羊車 즉 양이 끄는 마차를 타고 가다가 양이 머문 곳에서 내려 그곳에 있는 후궁의 방으로 들어갔다고 한다.

359) 竹葉之塩(죽엽지염) : 어느 한 궁녀가 소금과 대나무 잎으로 황제의 수레를 유인했다는 고사를 일컬음.

360) 子(자) : 晉武帝의 아들 晉惠帝 司馬衷을 가리킴. 삼국시대 西晉을 건국한 司馬炎의 장남으로 태어났다. 장남이지만 본디 능력이 떨어지고 학문에 뜻이 없어 사마염의 동생이자 사마충의 숙부인 齊王 司馬攸가 대신 제위를 이어야 한다는 여론이 있었다. 그러나 290년 사마염이 죽자 제2대 황제로 즉위하였다. 사마충은 황제에 등극했으나, 황제로서의 능력을 갖추지 못해 국정 운영을 장악하지 못하였다. 賈充의 딸 賈南風이 황후로서 외척의 힘이 거대해지고 팔왕의 난까지 벌어져 西晉은 통일한 지 반세기도 되지 않은 기간에 몰락의 길을 걷게 되었다.

361) 花苑(화원) : 華林園의 오기.

362) 論蛙鳴之聲(논와명지성) : 晉惠帝가 태자로 있을 때 華林園의 개구리 소리를 듣고는 "이 노래 소리가 공적인 것이냐? 사적인 것이냐?(此鳴爲官乎? 爲私乎?)"라고 물었다는 고사를 일컬음.

363) 骨肉之亂(골육지란) : 西晉 八王의 난을 일컬음. 서진의 帝位 계승 문제를 둘러싼 황족들의 대결이 내란으로 번진 것인데, 장장 16년이나 지속되어 사회를 파괴하고 진나라의 기틀마저 뒤흔들어 결국 서진은 멸망에 이르렀다.

364) 五胡變(오호변) : 永嘉의 난을 일컬음. 晉나라 懷帝의 永嘉年間에 흉노가 일으킨 난인데, 흉노의 족장 劉淵이 羯族과 漢人의 유민을 규합하여 漢나라를 세우고 스스로 황제가 되었다. 그가 죽은 뒤 아들이 洛陽을 함락시키고 西晉을 멸망시켰다. 이후 華北은 유목 민족의 지배를 받게 되고, 오호 십육국 시대가 시작되었다.

365) 懷愍(회민) : 西晉의 3대 懷帝와 4대 愍帝를 가리킴. 永嘉의 난이 일어난 뒤로 311년에 회제가 살해되었고, 316년에 민제도 사로잡힘으로써 서진은 멸망하였다.

366) 范增(범증) : 楚나라 책사. 楚나라의 項羽를 따라 奇計로써 전공을 세웠다. 鴻門의 宴에서 劉邦을 죽이려고 하였으나 뜻을 이루지 못하고, 후에 항우에게 의심을 받아 彭城으로 도피하였으나 그곳에서 병을 얻어 죽었다.

367) 鍾離昧(종리매) : 項羽 휘하의 대장군. 지략과 병법에 뛰어나 劉邦에게 큰 상처를 입혔다. 마지막까지 항우의 곁을 지켰고 항우가 죽자 楚王 韓信에게 의탁하였다가 사망하였다.

368) 龍且(용저) : 西楚霸王 項羽의 猛將. 본래 桓楚의 부하였으나, 항우에게 투항하여 그의 부장이 되어 진나라와 전쟁에서 3만의 군대로 20만 대군을 대파하는 등 맹활약을 하였으며, 楚漢 전쟁 중에는 九江省을 공략하여 黥布를 대파하기도 하였다. 한나라의 韓信에게

王錢鏐·漢王劉崇等, 各率文武而至。項王問曰："此宴誰主張乎?" 魏徵對
曰："漢太祖高皇帝, 設大宴, 待唐宋明三皇帝, 而慰歷代英雄矣。大王適至, 可
增華筵之光彩." 項王仰天嘆曰："實是天地間, 所無之事, 劉季[370]爲首, 項籍爲
客耶?" 說罷, 緩步上陛, 魏徵曰："大王非叛業之主, 暫往西樓." 項王曰："我
平生不懼劉季, 第見田父之紿, 陷於大澤[371], 雖不禁壯懷之奮激, 而如從亭長之
言, 復渡烏江[372], 未知秦鹿[373]死於誰手。余一回首, 萬古英雄, 眼底俯視, 誰
能指揮我耶?" 顧謂桓楚[374]曰："持來長鎗." 孔明曰："昔者, 齊桓公[375]會盟
于葵丘, 一有驕矜之色, 反者九國[376], 彼諸侯之會, 以桓公之威德, 猶不敢無禮,

　　　공격을 받고 있던 제나라에 20만 대군 지원병으로 가다가 한신의 水攻에 걸려 지원군
　　　대부분이 수장당하고 한나라 맹장 曹參에게 죽임을 당했다.
369) 項莊(항장) : 楚나라 사람으로 秦나라 말기의 武將. 西楚霸王 項羽의 사촌동생. 진나라가
　　　망한 뒤 鴻門宴에서 范增이 劉邦을 죽이라고 명령하자 劍舞를 추면서 죽이려고 했다.
　　　그러나 項伯이 함께 춤을 추면서 몸으로 막아 유방이 달아나도록 도왔다.
370) 劉季(유계) : 漢高祖 劉邦의 자.
371) 第見田父之紿, 陷於大澤(제견전부지태, 함어대택) : 항우가 劉邦의 騎將 관영에게 쫓기어
　　　陰陵에 이르러 길을 잃고 한 田父에게 길을 물었지만 전부에게 속임을 당하여 大澤에
　　　빠져들었던 고사를 일컬음.
372) 如從亭長之言, 復渡烏江(여종정장지언, 부도오강) : 烏江은 楚나라 항우가 자결한 곳이라
　　　고 하는데, 항우가 한의 추격군에 쫓겨 烏江浦에 이르렀을 때 오강의 亭長이 배를 타고
　　　江東으로 가서 재기할 것을 권했으나, 항우는 강동의 젊은이 8천 명을 다 잃었으니 그
　　　부형들을 볼 낯이 없다 하여 거절하고, 백병전을 벌이다가 자결하였던 것을 염두에 둔
　　　표현.
373) 秦鹿(진록) : 秦나라 황제의 자리를 비유하는 말. ≪史記≫＜淮陰侯列傳＞의 "진나라가
　　　사슴을 잃자 천하의 사람들이 함께 뒤를 쫓았다.(秦失其鹿, 天下共逐之.)"에서 나온 말
　　　이다.
374) 桓楚(환초) : 西楚의 장수. 원래 산적패였지만 龍且와 함께 項梁에게 투항하였다. 주로
　　　용저와 함께 활동하며 項羽가 關中을 평정하는데 일조하였으며, 훗날 항우가 垓下에서
　　　대패하고 烏江에서 자결할 때까지 함께 하였다.
375) 桓公(환공) : 齊나라 군주. 鮑叔牙의 진언으로 공자 糾의 신하였던 管仲을 재상으로 기용
　　　한 뒤 제후와 종종 會盟하여 신뢰를 얻었으며, 특히 葵丘의 회맹을 계기로 覇者의 자리
　　　를 확고히 하여 春秋五覇의 한 사람이 되었다. 만년에 관중의 유언을 무시하고 예전에
　　　추방했던 신하를 재등용하여 그들에게 권력을 빼앗김으로써 그가 죽은 후 내란이 일어
　　　났다.
376) 齊桓公會盟於葵丘, 一有驕矜之色, 反者九國(제환공회맹어규구, 일유교긍지색, 반자구국) :
　　　≪春秋公羊傳≫＜僖公＞의 "葵丘之會, 桓公震而矜之, 叛者九國. 震之者何?"와 顏眞卿이 쓴
　　　＜爭座衛稿＞의 "제나라 환공의 성업으로 근왕을 편언하면 여러 차례 제후들을 규합하

況今萬乘377)天子之會, 大王何以特匹夫之勇, 唐突若是耶?" 項王曰 : "鴻門宴時, 沛公378)膝行, 叩頭乞於我, 我許坐一席, 我今來此, 沛公胡不延我, 上座反拒我升堂耶?" 孔明〈曰〉: "高皇帝非失賓主之禮也。旣設叛業之宴, 則凡帝王之直入法堂, 誠非所宜, 姑留西樓, 以待主人之請, 未晚也." 項王曰 : "休言! 叛業之爲不爲, 天下英雄, 無出我右379), 何不直入我? 有燒阿房宮之餘火, 今日使金山寺爲一掬之灰矣." 孔明曰 : "亮雖與大王, 生不同時, 讀太史公380)列傳, 未嘗不廢書而嘆, 悗乎大王之行事, 今日幸與大王相逢, 豈不盡所懷? 自古眞英雄, 崇向381)仁義, 不矜勇猛。大王一朝, 坑降卒四十萬於新安382), 此將不仁也。移高皇帝於巴蜀383), 孤負初約, 是與人無信也。棄關中形勝384), 而都彭城, 此臨事無智也。使義帝385)之魂, 抱寃於江中, 此爲臣不忠也。信陳平之反

여 천하를 통일하였으나, 규구의 회합에 교만한 태도가 있다 하여 반란을 일으킨 것이 9개 나라가 되었다.(以齊桓公盛業, 片言勤王, 則九合諸侯, 一匡天下, 葵丘之會, 微有振矜, 而叛者九國.)"는 구절이 참고가 됨.

377) 萬乘(만승) : 만대의 兵車라는 뜻으로, 천자 또는 천자의 자리를 이르는 말. 중국 주나라 때에 천자가 병거 일만 채를 直隷 지방에서 출동시켰던 데서 유래한다.

378) 沛公(패공) : 漢高祖 劉邦이 임금이 되기 전의 칭호. 그의 고향이 沛땅이었던 데서 연유한다.

379) 無出我右(무출아우) : 재능과 지혜가 출중하여 그보다 더 나은 사람이 없음을 이르는 말(無出其右)을 활용한 것으로, 나보다 더 뛰어난 사람이 없음을 일컫는 표현.

380) 太史公(태사공) : 司馬遷이 자기를 스스로 이르는 말.

381) 崇向(숭향) : 崇尙의 오기인 듯.

382) 坑降卒四十萬於新安(갱항졸사십만어신안) : BC 207년, 河南省 洛陽市에 있는 新安에서 項羽가 자행한 대학살극을 일컬음. 항우가 군사를 이끌고 서쪽으로 진군하다가 黥布를 시켜 章邯이 데리고 항복한 진나라 군졸 20여 만 명을 습격하여 구덩이에 파묻어 죽인 사건이다.

383) 移高皇帝於巴蜀(이고황제어파촉) : 項羽가 劉邦을 파촉 땅으로 몰아넣자, 유방은 棧橋를 불태웠지만 韓信과 張子房의 도움으로 다시 촉도를 넘어와 천하를 장악했던 사건을 일컬음.

384) 形勝(형승) : 요해지.

385) 義帝(의제) : 秦 말기에, 다시 세워진 楚의 왕으로 反秦 세력의 상징적인 맹주 구실을 한 懷王. 유방이 먼저 關中에 진입하여 秦王 子嬰의 항복을 받아 咸陽에 입성하였고, 항우는 뒤늦게 咸陽에 입성하여 秦王 子嬰을 죽이고, 궁궐을 불태우며 학살과 약탈을 저질렀다. 항우는 회왕이 자신을 왕으로 봉해주기를 바라며 命을 구했으나 회왕은 원래의 약속에 따르라고만 답했다. 그러자 항우는 스스로 왕위에 올라 西楚霸王이라 하고, 彭城을 도읍으로 정했다. 회왕은 높여서 義帝라고 하였지만, 郴縣(지금의 湖南省 郴州)으로

間386), 疑一介謀臣, 此爲主不明也。以余觀之, 非眞英雄也。雖有拔山之力, 蓋
世之氣, 何足貴也? 今思鴻門宴之壯氣, 徒忘垓下之悲歌, 惟記阿房宮之燒火,
都忘烏江之刎頸, 竊爲將軍不取也。" 項王低首, 不對良久曰 : "寧爲鷄口, 無後
爲牛後, 我爲西樓主人, 別設一宴。" 向西樓, 曹操・孫權等, 諸人隨後。

是時, 羣雄之在外待侯者無數, 勵聲大呼曰 : "吾等皆據地稱帝, 一世視之如
虎, 何可以成敗, 論英雄哉?" 揚臂扣門, 誼譁之聲, 聞於殿內, 爲首公孫述387)・
袁紹388)・李密389)等, 數百餘人。漢將軍吳漢390), 巡撫軍中, 至門叱曰 : "公

도읍을 옮기도록 내몰렸는데, 도중에 항우가 파견한 병사들에게 살해되었다.
386) 陳平之反間(진평지반간) : 項羽의 유일한 참모인 范增을 항우에게서 떠나게 하고, 劉邦
　　자신으로 위장한 장군 紀信과 갑옷 입은 군사로 꾸민 여자 2천 명을 동문으로 내보내
　　거짓으로 항복하게 하여, 항우의 군사들이 방심한 틈을 타 서문으로 탈주에 성공하게
　　된 계략.
387) 公孫述(공손술) : 後漢 때의 군웅 중 한 사람. 자는 子陽. 처음에는 王莽을 섬겼으나, 前漢
　　말 更始帝가 반란을 일으키자, 成都에서 군사를 일으켰다. 蜀 지방에 나라를 세우고 황
　　제라 칭하였으나 後漢 光武帝에게 멸망당하였다.
388) 袁紹(원소) : 後漢末의 群雄. 4대에 걸쳐 三公의 지위에 오른 명문귀족 출신으로 靈帝가
　　죽자 대장군 何進의 명을 받아, 曹操와 함께 강력한 군대를 편성하였다. 董卓을 중심으
　　로 환관들을 일소하려 하였으나, 사전에 계획이 누설되어 하진이 살해되었지만 독자적
　　으로 환관 2,000여 명을 살해하였다. 그러나 동탁이 먼저 수도 洛陽에 들어가 獻帝를
　　옹립하고 정권을 장악하였다. 동탁 토벌군의 맹주가 되었는데, 동탁이 낙양성을 소각
　　하고 長安으로 천도함으로써 그는 허베이를 중심으로 강력한 세력을 구축하였다. 한편,
　　曹操와는 처음에 제휴하였으나 반목하게 되었고, 조조가 許昌縣을 중심으로 세력을 확
　　장하여 두 세력은 華北지역을 양분하고 서로 견제하였다. 그러나 官渡戰鬪에서 조조의
　　군대에 패함으로써 형세가 기울었으며, 패전 후 병을 얻어 사망하였다.
389) 李密(이밀) : 隋나라 말기의 무장. 4대에 걸쳐 三公의 지위에 오른 명문귀족 출신. 隋나
　　라 말기 어지러운 틈을 타 그는 반란군 가운데 최강의 무력을 자랑한 瓦崗軍의 수령이
　　되어 스스로 魏公을 칭했던 인물이다. 원래 와강군은 翟讓이 죄를 짓고 달아나 고향 인
　　근의 와강에서 봉기한 반란군인데, 이밀이 적양을 살해하고 와강군을 장악했다. 이후
　　그는 여러 차례 와강군을 이끌고 수나라 군사를 격파했다. 그러나 막대한 곡물을 저장
　　하고 있는 낙양 동쪽의 洛口倉을 지나치게 중시한 나머지 이곳을 수비하는데 지나친
　　공을 들였다. 곡창에 미련을 두면서 서쪽으로 關中을 점령하지 않고 사면으로 적을 막
　　으면서 군사를 주둔시키고 또 견고한 성을 공격한 것은 전략상에서 가장 큰 실수였지
　　만, 다만 隋煬帝를 시해한 여세를 몰아 북상하던 宇文化及을 제압한 것은 높이 평가할
　　만하다고 한다. 李密은 할 수 없이 잔여 군사 2만 명을 거느리고 서쪽으로 關中에 들어
　　가 李淵에게 항복하였다. 얼마 안 되어 唐을 떠나 다시 일어나려다가 唐나라 장군 盛彦
　　師에게 죽었다.
390) 吳漢(오한) : 後漢의 開國名將이자 군사가. 蜀을 정벌할 때 公孫述과 8번 싸워 다 이겼고,

孫子陽, 井底蛙耳, 不知天命, 據白帝城[391], 終不保身。袁紹, 漢家名臣之孫, 未能守臣節, 身死族滅。蒲山谷公[392], 以世代公族, 遇昏亂之朝, 自負才略, 誤恃桃李之歌[393], 妄自尊大, 一敗歸唐, 而且生反殞之計, 魂成彦師[394]之釖頭。其外諸人, 又無功業之可稱, 胡不恥而忘呼耶?" 諸人皆含憤而散。

漢帝促孔明, 先選隱逸德邵·儒臣之行高者。於是, 文武數千人, 拱手四衛, 孔明向天曰: "諸亮葛, 才乏識淺, 濫受皇命, 高下羣雄, 如有一分, 私譽私毀, 降之以禍。" 再命而作曰: "張子房, 五世相韓, 韓亡, 謀欲報仇, 弟亡不葬, 傾財破產, 交結力士, 操鐵椎, 擊副車[395]於博浪師[396], 黃石公[397]受秘書於圯橋[398], 滅秦楚, 定大漢, 辭爵祿, 從赤松子[399], 儒者之氣像, 高士志節。董仲舒, 三年垂帷, 潛心好學, 不窺東園, 正義而不謀利, 明道而不謨功[400], 漢朝眞儒, 惟此一人。文仲子[401]王通, 奏太平十二策, 論治道, 言辯正大, 退居河汾, 講明道學,

---

북쪽 匈奴를 쳤다. 苗曾과 謝躬을 참살하고, 銅馬, 靑犢 등의 농민군을 평정하여 유수가 後漢을 건립하는 데에 큰 공을 세웠다. 관직은 大司馬였고 廣平侯에 봉해졌다.

391) 白帝城(백제성) : 重慶市 동부 長江 北岸 奉節縣의 동부 白帝山 산록에 있는 古城。前漢 말에 郡雄의 한 사람이던 公孫述이 이곳에 왔을 때, 우물 속에서 白龍이 나오는 것을 보고 漢의 命運을 자신이 받게 되었다고 여겨 스스로를 白帝, 그 성을 백제성이라 칭하였다고 전해지고 있다.

392) 蒲山谷公(포산곡공) : 蒲山公의 오기。李密의 봉호.

393) 誤恃桃李之歌(오시도리지가) : 隋나라 李密이 망명하여 다닐 때, 여러 차례 어려운 일을 겪으면서도 생명을 유지했으며, 또 그때에 "桃李의 아들이 왕이 된다"는 민요가 떠돌아 다녔으므로, 이밀은 속으로 자기가 장차 임금이 되리라 생각하고 있었지만, 뒤에 唐나라 高祖의 아들 李世民을 만나본 이밀은 이야말로 참된 영주라고 경탄했다는 고사를 일컬음.

394) 成彦師(성언사) : 唐高祖의 신임이 두터웠던 인물。李密이 당나라에 항복해 光祿卿이 되었다가 대우에 불만을 품고 모반을 꾀하자 그를 살해했다.

395) 副車(부거) : 제왕이 거동을 할 때 여벌로 따라가는 수레.

396) 博浪師(박량사) : 博浪沙의 오기。河南省 陽武縣 동남에 있는 지명。옛날 張良이 滄海力士와 함께 여기서 쇠몽둥이로 秦始皇을 죽이려 했으나 실패했던 곳이다.

397) 黃石公(황석공) : 秦나라 말기에 圯上에서 張良에게 兵書를 수여했다고 하는 노인.

398) 圯橋(이교) : 江蘇省에 있던 다리。張良이 黃石公에게 太公의 병법을 받은 곳이다.

399) 赤松子(적송자) : 神農氏 때의 雨師。곤륜산에 들어가 신선이 되었다고 한다.

400) 正義而不謀利, 明道而不謨功(정의이불모리, 명도이불로공) : ≪近思錄≫<爲學>의 "董仲舒謂 : 正其義而不謀其利, 明其道而不計其功。"에서 나오는 말.

401) 文仲子(문중자) : 王通이 죽은 후에 제자들이 부른 호.

而學者千百人, 此亦一代之大儒。韓退之, 上佛骨表402), 詆斥異端, 作鰐魚文, 以感海神, 誠開荊山403)之雲, 文起八代之衰404), 日光玉燦, 周情孔思405), 德邵一代, 名垂萬古。程明道406), 繼于有＜千＞四百年不傳之統407), 修身以孔孟爲法, 事君以堯舜爲期, 氣像如春風, 學文似子夏408), 三代後眞儒, 萬世之表準。嚴子陵, 光武之故人, 物色求之, 藐視409)萬乘410), 加足帝腹, 天子之客星411),

402) 佛骨表(불골표) : 韓愈가 부처의 사리를 장안으로 맞아들이는 것을 반대하는 뜻을 담은 글. 憲宗의 진노를 사서 潮州刺史로 좌천되기도 했다.

403) 荊山(형산) : 衡山의 오기. 韓愈는 중국의 오악 가운데 南岳인 衡山에 올라, 형악 사당에 묵으면서 날이 맑기를 기도하자 어둑한 기운이 깨끗이 사라지는 신비한 경험을 했다. 그때 지은 시가 ＜謁衡嶽廟遂宿嶽寺題門樓＞이다.

404) 文起八代之衰(문기팔대지쇠) : 송나라 蘇軾이 韓愈에 대해 "문장으로써 8대 동안의 쇠미했던 풍조를 진작시키고 도의로써 물에 빠져 허우적대는 천하를 구제하였다.(文起八代之衰, 道濟天下之溺.)"고 칭송한 글에서 나오는 말. 팔대는 東漢, 魏, 晉, 宋, 齊, 梁, 陳, 隋를 일컫는다.

405) 日光玉燦, 周情孔思(일광옥찬, 주정공사) : 唐나라 李漢의 ＜昌黎文集序＞에, "태양처럼 빛나고 옥같이 깨끗하며, 주공의 뜻과 공자의 생각 등 천태만상이 끝내 도덕 인의를 윤택하게 한 것이 훤히 드러났다.(日光玉潔, 周情孔思, 千態萬狀, 卒澤於仁義道德, 炳如也.)" 라고 한 데서 나오는 말.

406) 程明道(정명도) : 北宋 유학자 程顥. 동생 程頤와 함께 二程子로 알려졌다. 仁宗 때 진사가 되었다. 鄠縣과 上元의 主簿에 올랐다. 神宗 때 太子中允과 監察御史裏行에 올랐다. 여러 차례 신종이 불러서 보자 그 때마다 마음을 바르게 하고 욕심을 억누르며 어진 이를 발탁하고 인재를 기를 것을 강조했다. 나중에 著作佐郞이 되었지만, 王安石의 新法과 뜻이 맞지 않자 자청하여 簽書鎭寧軍判官으로 나갔다가 扶溝知縣으로 옮겼다. 哲宗이 즉위하자 불러 宗正丞이 되었는데, 나가기 전에 죽었다.

407) 繼于有＜千＞四百年不傳之統(계우유＜천＞사백년부전지통) : ≪十八史略≫ 권7의 "선생은 1400년 후에 태어나 전해지지 않던 학문을 성인께서 남긴 경전에서 얻어 사문을 흥기시킴을 자신의 책임으로 삼아, 이단을 분별하고 사악한 논설을 물리쳐 성인의 도로 하여금 환하게 다시 세상에 밝혀지게 하였으니, 맹자 이후로 한 사람일 뿐이다.(先生生于千四百年之後, 得不傳之學於遺經, 辨異端息邪說, 使聖人之道, 復明於世, 蓋自孟子之後, 一人而已.)"는 것을 염두에 둔 표현.

408) 子夏(자하) : 전국시대의 학자. 孔子의 제자로 孔門十哲의 한 사람이다. 그의 학문은 시와 예에 통하였다. 또 주관적 내면성을 존중하는 曾子 등과 달리 禮의 객관적 형식을 존중하는 것이 특색이다.

409) 藐視(묘시) : 교만한 마음으로 남을 업신여기어 깔봄.

410) 萬乘(만승) : 만대의 兵車라는 뜻으로, 천자 또는 천자의 자리를 이르는 말. 중국 주나라 때에 천자가 병거 일만 채를 直隸 지방에서 출동시켰던 데서 유래한다.

411) 客星(객성) : 恒星이 아니고 일시적으로 보이는 별.

桐江412)之主人, 一絲扶鼎413), 千載播芬, 先生之風, 山高水長414)。李長415), 白衣山人416), 佐天子, 定諸侯, 胸藏經綸之才, 外托神仙之術, 亦子房之倫。陳圖南417), 駄鴻志於寒驢之背, 閒去來於風塵之中, 聞藝祖418)着鞭之先419), 一聲大笑, 墜於驢背, 歸碧山, 秘踵跡, 蓮花峰上, 馴櫌雙鶴, 雲臺420)舘裡, 夢遊千仞, 世上浮榮, 視同腐鼠。劉伯溫421), 胸盤化機, 心通仙術, 望機金陵, 預知十年後

---

412) 桐江(동강) : 浙江의 지류. 嚴光이 벼슬을 피하여 富春山으로 들어가 양가죽 옷을 걸치고 농사를 지으며 낚시질을 했던 곳이다.

413) 一絲扶鼎(일사부정) : 後漢의 嚴光은 光武(와) 어릴 때 같이 遊學한 친구로 광무제가 王位에 오른 뒤 찾아 맞이하여 諫議大夫를 맡겼는데, 벼슬을 싫다 하고 桐廬縣 남쪽 七里灘에서 낚시를 즐기며 일생을 마쳤던 것을 일컬음. 곧 그의 淸節이 혼탁한 당시를 바로잡았다는 말이다.

414) 山高水長(산고수장) : 영원히 전해질 고결한 인품을 표현할 때 쓰는 말. 宋나라 范仲淹의 <嚴先生祠堂記>에 "구름 낀 산 푸르고 푸르듯, 저 강물 곤곤히 흐르고 흐르듯, 선생의 풍도 역시 산고수장이로세.(雲山蒼蒼, 江水泱泱, 先生之風, 山高水長。)"라는 말이 나온다.

415) 李長(이장) : 李泌의 자가 長源이므로, 李長源의 오기.

416) 白衣山人(백의산인) : 李泌을 가리킴. 그는 肅宗이 즉위한 뒤에는 賓友로서 모든 국사의 의논에 참예하였고, 그 후 權臣의 질시를 받아 한때 衡山에 은거하기도 했으나, 代宗·德宗 때에 다시 부름을 받고 조정에 들어가서 뒤에 벼슬이 中書侍中同平章事에 이르고 鄴縣侯에 봉해졌다. ≪易酌≫에 의하면, <遯卦·九五>의 "아름다운 은둔이니 정하여 길하니라.(嘉遯貞吉)"라고 한 대목의 주석에서 "장자방이 적송자를 따라 노닐던 일과 이 업후가 백의로 재상이 된 일 같은 것이 여기에 근사한 것이다.(若張子房之從遊赤松李鄴侯之白衣宰相, 其近之矣。)"라고 하였고, ≪養吾齋集≫ 권16 <攸州蘭溪鄴侯祠記>에도 그를 '백의산인'으로 일컬었다고 한다.

417) 圖南(도남) : 陳摶의 자.

418) 藝祖(예조) : 宋太祖를 일컬음.

419) 着鞭之先(착편지선) : 先着鞭. 먼저 채찍질을 하다라는 뜻으로, 어떤 일을 다른 사람보다 먼저 착수하거나, 다른 사람보다 먼저 공을 세우는 것을 비유하는 말. 祖逖이 중원 회복을 위하여 외적과 싸우고 있다는 소식을 접한 劉琨은 조제에게 "나는 창을 베개 삼아 잠을 자며 아침이 되기를 기다리면서 마음속으로는 늘 반역의 오랑캐 무리를 몰아낼 것을 다짐하여 왔는데, 그대가 나보다 먼저 채찍질을 하게 될까 항상 두렵다.(吾枕戈待旦, 志梟逆虜, 常恐祖生先吾着鞭。)"에서 나온 말이다.

420) 雲臺(운대) : 雲臺峰. 華山의 북봉. 화산은 중국 5악 가운데 西岳에 해당하며, 화산 봉우리는 멀리서 보면 한 송이의 꽃 모양 같다고 하여 지어진 이름으로 일명 太華山이라고도 한다. 화산은 남봉 落雁峰, 동봉 朝陽峰, 서봉 蓮花峰, 북봉 雲臺峰, 중봉 玉女峰이 웅장한 자태와 남성다운 기상을 뽐내고 있다.

421) 劉伯溫(유백온) : 劉基의 자. 元末 明初의 유학자·정치가. 천문·병법에 능했다. 明나라 太祖를 도와 中原을 얻어 誠意伯이 되었다.

天子." 於是, 題品九人, 列名而上.

又曰: "蕭何, 擧韓信爲大將, 守關中, 固根本, 收地圖, 審形勢, 轉漕調兵, 未嘗乏絶, 功業之宏大, 姑舍勿論, 而養民致賢[422]之言, 足爲千古之明相. 鄧禹[423], 十三遊於京師, 知光武皇帝之非常, 仗策軍門, 定天下大計, 任用諸人, 各當其才, 身爲元勳, 名垂竹帛. 房玄齡·杜如晦, 懷王佐之才, 遇明君, 定天下, 天策府[424]十八學生, 皆仰高風, 垂唐朝三百年基業也. 裵度, 無愈衆人, 而胸藏萬甲[425], 賊人擊碎其頭, 而終能不死[426], 天爲唐室輔佑也. 平淮西之賊, 名滿天下, 威加四海, 功成身退, 綠野堂[427]中, 能享淸福. 韓琦, 定策兩朝[428], 三入黃閣, 而致太平, 身兼將帥之任, 西賊聞而膽寒. 司馬光, 論新法, 正大如天地, 光明如日月, 龍起洛波[429], 衛卒手額, 兒童走卒, 皆誦君實. 此七人, 宜爲

---

422) 養民致賢(양민치현) : ≪맹자≫≪離婁章句 上≫의 "소하가 이른바 백성을 기르고 어진 이를 이루어 그것으로써 천하를 도모하는 것은 그 뜻이 암암리에 이와 더불어 부합하다.(蕭何所謂養民致賢以圖天下者, 其意暗與此合.)"에서 나오는 말.

423) 鄧禹(등우) : 後漢의 군사가. 雲台28將 중에 한 사람. 後漢 창업기의 명신. 13세 때 시경을 모두 암송할 정도로 재주가 뛰어나 젊어서 長安에서 유학하고, 劉秀와 친하게 지냈다. 유수가 光武帝로 제위에 오르자 그를 도와서 천하를 평정하여 벼슬이 大司徒에 이르렀고 高密侯로 봉해졌다.

424) 天策府(천책부) : 唐나라 太宗 李世民이 秦王으로 있을 때 설치한 軍府의 이름. 이세민은 天策上將軍에 책봉되어 天策府에 文學館을 열어서 房玄齡, 杜如晦 등 18명을 뽑아 十八學士라 부르며 특별히 우대하였다. 그리고 이들로 하여금 番을 셋으로 나누어 교대로 숙직하며 경전을 토론하게 하였는데, 이를 세상 사람들이 登瀛州라 하였다.

425) 胸藏萬甲(흉장만갑) : 가슴 속에 수만의 갑병이 들어 있다는 말로, 병법에 능통하여 대단히 지략이 뛰어났다는 말. 북송의 范仲淹이 북방 민족과의 싸움에서 걸출한 전략가의 면모를 드러내 상대로부터 들었던 찬사이다.

426) 賊人擊碎其頭, 而終能不死(적인격쇄기두, 이종능불사) : 李商隱의 <韓碑>에 "황제께서 성상을 얻으니 이름하여 度, 적이 쪼개어도 죽지 않으니 신명의 붙잡으심이었네. 帝得聖相相曰度, 賊斫不死神扶持."라고 한 말을 염두에 둔 표현.

427) 綠野堂(녹야당) : 당나라 裵度의 별장.

428) 兩朝(양조) : 북송의 仁宗과 英宗을 가리킴. 神宗이 韓琦를 위해 지은 비문에, "兩朝顧命定策元勳"이라 하였다.

429) 龍起洛波(용기낙파) : 북송의 司馬光이 神宗 때에 王安石의 新法을 반대하여 樞密副使의 직책을 사양하고 洛陽에 퇴거하자, 이때 呂公著가 낙양에 거하면서 사마광과 한가로이 왕래하였는데, 몸을 일으켜 河南尹으로 부임하게 되니 程顥가 司馬光을 전송하면서 지은 시 <贈司馬君實>에 "두 마리 용이 낙수가에 한가히 누웠더니, 오늘은 도성 문에서나 홀로 그대 전송하네. 현인 얻어 출처를 함께하길 바랐더니, 깊은 뜻이 백성에게 있

宰相中一等。曹參淸淨[430], 王導[431]之德望, 長孫無忌之謙恭, 杜黃常[432]之才
局, 李綱之强直, 富弼[433]·范仲俺[434]之忠勤, 宜爲二等。李斯·趙普·李善
良, 才有餘而德不足, 公孫弘, 恭勤儉素而曲學阿世, 王安石[435], 文章節儉而性
稟執拗, 未免爲小人之領首, 宜爲三等。張華, 華而無信, 楊素, 能而不仁, 宜爲
四等。其餘諸人, 爲五等。"

且曰: "韓信, 仗釰歸漢, 遽陞將壇, 一軍變色, 定大計, 并三秦[436]如反手, 楚
魏燕齊, 次第平定, 殺秦鹿, 擒楚猴[437], 木罌[438]渡軍, 囊沙破敵[439], 神謀奇美,

는 줄을 알겠어라.(二龍閑臥洛波淸, 今日都門獨餞行. 願得賢人均出處, 始知深意在蒼生.)"고
한 것을 염두에 둔 표현. 용은 사마광에 비유한 것으로 귀한 신하를 의미한다. 또 洛坡
는 사마광이 벼슬을 그만둔 뒤에 洛陽 남쪽 교외에 조성한 獨樂園이라는 자그마한 정
원을 가리킨다.

430) 曹參淸淨(조참청정) : ≪사기≫<曹相國世家>의 "청정한 도를 실천하여 백성을 편안하게
통일시켰다.(載其淸淨, 民以寧一.)"는 것을 염두에 둔 표현. 曹參이 蕭何의 뒤를 이어 漢
나라의 정승이 되어 나라를 크게 안정시킨 것을 기록한 것이다.

431) 王導(왕도) : 東晉의 재상. 西晉 말 司馬睿가 琅邪王이 되었을 때 安東司馬로 옮기고 군사
적 전략 수립에 참여했다. 사마예에게 권해 建康으로 근거지를 옮기도록 했다. 洛陽이
무너지자 남북의 사족들을 연합시켜 사마예를 옹립해 동진 왕조를 건립하는데 공을 세
웠다. 丞相이 되었다. 나중에 堂兄 王敦이 병권을 장악하자 長江 상류를 지켰다. 明帝가
즉위하자 遺詔를 받들어 정치를 보좌했다. 成帝가 즉위하자 庚亮과 함께 幼主를 보필했
다. 蘇峻이 반란을 일으키고 진나라 군대가 패배하자 궁에 들어가 황제를 시위했다.

432) 杜黃常(두황상) : 杜黃裳의 오기.

433) 富弼(부필) : 北宋의 명재상. 1042년 遼나라에 사신으로 갔다가 땅을 나누어 내놓으라는
요구를 거절했다. 다음해 樞密副使가 되었다. 範仲淹 등과 공동으로 慶曆新政을 추진하
고, 河北 수비에 대한 12가지 대책을 올렸다. 1055년에 文彦博과 더불어 재상이 되었
고, 그 후에 樞密使가 되었으나 질병으로 사직했다.

434) 范仲俺(범중엄) : 范仲淹의 오기.

435) 王安石(왕안석) : 북송의 정치가·학자. 부국강병을 위한 신법을 제정, 실시하였다. 그러
나 反변법파의 맹렬한 공격으로 파직되었다. 다시 재상에 복귀하였지만 또 사직하고
말았다. 그 후, 江寧에 은거하며, 오로지 학술 연구와 시작에 몰두하다가, 신종 사후 보
수당의 司馬光이 집정하면서 변법을 모두 폐지하기에 이르자, 울분을 참지 못하여 병사
하였다. 당송팔대가의 한 사람이다.

436) 三秦(삼진) : 雍·塞·翟의 세 나라. 項羽가 秦나라를 멸하고 그 영토를 3등분으로 나누
어 진나라의 降將 章邯·司馬欣·董翳를 왕으로 封하였으므로 이른다.

437) 楚猴(초후) : 項羽가 秦을 멸망시킨 뒤 要塞地인 咸陽을 버리고 고향으로 돌아가고 싶어
하자, 사람들이 그의 어리석음을 비꼬아서 한 이야기에서 나온 말. 項羽를 가리킨다.

438) 木罌(목앵) : 나무로 만든 주둥이가 작은 병. 漢高祖의 공신인 韓信이 臨晉을 건널 때 목
앵을 여러 개 묶어 건넜다.

今古無比。李靖, 威若天神, 精如秋水, 學太公⁴⁴⁰⁾之兵法, 列陣六花⁴⁴¹⁾, 定諸賊, 才兼將相, 智出今古。郭子儀, 容貌似春和, 氣像如秋水, 策匹馬, 恢四海, 位極人臣而人不疑, 功盖天下而主不忌⁴⁴²⁾, 名滿四夷⁴⁴³⁾而不自伐, 德義之高如山岳, 度量之大河海。此三人, 宜爲將師中第一。王剪, 胸藏萬甲, 韓魏齊楚, 定如草薙。李光弼, 威風凜凜, 號令嚴肅, 三軍戰股, 四隣屈膝, 軫滅⁴⁴⁴⁾安史, 恢復兩京, 豊功偉烈, 萬古無雙。李愬, 五更風雪, 疾馳百二十里, 入蔡城, 擒小賊⁴⁴⁵⁾, 功垂竹帛, 名聞四海, 西平⁴⁴⁶⁾有子, 憲宗有臣。曹斌, 仁厚以守心, 忠義以修身, 平定江南, 不殺一人, 及其凱還, 載籍虛船。徐達, 西湖彩雲, 攀龍附鳳⁴⁴⁷⁾, 南征<北>伐, 遂集大勳, 以才則亞於淮陰⁴⁴⁸⁾, 以忠則比於汾陽⁴⁴⁹⁾。此五人, 宜爲二等。王賁・周勃・灌嬰・吳漢・耿弇・尉遲敬德・屈突通・常遇春・湯和, 宜爲三等。衛青・霍去病, 功高而被天幸⁴⁵⁰⁾, 白起⁴⁵¹⁾・王賦⁴⁵²⁾,

---

439) 囊沙破敵(낭사파적) : 한나라 韓信이 적장 龍且와 濰水를 사이에 두고 진을 쳤을 때, 밤중에 만여 개의 자루에다 모래를 담아 유수의 상류를 막은 뒤에 강 복판으로 적군을 유인하여 그 둑을 일시에 터뜨려 승리한 것을 가리킴.

440) 太公(태공) : 周初의 賢臣 呂尙을 이름. 姜太公 또는 太公望이라고도 한다. 文王과 武王을 도와 殷나라를 치고 周나라를 세운 공으로 齊나라에 봉해졌다. 무왕은 그를 높여 師尙父라 했다. 도읍을 營丘에 두었는데, 제나라의 시조가 되었다. 兵書 ≪六韜≫는 그가 지은 것이라고 전한다.

441) 陣六花(진육화) : 진법의 하나. 당나라의 李靖이 諸葛亮의 八陣法에 기초하여 만들었으며, 눈꽃의 모양을 떠었다.

442) 位極人臣而人不疑, 功盖天下而主不忌(위극인신이인불의, 공개천하이주불기) : ≪통감절요≫<德宗皇帝 上>에는 "功盖天下而主不疑, 位極人臣而衆不疾."로 되어 있음.

443) 四夷(사이) : 華夷의 오기.

444) 軫滅(진멸) : 殄滅의 오기.

445) 小賊(소적) : 吳元濟를 가리킴. 淮西지방에서 반란을 일으킨 오원제를 토벌하기 위해 나서서 반란군의 근거지인 蔡州까지 120리를 눈 오는 밤을 틈 타 달려가 닭 울 무렵 성중에 돌입해 사로잡았다.

446) 西平(서평) : 李愬의 아버지 李晟을 가리킴. 朱泚의 반란을 평정한 공으로 西平郡王에 봉해졌다.

447) 攀龍附鳳(반룡부봉) : 제왕 혹은 名士에게 몸을 의탁해서 이름을 이루는 것을 말함. 漢나라 揚雄이 지은 ≪法言≫<淵騫>의 "용의 비늘을 끌어 잡고 봉의 날개에 붙는다.(攀龍鱗, 附鳳翼.)"에서 나오는 말이다.

448) 淮陰(회음) : 淮陰侯 韓信.

449) 汾陽(분양) : 郭子儀의 봉호.

善戰而嗜殺人, 宜爲四等。其餘諸人, 定爲五等。"

<且曰> : "紀信, 爲漢挺出, 玉面英風, 彷佛龍顔, 見圍滎陽, 朝暮是危, 黃屋左纛[453], 出誰楚軍, 忠魂消滅於烈火之中, 神龍[454]超出於箭雨之中, 漢楚興亡, 頃刻變矣。蘇武[455], 靑春奉使, 白首還歸, 掘鼠[456]嚙雲[457], 以忍飢寒, 十年持節以死生, 北海之羝羊[458]遲乳, 上林之白鴈傳書[459]。霍光, 受周公之負

---

450) 被天幸(피천행) : 王維의 <老將行>에 "위청이 패하지 않았음은 바로 천행 때문이고, 이 광의 공이 없었음은 운이 없어서였네.(衛靑不敗由天幸, 李廣無功緣數奇)"라고 한 것이 참고가 됨.

451) 白起(백기) : 公孫起. 전국시대 말기 秦나라 장수. 용병술에 뛰어난 재능을 보였다. 秦昭王에게 등용되어 左更으로서 한나라와 魏나라의 연합군을 伊闕에서 격파하고 24만 여 명을 죽인 다음 國尉로 승진했다. 위나라, 趙나라 등 싸우는 대로 대승을 거두었으며, 한나라와 위나라, 조나라, 楚나라 등의 70여 개 성을 탈취했다. 초나라의 수도 郢을 공격해 함락시키고, 武安君에 봉해졌다. 長平 전투에서 조나라 군대에 대승을 거둔 다음 항복한 조나라 군사 40여 만 명을 하룻밤 사이에 구덩이에 묻어 죽여 천하를 경악시켰다.

452) 王賦(왕부) : 王全斌의 오기인 듯.

453) 黃屋左纛(황옥좌독) : 황옥과 좌독. '黃屋'은 노란 비단으로 짠 천자의 수레 덮개, 전하여 천자의 존칭. '左纛'는 쇠꼬리로 만든, 수레의 왼편 위에 세운 기. 따라서 천자의 수레를 일컫는데, 여기서는 漢高祖의 수레를 말한다.

454) 神龍(신룡) : 劉邦을 가리킴. 그의 모친과 神龍이 교합하여 태어난 자식으로, 태어나면서부터 범상치 않았다고 한다. 유방도 신룡의 자손으로 자처하였다.

455) 蘇武(소무) : 漢나라 武帝의 忠臣. 中郞將으로 和親을 위해 匈奴으로 使臣으로 갔다가 酋長 單于에게 붙잡혀 服屬할 것을 강요당하였으나 이에 굴하지 않았고, 게다가 흉노에게 항복한 지난날의 동료 李陵까지 나서서 설득하였으나 끝내 굴복하지 않아, 北海[바이칼호] 부근으로 유폐되어 그곳에서 양치기를 하며 절개와 지조를 지켜내다가 19년 만에 송환되었다.

456) 掘鼠(굴서) : 羅雀掘鼠. 먹을 것이 없어서 그물로 새를 잡고 굴을 파서 쥐를 잡아먹음. 唐나라 張巡이 睡陽城을 지킬 때 식량이 떨어져 참새와 쥐를 잡아먹었다는 고사에 나온 말이다.

457) 嚙雲(교운) : 嚙雪의 오기. 漢武帝 때 蘇武가 부절을 가지고 匈奴에 사신 갔다가 억류되어 北海에서 양을 치면서도 절개를 지키다가 19년 만에 돌아왔는데, "19년 전 바다에서 겪은 고초로, 임금께 하사받은 절모가 삭아 먼지가 되었네. 털을 먹고 눈을 씹으며 지냈는데 누가 나를 가엾어 할 것인가, 오직 양떼만이 나와 함께 해주었네.(十九年前海上辛, 節旄彫敗逐沙塵. 餐毛嚙雪誰憐我, 惟有羊兒作伴群.)"라고 한 데서 나온 말이다.

458) 北海之羝羊(북해지저양) : 흉노가 蘇武를 북해의 사람 없는 곳에 옮겨두고 숫양을 기르게 하면서 숫양이 새끼를 낳게 되면 돌아가게 하겠다고 한 데서 나온 말.

459) 上林之白鴈(상림지백안) : 漢나라 上林苑의 흰 기러기. 漢武帝 때 蘇武가 흉노에 사신으로 갔다가 19년 동안 붙잡혀 있었는데, 昭帝가 흉노와 화친을 맺고 소무를 돌려보내라고

圖460), 以輔少主461), 效周公之行事462), 立以宣帝463)。汲黯, 性稟戇直464), 社稷之臣465), 器度嚴重, 儒者之風, 忠言斥公孫弘之奸謀466), 大義析淮南王467)之逆謀。關羽, 色如重棗, 目如丹鳳, 勇奪三軍, 顏良468)授首, 千里獨行, 明燭達朝469), 壯哉雲長, 一代忠臣, 萬古烈士。魏徵, 膽畧過人, 忠義出天, 逆龍鱗470),

요청했으나 흉노는 소무가 벌써 죽었다고 속이자, 한 나라 사신도 다시 흉노에게 가서 속여 말하기를, "우리 임금님이 상림원에서 흰 기러기를 쏘아 잡았는데 기러기 발목에 묶여온 소무의 편지에 소무의 무리가 어느 늪 속에 있다고 했으므로 그를 데려가려고 지금 온 것이다." 하니, 흉노는 그 말을 듣고 깜짝 놀라면서 한나라 사신에게 사과하고 소무를 돌려보냈다는 고사에서 나온다.

460) 周公之負圖(주공지부도) : 周武王이 죽고 아들 成王이 즉위하였으나 아직 어려서 政事를 볼 수 없었기 때문에, 그의 삼촌인 周公이 성왕을 등에 업고 정사를 보필하였다는 고사를 일컬음.

461) 少主(소주) : 漢武帝가 죽자 8세로 즉위한 昭帝를 가리킴. 霍光은 소제를 보필하여 정사를 집행하였으며, 소제가 형인 燕王 旦의 반란을 기회 삼아 정적을 타도하고 실권을 장악하였다.

462) 周公之行事(주공지행사) : 伊尹之行事의 오기. 이윤이 太甲을 폐한 것을 일컬음. 태갑은 湯王의 손자이며 太丁의 아들인데, 제위한 후 향락을 즐기고 백성을 학대하는 등 조정이 혼란스러워져 이윤이 아무리 애를 써도 되지 않자 桐宮으로 내쫓고 자신이 정사를 대행하였다. 霍光도 昭帝가 죽은 후에는 그를 계승한 昌邑王의 제위를 박탈하고, 앞서 巫蠱의 난 때 죽은 戾太子의 손자를 옹립하여 宣帝로 즉위하게 하였다.

463) 宣帝(선제) : 前漢의 제10대 황제. 지방행정제도를 정비하고 상평창 설치로 빈민구제를 도모했으며 대외적으로는 흉노를 격파했고 소위 서역 36국과 남 흉노도 복속시켰다.

464) 戇直(공직) : 미련할 정도로 밀어붙임. 우직함.

465) 社稷之臣(사직지신) : 《사기》<汲鄭列傳>에 漢武帝가 "옛날에 사직지신이 있었는데, 급암과 같은 사람이 그에 가까울 것이다.(古有社稷之臣, 至汲黯, 近之矣。)"고 한 데서 나오는 말.

466) 忠言斥公孫弘之奸謀(충언척공손홍지간모) : 漢나라 승상 公孫弘이 삼베이불을 덮자, 汲黯이 "공손홍이 봉록이 많은데도 삼베이불을 덮고 있으니, 이는 속임수이다."라고 말한 것을 일컬음.

467) 淮南王(회남왕) : 黥布. 英布라고도 한다. 秦나라 말에 무리를 이끌고 番君에 붙었다가 나중에 項梁에게 의탁했다. 항량이 죽자 項羽에게 속했다. 전투 때마다 항상 적은 병력으로 많은 적군을 물리쳤다. 항우를 따라 入關한 뒤 九江王에 봉해졌다. 일찍이 항우의 명령에 따라 衡山王 吳芮와 함께 義帝를 죽였다. 楚漢 전쟁 중에 한나라가 隨何를 보내 그를 설득하자 한나라로 귀순했다. 淮南王에 봉해졌고, 유방을 따라 垓下 전투에서 항우를 격파했다. 한나라가 세워진 뒤 韓信과 彭越 등 개국 공신들이 하나하나 피살되자 반란을 일으켰다가 실패하고 江南으로 달아났다가 長沙王에게 유인되어 주살당했다.

468) 顏良(안량) : 袁紹의 장수. 關羽에게 죽임을 당했다.

469) 明燭達朝(명촉달조) : 《통감절요》<資治通鑑總要通論(藩榮)>의 "불을 밝혀 아침까지 이른 것은 바로 운장의 큰 절개이다.(明燭以達旦, 乃雲長之大節。)"에서 나오는 말.

犯雷霆, 生爲人鑑, 死垂芳名。顔眞卿, 彰義471)起兵, 天子嘆其貌之不見, 忠義堂堂, 賊將聞名遠避, 遭小人讒, 投身虎穴, 孤忠大節, 眞杲卿472)之兄也。張巡·許遠·南霽雲473)·雷萬春474)等, 忠貫白日, 節磨秋空, 生爲忠臣而扶綱常, 死爲勵鬼475)而殲逆竪。岳飛, 涅背表忠, 委身許國476), 料敵制勝, 以正以奇477), 盜賊畏之, 莫不䩉魄。陳平, 貌如冠玉478), 神凝秋水, 里社有均分之稱479), 席門停長者之車480), 散黃金而疑敵481), 畵美人而解圍482)。龐統483),

---

470) 龍鱗(용린) : 천자나 영웅 등의 위엄을 비유적으로 이르는 말.

471) 彰義(창의) : 倡義의 오기.

472) 杲卿(고경) : 顔杲卿. 唐나라 장수. 顔眞卿의 從兄이며, 顔春卿의 동생이다. 玄宗 때 형 안춘경, 동생 顔曜卿과 함께 승진했는데, 최상급인 范陽戶曹參軍으로 옮겼다. 安祿山 밑에서 營田判官으로 있다가 常山太守로 발탁되었다. 안록산이 반란을 일으키자 平原太守로 있던 동생 顔眞卿과 호응하여 의병을 일으켜 반란군의 배후를 위협했다. 안록산의 假子 李欽湊를 살해하고 叛將 高邈 등을 체포해 京師로 압송하여, 衛尉卿 겸 御史中丞에 임명되었다. 이로써 안씨 형제들의 명성이 천하에 퍼져 河北 일대의 고을들이 딴 생각을 품지 않았다. 史思明이 상산을 공격하여 포위했는데, 식량이 바닥난 뒤 성은 함락되고 고전 끝에 체포되어 洛陽으로 끌려갔다. 안록산 앞에 끌려나와 끝까지 굴하지 않고 반역을 힐난하다가 처형되었다. 본문에 안진경이 안고경의 형으로 기술된 것은 착오인바, 바로잡아 번역하였다.

473) 南霽雲(남제운) : 唐나라의 충신. 騎射에 능했다. 安祿山의 亂 때 張巡을 따라 睢陽을 수비하다가 성이 함락되자 함께 잡혀 절개를 굽히지 않고 죽었다. 이때 적장 尹子奇의 눈을 화살로 맞추었다고 한다.

474) 雷萬春(뇌만춘) : 唐나라 張巡의 部將. 令狐潮가 雍丘를 포위했을 때 그가 성 위에서 영호조와 이야기를 나누고 있었는데, 복병의 화살 6개를 얼굴에 맞고도 꼼짝하지 않았다. 영호조는 그를 나무 인형으로 의심하였으나 염탐하여 실제 뇌만춘임을 알고 크게 놀랐다고 한다. 뒤에 睢陽城에서 장순과 함께 순절하였다.

475) 勵鬼(여귀) : 厲鬼의 오기. 제사를 받지 못하는 귀신.

476) 許國(허국) : 나라를 위하여 몸을 돌보지 않고 목숨을 바침.

477) 以正以奇(이정이기) : ≪孫子兵法≫<兵勢>의 "무릇 싸움을 잘하는 사람은 정도로써 싸우고 기계로써 승리하는 것이다.(凡戰者, 以正合, 以奇勝。)"에서 나오는 말.

478) 冠玉(관옥) : 冠 앞쪽을 장식하는 玉. 잘난 남자의 얼굴을 이르는 말이다.

479) 里社有均分之稱(이사유균분지칭) : ≪사기≫<陳丞相世家>에 陳平이 미천했을 적에 鄕里의 社에서 제사 지낸 고기를 공평하게 나누므로 父老들이 칭찬을 하자, 진평이 "나에게 천하를 요리하게 한다 하더라도 이처럼 공평하게 할 것이다."고 한 고사를 일컬음.

480) 席門停長者之車(석문정장자지거) : ≪사기≫<陳丞相世家>에 陳平이 張負의 손녀딸에게 장가들려 하자, 장부가 진평을 미행해 그의 집에 가보았는데, 진평의 집은 성곽을 등진 막다른 골목에 있었고, 해진 자리로 만든 문이었지만 이상하게도 문 밖에 마을의 長者(덕이 고매한 자에 대한 총칭)들의 수레바퀴 자국이 많이 남아 있는 것을 보고 진

德公⁴⁸⁴⁾餘韻⁴⁸⁵⁾, 鳳雛⁴⁸⁶⁾秀姿, 計出連環⁴⁸⁷⁾, 膽破老瞞⁴⁸⁸⁾, 赤壁乘烟火之色,

益州成拾芥之功。身雖委於落鳳⁴⁸⁹⁾, 名則垂於汗牛⁴⁹⁰⁾。范增, 七十抱奇⁴⁹¹⁾,

一言說楚山東羣雄, 咸移下風, 勸立懷王⁴⁹²⁾, 義聲可觀, 三擧玉玦, 智謀亦裕。

평이 가난하지만 인정받고 있다는 사실을 깨닫고 시집보냈다는 고사를 일컬음.

481) 散黃金而疑敵(산황금이의적) : 陳平이 范亞父(范增)를 잡으려고 황금 4만을 흩어서 공작
자금으로 漢軍 첩자들을 楚나라 진영에 들여보낸 것을 일컬음.

482) 畵美人而解圍(화미인이해위) : 漢高祖 劉邦이 직접 30만 대군을 이끌고 선두에 서서 흉노
의 冒頓 單于를 치기 위해 출정했다가 흉노군에 패전하여 平城(지금의 산서성 大同) 부
근의 白登山으로 도피했지만 7일 동안이나 흉노군에게 포위되자, 陳平의 奇策에 따라
모돈의 后인 閼氏에게 密使를 보내 두터운 뇌물을 바치고 간신히 위기를 모면했던 고사
를 일컬음. 陳平의 기책이란 閼氏의 질투심을 부추긴 것으로, 밀사가 알씨에게 "선우가
승리를 거두어 漢의 궁궐을 점령하여 미녀들을 얻으면 閼氏에 대한 선우의 총애가 식
어버릴 것이다."라고 하면서 가져간 美人圖를 알씨에게 바쳤다고 한다.

483) 龐通(방통) : 龐統의 오기.

484) 德公(덕공) : 龐德公. 後漢 때의 隱士. 龐統의 숙부이다. 襄陽 峴山 남쪽에 농사짓고 살면
서 城市를 가까이하지 않았다. 荊州刺史 劉表로부터 수차의 부름을 받고도 끝내 나가지
않았다. 潁川의 司馬徽, 南陽의 諸葛亮과 상종하였으며, 나중에 처자를 데리고 鹿門山으
로 들어간 뒤로는 끝내 세상에 나타나지 않았다.

485) 餘韻(여운) : 사람이 떠난 뒤에 남은 좋은 영향.

486) 鳳雛(봉추) : 봉황의 새끼라는 뜻에서, 지략이 뛰어난 젊은이를 비유적으로 이르는 말.
龐統의 道號이기도 하다.

487) 連環(연환) : 連環計. 쇠고리로 연결하는 계책이란 뜻으로, 상대로 하여금 계책을 꾸미게
한 후 그 계책을 역이용하는 계책. 連環이란 쇠로 된 고리를 꿰어 만든 사슬을 뜻하는
데, 赤壁大戰에서 周瑜가 간첩인 龐統을 曹操에게 보내어 풍랑을 이기기 위해 군함들을
쇠고리[環]로 연결[連]시키는 계책을 쓰게 한 후, 자신은 火功을 이용하여 조조의 수군
을 전멸시킨 것에서 유래한다고 한다.

488) 老瞞(노만) : 曹操의 어렸을 때의 이름이 阿瞞이었기 때문에 후세사람들이 조조를 일컫
는 말. 曹吉利도 또 다른 아명이다.

489) 落鳳(낙봉) : 落鳳坡. 방통이 雒城으로 진격하던 도중 서천 장수 張任의 매복계에 걸려
무수한 화살을 맞고 전사한 곳.

490) 汗牛(한우) : 汗牛充棟. 수레에 실으면 소가 땀을 흘릴 정도이고 방안에 쌓으면 들보에
닿을 정도란 뜻으로 藏書가 매우 많음을 비유하는 말.

491) 七十抱奇(칠십포기) : 范增이 나이 70에 好奇計하여 項羽의 謀士가 되었던 것을 일컬음.
項羽는 그를 亞父라 일컬었는데, 범증이 鴻門宴에서 沛公을 죽이도록 玉玦을 세 번이나
들어 권하였으나 항우가 듣지 않아 뜻을 이루지 못했다.

492) 七十抱奇~勸立懷王(칠십포기~권립회왕) : ≪사기≫<項羽本紀>의 "居鄛 지방 출신 范增
이 이미 나이 70세로 평소 집에 있으면서 기이한 계책을 좋아하였는데, 項梁을 찾아가
서 설득했다. '陳勝의 패배는 진실로 당연합니다. 애당초 진나라에 패망한 여섯 나라 중
에서 초나라가 가장 억울하였으니, 懷王은 스스로 진나라를 찾아갔는데도 진나라가 돌

彭越, 目如曉星, 體似秋鷹, 橫行天下, 無對敵, 漢楚興亡, 在擧足間。 賈復493),
折衝千里, 身被百鎗, 腸胃流出, 裛494)之以羅, 鏖戰不已, 終樹大功。 趙雲, 當
陽長坂495), 一釖斬六將師, 白帝城外匹馬, 敵百萬軍, 猛氣英風, 古今無及."

言未畢, 有宰相含淚進曰: "丞相胡不知我? 丞相出師未捷先歸, 九原英雄之
淚沾襟496), 而費禕497)·董允498), 相繼而逝, 社稷之危如一髮, 吾以寸筳499)之
力當任, 挈孤軍, 扶大義, 欲洗丞相之遺恨矣。 無奈炎室500)之運去, 而裛氃之
將501), 潛踰釖閣502), 大厦之穎, 豈一木可支? 其時, 降於鍾會503), 非畏死貪生,

려보내지 않아 초나라 사람들은 지금도 그 일을 애석하게 여기는 까닭에 초나라 예언
자 南公이 「비록 초나라에 설사 세 집밖에 남아 있지 않다고 할지라도 진을 멸망시킬
나라는 반드시 초나라이리라.」라고 말한 것입니다. 지금 진승이 첫 번째로 거사하였으
면서도 초나라 후손을 세우지 않고 스스로가 왕이 되니 그 형세가 길지 못했습니다.
이제 당신이 강동에서 군사를 일으키자 초나라의 각지에서 일어선 사람들이 모두 다투
어 당신을 따르는 까닭은 당신이 대대로 초나라 장군이어서 다시 초나라의 후손을 세
울 것이라고 생각해서입니다.'(居鄲人范增, 年七十, 素居家, 好奇計, 往說項梁曰: '陳勝敗固
當. 夫秦滅六國, 楚最無罪. 自懷王入秦不反, 楚人憐之至今, 故楚南公曰: 「楚雖三戶, 亡秦必楚
也.」 今陳勝首事, 不立楚後而自立, 其勢不長. 今君起江東, 楚蜂午之將爭爭附君者, 以君世世楚
將, 爲能復立楚之後也.')"는 것이 참고가 됨.
493) 賈復(가복) : 後漢 光武帝 때의 무장. 배우기를 좋아해 ≪尙書≫를 익혔다. 光武를 쫓아
青犢을 물리치고, 관직은 左將軍·都護將軍에 이르렀으며, 膠東侯에 봉해졌다.
494) 裛(척) : 裵의 오기.
495) 當陽長坂(당양장판) : 湖北省에 있는 當陽의 長坂坡.
496) 丞相出師未捷先歸, 九原英雄之淚沾襟(승상출사미첩선귀, 구원영웅지누점금) : 杜甫의 <蜀
相>에 "출사하여 승리하지 못하고 자신이 먼저 죽으니, 길이 영웅들로 하여금 눈물로
소매를 적시게 한다.(出師未捷先死, 長使英雄淚滿襟)"는 구절을 활용함.
497) 費禕(비위) : 陳壽의 ≪三國志≫와 司馬光의 ≪資治通鑑≫에는 費禕로 나옴. 蜀漢의 大臣.
後主가 즉위한 후에는 黃門侍郎이 되었다가 侍中으로 바뀌었다. 제갈량이 그를 매우 중
하게 여겼다. 제갈량은 북벌에 나서면서 그와 郭攸之·董允 등을 남겨 궁중의 일을 총
괄하게 했다. 제갈량이 죽자 蔣琬이 대장군이 되어 국사를 총괄했는데, 이때 비위는 尙
書令으로 함께 정무를 처리한다. 촉나라 사람들은 제갈량·장완·비의·동윤을 '四相'
또는 '四英'이라 일컬었다고 한다.
498) 董允(동윤) : 董允의 오기. 蜀漢의 정치가. 劉備 때 太子舍人을 지냈다. 劉禪이 즉위하자
黃門侍郎으로 옮겼다. 諸葛亮의 신임을 받았다. 제갈량이 北伐할 때 그의 성품이 공정하
고 명석한 것을 알고 郭攸之, 費禕 등과 함께 남아 궁중의 일을 총괄하게 했다. 항상 後
主의 과실을 직간해서 유선이 꺼려했으며, 환관 黃皓 등이 두려워했다.
499) 寸筳(촌정) : 한 치 정도의 작은 댓가지.
500) 炎室(염실) : 劉邦이 세운 漢나라를 가리킴. 火德으로 天子가 되었으므로 이른다.
501) 裛氃之將(척전지장) : 裛은 裵의 오기. 삼국시대 魏나라 鄧艾를 가리킴. 등애가 대군을

且爲本朝圖恢計, 而世情浮薄, 人言囂, 蜀漢之亡, 歸咎於我, 豈不痛迫? 夜臺[504]冥漠, 寃魂無語, 地下懷恨, 伸雪無期。今丞相執題品千古人物之權, 若明鏡之懸空, 平衡之稱物, 細德微功, 一一布張, 而無一言及於我, 誰復暴白我之心思乎?" 諦視之, 乃蜀漢尙書令姜維[505]也。孔明嘆曰 : "嗟乎伯約[506]! 國家興亡, 在天而不在將帥, 內修外攘, 治國之常道也。亂政竪子, 蠱惑[507]人心, 而君不能除, 値司馬[508]興隆之運, 强弱懸絶, 君不自量, 內竭民力, 外挑强敵, 是葉青而根先枯, 貌不變而腸胃先病, 豈不可惜乎? 雖然, 經營之志, 嚴於討賊, 雖破,

일으켜 蜀을 정벌할 적에 인적이 끊어진 陰平의 험한 산길을 한겨울에 넘어가서 蜀將 諸葛瞻의 목을 베고 成都로 들어갔는데, 이때 "등애 자신이 담요로 몸을 감싸고 험한 길을 뒹굴어 내려오는가 하면, 군사들이 모두 나뭇가지를 부여잡고 벼랑길을 따라가며 마치 물고기를 한 줄로 꿰듯 한 사람씩 지나갔다.(艾以氈自裹, 推轉而下, 將士皆攀木緣崖, 魚貫而進.)"는 기록이 전한다.

502) 釼閣(인각) : 劍閣. 중국 삼국시대 이래의 요해지. 長安으로부터 蜀으로 가는 大劍山·小劍山 사이에 있는 요해지로, 현재의 지명으로는 四川省 검각현에 있다.

503) 鍾會(종회) : 魏나라 名將. 鍾繇의 막내아들. 司馬師가 毌丘儉과 文欽의 반란을 토벌할 당시 참모로 참가하여 기밀 사무를 담당하였고 사마사가 죽은 후에는 司馬昭를 섬기며 작전 짜는 일을 담당하였고 鎭西將軍으로 임명되었다. 鄧艾, 諸葛緖와 함께 蜀을 점령하기 위해 출진하여 공을 세웠다. 그러나 등애를 모함하여 가둔 다음 촉나라에서 반란을 일으켰다가 胡烈 등 부하 장수들에 의하여 죽임을 당했다.

504) 夜臺(야대) : 늘 깜깜한 땅속 무덤을 말함.

505) 姜維(강유) : 蜀漢의 무장. 諸葛亮에 의해 중용되었다. 제갈량이 죽은 후에 그 유지를 받들어 북벌을 추진하여 두 차례 큰 승리를 거두었다. 뒤에 魏나라 司馬昭가 蜀漢을 공격하자 劍閣에서 방어하였다. 이때 위나라 鍾會와 鄧艾가 본격적으로 침공하자 成都의 劉禪이 항복하게 되었고, 강유도 항복하게 되었다. 그러나 강유는 종회에게 귀순하여 그를 추켜세우며 劉禪이 항복한 후에도 蜀漢의 중흥을 시도하였다. 마침 종회도 등애를 시기하여 그를 축출하고 西蜀을 장악할 야심이 있어 강유와 손잡고 司馬昭에 대항하여 반란을 일으켰으나 내부 장수들의 모반으로 죽임을 당하고 강유 역시 이때 피살되었다.

506) 伯約(백약) : 삼국시대 蜀나라 姜維의 字.

507) 蠱惑(고혹) : 남의 마음을 호려 중용을 잃게 함.

508) 司馬(사마) : 司馬昭. 그는 魏나라 마지막 황제인 元帝 曹奐을 옹립하면서 사실상 모든 전권을 갖게 된다. 이후 鄧艾와 鍾會에게 蜀漢 정벌을 명하여 멸망시켰다. 이는 삼국정립이 붕괴되어 천하 통일로 가는 계기가 되었다. 촉한 정벌의 공으로 晉王에 올라 제위 찬탈을 위한 준비를 마쳤지만 그만 사망했다. 그 뒤 사마소의 장자 司馬炎이 진왕의 지위를 이어받은 뒤 吳나라를 멸망시킴으로 해서 60년간에 걸친 삼국시대의 종언을 고하게 했다. 晉나라를 세운 사마염은 자신의 부친인 사마소를 묘호는 晉太祖, 시호는 文皇帝로 추존하였다.

而猶營此, 則自有千載之公議也。何必因吾之秉筆而犯於同事私情哉?" 姜維太息而去。

孔明既定次第, 列名而上, 諸皇帝互相傳觀, 稱讚不已, 命玉盤酌香醞[509]而賞之。酒半酣改坐, 盡請東西樓諸皇, 漢太祖主壁[510]坐, 漢光武以下, 東西分坐南面, 秦始皇帝以下, 東壁西向, 楚伯王以下, 西壁東向坐定, 各一大臣侍之。金冠玉佩, 鳳扇[511]彩帳, 華燭騰光, 威儀整肅, 氣像儼然, 不敢仰視。高皇帝舉玉杯, 勸始皇曰: "天地不老, 人事易變, 碧海桑田, 朝暮互換, 公侯將相, 寧有種乎? 一敗一興, 天道之所不免, 若德盛而享永祿, 唐虞[512] · 三代, 豈有亡者乎? 力多而決勝負, 蚩尤[513] · 工共, 何有敗者乎? 國家之大小, 運數之長短, 都在天數, 今以觀之, 無異於荒草中一杯土, 世上之事, 豈不虛且可笑乎? 始皇得天下, 雖期於萬世, 身纔終而子孫滅亡, 宗社傾覆, 是亦天命, 予之得天下, 非取於秦, 取於項王也。秦之失天下, 非失於項王, 失於趙高, 願始皇勿恨我也。快飲盂酒, 開襟同樂何如?" 始皇欣然把而笑盂[514]曰: "漢帝之言, 直通論也。余亦非區區小丈夫, 胡不知天理而介懷於已徃之得失耶?" 忽於西壁上座, 西楚霸王, 目如炬火, 聲如雷霆, 長嘆曰: "鴻門宴之不應玉玦, 烏江之不虛舟, 至今遺恨。" 始皇慰曰: "天數莫逃, 項王勿記念徃事也。朕嘗晝寢, 得一夢, 紅衣童子 · 青衣童子, 爭日相戰, 紅衣童子勝取日, 青衣童子向東南而去, 紅衣童子驅日西向[515]去, 予竊怪之。後, 漢帝, 赤其幟, 封西蜀, 此紅衣童子向西之兆, 君尚青色, 都彭城, 此青衣童子向東南之兆也。以此觀之, 天之前定, 非人力所及。" 宋太祖撫掌大笑曰: "始皇言天數, 我論人事, 休言上古, 第觀三伐[516]以下, 禹湯文武, 仁

---

509) 香醞(향온): 멥쌀과 찹쌀을 쪄서 식힌 다음. 보리와 녹두로 만든 누룩을 섞어서 담근 술.
510) 主壁(주벽): 여러 사람을 양쪽에 앉혔을 때, 가운데 앉은 주장되는 자리.
511) 鳳扇(봉선): 긴 대나무 끝에 달린 부채에 봉황새를 그린 儀物.
512) 唐虞(당우): 중국의 陶唐氏와 有虞氏. 堯舜時代를 일컫는다.
513) 蚩尤(치우): 고대 제후의 이름. 軒轅氏는 세상이 어지러워져 각지의 제후들을 정벌하였는데, 치우가 굴복하지 않고 난을 일으키자 涿鹿의 전투에서 誅伐하였다.
514) 把而笑盂(파이소배): 把盂而笑의 오기.
515) 西向(서향): 向西의 오기.

義以興, 夏傑商受[517], 暴虐以亡, 此天理之常。漢祖仁厚長者, 楚剛悍獨夫[518], 其興亡, 何待見終而後知之? 設用范增之計, 沛公雖死於鴻門, 楚王若不悛暴戾之行, 天下豈無沛公乎? 江東[519]子弟八千人, 散如飛烟, 一劍[520]隻影[521], 雖復渡江東, 江東父兄, 必欲食其肉, 而寢其皮矣。豈復畏陷井虎, 而復有推尊者乎? 杜牧[522]之詩, 所謂捲土重來未可知[523]之言, 詩人遺辭之功, 何謂眞的之論也?" 諸皇帝無不嘆服, 項王殊不勝太無聊也。

漢帝曰: "一時成敗, 千古興亡, 從古觀之, 都是春夢, 記憶遺恨, 人皆有之, 但言平生快事, 以忘愁懷, 如何?" 始皇先對曰: "朕平生有三快, 擒六國諸侯, 跪膝於阿房宮前, 銷天下兵, 鑄金人十二[524], 是其一也。遣童男女, 求三神山仙藥, 驅石駕海, 與安胡生[525], 約三千年後會, 是其二也。使蒙恬, 將三十萬軍, 遠逐匈奴, 築萬里長城, 是其三也。願聞漢帝之快事." 漢帝曰: "予百戰收功, 何快之有? 但擊鯨布[526], 還至沛邑, 設大宴, 以待鄕里父老, 野叟村童呼劉季,

---

516) 三伐(삼벌) : 三代의 오기.

517) 夏傑商受(하걸상수) : 夏桀商紂의 오기.

518) 獨夫(독부) : 인심을 잃은 폭군.

519) 江東(강동) : 춘추전국시대 吳·越 지방의 옛 이름. 중국 楊子江 동쪽의 땅이다.

520) 一劍(일검) : 一身의 오기. 孤身.

521) 隻影(척영) : 孤身隻影. 외로운 몸과 그 몸의 그림자 하나뿐, 붙일 곳 없이 떠도는 외로운 신세라는 뜻.

522) 杜牧(두목) : 唐나라 관리이자 시인이고, 산문가. 자는 牧之, 호는 樊川居士. 宰相 杜佑의 손자, 杜從鬱의 아들이다. 당시 사람들은 杜甫를 '大杜'라고, 두목은 '小杜'라고 불렀고, 李商隱과 더불어 '小李杜'라고도 일컬었다.

523) 捲土重來未可知(권토중래미가지) : 杜牧의 <題烏江亭>에 "강동에는 호걸도 많았으니, 권토중래할지는 알지 못했을 일.(江東子弟多豪傑, 捲土重來未可知.)"이라는 구절이 나옴. 권토중래는 흙을 말아 올리듯 흙먼지를 날리며 다시 공격해 온다는 뜻으로서 한번 싸움에서 패배하더라도 좌절하지 않고 다시 분발하여 세력을 되찾고자 공격해 들어옴을 의미한다.

524) 鑄金人十二(주금인십이) : 秦나라가 六國을 멸한 뒤에 천하의 병기를 거두어들여 12개의 대형 청동인상으로 만든 것을 말함.

525) 安胡生(안호생) : 安期生의 오기. 秦나라의 仙人. 그 당시 이미 천 살이었다고 알려졌으며, 秦始皇이 동해에서 그와 이야기를 나눈 후, 훗날 그가 있다는 蓬萊山 아래에 사람을 보내 찾았으나 찾지 못했다. 漢武帝 때에 李少君이 그를 동해에서 보았던 것으로 전해진다.

526) 鯨布(경포) : 黥布의 오기.

某水某丘之舊迹依然, 大風起雲飛揚[527], 氣像頗彷彿, 壯懷莫禁, 作一歌舒氣,
是可快事。置酒南宮, 進玉杯, 獻壽[528]上皇, 曰：'責小子, 以不務農不治産, 不
如衆人, 今小子所成, 與衆人何如?' 上皇大悅, 終日樂之, 此人子之孝極矣, 快事
無踰於此矣。" 唐太宗曰："朕亦有漢帝之快事。天下太平之後, 陪上皇, 設大宴,
詰利可汗[529]起舞, 馮之戴[530]詠詩, 上皇大悅曰：'胡越一家[531], 萬古所無.' 此
最快事也。從魏徵之言, 務仁義, 敎化大行, 百姓富饒, 閭閻不閉門, 行旅不齎
糧, 心甚快也。" 明帝聽罷, 泫然下淚曰："若孤人生, 早失雙親, 始皇許多快事,
不足爲美, 而漢唐二帝悅親之樂, 今世不得見, 豈不悲哉?" 滿座澁然, 宋太祖
曰："予爲羣情所迫, 朝爲天子, 而不得淸河北, 亦不能混一海內, 心事每不悅。
但雪夜微行, 至趙普家, 雪月皎潔, 景致淸絶, 煮酒炰魚, 從容酬酢, 論天下大事,
幽興淸思, 今尙未忘矣。" 光武以下, 各言平生事, 論難治道, 以助其歡。忽魏武
帝曹操, 拜伏曰："臣有一快事, 請白之。臣仗三尺釖起, 破袁紹・袁術[532], 擒

---

527) 大風起雲飛揚(대풍기운비양)：淮南王 黥布가 모반하자, 한고조가 친히 정벌에 나서 會甄
에서 물리치고 돌아올 때 고향 沛縣에서 고향마을의 장로들과 술자리를 베풀면서 불렀
던 <大風歌>를 염두에 둔 표현임. 곧, "큰 바람이 일고 구름이 날리듯, 위세를 천지에
떨치며 고향으로 돌아왔네. 어찌하면 용맹한 병사를 얻어 사방을 지킬까?(大風起兮雲飛
揚, 威加海內兮歸故鄕, 安得猛士兮守四方?)"이다.

528) 獻壽(헌수)：환갑잔치 등에서, 長壽를 비는 뜻으로 술잔을 올리는 것.(稱觥, 稱觴)

529) 詰利可汗(힐리가한)：≪新唐書≫<頡利可汗列傳>에 의하면, 頡利可汗의 오기. 돌궐족 일
리카간. 성은 阿史那氏, 이름은 咄苾. 啓民可汗의 아들로 東突厥可汗이다. 당나라를 침입
하여 尉遲敬德에게 涇陽에서 패했고, 끝내는 당태종 때 李靖에게 대패하여 멸망하였다.

530) 馮之戴(풍지대)：≪新唐書≫<馮盎列傳>에 의하면 馮智戴의 오기. 馮盎의 아들. 용감하
고 재주가 있었다. 唐나라 高祖에게 항복하여 春州刺史가 되었으며 병법에 능했다.

531) 胡越一家(호월일가)：胡는 북쪽 나라, 越은 남쪽 나라. 북쪽에서 남쪽까지 한 집이 되었
다는 뜻으로, 천하의 통일을 이르는 말.

532) 袁術(원술)：後漢 말기의 사람. 종형 袁紹와 더불어 당대의 명문거족이었다. 董卓이 집
권하여 황제 폐립 계획을 세우고 가담시키려 하자 후환이 두려워 南陽으로 달아나 長
沙太守 孫堅의 도움을 받아 그곳에 정착했다. 나중에 동탁을 격파하여 명성을 떨쳤다.
한편으로 원소와 荊州의 劉表가 대립하게 되자, 劉備・曹操도 이에 휘말려 일진일퇴의
공방전을 벌였다. 이런 와중에 패하여 揚州로 근거지를 옮겼고, 끝내는 九江에서 제위
에 올랐다. 그러나 2년도 채 못 되어 음탕하고 낭비가 심해졌으며, 媵妾을 수백 명 두
는 등 방탕하게 살다가 세력이 쇠진해지자 제위를 원소에게 돌려주고 원소의 아들 袁
譚에게 의탁하려 했지만, 유비의 방해로 뜻을 이루지 못했다. 壽春에서 죽었다.

呂布533), 降張老534)張守535)。北伐匈奴, 西得隴西, 南抵長江, 旋旗蔽空。橫槊手中, 登巨船而坐, 東望夏口536), 南指柴桑537), 西對武昌538), 北通汴京539), 清江如練, 皓月如畫, 曉星漸稀, 烏鵲南飛540)此541)時, 人事欣然, 把酒咏詩矣." 高帝542)曰: "聞汝言, 胸襟亦灑落." 仍大笑, 滿座和悅之色流動。

洗玉杯, 復進瓊液, 忽聞閻羅鮑公543), 奉玉帝命, 率諸罪人, 至門外, 高帝命輟歌舞, 速請入。鮑公於階下, 請見以臣禮, 高祖顧宋太祖曰: "此必爲宋帝在座." 宋帝, 使侍臣傳命曰: "論人世君臣之禮, 諸帝王, 及544)漢朝羣臣子孫, 與

533) 呂布(여포) : 後漢의 사람. 처음에는 丁原을 섬기다가 후에 董卓을 섬겼다. 동탁이 죽임을 당하자 그의 남은 무리를 혁파하고는 袁術에게 귀의했다.

534) 張老(장노) : 張魯의 오기. 後漢 말기 道士이자 軍閥. 漢中 일대에서 오두미도를 전파하고, 스스로 師君으로 일컬었다. 한중에서 근 30년 동안 軍閥로 활동하다가 뒤에 曹操에게 투항하여 鎭南將軍으로 임명되었고, 閬中侯로 봉해졌다.

535) 張守(장수) : 張繡의 오기. 後漢 말기의 장수. 후한 말에 마을의 젊은이들을 규합하여 張濟를 따라 정벌에 나서 建忠將軍이 되고, 宣威侯에 봉해졌다. 장제가 죽자 무리를 거느리고 완성에 屯兵하면서 劉表와 합세했다. 그 뒤 曹操에게 투항하여 揚武將軍에 올랐다. 조조가 자신의 숙모를 취하자 원한을 품고 조조의 군대를 습격해 대파했다. 官渡 전투 때 조조와 袁紹 등이 모두 자신을 불러들이려 하자 賈詡의 건의를 따라 다시 조조에게 항복하여 전공으로 세우고 破羌將軍으로 옮겼다. 나중에 烏桓을 공격하다 죽었다.

536) 夏口(하구) : 湖北省 武昌縣의 서쪽, 黃鵠山의 위에 있는 城名. 吳나라의 孫權이 축조했던 성이다.

537) 柴桑(시상) : 현 이름. 양주 豫章郡에 속하며, 옛 성터는 지금의 江西省 九江에 있다.

538) 武昌(무창) : 현재 湖北省에 있는 鄂州.

539) 汴京(변경) : 北宋의 서울. 지금의 河南省 開封이다.

540) 烏鵲南飛(오작남비) : 曹操가 水軍을 赤壁江 위에 결진시켜 놓고 유유히 읊은 <短歌行>로, "달 밝으니 별은 드문데, 까막까치는 남으로 날아가네. 나무를 세 겹으로 두르고 있어, 새들이 의지할 가지가 없구나.(月明星稀, 烏鵲南飛. 繞樹三匝, 何枝可依.)"는 구절에 나옴. 원문에 있는 조조의 말에는 蘇軾의 <赤壁賦>에서 활용했던 조조의 말이 그대로 활용되었다.

541) 此(차) : 之의 오기.

542) 高帝(고조) : 漢祖 대신 쓰였지만, 漢太祖로 일관되게 번역하였음.

543) 閻羅鮑公(염라포공) : 閻羅包公의 오기인 듯. 宋나라 때의 강직한 관리인 包拯을 가탁한 인물인 듯. 開封府知事·右司郎中·禮部侍郞 등을 역임했는데, 청렴강직하기로 유명하여 貴戚·환관들이 모두 그를 꺼렸으며, 어린아이·부녀자들까지 그의 이름을 알고 包待制라 불렀다. 당시 서울인 개봉부의 사람들은 그를 '關節이 통하지 않는 閻羅包老'라 하였으며, 이른바 包靑天은 그의 별명이다.

544) 及(급) : 乃의 오기.

高帝連榻, 高帝亦秦民, 與始皇同榻, 況君受天爵, 登王者之位尊貴, 非人間帝王
之比也, 趣陞, 行相揖禮." 閻王再三讓, 陞殿禮畢, 與仙官, 分東西定坐。明燭
廣庭, 力士・夜叉545), 猛如虎狼, 而牛頭馬面546)之卒, 驅人以次而入, 殺氣登
登, 陰雲四圍。一隊, 漢朝王莽547)・董卓548), 唐朝安綠山549)・黃巢550)等數
十餘人, 以粉字, 各書其背曰: '弑逆其君, 簒奪551)賊.'一隊, 則漢朝梁翼552), 唐
朝李林甫553), 宋朝秦檜554)・張敦555)・秦京556)・賈師道557)等七十餘人, 各

---

545) 夜叉(야차) : 하늘을 날아다니며 사람을 잡아먹고 상해를 입힌다는 사나운 귀신의 하나.
   모습이 추악하고 잔인한 귀신이다.
546) 牛頭馬面(우두마면) : 머리는 소 같고 얼굴은 말 같음. 지옥의 귀신 얼굴을 형용한 말
   이다.
547) 王莽(왕망) : 前漢 말기의 정치가. 스스로 옹립한 平帝를 독살하고 제위를 빼앗아 국호를
   新으로 명명했다. 한나라 劉秀에게 피살되어 멸망했다.
548) 董卓(동탁) : 董卓의 오기. 後漢의 정치가. 靈帝가 죽자 병사를 이끌고 入朝하여 小帝를
   폐하고 獻帝를 옹립하면서 정권을 잡았다. 袁紹 등이 기병하여 동탁을 토벌하려 하자,
   헌제를 끼고 長安으로 천도하여 스스로 太師가 되어 흉포가 날로 심했다. 司徒 王允이
   몰래 동탁의 장군 呂布로 하여금 그를 살해하게 했다.
549) 安綠山(안록산) : 安祿山의 오기.
550) 黃巢(황소) : 唐나라의 반란 지도자. 수천 명의 추종자들을 모아 여러 차례 반란을 일으
   켰으며, 廣州를 점령하고 이후 북쪽으로 방향을 돌려 수도 長安을 점령하였다. 이후 스
   스로 황제에 올라 국호 大齊라고 칭했다. 당은 돌궐계 유목 부족인 沙陀의 도움을 받아
   그를 장안에서 몰아내고 이듬해 체포하여 처형하였으나, 10년간의 반란으로 당의 지배
   력은 파괴되었으며 당은 급격하게 쇠퇴하여 황소의 부하 장군이었던 朱全忠에 의해 멸
   망하였다.
551) 簒奪(찬탈) : 簒奪의 오기.
552) 梁翼(양익) : 後漢 때의 사람. 자기 아우와 함께 무려 20년간이나 권력을 휘두르며 온갖
   비행을 저질러 악명이 높았다.
553) 李林甫(이임보) : 당나라 宗室. 玄宗 때의 재상. 사람 됨됨이가 겉과 속이 달라 친한 듯
   이 보이지만 갖은 음모와 중상모략을 일삼아 '口蜜腹劍'이라 불렸다. 교활하고 權術에
   능했다. 환관이나 비빈들과 친해 황제의 동정을 일일이 살피고 奏對에 응해 유능하다
   는 평을 들었다. 조정에 있는 19년 동안 권력을 장악해 멋대로 정책을 시행해 사람들
   이 눈을 흘기며 꺼렸다.
554) 秦檜(진회) : 남송 초기의 정치가. 남침을 거듭하는 金軍에 대처, 금과 중국을 남북으로
   나누어 영유하기로 합의하였으며, 금나라에 대하여 신하의 예를 취하고, 歲幣를 바쳤
   다. 24년간 재상을 지낸 유능한 관리였으나 정권유지를 위해 '문자의 옥'을 일으켜 반
   대파를 억압해 비난받았다.
555) 張敦(장돈) : 章惇의 오기. 북송의 정치가. 司馬光과 함께 免役法은 폐지할 수 없음을 강
   력하게 변론하여 劉摯와 蘇軾 등에게 탄핵을 받아 汝州知州로 축출되었다. 철종이 친정

書其背曰：'謀害忠臣, 誤國罪人.' 又一隊, 則秦國趙高, 漢賊十常侍[558], 唐賊李甫國[559]·田令孜[560]·仇士良[561], 宋賊廉文翁[562]·董貫[563]等百餘人, 各書其背曰：'廢立其君, 亂政者.' 以靑石, 作桎梏, 又以鐵械, 鎖其手足, 驅之如羣羊, 而有怠緩不疾行者, 鐵以鞭亂擊, 腥血浪藉, 哀痛之聲, 遠徹雲宵。

漢帝召孔明, 使之案罪輕重定律, 孔明退, 詳見歷代文案, 奏曰："臣聞閻羅王處斷, 所見剛明[564], 決斷公正, 以小臣淺見, 無以加矣。但莽卓諸賊, 在世旣受莫保首領之刑, 至入地下, 又被慘毒, 而或有至千餘年者, 或有八百年者, 罰已行矣。以天地好生之德, 還到下界, 使之目盲臂痿, 或死於道側, 或死於非命, 修於三生之業, 然後復爲平人。而趙高·張湯[565]·曹節[566]等, 化爲牛羊狗彘,

---

하자 尙書左僕射兼門下侍郞으로 재기했고, 蔡卞과 蔡京 등을 써서 紹述의 說을 일으켜 靑苗와 면역 등 여러 법을 모두 회복시켰다. 元祐黨人들을 배제하고 원수에게 보복을 하는 등 연좌를 시킨 사람이 아주 많았다. 徽宗 때에 파면되는 등 곡절이 많았다.

556) 秦京(진경) : 蔡京의 오기. 北宋 말기의 재상·서예가. 16년간 재상자리에 있으면서 숙적遼를 멸망시켰으나, 徽宗에게 사치를 권하고 재정을 궁핍에 몰아넣었다. 金軍이 침입하고 欽宗 즉위 후, 국난을 초래한 6賊의 우두머리로 몰려 실각하였다.

557) 賈師道(가사도) : 賈似道의 오기. 남송 말기의 권신. 권세를 믿고 갖은 비행을 저지르고황음무도한 행위를 서슴지 않았으며, 쿠빌라이(忽必烈)가 이끄는 몽고군이 鄂州를 공격해 오자 割地納弊하여 강화할 것을 주장하였다.

558) 十常侍(십상시) : 後漢 말 靈帝 때 조정을 장악했던 宦官 10여 명을 지칭하는 말. 영제는십상시에 휘둘려 나랏일을 뒷전에 둔 채 거친 행동을 일삼아 제국을 쇠퇴시켜 결국 망하게 한 인물로 유명하다. 당시 십상시는 넓은 봉토를 소유하고 정치를 장악해 실질적인 권력을 휘둘렀으며 그 부모형제들도 높은 관직을 얻어 위세를 떨쳤다. 그러나 십상시의 난에서 2,000여 명의 환관이 죽으면서 董卓이 정권을 잡게 된다.

559) 李甫國(이보국) : 李輔國의 오기. 唐나라 肅宗 때의 宦官. 병권을 장악하고 숙종과 代宗이황위에 오르는 데 큰 공을 세워 권세를 누렸지만, 전횡을 일삼다 代宗이 보낸 자객에게살해되었다.

560) 田令孜(전영자) : 田令孜의 오기. 唐나라 熙宗 때의 환관.

561) 仇士良(구사량) : 唐나라 純宗 때 환관. 甘露事變 이후 세력을 잡고 방자해져 朝臣을 체포해 살해하는 등 조정을 마음대로 휘둘렀다. 右驍衛大將軍과 驃騎大將軍을 역임하고 楚國公에 봉해졌다. 또 觀軍容使로 옮겼고, 左右軍을 모두 통솔했다. 20여 년 동안 갖은탐학을 다 저지르면서 두 명의 왕과 한 명의 왕비, 네 명의 재상을 살해했다.

562) 廉文翁(염문옹) : 閻文應의 오기. 宋나라 仁宗 때의 환관.

563) 董貫(동관) : 北宋 후기의 환관. 간사하고 아첨을 잘하여 徽宗의 총애를 받았으며 재상蔡京과 결탁하여 세력을 떨쳤다. 遼나라를 멸망시킨 金軍이 쳐들어오자 도망치다가 살해되었다.

564) 剛明(강명) : 성격이 칼처럼 날카롭고 머리가 명철함.

而使被屠戮之禍, 惟李林甫・秦檜, 犯彌天之罪惡, 而身危戮刑, 臥席而死, 忠臣烈士之遺恨, 至今塡臆。 請還到酆都獄[567], 剝皮碎骨, 備受酷刑, 雖歷億萬劫, 永不出世." 僉曰 : "諾." 命下, 無數鬼卒, 方驅出諸罪人。 忽有一人, 身長九尺, 肥膚可千斤, 呼聲如鍾, 稱冤不已, 見之乃漢朝逆臣董卓[568]也。 叩階而呼曰 : "臣本非反逆之臣也。 中常侍張湯[569]等, 傾其社稷, 殺害朝士, 丞相何進[570], 以太后命召臣下, 率手下親兵[571]而來, 盡滅宦者, 以淸朝廷, 擇立賢君, 保全社稷, 以無識武夫, 雖有一時專擅之罪, 功高寡尤, 終爲呂布[572]奸賊槍頭之魂, 臍中炷, 七日而無滅之者。 禍之慘酷, 無如臣者, 而至於地府, 又不見察, 其百刑者, 千有餘年。 何幸今日, 有還到之恩命, 且使經三生之苦楚, 何時復見天日耶? 彼

---

565) 張湯(장탕) : 張讓의 오기. 後漢 때 十常侍의 지도자. 靈帝 때 환관이 되어 中常寺가 되고, 列侯에 봉해지면서 위세를 떨쳤다. 少帝가 즉위하자 大將軍 何進이 그를 죽이려고 하다가 일이 누설되어 먼저 공격해 하진 등을 살해했다. 袁紹가 군대를 보내 환관을 죽이려고 하자 황제를 재촉해 河上으로 달아나다가 상황이 급해지자 물에 뛰어들어 죽었다.

566) 曹節(조절) : 曹節. 後漢의 靈帝 때 환관. 十常侍의 한 사람. 桓帝 때 환관이 되었고, 靈帝가 즉위하자 長安鄕侯에 봉해졌다. 詔書를 고쳐 大將軍 竇武와 太傅 陳蕃을 살해하였는데 음란하고 난폭하기 그지없었다. 또 환관 侯覽과 함께 黨人 李膺과 杜密 등 백여 명을 잡아들여 투옥한 뒤 처형했다.

567) 酆都獄(풍도옥) : 道家에서, 地獄을 이르는 말.

568) 董卓(동탁) : 董卓의 오기.

569) 張湯(장탕) : 張讓의 오기.

570) 何進(하진) : 後漢의 丞相. 靈帝 때 누이가 입궁하여 貴人이 되고 太后에 올라서, 하태후를 총애하자 백정 출신이었지만 관직을 받았다. 黃巾賊의 난이 발생한 뒤 大將軍까지 지냈다. 張角 등의 거사 계획을 와해시키고 愼侯에 봉해졌다. 영제가 죽자 하황후의 아들 少帝 劉辯을 옹립한 뒤 太傅 袁隗와 함께 정치를 보좌했다. 上軍校尉 小黃門 蹇碩을 주살했다. 袁紹와 함께 환관들을 주살하려 했지만 하태후의 만류로 중지했다. 外兵을 수도로 들이려 하다가 中常侍 張讓과 段珪 등에게 속아 長樂宮에서 죽임을 당했다.

571) 手下親兵(수하친병) : 자기의 손발처럼 마음대로 부리는 사람.

572) 呂布(여포) : 後漢 말기의 장수. 활쏘기와 말타기에 능하여 飛將으로 불렸다. 처음에 幷州刺使 丁原을 섬겨 主簿로 있었다. 그를 따라 낙양으로 가서 董卓과 싸우다가 마침내 정원을 죽이고 동탁에게로 귀순, 父子관계를 맺으면서 그의 심복이 되어 長安으로 갔다. 얼마 뒤 동탁이 소외시키자 司徒 王允과 결탁하여 동탁을 살해했다. 동탁의 부장 李傕의 공격을 받아 장안을 빠져나와 南陽의 袁術에게로 피신했다가, 다시 袁紹에게로 피신했다. 원소가 죽이려 하자 이번에는 陳留의 張邈에게로 도피, 袁州牧으로 임명되어 曹操와 싸웠지만 패하고 劉備에게로 도피했다. 이어 下邳를 점령, 스스로 徐州刺使라 칭했다. 곧이어 원술과 결탁하여 하비에서 유비를 공격했지만, 오히려 조조가 그를 공격해와 붙잡혀 죽었다.

曹操, 漢代奸雄, 朱溫573), 唐室劇賊, 弑主奪國, 有何功德? 罪何微細? 而今猥以
王者之服, 參於法宴574), 天道謂公乎?" 諸皇帝, 聽而微笑, 魏武帝·梁太祖, 皆
垂頭, 面色如土, 不勝踞踖575). 高帝使左右下命曰:"一興一亡, 天道之常. 是
以, 漢祚衰, 曹操興, 唐運訖, 朱溫起, 雖無道, 不能久享帝業, 而亦承一時正統
也. 汝董卓576), 漢德雖衰, 天命未絶, 經失臣子之節, 是王莽·祿山之徒也.
何紛紛呼訴若是?" 言訖, 黃巾力士577), 挽前推後, 出門如飛, 閻羅仙官, 起而請
辭, 諸皇起送, 坐定.

漢高祖顧明太祖曰:"人非堯舜, 事豈盡善? 雖致太平, 不能無爲政之失, 今
座中, 從諫如流而能於治國者幾人, 拒諫不納而至債事578)又幾人哉? 今吾時已
過矣, 迹已遠矣, 聞之無益. 明帝, 前程萬里, 褒貶人之善不善, 善者取之, 不善
者去之, 胡不有益? 明帝之明鑑, 足以知之, 願忘勞論千古帝王之得失." 明帝辭
曰:"孔子聖人也, 作春秋, 褒諸侯, 猶曰:'知我者春秋, 罪我者春秋.' 寡人之
德, 不及孔子列位皇帝, 非諸侯所比, 妄加褒貶, 不亦誤乎? 弘量大度, 雖曰喜
聞579), 後世誹謗, 烏得免乎?" 漢帝笑曰:"此吾等所自願聞, 帝之公議, 其孰能
非之? 殊勿固辭也." 因命移明帝坐榻於中, 明帝進榻曰:"願先言氣像, 次論得
失也. 風雷震疊, 水波洶湧, 捲地而接天, 秦始皇之氣像也. 寒霜凜冽, 層崖絶
壁, 聳出空者, 漢武帝之氣像也. 長江浩渺, 不知深淺者, 漢昭烈之氣像也. 久
雨霽初, 靑天無雲, 朝日東上者, 漢光武之氣像也. 秋天高高, 淸風瑟瑟, 明月星

---

573) 朱溫(주온): 五代十國 때 後梁의 태조 朱全忠. 唐나라 哀帝 李柷을 폐위시키고, 스스로
    황제가 되었다. 後晉의 李克用이 죽은 것을 기회로 후진을 치다가 극용의 아들에게 패
    했다. 성격이 잔인하여 밥 먹듯이 사람을 죽였고, 음란무도하기까지 하여 며느리까지
    범했다. 그의 셋째 아들 朱友圭에게 피살되었다.
574) 法宴(법연): 예식을 갖추고 임금이 신하를 접견하는 자리를 말하나, 여기서는 법당에서
    행해지는 잔치를 일컬음.
575) 踞踖(국척): 두려워서 몸 둘 바를 모름.
576) 董卓(동탁): 董卓의 오기.
577) 黃巾力士(황건역사): 神將의 하나. 힘이 세다고 한다.
578) 債事(책사): 債事의 오기. 일을 망침.
579) 喜聞(희문): 喜聞過. 자신의 잘못을 남에게 듣는 일을 좋아함.

河爭光者, 唐太宗之氣像也。雲陰解駛580), 風日和暢者, 宋太祖之氣像。唐肅宗, 春日溫和, 微雲暫行如也。唐憲宗, 高山秋鷹如也。宋神宗, 渥洼581)之龍馬582)如也。宋高宗, 春雨微微, 雲未收如也。" 高祖曰 : "帝之藻鑑583), 可比於明鏡, 而獨朕未入高論, 不足言耶?" 明帝曰 : "非敢然也。三江584)之深, 五湖585)之廣, 易知也。至於大海, 變化莫測, 帝之氣像, 大海之龍也。" 高帝笑曰 : "何鋪張之若是過耶? 其餘帝王, 亦皆言之。" 明帝曰 : "晉武帝, 春風花柳如也。晉元帝586), 三日新婦如也。齊高祖587), 富家老翁, 治財看守如也。梁武帝588), 山中老僧, 誦其佛經如也。隋文帝, 寒天霰雪飄灑如也。周高祖589), 陰

---

580) 雲陰解駛(운음해철) : 雲陰解駛의 오기. 韓愈의 <南海神廟碑>에 나오는 구절이다.

581) 渥洼(악와) : 강이름. 黨河의 지류. 甘肅省 安西縣에 있다.

582) 龍馬(용마) : 모양이 용같다는 상상의 말. 중국 伏羲氏 때 黃河에서 八卦를 등에 괘고 나왔다는 駿馬이다.

583) 藻鑑(조감) : 사람을 겉만 보고도 그 인격을 알아보는 식견.

584) 三江(삼강) : 荊江, 松江, 浙江을 일컬음.

585) 五湖(오호) : 太湖, 鄱陽湖, 靑艸湖, 丹陽湖, 洞庭湖를 일컬음.

586) 晉元帝(진원제) : 東晉의 황제 司馬睿. 劉曜가 長安을 함락하고 愍帝가 죽자 西晉은 망했다. 이에 建康에서 즉위하니, 바로 동진이다. 당시 중원이 크게 어지러웠지만 江東은 비교적 안정되어 있었다. 대장군 王敦이 劉隗와 刁協을 토벌한다는 명분으로 武昌에서 병사를 일으켜 石頭城까지 공격해왔다. 왕돈이 조정을 끼고 전권을 휘두르자 근심과 울분 속에 죽었다.

587) 齊高祖(제고조) : 제나라 개국황제 蕭道成. 宋나라의 정권을 장악하여 後廢帝를 죽이고 順帝 劉準을 등극시켰지만, 곧 폐위하고 자립하여 齊나라를 세웠다. 재위 기간 동안 절약 근검을 숭상하고 세금을 감면하며, 호적을 정리하고 諸王들이 屯村을 경영하고 山湖를 경략하는 일을 제한했다.

588) 梁武帝(양무제) : 남조 양나라 초대황제 蕭衍. 齊나라 말 황실이 어지러워지자 東昏侯에 대한 타도군을 일으켜 도읍인 建康(南京)을 함락시킨 뒤 남제를 멸망시키고 정권을 장악하면서 梁王에 봉해졌다. 이어 제나라 和帝를 폐위하고 제위에 올라 국호를 '양'이라 했다. 즉위한 뒤 儒學을 중흥시키고 百家譜를 개정하면서 謗木을 설치하고 貢獻을 폐지하는 등 괄목할 만한 정치를 펼쳤다. 나중에는 士族을 중용하고 불교를 신봉하여 사원을 대대적으로 건축하는 한편 세 번이나 同泰寺에 몸을 바쳤다.

589) 周高祖(주고조) : 宇文泰. 남북조시대 중국 북방 소수민족 출신의 걸출한 군사가이자 정치가이며 정략가. 관작은 大將軍·大行臺 등을 거친 서위의 실질적인 통치자였다. 집정 20여 년 동안 그는 문무를 겸비하면서 탁월한 업적을 남겨 西魏를 강국으로 올려놓음으로써 훗날 北周의 건립과 北齊를 멸망시키고 북방을 통일하기 위한 기초를 다졌다. 그가 죽은 그의 아들 宇文覺은 서위의 恭帝를 대신하여 제왕 자리에 오르고 나라 이름은 北周로 고쳤다. 이에 우문태는 태조문황제로 추증되었다.

雲中紅霓如也。後唐莊宗[590], 空山虎躍如也。石晉主[591], 深淵中老螭如也。後漢祖[592], 白日中雷動如也。周太祖[593], 大風散陰雲如也。項王, 疾風驟雨, 雷霆相拍如也。曹孟德, 深霞中隱峰如也。

且論得失, 秦始皇, 以英雄之氣, 承富强之業, 平定六國[594], 以期萬世, 威風滿四海, 號令動六合, 性度剛猛, 行事暴戾, 外築長成, 征伐夷狄, 內求神仙, 焚盡詩書, 雖非李斯之刑名[595]・趙高之苛刻, 不能望享國[596]之長, 況任用此輩, 專擅立胡亥[597], 越十七兄而傳帝位[598], 昏德益甚, 山東羣蜂之起, 軹道白馬之牽[599], 非自取者耶?" 始皇垂頭無語。又曰: "漢高祖, 豁達大度[600], 仁厚長者,

---

590) 莊宗(장종) : 後唐의 시조 李存勗. 河北省 魏州에서 제위에 올라 국호를 唐이라 칭하였으며, 같은 해 後梁을 멸하고 도읍을 洛陽에 정하였다. 前蜀도 병합하여 하북의 땅을 평정하였다. 뛰어난 무장이었으나 측근들에게 정치를 맡기고 사치에 빠진 탓으로 반란이 일어나 부하에게 살해당하였다.

591) 石晉主(석진주) : 석진은 後晉을 말하고, 석진주는 후진의 건국자 石敬瑭을 말함. 거란에 대해 신하를 자청하면서 구원을 요청하고 耶律德光과 부자관계를 맺으면서 歲貢을 바쳤다. 燕雲 16개州를 할양한다는 조건으로 원조를 받아 반란을 일으켰고, 후당을 멸망시킨 뒤 晉나라를 세우고, 汴京에 도읍하였다.

592) 後漢祖(후한조) : 후한의 건국자 劉知遠. 돌궐의 沙陀族 출신으로 後晉의 河東節度使였던 그는 후진이 거란에 망하자 이 틈을 타서 大梁(開封)을 도읍으로 하고 後漢을 세웠다.

593) 周太祖(주태조) : 後周의 초대황제 郭威. 隱帝가 시해되고 後漢이 멸망하자, 즉각 開封에 들어가 즉위하고 후주를 건국하였다. 내정에 신경을 써서 差役・雜稅 등의 균형을 꾀하였고, 자작농의 육성에 힘썼다.

594) 六國(육국) : 秦나라의 통일전략에 대항하던 전국시대의 六國 즉 燕, 齊, 楚, 韓, 魏, 趙나라가 合從連衡의 외교술을 펼치다가 결국 진에 의해 차례로 멸망한 나라.

595) 刑名(형명) : 刑名學. 중국의 法家 사상가인 韓非子 등이 주장한 학설로서 법을 가지고 나라를 다스려야 한다는 주장. 유교와 같이 인의예지로써 나라를 잘 다스리기 어렵고, 법을 엄격히 시행하여 나라를 다스릴 수 있다고 주장하였다. 한비자는 李斯와 함께 荀卿을 스승으로 섬겼는데 이사는 자신의 재주가 한비를 따르지 못한다고 여겼다. 韓나라가 진나라의 공격을 받자 화평의 사신이 되어 秦나라에 온 한비자를 본 始皇帝는 크게 기뻐하여 진나라에 머물게 하려 했으나, 李斯의 모함으로 한비는 옥에 갇혔으며 독약을 마시고 자살했다.

596) 享國(향국) : 통치함. 재위 기간.

597) 胡亥(호해) : 秦나라의 2대 황제. 始皇帝의 둘째 아들. 시황제가 죽자 李斯・趙高 등이 맏아들인 扶蘇를 죽이고 호해를 황제로 삼았는데, 후에 조고에게 살해되었다.

598) 越十七兄而傳帝位(월십칠형이전제위) : ≪史記≫<李斯列傳>의 "이사는 진왕이 죽자, 17명의 형을 폐위하고 금왕을 세웠다. 그렇다면 이세는 진시황의 18번째 아들이다.(李斯爲秦王死, 廢十七兄而立今王也。然則二世是秦始皇第十八子.)"를 염두에 둔 표현.

以匹夫之身, 屈起草澤之中, 得秦鹿, 擒楚猴, 八年之內, 成大業, 規模宏遠, 制
度潤大, 四百年基業, 如盤石之固, 盛德奇功, 三代後第一也。天地之廣, 日月之
明, 難以口舌, 而以後世史筆601)觀之, 不無小疵微過, 負約鴻溝602), 信不足也,
葅醢603)功臣, 仁不足也, 見圍彭城, 智不足也, 結婚冒頓604), 非正道也。大㮣
智術鼓舞一世, 而道德兼於三代, 故商山老翁605), 歌紫芝606)而晦迹, 海島烈
士607), 懷深憤而甘死, 此一欠也。漢武帝, 才質豪俠, 氣稟雄壯, 建元608)初年,

599) 軹道白馬之牽(지도백마지견) : ≪사기≫<秦始皇本紀傳>의 "자영이 곧 폐슬로 목을 매고
  흰말이 끄는 흰 수레를 타고서 천자의 옥새를 받들어 지도 곁에서 항복했다.(子嬰卽係
  頸以組, 白馬素車, 奉天子璽符, 降軹道旁。)"를 염두에 둔 표현. 秦나라 2세 胡亥가 자살하
  고 나서 秦王子嬰이 즉위하였는데, 漢王이 자영에게 사람을 보내 항복할 것을 권유하자,
  자영은 이를 승낙하고서 白馬가 끄는 素車를 타고 나온 것을 일컫는다.

600) 豁達大度(활달대도) : 활달하고 큰 도량. ≪사기≫<高祖本紀>에서 "뜻은 활달하고 항상
  큰 도량이 있었다.(豁達大度)"라고 하여 漢高祖를 칭찬한 말.

601) 史筆(사필) : 역사기록.

602) 鴻溝(홍구) : 중국 河南省 開封府의 지명. 項羽와 劉邦이 이 홍구를 경계로 하여, 서쪽은
  漢으로, 동쪽은 楚로 하기로 약속했다.

603) 葅醢(조해) : 葅醢의 오기. 김치와 젓 담그는 것. 사람의 육신을 난도질하여 肉醬을 담는
  酷刑을 가리키는 말로 쓰인다, 보통 처형하는 뜻으로 쓰이는데, 韓信이 蕭何의 추천으
  로 한나라 대장에 봉해진 뒤에 여러 나라를 차례로 공략하여 한고조의 통일 기반을 확
  립하고 王侯에 봉해졌으나, 끝내는 謀叛罪가 적용되어 자신을 비롯해서 三族이 誅滅당
  하는 참화를 입은 것을 가리켰다.

604) 冒頓(모돈) : 전한 때 匈奴 선우(單于). 성은 攣鞮氏. 아버지 頭曼을 살해하고 자립하여 선
  우가 되어 국세가 날로 강성해졌다. 동쪽으로 東胡를 공격하고 서쪽으로 月支를 격파했
  으며, 남으로는 樓煩과 白羊河南王을 병합하는 등 진나라가 차지했던 흉노의 영토를 거
  의 모두 수복하고, 아울러 河南의 땅까지 차지하여 병사가 30여 만 명에 이르렀다. 전
  한 초에 때로 남쪽으로 내려와 소요를 일으켰다. 漢高祖 때는 劉邦을 白登山에서 포위
  했다. 얼마 뒤 한나라와 화친을 맺어 형제의 관계를 약속했다. 특히, 한나라의 공주를
  모돈에게 출가시킨다는 굴욕적인 조건이다.

605) 商山老翁(상산노옹) : 秦나라 말기에 폭정을 피해 商山에 숨어 살았던 네 명의 노인을
  말함. 東園公, 夏黃公, 甪里先生, 綺里季가 靈芝를 캐 먹으며 살았다.

606) 紫芝(자지) : 紫芝歌. 商山四皓가 秦의 난리를 피하여 藍田山에 들어가 살며 지은 노래.
  자지는 자줏빛 버섯이다.

607) 海島烈士(해도열사) : 田橫의 무리. 齊王 田榮의 동생 田橫이 韓信의 공격을 받아 전멸당
  하다시피하여 500여 명의 부하들을 데리고 동해 바다의 한 섬으로 도망쳤는데, 한고조
  의 부름을 받고 상경하다가 洛陽 首陽山 주변에 자결하자 섬에 있던 부하들이 그 소식
  을 듣고 일시에 자살했다.

608) 建元(건원) : 漢武帝 때 쓴 연호. 중국 최초의 연호이다. ≪通鑑節要≫<漢紀·世宗孝武皇

召賢良求直諫, 文武濟濟, 禮樂彬彬, 排斥異端, 潤色⁽⁶⁰⁹⁾六經。當此歲, 帝心如水無風, 如鏡無塵, 如董仲舒爲相, 汲黯爲諫官, 選用英才, 庶幾臻馨香之治, 而不克有終。窮兵黷武⁽⁶¹⁰⁾, 征伐四夷, 神仙土木, 日以爲事, 天下多事, 制作紛紛, 封泰山⁽⁶¹¹⁾, 祭后土, 建柏梁臺⁽⁶¹²⁾, 作承露盤⁽⁶¹³⁾, 造蜚廉舘⁽⁶¹⁴⁾, 作通天臺⁽⁶¹⁵⁾。高榭蔽雲, 衆棟如林, 萬姓瘡痍, 中國虛耗, 比如頹圮之家, 面面受風, 如無秋風悔心⁽⁶¹⁶⁾之萌・輪坮慰民之詔⁽⁶¹⁷⁾, 亡秦之續耳。與始皇相去, 豈能尺寸哉? 光武, 起兵白水⁽⁶¹⁸⁾, 被堅執銳⁽⁶¹⁹⁾, 恢舊業, 邯鄲之戰⁽⁶²⁰⁾, 王郎⁽⁶²¹⁾授首, 宜陽之

帝>에 의하면, 건원 원년 겨울 10월에 "조서를 내려 현량하고 방정하여 직언하고 지극히 간할 수 있는 선비를 천거하게 하였다.(詔擧賢良方正直言極諫之士.)"에서 본문의 내용을 확인할 수 있다.

609) 濶色(활색) : 潤色의 오기.

610) 窮兵黷武(궁병독무) : 무력을 남용하여 전쟁을 일삼는 행위를 가리킴.

611) 封泰山(봉태산) : ≪通鑑節要≫<漢紀・世宗孝武皇帝>에 "천자가 泰山에 封禪한 뒤에는 비바람의 폐해가 없었다.(天子旣已封泰山, 無風雨.)"는 구절을 염두에 둔 표현.

612) 柏梁臺(백량대) : 漢武帝가 長安에 세운 누대.

613) 承露盤(승로반) : 漢武帝가 柏梁臺를 쌓고 20丈 높이의 銅柱를 세워 이슬을 받는 仙人掌을 그 동주 위에 설치한 것을 일컬음.

614) 蜚廉舘(비렴관) : 蜚廉觀의 오기. 漢武帝가 長安에 세운 佳觀. 높이가 40丈이다.

615) 通天臺(통천대) : 陝西省 淳化縣의 甘泉山에 있는 甘泉宮 안에 있는 대. 미신에 빠져 신선이 되고 싶었던 漢武帝가 축조한 高臺로 높이가 30장에 달했다. 멀리 바라보면 장안성이 다 보인다고 한다.

616) 秋風悔心(추풍회심) : 漢武帝가 <秋風辭>를 지을 때의 심정을 이르는 말. <추풍사>는 무제가 河東에서 토지신인 后土를 제사 지내고 汾河에서 가을바람에 발흥하여 지은 것인데, 섬세하고 아름다우면서도 가을을 맞는 인생의 쓸쓸한 심정을 나타내고 있다. 아울러 秦始皇의 정책과 비슷하게 펴서 사방을 정벌하고 백성들을 괴롭힌 것을 후회하는 내용도 있다.

617) 輪坮慰民之詔(윤대위민지조) : 漢武帝는 평생 西域을 정벌하는데 주력하여 국력이 많이 고갈되었는데, 만년에 이를 깊이 후회하여 마침내 윤대 지역을 포기하면서 아울러 자신을 자책하며 내린 조서를 일컬음.

618) 白水(백수) : 白水鄕. 後漢의 光武帝가 이곳에서 의거하였는데, 그 병력이 많았던 것은 아니라고 한다.

619) 被堅執銳(피견집예) : 甲冑로 몸을 싸고 예리한 병기를 가짐. 완전무장함을 일컫는 말이다.

620) 邯鄲之戰(한단지전) : 後漢의 光武帝 劉秀가 邯鄲을 함락시키고 王郞의 반란을 평정한 전쟁. 이때 관리들이 왕랑과 주고받았던 편지를 발견하고는 모두 불태우도록 하여 민심을 안정시킬 수 있었다고 한다.

621) 王郞(왕랑) : 邯鄲 출신의 왕랑이 漢나라 成帝의 아들이라고 자처하며 서한 종실의 劉休

戰622), 盆子623)屈膝, 日月所臨, 霜露之所墜, 舟車所通, 皆爲臣妾624)。恢廓大
度625), 與高祖同。臨太學, 誦626)經術, 勳業兼三代, 文武光西京627), 但可惜者,
由於信譜, 勳臣之爵祿絶628), 信赤伏符629), 行泰山之封禪630), 因麗華631)之寵,
易嗣子之儲位632), 豈不爲太陽之微雲, 明鏡之細塵乎? 昭烈, 以帝室之冑, 英雄
之才, 當漢室之傾頹, 扶大義而歸於曹操, 假袁術633)之勢, 爲劉表634)之客, 百

　　　　와 대부호 李育 등의 추대를 받고 황제가 되어 한단을 수도로 삼았다.
622) 宜陽之戰(의양지전) : 樊崇과 刁子都 등이 이끄는 赤眉는 漢 황실의 일족이라 칭하던 소
　　　년 劉盆子를 어린 황제로 추대하고 연호를 建世로 하여 건국했는데, 長安을 공격하여
　　　更始帝 劉玄을 항복시켰으나 기근으로 동쪽으로 돌아갈 때, 후한을 세운 劉秀의 부대
　　　에 정지당했고, 다음해에 新安·宜陽 일대에서 포위당해 번숭 등이 사로잡히면서 끝난
　　　전쟁.
623) 盆子(분자) : 劉盆子.
624) 臣妾(신첩) : 싸움에 져서 굴종하는 자.
625) 恢廓大度(회확대도) : 마음이 도량이 넓고 큼.
626) 誦(송) : 講의 오기인 듯.
627) 西京(서경) : 長安. 지금의 西安이다.
628) 勳臣之爵祿絶(훈신지작록절) : 桓譚은 光武帝에게 자신은 도참을 믿지 않으며, 광무제가
　　　도참을 기록하고 장려하는 일이 후대에 전혀 도움이 되지 않고, 도참은 결코 경전이
　　　아니라고 말하는 등 직간을 하였다가, 목이 베일 뻔했던 것을 면하고 멀리 지방의 한
　　　직으로 좌천되어 유배를 가다가 죽은 것을 일컬음.
629) 赤伏符(적복부) : 後漢의 光武帝가 帝位에 오를 때에 하늘로부터 받았다는 적색의 符節.
　　　광무제가 長安에 있을 때 同舍生 彊華로부터 關中으로부터 적복부를 받들고 왔는데 거기
　　　에 "劉秀가 군사를 일으켜 무도한 자를 토벌하니, 四夷가 구름처럼 모여들과 龍이 들
　　　판에서 싸우다가 2백 28년째 되는 해에 火德으로 임금이 되리라."고 한 글귀가 적혀
　　　있었다.
630) 封禪(봉선) : 옛날 중국에서, 天子가 흙으로 壇을 만들어 하늘에 제사 지내고 땅을 淨하
　　　게 하여 산천에 제사 지내던 일.
631) 麗華(여화) : 陰麗華. 光武帝의 繼后 光烈皇后. 부친은 宣平思侯 陰睦, 모친은 鄧氏이다. 남
　　　양지방 호족의 일문이었고, 그 미모가 굉장히 뛰어나서 일대에 미인이라 칭송이 자자
　　　하였다. 광무제가 어린 시절에 "남자가 태어나서 벼슬하면 執金吾, 장가들면 陰麗華."라
　　　말한 고사는 유명하다.
632) 儲位(저위) : 왕세자의 지위.
633) 袁術(원술) : 袁紹의 오기. 曹操가 조인을 보내 유비를 공격하자 유비는 원소에게 돌아갔
　　　다가, 원소의 밑에서 벗어나 劉表의 빈객이 되었기 때문이다.
634) 劉表(유표) : 후한 말기 장수. 魯恭王의 후손으로 荊州刺史가 되었다. 형주 호족의 지지
　　　를 얻어 湖北과 湖南 지방을 장악했다. 李催과 郭汜가 長安에 들어왔을 때 그를 鎭南將
　　　軍과 荊州牧에 임명하고 成武侯에 봉했다. 曹操와 袁紹가 官渡에서 대치하고 있을 때 원
　　　소가 그에게 구원을 청했지만, 어느 쪽도 도와주지 않았다. 조조가 원소를 물리치고 정

戰百敗。而壯志不摧, 左投龍, 右得鳳, 宰割山河, 三分天下, 僅承漢室之絶

嗣。嗟呼! 以昭烈之厚德, 孔明之貞忠, 終不恢舊物, 豈非天耶?" 先主[635])聽罷,

慨然流涕曰: "以孤否德, 當亂世, 悲宗國之淪亡, 憤曹操之奸邪, 不自量力, 惟

恢復是圖, 才微德薄, 不能消平, 而幸賴諸葛亮・龐統之智謀, 關羽・張飛之勇

力, 一隅蚕叢[636), 僅繼血食[637)。孤之所願, 不止此, 而皇天不助, 炎運[638)垂

盡[639), 被孫權之見欺, 爲陸遜[640)之所敗, 豈不痛心哉?" 明帝慰曰: "古人云:

'雖有智慧, 不如遇時.'[641) 以昭烈之德, 困於陸遜, 是亦天數, 大漢興亡, 非人力

也." 先主鞠躬稱謝。

明帝又曰: "唐太宗, 世間[642)英主, 東征西伐, 號令如風雷, 威勢如霹靂, 降

薛仁貴, 縛王充[643), 擒竇建德, 并州[644)之戰, 走劉武周[645), 山東之破, 誅劉黑

벌하러 왔지만 도착하기 전에 병으로 죽었다. 아들 劉璋이 조조에게 항복했다.

635) 先主(선주) : 劉備를 가리킴. ≪삼국지≫에서는 曹魏가 한나라의 대통을 계승한 정통 황
조로 보았기 때문에 유비를 황제로 존칭하지 않고 先主로 불렀다.

636) 蚕叢(잠총) : 蜀 땅의 다른 이름. 蜀王의 선조 가운데 백성에게 蠶桑을 가르친 잠총이라
는 이가 있었기 때문에 붙여진 별명이다.

637) 血食(혈식) : 피 묻은 산짐승을 잡아 제사를 지낸데서, '나라의 儀式으로 제사를 지냄'을
이르는 말.

638) 炎運(염운) : 한나라의 운수를 가리킴.

639) 垂盡(수진) : 거의 끝나감.

640) 陸遜(육손) : 삼국시대 吳나라의 장수. 소패왕 孫策의 사위다. 처음에 孫權의 막부에서
일해 偏將軍과 右部督에 올랐다. 어린 나이로 뛰어난 지략을 지녀 呂蒙과 함께 公安을
함락하고 關羽를 사로잡아 죽였다. 뒷날 劉備가 복수를 위해 군사를 동원했을 때도 老
將들의 반대를 물리치고 침착하게 작전을 짜 촉나라의 40여 진지를 불살라 승리를 이
끌었는데, 모두 그의 계謀에서 나왔다.

641) 雖有智慧, 不如遇時(수유지혜, 불여우시) : ≪맹자≫<公孫丑章句 上>의 "지혜가 있어도
시세에 따르는 것만 못하고, 호미가 있다 해도 시기를 기다려 농사지어야 한다.(雖有智
慧, 不如乘勢, 雖有鎡基, 不如待時.)"에서 나오는 말.

642) 世間(세간) : 間世의 오기. 여러 세대를 통해 드물게 남.

643) 王充(왕충) : 王世充. 당태종 이세민의 世를 피하려다 보니 역사서 隋書를 편찬할 때 王
世充 가운데 世자를 공백으로 남겨 놓았고, 이 탓에 전한의 王充과 혼동하는 사람이 많
다. 隋나라 말기부터 唐나라 초기에 걸쳐 활약했던 군웅이자 수나라 최후의 황제인 楊
侗을 섬겼던 수나라의 장수. 후에 정나라의 황제를 자칭하여 짧은 기간 동안 하남 일
대를 지배하였다. 황제가 되고 나서부터 당나라 군대의 군사적 압박을 감당하지 못하
고, 夏王 竇建德에게 가세해 줄 것을 줄기차게 요청하기에 이르렀다. 두건덕이 이세민
(훗날의 당태종)에게 참패하여 사로잡히자, 스스로 항복하였다. 당고조는 그의 목숨을

達646), 伐江陵, 平蕭銑647), 六年之內, 化家爲國, 帝業之成, 亦頗神速矣。卽位
之後, 務仁義, 崇文德, 聽直諫, 謹刑獄, 放宮女, 吞蝗虫648), 厚功臣, 戒奢侈, 海
內昇平, 胡越一家, 億萬蒼生, 如在春風和煦中, 豈不美哉? 議者, 豁達如高祖,
神武如魏曹, 平禍亂如湯武, 若言：'白玉之微瑕649).' 欠關雎獜趾650)之意。堂

살려주었으나, 결국 그가 처형했던 獨孤機의 아들이자 당나라의 지방 관료였던 獨孤修
德 형제의 손에 암살당하였다.

644) 幷州(병주) : 東漢의 州 이름. 치소는 晉陽이며, 그 성터는 지금의 山西省 太原 서남쪽에
있다.

645) 劉武周(유무주) : 隋나라 말 唐나라 초에 서북지방에서 활동한 무장. 馬邑의 태수 王仁泰
를 죽이고 군사 1만여 명을 모아 스스로 태수가 되었다. 수나라가 쇠약해지는 것을 보
고 독립하여, 몽골 지방의 돌궐족에게 군사적인 지원을 받아 樓煩·定襄 등지를 점령했
다. 돌궐족에 의해 定揚可汗으로 봉해졌다. 河北 지방의 도둑떼 우두머리로 이름을 날
렸던 宋金剛을 자신의 휘하로 맞아들여 병력을 크게 늘렸다. 太原을 공격하여 河東의
대부분을 점령함으로써 당나라의 長安을 위협했다. 李世民이 지휘하는 당의 군대가 유
무주와 송금강을 격퇴시키고, 잃었던 하동을 되찾았다. 유무주는 돌궐족 진영으로 도망
갔다가 후에 마음으로 몰래 돌아오던 중 발각되어 죽음을 당했다.

646) 劉黑達(유흑달) : 劉黑闥의 오기. 隋末唐初 반란 수령. 竇建德과 친하게 지냈는데, 李密의
神將이 되었다가 패해 王世充에게 잡혔다. 그의 騎將이 되었으나 두건덕에게 가서 장군
이 되고 漢東郡公으로 봉해졌다. 두건덕이 실패한 이후에 대장군을 칭하면서 河北을 점
거하고 漢東王을 칭했다. 李建成에게 패해배 邀陽으로 도망을 갔다가 부하에게 잡혀 洛
州에서 죽임을 당했다.

647) 蕭銑(소선) : 수나라 煬帝가 즉위한 뒤에 황후인 煬愍皇后 蕭氏의 친족 신분으로 발탁되
어 羅川縣令으로 임명되었다. 그리고 巴陵에서 반란을 일으켜 스스로를 梁王이라 칭했
다. 서량의 도읍이던 江陵으로 천도를 하고 양나라 황제로 즉위했다. 당나라는 李孝恭
과 李靖을 보내 양나라를 전면적으로 공격해왔다. 소선은 文士弘을 보내 당나라 군대를
막으려 했으나, 淸江에서 벌어진 전투에서 패했고, 각지의 장수들도 당나라에 투항했
다. 마침내 당나라 군대가 강릉을 포위했고, 원군을 기대할 수 없게 되자 소선은 관리
들을 이끌고 이효공의 군영으로 가서 항복했다. 소선은 장안으로 압송되었으며, 곧 참
수되었다.

648) 吞蝗虫(탄황충) : 메뚜기를 삼킴. 後漢의 魯恭이 中牟의 수령으로 부임하여 선정을 베풀
자, 郡國에 막대하게 피해를 끼치던 蝗蟲이 그 지역에만 들어가지 않는 이적이 나타났
다는 기록이 전하는데, 唐太宗 때에는 蝗蟲이 생겨서 백성의 곡식을 해롭게 하므로, 태
종이 황충 몇 마리를 입으로 삼키면서, 신하들이 병이 들 것이니 먹지 말라고 말리는
것을 듣지 않았다고 한다.

649) 白玉之微瑕(백옥지미하) : 흰 옥에도 흠이 있다는 뜻으로, 훌륭한 것에도 약간의 결점이
있음을 비유해 이르는 말.

650) 關雎獜趾(관저인지) : 關雎麟趾의 오기. 관저는 ≪시경≫ 周南의 편명으로 周文王과 后妃
의 덕을 노래한 것이고, 인지는 ≪시경≫ 召南의 편명으로 주문왕의 후비의 덕이 자손
에까지 미친 것을 찬미하여 노래한 것임. 곧 王者가 가정을 잘 다스린 이후에야 천하에

堂天子, 未免夷狄之風習, 以武氏651)爲才人, 而朋僞主之亂, 仆魏徵之碑, 而不
從羣臣之議, 親征高麗652), 而摧折萬乘之威, 豈不慨然?" 唐太宗曰:"明帝之
論, 雖極正大, 數件事, 朕亦有言, 武氏不除, 因李淳風653)之言, 不爲內寵654),
高麗之親征, 憤蓋蘇文655)之逆節, 非貪土地也。復立魏徵之碑, 覺其非也, 此君
子之所容恕也, 而明帝斧鉞森嚴, 責望亦苛刻矣." 明帝曰:"一点痣, 生於無益
之面656), 則人不惜之, 而有於西施657)之面, 則惜之, 蹇牛十仆, 而行人不以爲
怪, 而千里馬一蹶, 則人皆欠之, 唐皇帝德全而功高, 故責亦深矣。然比之田舍
翁658)面折廷爭659), 猶爲軟弱也." 諸皇帝, 欣欣然笑之, 和氣流動於八彩660), 春

교화를 펼 수 있다는 의미이다.

651) 武氏(무씨) : 則天武后를 가리킴. 측천무후는 唐나라 건국공신 武士彠의 둘째딸이다. 637
    년 唐太宗의 후궁으로 입궁하였으며, 4품 才人으로서 태종에게 '媚'라는 이름을 받아
    '武媚娘'이라고 불렸다. 태종이 죽자 무후는 황실의 관습에 따라 感業寺로 출가하였다.
    그러다 高宗의 후궁으로 다시 입궁하였고, 이듬해에 2품 昭儀가 되었다. 무후는 고종과
    의 사이에서 4남 2녀를 낳았으며, 왕황후와 蕭淑妃 등을 내쫓고 황후가 되었다. 황후가
    된 무후는 고종을 대신해서 政務를 맡아보며 태종 때부터 봉직해온 長孫無忌, 褚遂良,
    于志寧 등의 대신들을 몰아내고 신진세력을 등용해 권력을 장악하였다. 황태자였던 李
    忠을 폐위시키고 자신의 장남인 李弘을 황태자로 앉혔고, 수렴청정을 통해 실질적으로
    중국을 통치하였다.

652) 高麗(고려) : 高句麗의 대용으로 쓰이기도 함.

653) 李淳風(이순풍) : 唐나라 太宗 때 천문학자. 將仕郎으로 太史局에서 일하며 渾天儀를 제작
    하여 별을 관측했다. 당시 민간에 ≪秘記≫가 있어 女主 武王이 천하를 대신한다고 했
    다. 태종이 의심스러운 사람을 잡아 죽이려고 하니 그만두기를 권했다. 항상 길흉을 점
    칠 때마다 잘 들어맞았다.

654) 內寵(내총) : 궁녀에 대한 임금이 사랑.

655) 蓋蘇文(개소문) : 淵蓋蘇文. 고구려의 大莫離支였는데, 막리지는 고구려 후기의 수상으로
    超法的인 지위의 관직이다. 15세에 아버지의 직책을 이어받아 대대로가 되었고, 642년
    당나라의 공격을 대비하기 위해 부여성에서 비사성에 이르는 천리장성을 쌓았다. 불교
    귀족세력을 억누르기 위해 당나라에서 도교를 들여와 널리 장려하였다. 연개소문이
    죽은 후 장남 男生과 차남 男建 사이에 권력 싸움이 일어나 남생은 당으로 피신한 후
    나·당 연합군과 함께 668년 평양성 함락을 주도하였다. 이와 같이 연개소문 죽은 후
    지배층의 내분에 의해 고구려는 멸망하였다.

656) 無益之面(무익지면) : 無艷之面의 오기인 듯.

657) 西施(서시) : 춘추시대 越나라 미녀. 西漢 元帝 때의 궁녀 王昭君, 삼국시대의 貂蟬, 당대
    의 楊貴妃와 함께 고대 4대 미인으로 지칭된다.

658) 田舍翁(전사옹) : 魏徵을 가리킴. 唐太宗이 어느 날 조회를 마치고, 魏徵이 조회 때마다
    자신을 욕보인다고 생각하여 "기필코 이 시골늙은이를 죽이리라.(會須殺此田舍翁.)"고

光融溢於龍顔也. 明帝又曰: "唐家七葉[661], 奸臣作孽, 腥塵昏暗於赤縣[662], 戎馬蹂躪於中原, 西蜀朔方[663], 爲戎狄[664]之地, 河南·河北, 爲鞲鞭之基, 萬姓陷於塗炭, 社稷危如一髮. 是時肅宗, 在元子位, 從父老之願, 有靈武之計[665], 烈士·忠臣, 影從而先克太原[666], 次定河東, 因恢兩京, 收河北, 盡滅逆胡[667], 迎上皇, 中興功烈, 後漢·今周[668]. 性度柔弱, 明斷不足, 寵幸張女, 日事博奕, 親任窐竪[669], 僭移國柄. 惜哉! 郭李[670]不世之將, 安慶緒[671]窮餓之賊也, 比之若驅猛虎而搏一羊也, 九折之道, 步騎六十萬衆, 一朝無故而散, 豈非小人之致耶? 卒爲輔國之所賣, 貽燹千古, 非天心之所助, 羣雄之所藉, 烏能支也? 第論之正, 非撥亂反正之主也. 憲宗, 以剛明之才, 任用賢相, 親信諫官, 有中興之志, 掃除逆臣, 河南府三十餘邑, 皆被約束, 長鯨死而東海無波, 妖氣消而太陽有光. 惜乎! 宮室未具, 土木先起, 昇平庶幾, 前功已隳, 以英雄之主, 始終不一若此, 況庸君暗主, 何足道哉? 宋太祖, 厭禍亂, 使爲中國主, 卽位初年, 革

내뱉은 말에서 나온다.
659) 面折廷爭(면절정쟁) : 임금의 면전에서 그 허물을 직언으로 간쟁함.
660) 八彩(팔채) : 눈썹. 옛날 堯임금의 눈썹이 여덟 가지 색이었다고 하는데서 나온 말이다.
661) 七葉(칠엽) : 7代라는 말. 곧 唐나라 7대는 玄宗 때이다.
662) 赤縣(적현) : 赤縣의 오기. 중국의 별칭.
663) 朔方(삭방) : 북방. 북쪽.
664) 戎狄(융적) : 오랑캐. 중국에서, 주변에 살던 미개한 종족을 멸시하는 말.
665) 靈武之計(영무지계) : 당나라 때 安祿山의 난이 일어나 顯宗은 蜀으로 파천했는데, 그의 아들 肅宗이 靈武에서 즉위하고 안녹산을 물리쳐 당나라를 수복한 것을 일컬음.
666) 太原(태원) : 중국 山西省의 省都.
667) 逆胡(역호) : 역적 오랑캐 安祿山을 가리킴.
668) 後漢今周(후한금주) : 後漢은 동경(낙안)에 도읍을 둔 동한을 말하며, 今周는 북주를 말함. 곧, 後漢 光武帝가 王莽에게 찬탈당한 漢나라를 회복하고, 周宣王이 周나라를 부흥시킨 것을 일컫는다. 杜甫의 <洗兵馬行>에 나오는 구절이다.
669) 窐竪(환수) : 宦官. 李輔國을 가리킴. 唐肅宗 때의 宦官으로 兵權을 장악하고 숙종과 代宗이 황위에 오르는 데 큰 공을 세워 권세를 누렸지만, 전횡을 일삼다 대종이 보낸 자객에게 살해되었다.
670) 郭李(곽이); 郭子儀와 李光弼을 가리킴.
671) 安慶緒(안경서) : 당나라 중기의 정치가. 安祿山의 둘째아들. 녹산이 安史의 난을 일으켜 大燕皇帝를 자칭하게 되자, 그도 晉王으로 봉해졌다. 757년 안녹산을 죽이고 반란군을 통솔했다. 湖南의 鄴에서 안녹산의 부장 史思明에게 살해되었다.

五代之弊, 立萬世之策, 尙儉素, 戒奢侈, 追贈韓通[672], 旌表節義, 非聰明神武
之君, 孰能及此? 宋神宗, 儉素恭勤, 漢文帝之類也, 而昧於知, 行桑弘羊[673]‧
商鞅[674]之術, 叛新法, 亂舊制, 天下嗷嗷, 臣民困窮。大奧王安石, 爲呂惠
卿[675]所誤, 豈非才短故耶? 釀成靖康之禍[676], 非神宗而誰也? 宋神宗[677], 才短
心局, 江南遺且[678], 死於賊檜之手, 塞北風霜, 消二帝之魂, 功烈之卑, 王室之
衰, 不亦宜乎? 但擇其宗子之賢者[679], 以托社稷之重, 其功足以盖其愆矣。其
餘帝王, 六朝紛紛, 五代擾擾, 昨齒臣下之班, 今登天子之位, 得之非難, 失之亦
易, 彼此長短, 前後優劣, 區區無他, 而其中, 東西兩晉, 正統餘業, 爲六朝之首
也。" 項王高聲曰 : "皆論古今, 而不及我, 何哉?" 明帝答曰 : "朕非忘也。計王
之事, 匹夫之事有餘, 帝王之德不足, 譽之則近於阿諂, 毁之則王欲聞?" 項王默

---

672) 韓通(한통) : 五代시대 後周의 대신. 정변이 일어났다는 소식을 듣고 급히 군대를 조직하
    여 대항할 준비를 하던 도중 趙匡胤의 부하 王彦昇에 의해 피살되었다. 宋나라 太祖에
    오른 조광윤이 함부로 죽였다며 왕언승을 꾸짖고 한통의 절의를 표창하여 관작을 추증
    하였다.

673) 桑弘羊(상홍양) : 前漢 武帝‧昭帝 때의 관리. 무제가 소금과 철의 전매 등 새로운 재정
    책을 필요로 하자 재무 관료로 두각을 나타내어 회계를 관장하고 균수관 설치에 착수했
    다. 염철 전매를 장악, 균수평준법을 실시했고 술의 전매제를 시행했다.

674) 商鞅(상앙) : 衛鞅, 公孫鞅으로도 불림. 戰國 시기의 정치가이자 개혁가, 사상가. 法家의
    대표적인 인물로 衛나라 군주의 후예이다. 뒤에 河西의 전쟁 중에 공을 세워 商邑을 하
    사받아서 商君, 혹은 商鞅으로 일컫게 되었다. 그는 秦나라의 부국강병을 위해 變法을
    시행했다.

675) 呂惠卿(여혜경) : 북송 神宗의 문신. 王安石과 經義에 대해 논하다가 일치하는 점이 많아
    교유를 시작했다. 神宗 초에 集賢校理가 되고, 判司農寺를 거쳐 新法 운영에 적극 참여
    했다. 여러 법령들이 그의 손에서 나왔다. 왕안석이 밀려난 뒤 參知政事가 되어 신법을
    지속적으로 시행했다. 나중에 왕안석과 사이가 틀어졌다. 그리하여 왕안석이 마지막으
    로 재상에서 파면될 때, 가슴 속에 품었던 원망의 대상은 신법에 시종 반대했던 司馬光
    이 아니라 원래 찬동했지만 망치게 한 여혜경이었다고 한다.

676) 靖康之禍(정강지화) : 정강 원년인 1126년에 後金이 남하하여 欽宗을 항복시키고 그 이
    듬해에 徽宗과 흠종을 포로로 잡아 金의 內地로 보내고 수도에는 張邦昌을 세워 楚國을
    만들게 함으로써 北宋이 멸망한 사건.

677) 宋神宗(송신종) : 宋高宗의 오기.

678) 江南遺且(강남유차) : 강남에 머묾. 여기서는 岳飛를 가리키는 듯하다.

679) 宗子之賢者(종자지현자) : 宋孝宗 趙眘을 가리킴. 宋太祖 趙匡胤의 7세손이자 秦王 趙德芳
    의 6세손이며, 宋高宗의 조카이다. 재위 기간에 민족영웅이었던 嶽飛의 명예를 회복시
    켜주었고, 主戰派 인사를 기용하여 中原을 수복하려고 노력했다.

然不答。

明帝言畢, 向高帝曰: "孔子責子貢之論人[680], 馬援[681]聞人過, 如聞父母之名, 耳可得聞, 口不可得言[682], 今予不念自己之寡德, 而於明君賢主之事, 放恣評論, 慚悚無地." 滿座稱讚曰: "帝之褒貶人君, 孔明之題品人臣, 雖權之玉衡, 度之金尺, 輕重長短, 無小差謬, 何其謙讓之過耶?"

明帝遜謝, 起就舊座, 而問曰: "朕將定都邑, 何處是宜?" 漢帝曰: "朕北伐陳稀, 至燕・代[683]之界, 南征鯨布[684], 周覽五原[685]江山, 冀州[686]・金陵[687], 爲南北形勝之最, 試論天下之地形, 西北有崑崙山[688], 山西爲西域諸國也, 中國諸山, 皆崑崙來脉. 東北初枝, 出長城之內, 黃河之外, 東至碣石[689], 皆冀州也. 堯之都平陽, 舜之都蒲坂, 禹之都安邑, 湯之都亳, 皆此地也. 二枝, 出雍州[690], 爲長安. 三枝, 出徐州[691], 爲洛陽・汴, 東爲泰山[692], 北爲青州[693]."

---

680) 孔子責子貢之論人(공자책자공지논인): ≪논어≫<憲問篇>의 "자공이 남을 비방하고 있었다. 공자께서 말씀하시기를, '사야, 너는 그렇게 훌륭하느냐? 나는 이렇게 남을 비방할 만큼 한가하지가 못하다.'라고 하였다.(子貢方人. 子曰: '賜也賢乎哉? 夫我則不暇.)"는 구절을 염두에 둔 표현.

681) 馬援(마원): 後漢의 武將・政治家. 처음에는 隗囂를 따르다가 광무제에게 仕官하여 伏波將軍이 되었으며, 이때 羌族을 평정, 交趾난을 진압하고 흉노를 쳐서 공을 세워, 세상에서는 馬伏波라 일컫는다. 일찍이 馬革裹屍로 맹세하여 匈奴와 烏桓에 출정했다. 新息侯로 봉해졌다.

682) 馬援聞人過~口不可得言(마원문인과~구불가득언): ≪명심보감≫<正己篇>에 나오는 구절.

683) 燕代(연대): 두 곳 모두 북쪽에 있으며, 지금의 河北省, 山西省 북방임. 北宋의 徽宗시대 이후부터는 燕雲으로 불렸다고 한다.

684) 鯨布(경포): 黥布의 오기.

685) 五原(오원): 陝西省 長安 直北方의 內蒙古 땅의 黃河의 본줄기와 北河 사이의 땅을 이름. 秦始皇 때에는 九原이라고도 하였다. 秦나라를 멸한 前漢의 武帝 이후로는 오원이라 바꿔 불렸다.

686) 冀州(기주): 중국 河北省 冀州市.

687) 金陵(금릉): 중국 춘추전국시대의 초나라 邑. 현재의 南京에 해당한다.

688) 崑崙山(곤륜산): 중국 전설상의 산. 黃河江의 원류로, 玉이 나오며 不死의 선녀, 西王母가 산다고 하는 서방의 樂土이다.

689) 碣石(갈석): 만리장성의 동쪽 끝인 山海關 부근에 있는 산 이름. 河北省 昌黎縣에 있는 산이다.

690) 雍州(옹주): 九州의 하나. 陝西省・甘肅省과 靑海省의 일부분에 해당한다.

四枝, 自益州694)至楊州695), 下杭州696), 爲金陵, 龍盤虎踞697)之形, 眞帝王都
邑之地也. 大抵, 天運循環, 地氣盛衰, 故三代以前, 帝王多出河北698), 漢唐以
後, 都邑多在河南699), 而獨江南王氣方盛, 帝將相宅, 無愈金陵." 明帝稱謝.

秦始皇問于漢武帝曰:"朕一生竭力以求神, 曾未遇彷佛者矣. 聞武帝近侍
中有眞仙云, 請一見否." 武帝笑曰:"此必指朔方700)也. 此人本仙風道骨, 隱
迹金門701), 性好詼諧, 不言神仙之道, 見之無." 漢高帝曰:"仙道, 秘隱之術
也. 調人702)中, 不可率爾而論, 此人好詼諧, 召之座中, 以助詼笑, 似好矣." 因
召東方朔, 方朔入四拜, 身長九尺, 目如明星. 高帝曰:"卿善論人, 試言座中羣
臣之各適其用也." 朔對曰:"以臣之淺見, 何敢論人才優劣, 以爲架屋疊床703)
乎?" 帝曰:"欲以一時之戲, 助其悅, 勿辭也!" 朔起拜曰:"以臣之所見而言之,

691) 徐州(서주) : 九州의 하나. 山東·江蘇·安徽 등 여러 省의 일부에 걸친 땅이다.
692) 泰山(태산) : 山東省에 있는 산으로 五嶽의 하나.
693) 靑州(청주) : 九州의 하나. 지금의 山東省 지방이다.
694) 益州(익주) : 지금의 四川省의 땅. 唐나라 이후에는 成都府라 개칭하였다.
695) 楊州(양주) : 지금의 江蘇省의 땅.
696) 杭州(항주) : 지금의 浙江省의 땅.
697) 龍盤虎踞(용반호거) : 용이 서려 있고 호랑이가 걸터앉아 있다는 뜻으로, 웅장한 산세를
     비유하는 말. 宋나라 때 간행된 역사 지리서 ≪六朝事跡編類≫에서 金陵의 지세를 묘사
     하며 諸葛亮의 말을 인용하여 "종부는 용이 서린 듯한 모습이고, 석성은 호랑이가 걸터
     앉아 있는 형상이다.(鍾阜龍盤, 石城虎踞.)"라고 하였다.
698) 河北(하북) : 중국 黃河江 北方지역의 총칭.
699) 河南(하남) : 중국 黃河江 南方지역의 총칭.
700) 朔方(삭방) : 方朔의 오기. 東方朔. 前漢의 文人. 벼슬은 常侍郎·太中大夫를 지냈다. 諧
     謔·辯舌·直諫으로 이름이 났다. 속설에 西王母의 복숭아를 훔쳐 먹어 장수하였으므
     로 '三千甲子東方朔'이라고 이른다. 당시 그의 박식함은 소문이 날 만큼 유명했는데, 세
     상의 것에 대해 모르는 바가 없었다고 한다. 동방삭에게 어떤 어려운 질문을 해도 척
     척 대답을 했다고 하니 그의 박식함이 어느 정도였는지 짐작할 수 있다. 그랬기 때문
     에 武帝는 자신의 상담역으로 그를 중용했다. 하지만 그의 언변은 아주 현란해서, 충언
     을 하는가 하면 험담도 하고, 직접적으로 이야기할 때도 있지만 대충 얼버무릴 때도
     있었다. 그래서 듣는 상대를 현혹시켜 누구도 그의 진의를 이해할 수 없었다고 한다.
701) 金門(금문) : 金馬門의 준말. 漢武帝의 총애를 받았던 동방삭이 세 번이나 蟠桃를 훔쳐
     귀양을 가 살았던 곳.
702) 調人(조인) : 사람을 교체한다는 뜻이나, 여기서는 사람을 품평한다는 의미임.
703) 架屋疊床(가옥첩상) : 疊床架屋. 지붕 위에 지붕을 얹고 침대 위에 침대를 겹쳐 놓는다는
     뜻으로, 쓸데없이 반복하는 경우를 비유적으로 이르는 말.

諸葛亮爲吏部尙書, 蕭何爲戶部尙書, 霍光爲太尉, 魏徵爲諫議大夫, 韓愈爲知制誥, 李靖爲中書令, 李秘704)爲大鴻臚705), 范增爲工部尙書, 關羽爲執金吾706), 紀信爲羽林將軍, 趙雲爲遊擊將軍, 韓信爲大元帥, 嚴光授漢淸風, 封富春侯, 陳摶司唐國白雲, 封華山伯, 何如?" 滿座大笑.

漢帝命孔明, 選一等人, 上殿獻壽, 諸人以次進. 蕭何起舞作歌曰:

身起刀筆707)　　　　　　方成發蹤指示708)之功
蜀山高漢水深　　　　　　方四百大業從此始

鄧禹歌曰:

仗策軍門　　　　　　　　方遇明主于巷709)
抱薪燎衣710)　　　　　　方備嘗險阻艱難

---

704) 李秘(이비) : 李泌의 오기. 唐나라의 名臣. 嵩山에서 施政方略에 대해 上書하여 玄宗에게 인정을 받아 待詔翰林이 되었으나, 楊國忠의 시기로 인해 은거했다. 安祿山의 난 때 肅宗의 부름을 받고 군사에 관한 자문을 하였으나 또 다시 李輔國 등의 무고로 衡嶽으로 은거해야 했다. 代宗이 즉위한 뒤에 翰林學士가 되었지만 또 다시 元載, 常袞의 배척을 받아 外官으로 나갔다가 뒤에 宰相이 되었고, 鄴縣侯에 봉해졌다.

705) 大鴻臚(대홍려) : 중국 고대왕조의 관명으로 제후 및 이민족의 사무를 관장한 벼슬.

706) 執金吾(집금오) : 중국 한나라 때에 대궐 문을 지켜 非常事를 막는 일을 맡아보던 벼슬.

707) 刀筆(도필) : 刀筆吏. 낮은 벼슬아치. 종이가 발명되기 전에 竹竿에 새긴 誤字를 刀筆로 긁어 고치던 고사에서 나온 말이다.

708) 發蹤指示(발종지시) : 매어 놓았던 사냥개를 풀어 짐승이 있는 곳을 가리켜 잡게 한다는 뜻으로, 어떻게 하라고 방법을 가르쳐 보임을 이르는 말. 곧 배후에서 지휘하고 조종한 것을 일컫는다. ≪사기≫ <蕭相國世家>의 "짐승이나 토끼를 쫓아 죽이는 것은 개이지만 끈을 풀어 짐승이 있는 곳을 지적하여 쫓게하는 것은 사람이다. 지금 제군들은 단지 도망가는 짐승을 얻었을 뿐이니 개의 공이다. 소하를 말할 것 같으면 끈을 풀어 쫓게 하였으니 사람의 공이다.(追殺獸兎者狗也, 而發蹤指示獸處者人也. 今諸君徒能得走獸耳, 功狗也. 至如蕭何, 發蹤指示, 功人也.)"에서 나온 말이다.

709) 遇明主于巷(우명주우항) : ≪주역≫ 睽卦의 두 번째 爻에 나오는 구절 "遇主于巷."을 활용한 것임. 약속을 하고 만나는 것이 아니라 전혀 생각지도 않고 있었는데 우연히 만나게 되는 경우, 곧 '운명적인 만남'을 표현할 때 쓰인다.

710) 抱薪燎衣(포신요의) : ≪후한서≫의 "남궁현에 이르러 마침 큰 비바람을 만났는데, 광무제가 수레를 길가의 빈집으로 끌고 들어갔으며 풍이는 땔감을 주었고 등우는 불을 붙

名垂竹帛　　　　　　　　　　方遺像雲臺之畵

裴度711)歌曰:

涿鹿712)風塵助軒轅713)　　　　方五湖烟月泛范蠡714)之舟715)
綠野堂716)中淸興足　　　　　方世上功名如弊屨

韓信歌曰:

事楚不見用　　　　　　　　　方歸漢登將壇
不從削撤深謀717)　　　　　　方陳豨之言聽者爲誰718)

李靖歌曰:

여 광무제는 옷을 말렸다.(及至南宮, 遇大風雨, 光武引車入道傍空舍, 馮异抱薪, 鄧禹熱火,
光武對灶燎衣.)"는 구절을 염두에 둔 표현.
711) 裴度(배도) : 裵度의 오기.
712) 涿鹿(탁록) : 중국의 河北省 涿鹿縣. 黃帝가 蚩尤를 이곳에서 죽였다 한다.
713) 軒轅(헌원) : 軒轅氏. 중국 전설상인 임금인 黃帝의 이름. 헌원의 언덕에서 태어났기 때
　　 문이다.
714) 范蠡(범려) : 춘추시대의 楚나라 사람. 越王 勾踐을 도와서 吳나라를 멸망시키어 會稽의
　　 치욕을 씻어 주었다. 그 후엔 벼슬을 버리고 陶에 숨어 살면서 큰 富豪가 되매 세인들
　　 이 陶朱公이라 불렀다.
715) 五湖烟月泛范蠡之舟(오호연월범범려지주) : 춘추시대 越나라 大夫 范蠡가 일찍이 越王 勾
　　 踐을 보좌하여 吳나라를 멸망시키고 나서는 바로 거룻배를 五湖에 띄워 타고 떠났다는
　　 고사를 가리킴. 功을 이루고 隱退하는 것을 비유하여 이르는 표현이다.
716) 綠野堂(녹야당) : 唐나라 裵度가 만년에 환관이 발호하는 것에 환멸을 느껴 벼슬에서 물
　　 러나 은거하던 별장. 이곳에서 白居易, 劉禹錫 등과 詩酒를 즐겼던 고사가 있다.
717) 削撤深謀(괴철심모) : 漢나라가 천하를 통일하고 난 후에 후환이 한신에게 미칠 것을 예
　　 견하고 한신에게 모반하기를 권했던 괴철의 계략을 한신이 듣지 않아 呂后에게 죽임을
　　 당했던 것을 염두에 둔 표현. 괴철은 또 蒯通이라 하기도 한다.
718) 方陳豨之言聽者爲誰(방진희지언청자위수) : 陳豨는 前漢 초의 개국공신. 巨鹿太守 진희가
　　 반란을 일으키자 유방은 직접 정벌에 나섰을 때 병을 핑계로 따라가지 않았던 韓信이
　　 長安에서 반란을 일으켜 정권을 탈취하려 했으나 하인이 이를 呂后에게 밀고 했기 때
　　 문에 계획이 들통이 나서 여후에게 피살되었던 것을 염두에 둔 표현이다.

男兒生世 方逢聖主成功業
身致太平 方名輝靑史

郭子儀歌曰：

以忠誠爲干 方節義爲釖戟
聖主威令肅淸海內 方老臣之功何有

紀信歌曰：

城孤月黑 方一萬軍兵灑血淚
節義貞忠橫秋空 方世上知我韓昌黎一人[719]

岳飛歌曰：

生負君恩 方死爲寃魂
父子一朝幷命[720] 方悠悠蒼天我何罪

岳王[721]歌竟, 雙淚沾襟, 滿座愀然。陳平歌曰：

攀龍附鳳 方六出奇計[722]

---

719) 方世上知我韓昌黎一人(방세상지아한창려일인) : 韓愈가 그의 <雜說>에서 "漢나라의 紀信
　　처럼, 몸으로 인을 바꾸었다.(若漢紀信, 以身易仁.)"라고 한 구절을 염두에 둔 표현.
720) 父子一朝幷命(부자일조병명) : 남송의 주화파 秦檜가 주전파의 중심인물로 떠오른 岳飛
　　와 그의 아들 岳雲에게 왕의 명령에 불복종하고 반란을 꾀했다는 터무니없는 반역죄를
　　뒤집어씌운 후 옥중에서 극비리에 독살하여 처형한 것을 일컬음.
721) 岳王(악왕) : 岳飛. 악비가 무고를 당해 죽었지만, 그 후 억울함이 풀려 孝宗 때 武穆이란
　　시호가 내려졌고 寧宗 때는 岳王에 추봉되었다.
722) 六出奇計(육출기계) : 陳平이 劉邦을 도와 여섯 번 기묘한 계책을 낸 일.

泰山如礪黃河如帶[723]　　方功成名垂長享富貴

龐統歌曰:

蚕叢乾坤駈天兵　　方不竟的盧馬[724]蹶
今日何日　　陪聖主一堂行樂

范增歌曰:

白首風塵　　方求何事
君王不用奇謀　　方亦奚以爲

彭越歌曰:

名齊淮陰[725]　　方功高漢室
蜀道風悲　　方堂堂丈夫陷兒女子之計[726]

賈復歌曰:

丹心擊節身自輕　　方人誤許其勇力

---

723) 泰山如礪黃河如帶(태산여여황하여대):《漢書》<高惠高后文功臣表>의 "황하가 띠같이 좁아지고 태산이 숫돌같이 작아지도록, 나라를 길이 보전하여 먼 후세까지 미치도록 하자.(使黃河如帶, 泰山若礪, 國以永存, 爰及苗裔.)"에서 나온 말.

724) 的盧馬(적로마): 趙雲이 魏나라 무장 張武를 죽이고 그가 타고 다니던 것을 빼앗아 劉備에게 바친 말.

725) 淮陰(회음):漢나라 韓信의 고향이면서 실각한 뒤의 封地이기도 하여, 여기서는 한신을 지칭하는 듯.

726) 方堂堂丈夫陷兒女子之計(방당당장부함아녀자지계): 陳狶가 반란을 일으켰을 때 劉邦이 직접 정벌에 나섰는데도 병상에 누워있다 징병을 거절했다는 이유로 呂太后(유방의 부인)의 모함을 받아 유방에게 죽임을 당한 것을 염두에 둔 표현.

南征北伐助聖主　　　　　　　方九州塵淸四海波伏

趙雲歌曰：

峨嵋727)劒閣728)回首　　　　　方壯氣不消
生不能定吳魏729)　　　　　　方今日恥勇猛之稱

　　歌罷, 退以拜伏, 風彩堂堂, 禮貌嚴肅。漢帝恃730)命賜酒, 因宣醞731)歷代臣
僚, 交梨·花棗732), 龍醢鳳脯733), 每座排列, 次之以高賞734)護衛六軍, 歡聲如
雷。

　　忽金鼓之聲, 動天地, 鐵騎數萬, 蔽野以來, 守門將士, 出而偵探, 急報曰：
"元世祖735)大兵, 陣於外, 遣使至門。" 漢帝, 乃命召元使, 問來故, 使者對曰：

---

727) 峨嵋(아미) : 옛날 蜀 땅에 있는 峨嵋山. 중국 四川省에 있는 이름난 산이다.

728) 劒閣(검각) : 중국 삼국시대 이래의 요해지. 長安으로부터 蜀으로 가는 大劍山·小劍山
　　사이에 있는 요해지로, 현재의 지명으로는 四川省 검각현에 있다.

729) 生不能定吳魏(생불능정오위) : 유비가 吳나라 정벌에 나설 때는 蜀나라의 주적인 魏나라
　　를 멸하면 오나라는 자연히 복종할 것이며, 위나라를 내버려두고 오나라와 싸워서는
　　안 된다고 간언하였지만, 유비는 이 말을 듣지 않고 趙雲을 남겨 江州를 감독하게 하고
　　는 오나라 정벌에 나섰다가 패배하였던 것을 염두에 둔 표현.

730) 恃(시) : 불필요한 글자임.

731) 宣醞(선온) : 임금이 신하에게 내려주는 술.

732) 交梨花棗(교리화조) : 交梨火棗의 오기. 道敎에서 金丹보다도 높이 평가하는 仙果. 배와
　　대추 종류이다.

733) 龍醢鳳脯(용해봉포) : 龍肝鳳髓의 오기인 듯. 바로잡은 것으로 번역하였다.

734) 高賞(고상) : 犒賞의 오기. 군사들에게 음식을 차려 먹이고 상을 주어 위로함.

735) 元世祖(원세조) : 쿠빌라이(忽必烈). 칭기스칸의 4남 톨루이(拖雷)의 둘째 아들. 1259년
　　몽골의 4대 대칸(大汗)이자 친형인 몽케(蒙可汗)가 남송 원정 중에 사망했다. 급히 귀환
　　한 쿠빌라이는 자신의 지지자를 모아 5대 대칸에 오른다. 하지만 막내 동생인 아리크부
　　카 역시 자신의 지지자를 모아 스스로 대칸에 오른다. 4년간의 싸움 끝에 아리크부
　　카를 굴복시킨 쿠빌라이는 도읍을 大都(北京)으로 옮기고 1271년 元나라를 세운다. 대
　　원제국 수립 후 우구데이의 손자인 하이두, 차가다이의 손자인 도와 등의 반란으로 30
　　여 년에 걸친 내전이 일어났다. 1279년 마침내 남송을 멸망시켜 전 중국을 지배하에
　　두었고, 고려를 부마국으로 삼아 속국화 했으며, 미얀마, 참파, 자바, 일본 등을 쳐서
　　일본을 제외한 동아시아의 대부분을 원제국의 영역 안에 넣었다.

"吾皇帝, 統一天下之功, 不下於漢唐, 而今日之宴, 不爲邀請, 故率匈奴·突厥, 五胡元魏, 遼金吐藩, 起問罪之士來, 若速請入, 則彼此無戰爭之患, 不然則欲決勝負矣." 漢帝怒叱曰 : "乃君不知狄夷之分, 乘南風不競736)之時, 擧中國, 亂四海, 其罪彌天. 胡無百年之運737), 民深左衽738)之恥, 故降此眞人, 剪除犬羊, 肅清中原, 朕不勝欣幸, 稟於上帝, 爲設此宴. 而與列位中興天子擧杯, 稱賀於明帝者, 正爲掃胡塵之穢跡, 何有請必忽必739)之理乎? 汝胡雛, 言辭悖慢, 禮數740)倨傲, 宜先斬汝首, 懸于旗竿, 號令三軍, 而中國之法, 敵國相對, 不殺使者, 故釋汝, 歸語汝君, 胡運將盡, 血食匪久絶矣, 何不惶悚, 而自促覆滅741)? 速就軍門, 請降而叩頭. 庶有容恕, 不然, 匹馬隻輪742), 不得歸." 元使, 恐懼失措, 裹頭而還.

　　唐太宗笑曰 : "漢帝, 白登743)七日, 圍於冒頓之時, 何其弱矣? 今日下教於元使, 天風震疊, 使傍人毛骨竦然, 何其壯也?" 漢帝笑曰 : "彼一時也, 此一時也744). 其時, 不用婁敬745)之言, 爲匈奴所困也, 今日則主客之勢746)也. 秦皇

---

736) 南風不競(남풍불경) : 남방의 음악은 미약하고 생기가 없다는 뜻으로, 세력이 크게 떨치지 못함을 이르는 말.

737) 胡無百年之運(호무백년지운) : 오랑캐 족속은 백 년만 되면 멸망하는 운명을 타고났다는 말.

738) 左衽(좌임) : 左袵. 오른쪽 옷섶을 왼쪽 옷섶 위로 여민다는 뜻으로, 미개한 오랑캐의 풍속을 가리키는 말. "공자가 말하기를 '管仲이 桓公을 도와 패왕 노릇하여 천하를 한 번 바로잡으니 백성이 지금까지 그 덕택을 받았다. 관중이 없었다면 우리가 머리를 땋아 뒤로 내려뜨리고 옷섶을 왼편으로 여미게 되었을 것이다.' 하였다.(子曰 : '管仲相桓公, 霸諸侯, 一匡天下, 民到于今受其賜. 微管仲, 吾其被髮左袵矣.')"(≪논어≫<憲問篇>)에서 나온다.

739) 必忽必(필홀필) : 元나라 世祖의 이름에 대한 차자표기 '忽必烈'의 오기.

740) 禮數(예수) : 명성이나 지위에 알맞은 예의와 대우.

741) 覆滅(복멸) : 단체, 세력 따위가 아주 결딴나 없어짐.

742) 匹馬隻輪(필마척륜) : 한 필의 말과 한 대의 수레.

743) 白登(백등) : 山西省 大同인 平城의 동북쪽에 있는 白登山.

744) 彼一時也, 此一時也(피일시야, 차일시야) : ≪맹자≫<公孫丑章句 下>에 나오는 구절. 그때는 그때이고 지금은 지금이다는 뜻으로, 시대 상황이 달라졌으므로 지금은 지금 실정에 맞게 대처해야 한다는 말이다.

745) 婁敬(누경) : 前漢의 齊사람. 漢高祖 때 長安으로 도읍을 정할 것을 주장했다. 나중에 劉氏 성을 하사받아 劉敬이라 불렸다.

・漢武在座, 可以落賊之膽, 唐帝之英武, 宋祖之威風, 亦可驚夷狄之魂, 予雖碌碌, 庶可因人成事747). 況千古名將, 皆列於殿階, 而蒙恬・衛靑・霍去病・李靖・郭子儀・岳飛, 皆夷狄素所畏服者也, 吾何畏彼?" 滿座大笑, 而惟宋高宗獨有憂色曰: "胡元・遼金之强盛勿言, 而九夷748)・八蠻749), 皆締結而來, 此亦强賊, 不可輕視, 莫如求和750)." 宋太祖勃然怒曰: "金山寺, 豈有錦帛如水瀉者751)乎? 如欲請和, 召秦檜, 附汝." 高宗, 慚色滿面, 不復言。漢武帝, 慨然嘆曰: "人之稟性, 雖死難變, 昔高宗不報父兄之讐而受辱, 今遇好機會, 而無雪恥之心, 猶思其請和, 以此觀之, 宋室之微殘者, 不但秦檜之惡耳." 高宗愈甚踧踖, 若無措身地者。秦始皇, 不憤怒勝, 抱腕曰: "今聽高宗之議, 令人氣塞而死耳。朕爲列位皇帝, 請與漢武帝, 親征此賊之首, 以雪今日之恥矣." 唐太宗, 笑而止之曰: "法堂上下, 名將如林, 豈可以屈萬乘之尊, 親與犬羊, 較勝負哉? 況今日宴席, 實是勝事, 罷以戰爭, 誠非所宜。先遣使者, 聽渠回答, 然後交兵, 未晚也." 漢帝命太中大夫陸賈曰: "汝往元軍中, 察軍情, 探形勢, 回報." 陸賈還報曰: "臣往, 布揚歷代天子聖德, 且傳始皇・漢武親征底意, 元世祖大懼, 無交兵之心。其孫成宗752)曰: '趁今降之, 必貽笑於中國萬世, 退而歸國, 彼必乘勝而追我, 進退維谷。秦皇・漢武, 我無宿怨, 不必與戰, 而聞明帝, 方欲北伐, 宜與明帝, 決雌雄, 以占他日社稷之吉凶也.' 世祖從其言, 請與明帝相戰。臣誘其退走, 則必不聽, 而察其軍形勢, 兵雖多不整, 諸酋長咸集爭列, 不相和睦, 且畏

---

746) 主客之勢(주객지세): 주인과 객 사이의 형세. 부수적인 처지에 있는 사람이 중요한 자리에 있는 사람을 대적하지 못하는 형세를 이르는 말이다.

747) 因人成事(인인성사): 남의 힘을 빌려 일을 처리함.

748) 九夷(구이): 예전에 중국 사람이 부르던 동쪽의 아홉 오랑캐 씨족. 畎夷・于夷・方夷・黃夷・白夷・赤夷・玄夷・風夷・陽夷의 九族이다.

749) 八蠻(팔만): 중국 남쪽의 여덟 오랑캐.

750) 求和(구화): 강화를 청함.

751) 錦帛如水瀉者(금백여수사자): 宋高宗이 秦檜의 건의를 받아들여 1142년에 金나라와 맺은 紹興和議를 염두에 둔 표현. 金과 화의를 맺으면서 金에게 稱臣하고 歲貢으로 매년 은 35만 냥과 비단 25만 필을 바치기로 한 것이다.

752) 成宗(성종): 元成宗 鐵穆耳. 世祖의 손자고, 太子 眞金(裕宗)의 아들이다. 세조가 죽자 제위에 올랐다. 연호를 元貞으로 고쳤다.

列聖之德, 許多名將之勇力, 衆皆渙散之心. 苟乘此時, 出一枝兵, 敵國似有潮退之勢. 故臣示戰爭之意而歸耳." 明帝聽了, 奮身而起, 向諸皇帝曰 : "此賊無禮甚, 今不殄滅, 何面目立於中國乎? 寡人獨率麾下壯士, 出戰, 觀其成敗." 親率大軍, 屯於寺門外, 徐達·常遇春·湯和等諸將, 左右突擊, 烟火衝天, 喊聲震地. 元軍大敗, 棄甲曳兵而走, 逐十餘里, 撕殺[753]三吹[754], 諸酋皆烟散.

明太祖奏凱而還, 諸皇帝大喜迎賀, 洗金杯, 進瓊液而已. 西天月斜, 水府鷄鳴, 項王先歸, 秦始皇·漢武帝·漢光武以下諸皇帝, 次第而起, 警蹕[755]之聲, 動於遠近. 惟漢高祖·唐太宗·宋太祖留坐, 謂明帝曰 : "觀帝貌, 眞堂堂太平天子. 此後三年, 天下大定, 永享帝位, 今日之樂, 宜無相忘." 明太祖, 起謝曰 : "皇帝厚意, 寡人何敢忘乎?" 因明燭, 從容談笑, 有司告曰 : "玉漏[756]已盡, 天色血曙, 整齊車馬, 以待之矣." 四皇帝以次乘.

金山寺夢遊錄 終

---

753) 撕殺(시살) : 廝殺의 오기. 싸움터에서 마구 침.
754) 三吹(삼취) : 옛날에 군대가 출발할 때 나팔을 세 번 불던 일.
755) 警蹕(경필) : 임금이 거둥할 때에 경호하기 위하여 통행을 금하던 일.
756) 玉漏(옥루) : 밤시간 알리는 물시계.

찾아보기

ㄱ ——

가복(賈復) 52, 79, 138
가사도(賈師道) 60, 145
가사도(賈似道) 145
갈석(碣石) 158
갈석산(碣石山) 74
강남(江南) 29, 74
강동(江東) 56, 57, 141
강동현(江東縣) 13
강릉(江陵) 69
강왕(康王) 28, 29, 105
강유(姜維) 54, 139
개소문(蓋蘇文) 155
객성(客星) 46, 129
건원(建元) 150
걸왕(桀王) 56
검각(劍閣) 53, 79, 139, 164
경엄(耿弇) 37, 50, 116
경포(鯨布) 58, 73
경포(黥布) 16, 21, 91, 135
고종(高宗) 82
고황제(高皇帝) 43, 44
곤륜산(崑崙山) 73, 74, 158
골육지란(骨肉之亂) 124
공공(工共) 55
공명(孔明) 34, 35, 36, 37, 39, 40, 41, 43, 45, 54, 68, 73, 76
공손기(公孫起) 134
공손술(公孫述) 45, 127

공손자양(公孫子陽) 45
공손홍(公孫弘) 36, 48, 51, 114
공자(孔子) 34, 46, 64, 73
곽거병(藿去病) 50
곽거병(霍去病) 36, 81, 114
곽광(霍光) 36, 51, 75, 114
곽자의(郭子儀) 28, 30, 33, 37, 49, 71, 77, 81, 108
관숙(管叔) 25, 101
관영(灌嬰) 16, 21, 50, 91
관우(關羽) 30, 37, 51, 68, 75, 108
<관저(關雎)> 69
관중(管仲) 33, 111
관중(關中) 18, 20, 44, 47, 94
관채(管蔡) 101
광무제(光武帝) 30, 46, 54, 59, 67
광무황제(光武皇帝) 30, 47, 107
괴철(蒯撤) 77
괴철심모(蒯撤深謀) 161
교설(嚙雪) 134
구사량(仇士良) 61, 145
구산(緱山) 18
구양수(歐陽脩) 36, 37, 115
구이(九夷) 166
군실(君實) 48
굴돌통(屈突通) 16, 21, 50, 92
굴서(掘鼠) 134
규구(葵丘) 43

균천광악(鈞天廣樂) 17
금릉(金陵) 47, 73, 74, 158
금문(金門) 74, 159
금산(金山) 13
금산사(金山寺) 13, 14, 43
금주(今周) 71
급암(汲黯) 36, 51, 67, 116
기산(祁山) 34, 112
기산(祈山) 112
기신(紀信) 22, 50, 75, 77, 92
기신(記信) 16, 21, 92
기주(冀州) 73, 74, 158

ㄴ ──

낙봉파(落鳳坡) 52, 137
낙수(洛水) 48
낙양(洛陽) 29, 74
남궁(南宮) 58
남당(南唐) 18
남제운(南霽雲) 51, 136
낭원(琅苑) 17
노만(老瞞) 52, 137
녹야당(綠野堂) 48, 76, 131, 161
녹주궁중(鹿走宮中) 122
농서(隴西) 59
뇌덕양(雷德讓) 16, 22, 90
뇌만춘(雷萬春) 51, 136
누경(婁敬) 81, 165

ㄷ ──

당숙종(唐肅宗) 27, 28, 29, 30, 64
당숙종황제(唐肅宗皇帝) 30
당양(當陽) 53
당우(唐虞) 55, 140
당태종(唐太宗) 14, 15, 17, 18, 20, 21, 25,
   26, 27, 33, 35, 38, 40, 42, 58, 59, 64,
   69, 70, 81, 82, 84, 88
당헌종(唐憲宗) 35, 36, 50, 64, 71, 113
대명홍무황제(大明洪武皇帝) 88
대북(代北) 23
대주(戴周) 22, 98
대주(戴冑) 98
대홍려(大鴻臚) 32, 110, 160
덕공(德公) 52
덕소(德邵) 24
도곡(陶谷) 37, 116
도남(圖南) 130
도필리(刀筆吏) 160
돌궐(突厥) 18, 80
동강(桐江) 46, 130
동관(董貫) 61, 145
동방삭(東方朔) 74, 75
동윤(董允) 53, 138
동윤(董允) 138
동중서(董仲舒) 36, 46, 67, 114
동창(東窓) 29
동창지계(東窓之計) 106
동탁(董卓) 61, 62, 144
동탁(董卓) 60, 63, 144
동한(東漢) 26
두건덕(竇建德) 18, 69, 94
두목(杜牧) 57, 141
두여회(杜如晦) 16, 21, 47, 90
두예(杜預) 38, 119
두의(杜毅) 22
두의(竇儀) 16, 36, 90
두태후(竇太后) 100
두황상(杜黃常) 36, 48, 115
두황상(杜黃裳) 115
등림(滕林) 19
등림(鄧林) 95
등애(鄧艾) 38, 119, 138

등우(鄧禹) 47, 76, 131

ㄹ ────

류공작(柳公綽) 115

ㅁ ────

마원(馬援) 73, 158
마주(馬周) 16, 90
만리장성(萬里長城) 38, 39, 57, 74
만승천자(萬乘天子) 43
맹성(孟成) 16, 91
맹자(孟子) 34, 46
맹획(孟獲) 34, 112
명고조(明高祖) 42
명태조(明太祖) 14, 15, 16, 19, 22, 26, 33, 58, 63, 64, 65, 66, 69, 70, 73, 74, 80, 83
모돈(冒頓) 66, 81, 150
몽염(蒙恬) 38, 57, 81, 118
무씨(武氏) 69, 70, 155
무왕(武王) 39, 56
무원형(武元衡) 36, 114
무제(武帝) 36
무창(武昌) 59, 143
문언단(文彦博) 36, 115
문언박(文彦博) 115
문왕(文王) 56
문제(文帝) 23
문중자(文仲子) 46, 128
민제(愍帝) 41

ㅂ ────

박(毫) 74
박량사(博浪師) 128
박량사(博浪沙) 45, 128
반간계(反間計) 44

반룡부봉(攀龍附鳳) 97, 133
발종지시(發蹤指示) 160
방덕공(龐德公) 137
방삭(方朔) 159
방숙(方叔) 33, 111
방통(龐統) 68
방통(龐統) 30, 78, 108
방통(龐通) 52
방현령(房玄齡) 16, 36, 47, 89
방현령(方玄齡) 21
방효유(方孝孺) 16, 37, 91
배도(裴度) 76
배도(裴度) 36, 48, 114
배위(裴頠) 38, 118
백기(白起) 50, 134
백등산(白登山) 81, 165
백량대(柏梁臺) 67, 151
백수향(白水鄉) 67, 151
백약(伯約) 54, 139
백의산인(白衣山人) 46, 130
백제(白帝) 18
백제성(白帝城) 45, 53, 128
번쾌(樊噲) 16, 21, 22, 32, 91
범려(范蠡) 76, 161
범중엄(范仲俺) 48
범중엄(范仲淹) 36, 115
범증(范增) 42, 52, 55, 56, 75, 78, 124
범질(范質) 22, 98
법정(法正) 36, 116
벽산(碧山) 47
변경(汴京) 59, 74, 143
병주(幷州) 69, 154
봉래(蓬萊) 17
봉래산(蓬萊山) 93
봉선(封禪) 152
봉추(鳳雛) 52, 137

부언경(傅彦卿) 22, 99
부언경(符彦卿) 99
부열(傅說) 33, 111
부우덕(傅友德) 17, 37, 92
부필(富弼) 48, 132
북해(北海) 51
분수(汾水) 46
분양(汾陽) 50
분양왕(汾陽王) 37
불골표(佛骨表) 46, 129
비렴관(蜚廉舘) 67, 151
비렴관(蜚廉觀) 151
비서(秘書) 45
비위(費褘) 53, 138
비위(費褘) 138
비자(非子) 39

ㅅ ———

사로(四老) 100
사마(司馬) 54
사마소(司馬昭) 139
사마광(司馬光) 36, 48, 115
사마의(司馬懿) 34, 112
사마중달(司馬仲達) 41, 123
사마충(司馬衷) 124
사만세(史萬世) 38, 119
사만세(史萬歲) 119
삭방(朔方) 159
산동(山東) 52, 66, 69
삼강(三江) 65, 148
삼대(三代) 24, 34, 36, 39, 46, 55, 56, 66, 68, 74
삼빙지례(三聘之禮) 111
삼신산(三神山) 57
삼진(三秦) 49, 132
삼척검(三尺劍) 39, 59

삼황오제(三皇五帝) 38, 121
상림원(上林苑) 51
상산(商山) 67
상산노옹(商山老翁) 150
상앙(商鞅) 72, 157
상우춘(常遇春) 17, 22, 50, 84, 92
상홍양(桑弘羊) 72, 157
서경(西京) 68
서달(徐達) 17, 22, 37, 50, 84, 92
서시(西施) 70, 155
서역(西域) 74
서주(徐州) 74, 159
서초패왕(西楚覇王) 37, 42, 55, 56
서촉(西蜀) 18, 70
서평(西平) 50
서호(西湖) 50, 106
석기신(石奇信) 22, 98
석수신(石守信) 37, 98
석진주(石晉主) 65, 149
선제(宣帝) 51, 135
선주(先主) 68, 69, 153
설인귀(薛仁貴) 17, 69, 92
성고(成皋) 18, 21, 94, 97
성언사(成彦師) 45, 128
성왕(成王) 25, 51
성종(成宗) 83, 166
세조(世祖) 83
세충(世充) 94
소공(召公) 33, 111
소무(蘇武) 51, 134
소보(巢父) 35, 113
소선(蕭銑) 69, 154
소열제(昭烈帝) 27, 36, 68, 69, 103
소열황제(照烈皇帝) 30, 34, 108
소왕(昭王) 39, 121
소위(蘇違) 38, 119

소위(蘇威) 119

소제(昭帝) 51

소주(少主) 135

소진(蘇秦) 34, 112

소하(蕭何) 16, 20, 21, 33, 47, 75, 76, 89

소호(召虎) 33, 111

손권(孫權) 37, 44, 69, 117

손수(孫綉) 117

송고조(宋高祖) 38, 42

송고종(宋高宗) 29, 30, 65, 72, 82

송고종황제(宋高宗皇帝) 30

송렴(宋濂) 16, 22, 35, 37, 91

송무제(宋武帝) 38, 120

송신종(宋神宗) 35, 36, 64, 72, 113

송역(宋繹) 30

송태조(宋太祖) 14, 15, 18, 19, 20, 22, 23,
　　24, 25, 28, 33, 34, 56, 59, 60, 64, 72,
　　81, 82, 84, 88

송택(宋澤) 28, 105

송효종(宋孝宗) 157

수문제(隋文帝) 37, 38, 65, 117

수역(壽域) 122

수정(壽亭) 116

수정후(壽亭侯) 37

수하(隨何) 16, 20, 89

숙손통(叔孫通) 16, 20, 37, 38, 39, 89

숙종(肅宗) 71, 104

승로반(承露盤) 67, 151

시상(柴桑) 59, 143

시황(始皇) 17

신묘(神廟) 28

신법(新法) 48, 72

신안(新安) 44

≪신어(新語)≫ 19, 95

신종(神宗) 35, 36, 37, 72

신주(神州) 28, 106

십상시(十常侍) 61, 145

ㅇ ─────

아미산(峨嵋山) 79, 164

아방궁(阿房宮) 38, 39, 43, 44, 57, 121

악비(岳飛) 28, 29, 30, 37, 52, 78, 81,
　　106, 162

<악어문(鰐魚文)> 46

악와(渥洼) 64, 148

악왕(岳王) 162

안경서(安慶緒) 71, 156

안고경(顔杲卿) 51, 136

안기생(安期生) 141

안량(顔良) 51, 135

안록산(安祿山) 27, 63, 104

안록산(安綠山) 60

안사(安史) 29, 49

안사지란(安史之亂) 107

안읍(安邑) 74

안진경(顔眞卿) 30, 36, 51, 108

안호생(安胡生) 57, 141

야차(夜叉) 144

약법삼장(約法三章) 18, 94

양거(羊車) 41, 123

양무제(梁武帝) 38, 65, 120, 148

양소(楊素) 38, 48, 119

양우(羊祜) 38, 118

양익(梁翼) 60, 144

양주(楊州) 74, 159

양태조(梁太祖) 62

양호(羊祜) 118

어양(漁陽) 27, 104

어유하(魚游河) 39

엄광(嚴光) 30, 75, 107

엄자릉(嚴子陵) 46

여릉(驪陵) 40

여불위(呂不韋) 38, 118
여상(呂尙) 33, 111
여생(麗生) 19
여의(如意) 23
여포(呂布) 59, 62, 143, 146
여혜경(呂惠卿) 72, 157
여화(麗華) 152
여후(呂后) 23, 100
역생(酈生) 20, 95
역이기(酈食其) 16, 89, 95
연개소문(淵蓋蘇文) 70, 155
연대(燕代) 158
연영전(延英殿) 26
연화봉(蓮花峰) 47
연환계(連環計) 52, 137
염라왕(閻羅王) 61, 63
염라포공(閻羅鮑公) 60
염라포공(閻羅包公) 143
염문응(廉文翁) 61, 145
염문응(閻文應) 145
염실(炎室) 53, 138
염왕(閻王) 60
영관(伶官) 17, 93
영무(靈武) 27, 71, 104
영무지계(靈武之計) 156
영양(滎陽) 21, 97
예상(霓裳) 17, 93
예조(藝祖) 47, 130
오강(烏江) 42, 44, 56
오계(五季) 18
오국성(五國城) 28, 106
오대(五代) 72
오왕(吳王) 42
오원(五原) 73, 158
오자서(伍子胥) 29, 107
오장원(五丈原) 41, 123

오한(吳漢) 45, 50, 127
오호(五湖) 65, 148
오호(五胡) 41, 76
오호변(五胡變) 124
온량거(輼輬車) 40, 122
온언단(溫彦博) 22, 98
온언박(溫彦博) 98
옹주(雍州) 74, 158
왕규(王洼) 16, 89
왕규(王珪) 21, 89
왕도(王導) 48, 132
왕랑(王郎) 67, 151
왕릉(王陵) 16, 21, 91
왕리(王璃) 16, 22, 90
왕망(王莽) 60, 61, 144
왕부(王賦) 50
왕분(王賁) 38, 50, 118
왕세충(王世充) 18, 94, 153
왕안석(王安石) 72, 132
왕전(王剪) 38, 49, 118
왕전빈(王全斌) 22, 98
왕준(王俊) 38, 119
왕준(王濬) 119
왕충(王充) 69, 153
왕통(王通) 38, 46, 119
요금(遼金) 82
요대(瑤臺) 18
용마(龍馬) 148
용반호거(龍盤虎踞) 159
용저(龍且) 42, 124
용주(龍舟) 29
우세남(虞世南) 16, 21, 37, 90
우왕(禹王) 56
운대(雲臺) 30, 76, 108, 130
운대봉(雲臺峰) 47, 130
운장(雲長) 51

울지경덕(尉遲敬德)　16, 50

울지경덕(蔚遲敬德)　92

원세조(元世祖)　80, 164

원소(袁紹)　45, 59, 127, 152

원술(袁術)　59, 68, 142, 152

원위(元魏)　80

월궁(月宮)　18

위무제(魏武帝)　42, 59, 62

위무지(魏無知)　21, 97

위징(魏徵)　16, 21, 36, 42, 51, 58, 70, 75, 89, 155

위청(衛靑)　36, 37, 50, 81, 114

유계(劉季)　42, 58, 125

유공작(劉公綽)　36, 115

유기(劉基)　16, 17, 22, 90

유무주(劉武周)　69, 154

유문정(劉文靖)　21

유문정(劉文靜)　16, 90

유백온(劉伯溫)　47, 130

유분자(劉盆子)　67

유숭(劉崇)　37, 42, 117

유주(幼主)　102

유표(劉表)　68, 152

유항(劉恒)　23

유후(留侯)　32, 110

유흑달(劉黑達)　69, 154

육고(陸賈)　16, 20, 22, 36, 83, 89, 95, 96

육국(六國)　38, 39, 57, 66, 149

육군(六軍)　79

육생(陸生)　19

육손(陸遜)　69, 153

육조(六朝)　20, 72, 96

육조오대(六朝五代)　37

육출기계(六出奇計)　162

육화진(六花陣)　49

윤대(輪臺)　67

은개산(隱開山)　16, 21, 92

음여화(陰麗華)　68, 152

의양(宜陽)　67

의양지전(宜陽之戰)　152

의제(義帝)　44, 126

이가(李嘉)　22, 99

이강(李綱)　28, 30, 36, 106

이광필(李光弼)　16, 30, 37, 49, 71, 108

이교(圯橋)　45, 128

이길보(李吉甫)　36, 114

이마(泥馬)　28

이문충(李文忠)　17, 92

이밀(李密)　45, 127

이보국(李甫國)　61, 71, 145

이보국(李輔國)　145

이비(李秘)　75, 160

이비(李泌)　160

이사(李斯)　38, 40, 48, 66, 118

이선량(李善良)　48

이선장(李善長)　99

이소(李愬)　36, 37, 50, 115

이순풍(李淳風)　70, 155

이신선량(李信善良)　22, 99

이윤(伊尹)　33, 111

이임보(李林甫)　60, 61

이장(李長)　46

이장원(李長源)　130

이적(李勣)　21, 37, 98

이정(李靖)　21, 22, 33, 36, 49, 75, 77, 81, 98

이제(二帝)　29

이칠제지운(二七際之運)　87

이필(李泌)　28

이한초(李漢超)　22, 99

익주(益州)　26, 52, 74, 103, 159

<인지(麟趾)>　69

일사부정(一絲扶鼎) 130
일월병풍(日月屏風) 15
임안(臨安) 28, 106
임회군왕(臨淮郡王) 37

ㅈ ——

자공(子貢) 73
자미선관(紫微仙官) 31
자방(子房) 20, 22, 33, 47, 110
자영(子嬰) 18, 66, 94
자지가(紫芝歌) 67, 150
자하(子夏) 46, 129
잔도(棧道) 27
잠총(蠶叢) 68, 78, 153
장강(長江) 59
장노(張魯) 143
장돈(張敦) 60, 144
장돈(章惇) 144
장량(張良) 16, 17, 33, 89
장로(張老) 59, 143
장맹(張孟) 16, 91
장방평(張方平) 36, 116
장비(張飛) 30, 36, 68
장손무기(長孫無忌) 16, 17, 21, 48, 89
장수(張守) 59, 143
장수(張繡) 143
장순(張巡) 36, 51, 116
장씨(張氏) 71
장안(長安) 74
장양(張讓) 146
장의(張儀) 34, 112
장이(張耳) 16, 92
장자방(張子房) 45
장제현(張齊賢) 16, 22, 90
장종(莊宗) 65, 149
장준(張俊) 30, 109

장창(張倉) 20, 96
장창(張蒼) 96
장탕(張湯) 61, 62, 146
장판(長坂) 53
장한(章邯) 38, 118
장호(張鎬) 30, 109
장화(張華) 38, 48, 118
저수량(褚遂良) 16, 22, 90
적로마(的盧馬) 78, 163
적벽(赤壁) 52
적복부(赤伏符) 68, 152
적송자(赤松子) 33, 45, 110, 128
적청(狄靑) 36, 37, 115
적현(赤懸) 70, 156
전류(錢鏐) 37, 42, 117
전사옹(田舍翁) 70, 155
전영자(田令恣) 61, 145
전영자(田令孜) 145
전오(典午) 41, 123
정강(靖康) 28, 29, 72
정강지화(靖康之禍) 157
정관지치(貞觀至治) 25, 102
정명도(程明道) 46, 129
정장(亭長) 42
제갈량(諸葛亮) 30, 34, 40, 45, 68, 75, 108
제고조(齊高祖) 38, 65, 120, 148
제북(濟北) 28, 105
조고(趙高) 55, 61, 61, 66
조맹덕(曹孟德) 41, 65
조보(趙普) 16, 17, 22, 24, 33, 34, 48, 59, 90
조비(曹丕) 41, 123
조빈(曹彬) 22, 36, 98
조빈(曹斌) 50
조왕(趙王) 23, 100

조운(趙雲) 37, 53, 75, 79, 116

조위(曹偉) 22

조인(調人) 159

조절(曹節) 61, 146

조조(曹操) 34, 37, 42, 44, 59, 62, 63, 68, 69, 112

조참(曹參) 16, 20, 48, 91

종리매(鍾離昧) 42, 124

종택(宗澤) 105

종회(鍾會) 53, 139

좌임(左衽) 165

주가(周苛) 99

주객지세(主客之勢) 166

주고조(周高祖) 65, 148

주공(周公) 25, 33, 46, 51, 101

주발(周勃) 16, 21, 22, 36, 50, 91

주온(朱溫) 62, 63, 147

주왕(紂王) 56

주태조(周太祖) 65, 149

주효왕(周孝王) 39, 121

중상시(中常侍) 62

중원(中原) 29, 70, 77, 80

중흥주(中興主) 26, 28, 29

지도(軹道) 66

지부(地府) 32

지정(至正) 87

진경(秦京) 60, 145

진교(陳橋) 18

진단(陳搏) 16, 75, 90

진도남(陳圖南) 47

진록(秦鹿) 42, 49, 66, 125

진무제(晉武帝) 37, 38, 41, 65, 117, 120

진무제(陳武帝) 120

진승(陳勝) 37, 42, 117

진시황(秦始皇) 38, 40, 41, 45, 55, 56, 57, 59, 60, 64, 66, 67, 74, 81, 82, 83, 84

진시황제(秦始皇帝) 37, 38, 54, 117

진우량(陳友諒) 16, 88

진원제(晉元帝) 65, 148

진평(陳平) 16, 20, 21, 44, 52, 78, 89

진혜제(晉惠帝) 124

진회(秦檜) 60, 61, 72, 82, 144, 162, 166

진회(陳稀) 73, 77

진희(陳豨) 161

집금오(執金吾) 160

ㅊ ──

창업주(創業主) 16, 38

채경(蔡京) 145

채숙(蔡叔) 25, 101

채주성(蔡州城) 50

천리마(千里馬) 70

천보(天寶) 27, 104

천책부(天策府) 48, 131

청룡도(靑龍刀) 37

청의동자(靑衣童子) 56

청주(靑州) 74, 159

초왕(楚王) 42

초패왕(楚霸王) 54

초후(楚猴) 49, 66, 132

촉도(蜀道) 79

촉한(蜀漢) 53, 54

<추풍사(秋風辭)> 67, 151

≪춘추(春秋)≫ 64

취승(聚承) 16, 22, 91

측천무후(則天武后) 155

치우(蚩尤) 55, 140

칠엽(七葉) 156

칠종칠금(七縱七擒) 112

ㅋ ──

쿠빌라이(必忽必) 80

필홀필(必忽必) 165

ㅌ

탁록(涿鹿) 76, 161
탕왕(湯王) 39, 56, 69
탕화(湯和) 17, 22, 50, 84, 92
태공(太公) 49, 133
태사공(太史公) 43
태산(泰山) 67, 68, 74, 78, 159
태아검(太阿劍) 27, 38
태원(太原) 71, 156
태조(太祖) 15
태조고황조(太祖高皇帝) 15
태종(太宗) 15
<태평십이책(太平十二策)> 46
태후(太后) 24, 62
토번(吐藩) 80
통천대(通天臺) 67, 151

ㅍ

파촉(巴蜀) 27, 44, 56
팔만(八蠻) 166
팔진(八陣) 34, 112
팔채(八彩) 156
패공(沛公) 43, 56, 126
패읍(沛邑) 58
팽성(彭城) 18, 44, 56, 66, 94
팽월(彭越) 21, 52, 79, 91
평양(平陽) 74
포공(鮑公) 60
포산공(蒲山公) 45, 128
포판(蒲坂) 74
표마(驃馬) 38, 118
풍도옥(酆都獄) 61, 146
풍지대(風之戴) 58, 142
풍지대(馮智戴) 142
필공(畢公) 33, 111

ㅎ

하구(夏口) 59, 143
하남(河南) 70, 74, 159
하남부(河南府) 71
하동(河東) 71
하북(河北) 59, 71, 74, 159
하수(河水) 46
하약필(賀若弼) 38, 120
하진(何進) 62, 146
하우영(夏侯嬰) 97
하후영(夏侯榮) 21, 97
한고조(漢高祖) 50, 56, 58, 59, 60, 63, 65,
    66, 68, 69, 81, 84
한광무제(漢光武帝) 64, 84
한금호(韓擒虎) 38, 120
한기(韓淸) 36, 115
한기(韓琦) 48, 115
한단(邯鄲) 67
한맹(韓孟) 22, 99
한무제(漢武帝) 35, 36, 64, 67, 74, 81, 82,
    83, 84, 113
한문제(漢文帝) 100
한성(韓成) 99
한세충(韓世忠) 28, 36, 106
한소열제(漢昭烈帝) 64
한신(韓信) 16, 20, 21, 37, 47, 49, 75, 77,
    91
한왕(漢王) 42
한유(韓兪) 36, 75
한유(韓愈) 116
한제(漢帝) 56
한창려(韓昌黎) 77
한태조(漢太祖) 14, 15, 16, 17, 18, 19, 20,
    23, 24, 26, 27, 29, 31, 32, 34, 35, 37,

38, 40, 42, 45, 54, 55, 57, 59, 60, 61,
63, 64, 73, 75, 76, 79, 80, 81, 87
한통(韓通) 72, 157
한퇴지(韓退之) 46
항백(項伯) 24, 42, 101
항왕(項王) 40, 42, 43, 44, 55, 56, 57, 65,
73, 84
항우(項羽) 18, 20, 24, 96
항장(項莊) 42, 125
항적(項籍) 42
항주(杭州) 74, 159
해하(垓下) 20, 44, 96
허원(許遠) 51
허유(許由) 35, 113
헌원(軒轅) 76, 161
헌제(獻帝) 41, 123
헌종(憲宗) 35, 37
형명(刑名) 149
형산(荊山) 46, 129
형산(衡山) 129
형양(滎陽) 50, 97
혜왕(惠王) 39, 121
호대해(胡大海) 17, 92
호원(胡元) 82
호월(胡越) 58, 69
호전(胡銓) 35, 113
호지(滈池) 122
호해(胡亥) 66, 149
혼군(昏君) 27
홀필열(忽必烈) 165
홍구(鴻溝) 66, 150
홍무황제(洪武皇帝) 15
홍문(鴻門) 43, 55
홍문연(鴻門宴) 18, 44, 56
홍의동자(紅衣童子) 56
화덕(火德) 27

화림원(華林園) 41
화산처사(華山處士) 16
화운룡(華雲龍) 22, 99
환공(桓公) 43, 125
환초(桓楚) 42, 125
황건역사(黃巾力士) 63
황석공(黃石公) 45, 128
황소(黃巢) 60, 144
황옥좌독(黃屋左纛) 134
황포(黃袍) 18
황하(黃河) 74, 78
황학(黃鶴) 31
황형(皇兄) 25
회남왕(淮南王) 51, 135
회서(淮西) 48
회왕(懷王) 18, 52, 94
회음(淮陰) 79, 163
회음후(淮陰侯) 37, 50
회제(懷帝) 41
효공(孝公) 39, 121
후당장종(後唐莊宗) 38, 120
후량태조(後梁太祖) 38, 120
후주태조(後周太祖) 38, 120
후토신(后土神) 67
후한고조(後漢高祖) 38, 120
후한금주(後漢今周) 156
후한조(後漢祖) 65, 149
휘종(徽宗) 24
흉노(匈奴) 57, 59, 80, 81
흠종(欽宗) 24
힐리가한(詰利可汗) 58, 142

[영인] 금산사몽유록(金山寺夢遊錄)

한문필사본 〈금산사몽유록〉

여기서부터는 影印本을 인쇄한 부분으로 맨 뒷 페이지부터 보십시오.

喊聲震地元軍大敗棄甲曳兵而走逐十餘里撕殺三次諸酋

甘烟散明太祖委凱而還諸皇帝大喜迎賀洗金杯進瑷波

而已西月斜水府鷄鳴項王先歸祭哈皇漢武帝漢光武

以下諸皇帝次弟而起警蹕之聲動於遠迩惟漢高祖唐太

宗宋太祖留坐謂明帝曰觀帝頻其堂、太平天子此後三

年天下大定永享帝位令日之樂豈無相忘明太祖起謝曰皇

帝厚意寡人何敢忘于因明燭從容談笑有司告曰玉漏

已盡天色血曙整齊車馬以待之矣四皇帝以次乘

68

大陸賈曰汝住元軍中察軍情揆形勢回報陸賈還報曰

臣往布揚歷代天子聖德且傳始皇漢武親征底意元世祖大

懼兵交兵之心其孫成崇曰趙令俯之必貽笑於中國萬世退而

歸國彼必来勝而進我退維谷秦皇漢武我無宿怨不

必與戰而聞明帝方欲北伐宜與明帝決雌雄以占他日社

稷之吉凶也世祖從其言請與明帝相戰臣誘其退走則必不

聽而察其軍形勢雖多不整諸首長成集單列不相和睦

且畏列聖之德詐多名將之勇力衆皆渙散之心皆来此時出

一枝兵敵國於有潮退之勢故臣示戰爭之意而歸耳明帝

聽了奮身而起向諸皇帝曰此賊世禮甚今不殄滅何而目立

於中國于寡人偏卑庳下壮士出戰観其成敗親率大軍屯

於寺門外徐達常遇春湯和等諸將左右交擊烟火衡天

67

吾何畏彼滿座大笑而惟宋高宗獨有憂色曰胡元逼金

之強感勿言而九夷八蠻皆締結而來此亦強賊不可輕視莫如

求和宋太祖勃然怒曰金山寺豈有錦帛如水溷者于如欲

請和召秦檜附汝高宗慚色滿面不復言漢武帝慨然嘆

曰人之稟性雖死難變昔高宗不報父兄之讎而受辱令過

好機會而無靈耻之心猶思其請和以此觀之宋室之微殘者

不但秦檜之惡耳高宗愈甚踟躇若亡措身之地者蔡貽皇

不憤怒勝抱腕曰今聽高宗之議令人氣塞而死耳朕爲列

位皇帝請與漢武帝觀征此賊之首以雪今日之耻矣唐太宗

笑而止之曰法堂上下名將如林豈可以屈萬乘之尊親與犬

羊較勝負武況令日宴席實是勝事詎以戰爭誠非所

匡光道使者聽渠四咨然後交兵未曉也漢帝命太中大

子舉杯稱賀於明帝者正在稊稗胡塵之穢跡何有請必忿

必之理于汝胡雖言辭悖慢禮教倨傲亘先斬汝首懸于

旗竿辭令三軍而中國之法敵國相對不設使者故釋汝

歸語汝君胡運將盡血食匪久絕矣何不惺悸而目促殱

殄速就軍門請降而叩頭庶有容恕不然四馬美輪不

得還歸元使恐懼失措哀顙而遲唐太宗笑曰漢帝皇

七日圍於冒頓之時何其弱矣今日下教於元使天風震疊

使傍人毛骨竦然何其壯也漢帝笑曰彼一時也此一時也其時

不用婁敬之言萬凶奴所困亡今日則主客之勢也秦皇漢武

庄座可以畜賊之膽唐帝之英武宋祖之威風亦可驚爽狄

之魂予雖磧磧庶可因人成事况千古名將皆列於殿階而業

悟衛青霍去病李靖郭子儀岳飛皆庚伏素所眠脈者也

65

趙雲歌曰戰眉劒閣四首壯氣不消生不觖定吳魏方今日耶

勇猛之稱罷退以躲伏風彩堂〻禮獻嚴甫漢帝悋令賜

酒因宣醞歷代臣僚交梨花棗龍鹽鳳脯每座排列次之

以高賞護衛六軍歡聲如雷怒金皷之聲動天地鐵騎數

萬嶽野以来守門將士出而偵探急報曰元世祖大興陳於外

遣使至門漢帝乃命召元使間来故使者對曰吾皇帝統

一天下之功不下於漢唐而今日之宴不爲遽請故率凶奴突

厥五胡元魏遼金吐蕃起問罪之士来若遽請八則彼此無

戰爭之患不然則欲決勝負矣漢帝怒叱曰乃君未知狄

庚之分来南風不競之時擧中國亂四海其罪彌天胡

炅百年之運民誅互祖之耻故降此眞人剪除犬羊甫請

中原朕不勝欣幸寡於上帝爲設此宴而興列位中興天

64

蕭之言聽者為誰李靖歌曰男兒生世方達聖主成功業身
致太平方名輝青史郭子儀歌曰以忠誠為干方以節義為
釰戟聖主感令蕭清海内方老臣之功何有紀信歌曰城孤月
黑方一萬軍兵灑血淚節義貞忠橫秋空方世上知我韓昌
黎一人岳飛歌曰生員君恩方厄為寃魂父子一朝甚其命方愁
悠蒼天我何罪岳王歎竞逵淚沾襟滿座愀然陳平歌曰撃
龍附鳳方六出奇計泰山如礪黃河如帶方功成名立垂長
享富貴龐統歌曰参乾坤駈天兵方不意的盧馬驟今日
何日陪聖主一堂行樂范增歌曰日首風塵方求何事君王不
用奇謀方亦美以為彭越歌曰名齊淮陰方功高漢室蜀道風
悲芳堂丈夫陷兒女子之計賈誼歌曰丹心撃節身自輕芳
人誤許其勇功南征北伐助聖主芳九州塵清四海波伏

63

也朔起拜曰以臣之所見而言之諸葛亮為吏部尚書

何為戶部尚書霍光為太尉魏徵為諫議大夫韓愈為知

制誥李靖為中書令李靱為大鴻臚范增為工部尚書

關羽為執金吾起信為羽林將軍趙雲為遊擊將軍韓

信為大元帥嚴光授漢清風封富春侯陳博司唐國曰雲封

華山伯何如蘭座大笑漢帝命孔明選一等人上嚴歐壽諸

人以次進萧何起舞作歌曰身起刀筆方成散跡指示之功

蜀山高漢水深方四百大業從此始節萧歌曰伏策軍門方

遇明主于巷抱薪燎衣方備嘗險阻艱難名垂竹帛方

遺像雲臺之畫裴度歌曰泳鹿風塵助軒轅方五湖岨

月沈范蠡之舟緣野堂中清興足方世上功名如樂麾韓

信歌曰事楚不見用方歸漢登將壇不從蒯徹深誅方陳

62

北齊青州四枝目蓋州至楜州下杭州為金陵龍盤瑯琪

之形其帝王都邑之地也大抵天運循環地氣或衰故三

代以前帝王多出河北漢唐以後都邑多在河南而衡江

南王氣方盛帝將相宅無愈金陵明帝稱蔡始皇開

于漢武帝曰朕一生竭力以求神曾未過彷彿者矣聞武

帝近侍中有真仙云請一見否武帝笑曰此必招朔方也此

人本仙風道骨隱迹金門性好詼諧不言神仙之道見之

無漢高帝曰仙道祕隱之術也調人中不可卑甫而論此人

好詼諧召之坐中以助談笑似好笑因召束方朔方朔八

四拜身長九尺目如明星高帝曰卿善論人試言座中

羣臣之各適其用也朔對曰以臣之淺見何敢論人才優

劣以為榮屋罡置床子帝曰欲以一時之戲助其悦勿辭

61

毀之則王欲聞項王默然不善明帝言畢向高帝曰孔子責
子貢之論人馬援聞人過如聞父母之名耳可得聞只不
可得言今予不念自己之寡德而於明君賢主之事放恣
評論慚悚無地滿座稱讚曰帝之褒貶人君孔明之題品
人臣錙銖權之王衡度之金尺輕重長短無小差謬何其謙
讓之過耶明帝遜謝起就舊座而問曰朕將定都邑何
麾是宜漢帝曰朕北伐陳豨至燕代之界南征鯨布周覽
五原江山冀州金陵為南北形勝之最試論天下之地形
西北有崑崙山、西為四藏諸國也中國諸山皆崑崙來脉
東北初枝出長城之內黃河之外東至碣石皆冀州也堯
之都平陽舜之都蒲坂禹之都安邑湯之都亳皆此也
也二枝出雍州為長安三枝出徐州為洛陽汧東為泰山

60

五代之弊立萬世之策尚倫素我奮修追贈韓通旌表節

義非聰明神武之君孰能及此宋神宗倫素恭勤漢文帝

之類也而眛於知行桑弘羊商鞅之術籾新法亂舊制天下

噉、臣民困窮大蔟王安石為呂惠卿所誤豈非才短政耶

釀成靖康之禍非神宗而誰也宋神宗才短心司江南遺且

死於賊檜之手塞北風霜消二帝之魂切烈之旱王室之衰

不亦宜于但擇其宗子之賢者以托社稷之重其功足以

蓋其恧矣其餘帝王六朝紛、五代擾、昨遑臣下之班令

登天于之位得之非難失之亦易彼此長短前後優劣區

恧他而其中東西兩晉正統餘業為六朝之首也項王高

聲曰皆論古今而不反我何扎明帝答曰朕非心也計王

之事匹夫之事有餘帝王之德不足譽之則近於阿諂

59

在元于位從父老之願有靈武之討烈士忠臣影從而先克

太原次之河東曰恢兩京恨河北盡誠近胡迎上皇中興

功烈後漢令周性度棄明明斷不足罷幸張女曰事博奕

親任窘堅僭移國柄惜武郭李不世之將安慶緒窮賊

之賊也比之若驅猛虎而搏一羊也九折之道夫騎六十萬眾

一朝無故而散豈非小人之致耶卒為輔國之所賣貽獎千

古非天心之所助羣雄之所藉烏能支也第論之正非撥

中興之志掃除送臣河南府三十餘邑皆被約束長鯨死而

亂反正之也憲宗以剛明之才任用賢相親信諫官有

東海無波沃氣消而太陽有光惜乎宮室未具土木先起

昇平庶幾前功已隳以英雄之主始終不一若此況庸君暗

主河足道哉宋太祖戡禍亂使為中國主即位初年章

之碑而不後羣臣之議親征高麗而擢拔萬衆之感豈不慨

然唐太宗曰明帝之論雖極正大教件事朕亦有言武氏朱

徐因李淳風之言不為內寵高麗之親征憤盖藐文之

逆節非貪土地也復之魏徵之碑覺其非也此君于之所

容恕也而明帝斧鉞森嚴責望亦奇刻矣明帝曰一点

瘡生於無盖之面則人不惜之而有於西施之面則惜之塞

牛十仆而行人不以為恠而千里馬一蹶則人皆欠之唐皇帝

德全而功高故責亦深矣狀比之田舍翁面析廷爭猶為

軟弱也諸皇帝欣欣然笑之和氣流動於八彩春光融溢

於龍額也明帝又曰唐家七葉奸臣作孽腥羶昏暗於

赤懸戎馬蹂躪於中原西蜀朔方為戎狄之地河南河北

為鞞鞨之基萬姓塗於塗炭社稷危如一髮是時肅宗

57

一隅糞壤僅繼血食抃之所願不止此而皇天不助炎運重盡

被徐權之見欺為陸遜之所敗豈不痛心哉明帝慰曰百年云

雖有智慧不如過時以昭烈之德困於陸遜是亦天敷大

漢興亡非人力也先主鞠躬稱謝明帝又曰唐太宗世間英

主東征西伐孫令如風雷威勢如霹靂師薛仁貴縛王

克擒竇建德斬王世充走劉武周山東之破誅劉黑達伐

江陵平蕭銑六年之內化家為國帝業之成亦頗神速矣

即位之後務仁義崇文德聽直諫謹刑獄放宮女吞蝗虫

厚功臣戒奢侈海內昇平胡越一家億萬蒼生如在春

風和煦中豈不美哉議者謵達如高祖神武如魏曹平

裕亂如湯武若言曰玉之微瑕久關雎猙狉之意堂定子

未免夷狄之風習以武氏為才人而躬偽主之亂仆魏徵

56

水被堅執銳恢舊業邯鄲之戰王郎授首亘陽之戰金

于屈膝日月所臨霜露之所隆舟車所通皆為臣妾恢

廓大慶興高祖同臨太學誦經術勳業兼三代文武光

雲京但可惜者由於信諧勳臣之爵祿絕信赤伏符行泰山

之封禪固麗華之寵易嗣子之儲位豈不為太陽之微雲

明鏡之細塵于昭烈以帝室之胄英雄之才當漢室之傾

頹挾大義而歸於曹操假袁術之勢為劉表之客百戰百

敗而此志不權左投龍右得鳳宰割山河三分天下僅承漢

室之絕祠嗟呼以貽烈之厚德孔明之貞忠終不恢舊物豈

非天耶先主聽戢愾怒流涕曰以扶否德當亂世悲宗國之

淪亡憤曹操之奸邪不自量力惟恢復是圖才微德薄不

能消平而牽頼諸葛亮龐統之智謀關羽張飛之勇刀

55

無小疵微過頁約鴻溝信不之也盟切臣仁不之也見
圍彭城智不之也結婚冒頓非正道也大槩智術毲舉一
世而道德薄於三代故南山老翁欵欵芝而眛迷海島列士
懷諜憤而廿死此一欠也漢武帝才質豪俠氣稟雄壯
建元初年召賢良求直諫文武濟濟禮樂彬彬排斥吳
端澗邑六經富此歲帝心如水無風如鏡無塵如董仲
舒為相波黷為諫官選用英才庶幾臻馨香之治栗
克有終窮兵黷武征伐四夷神仙土木日以為事天下多
事制作紛紛封泰山祭后土蓬柏梁臺作承露盤造蜚廉
舘作通天臺高撖巖雲衆狹如林萬姓瘡痍中國虛耗
此如賴妃之家面受風如無秋風悔心之崩輪埒慰民
之詔亡秦之續耳與始皇相去豈觖尺寸耽光武起兵曰

躍如也石晉主深淵中老蠏如也後漢祖自日中雷動如也

周太祖大風散陰雲如也項王疾風驟雨雷霆相拍如也

曹孟德深霞中隱峰如也且論得失秦始皇以英雄之氣

承富強之業平定六國以期萬世威風滿四海辦令動六

合性度剛猛行事暴庚外等長城征伐爽狄內永神仙

焚盡詩書雖非李斯之刑名趙高之苛剋不能望亭國

之長况任用此輩專擅立胡亥趙十七旡而傳帝位昏德

茲甚山東羣蜂之起軼道曰馬之帝非目取者耶始皇妻

頭無語又曰漢高祖豁達大度仁厚長者以匹夫之身屈

起草澤之中得秦毘撿楚之獄八年之內成大業規模宏

遠制度淵大四百年基業如盤石之固威德奇功三代後

第一也天地之廣日月之明難以口古而以後世史笔觀之不

53

漢昭烈之氣像也久雨霽初青天無雲朝日東上者漢光

武之氣像也秋天高、清風瑟、明月星河爭光者唐太

宗之氣像也雲陰解駁風日和暢者宋太祖之氣像唐肅

宗春日温和微雲暫行如也唐憲宗高山秋鷹如也宋神

宗渥洼之龍馬如也宋高宗春雨微、雲、未收如之高祖曰

帝之藻鑑可比於明鏡而獨朕未八高論不足言耶明帝

曰非敢然也三江之深五湖之廣豈知也至於大海變化莫

測帝之氣像大海之龍也高帝笑曰何鋪張之若是過

耶其餘帝王亦皆言之明帝晋武帝春風花柳如也

晋元帝三日新婦如也齊高祖富家老翁治財者守如

也梁武帝山中老僧誦其佛經如也隋文帝寒天霰豆

也瀟灑如也周高祖陰雲中紅霓如也後唐莊宗空山佛

能無為政之失令座中從諫如流而能於治國者幾人抑

諫不納而至債事又幾人哉今吾時已過矣迷已遠聞

之無益明帝前程萬里虞賎人之善不善善者取之不

善者去之胡不有益明帝之明鑑足以知之顧忌勞論千

古帝王之得失明帝辭曰孔子聖人也作春秋廛諸侯猶

曰知我者春秋罪我者春秋寡人之德不及孔子列位皇

帝非諸侯所比妄加廛賎不亦誤于弘量大度雖曰喜

聞後世誹謗烏得免于漢帝笑曰此吾等所自顧聞

帝之公議其孰能非之殊勿固辭也因命移明帝坐禍於

甲明帝進榻曰顧先言氣像次論得失也風雷震疊水波

涵溯捲地而接天秦始皇之氣像也寒霜凜列層崖絶

壁聳出空者漢武帝之氣像也長江浩淼不知倧浅者

51

槍頭之魂臍中炷七日而無滅之者楛之慘酷無如臣者
而至於地府又不見察其百刑者千有餘年何辜今日有
遂到之恩命且使經三生之苦楚何時復見天日耶彼
曹操漢代奸雄朱溫唐室劇賊弑主奪國有何功德
涯何微細而今猥以王者之眼俯於法筵天道謂公乎諸
皇帝聽而微笑魏武帝梁太祖皆垂頭面色如土不勝
羯豬高帝使左右下命曰一興一亡天道之常是以漢祚衰
曹操興唐運訖朱溫起雖無道不能久享帝業而亦承
一時正統也汝董卓漢德雖衰天命未絕経失臣子之節
是王莽祿山之徒也何紛紛呼訐若是言訖黃中力士祝
前椎後出門如飛閻羅仙官起而請辭諸皇起送坐定
漢高祖顧明太祖曰人非堯舜事豈盡善雖致太平不

50

百年者罰已行矣以天地好生之德還到下界使之目盲

瘖癈武死扵道側武死扵非命修扵三生之業然後復

為平人而趙高張湯曹節等化為牛羊狗彘而使被屠

戮之禍惟李林甫蔡檜犯彌天之罪惡而身罹戮刑卧

席而死忠臣烈士之遺恨至今填臆請還到豐都獄別

無數鬼卒方驅出諸罪人忽有一人身長九尺肥膚可

收碎骨備受酷刑雖歷億萬却未不出世念曰諾命下

千斤呼聲如鍾稱寃不已見之乃漢朝迁臣董卓也

叩階而呼曰臣李非反逆之臣也中常侍張湯等傾其社

稷殺害朝士丞相何進以太后命召臣下率手下親兵為

來盡滅宦官者以清朝迁擇立賢君保全社稷以無識

武夫雖有一時專擅之罪功高賞尤終為呂布奸賊

49

王莽董卓唐朝安祿山黃巢等數十餘人以粉字各
書其背曰紙送其君慕奪賊一隊則漢朝梁冀唐
朝李林甫宋朝蔡儈張敦蔡京賈師道等七十餘
人各書其背曰謀害忠臣誤國罪人又一隊則蔡國趙
高漢賊十常侍唐賊李甫國田令恣仇士良宋賊廉
文翁董貫等百餘人各書其背曰嚴立其君亂政者
以青石作桎梏又以鐵械鎖其手足驅之如羣羊而有
急緩不疾行者鐵以鞭亂擊腥血浪藉哀痛之聲遠
澈雲霄漢帝石孔明使之紫罪輕重之律孔明退詳見
歷代文案裝曰臣聞閻羅王處斷所見剛明央斷公正
以小臣淺見無以加矣倡莽卓諸賊在世既受真保首
須之利至八地下又被懷毒而或有至千餘年者或有八

48

手中登巨艦而坐東望夏口南指柴桑西對武昌北通

沔京清江如練皓月如晝曉星漸稀烏鵲南飛此時人

事欣然把酒咏詩笑高帝曰聞汝言腦獈亦還落仍大

笑甫座和悅之色流洗玉杯復進覆波忽聞闔羅鮑

公奉王帝命率諸罷人至門外高帝命輒歌舞速請

八貔公於階下請見以臣禮高祖顧宋太祖曰此必為宋

帝在座宋帝使侍臣傳命曰論人世君臣之禮諸帝

王反漢朝羣臣于孫與高帝運榻高帝亦秦民甚始

皇同榻況君受天爵登王者之位尊貴非人間帝王

之比也趣陞行相揖禮間王再三讓陞殿禮畢具仙官

分東西迳坐明燭廣庭力士夜叉猛如虎狼而牛頭馬

面之卒驅人以次而八殺氣登、陰雲四圍一隊漢朝

47

宴詰利可汗起舞風之戴咏詩上皇大悅曰胡越一家
萬古所無此最快事也從魏徵之言務仁義教化大行
百姓富饒閭閻不閉門行旅不齎粮心甚快也明帝聽
罷法然下誤曰若孤人生早失嚴親始皇詐多快事不
足為羨而漢唐二帝悅親之樂令世不得見豈不悲哉
滿座憮然宋太祖曰予為羣情所迫朝為天子而不得
清河北亦不能混一海內事每不悅但憂夜微行至趙
普家亟月皎潔景致清絶煮酒烹魚從容酬酢論天
下大事幽興清思今尚未忘矢光武以下各言平生事
論難治道以助其歡怒魏武帝曹操拜伏曰臣有一快
事請白之臣仗三尺釖起破索絲索術擒呂布降張老
張守北代凶奴西得隴西南抵長江旌旗蔽空橫槊

46

事以志慈懷如何始皇先對曰朕平生有三快擄六國

諸侯跪膝於阿房宮前鋪天下兵鑄金人十二是其一

也道童男女求三神山仙藥驅石駕海輿安胡生約

三千年後會是其二也使蒙恬將三十萬軍遠凶

奴等萬里長城是其三也顧聞漢帝之快事漢帝曰

子百戰收功何快之有倡擊縱布還至沛邑設大宴

以待鄉里父老野爱村童呼劉李其水其立之舊迹

依然大風起雲飛楊氣像頌彷彿壯懷莫作一歌舒氣

是可快事置酒南宮進玉杯獻壽上皇曰責小子以不

務農不治産不如衆人令小子所成與衆人何如上皇大

悅終日樂之此人子之孝挺笑快事無踰於此矣唐太

宗曰朕亦有漢帝之快事天下太平之後陪上皇設大

45

兆君尚青色都彭城此青衣童子向東南之兆也以此觀之
天之前定非人力所及宋太祖撫寧大笑曰始皇言天
歟我論人事休言上古第三觀三代以下尚湯文武仁義以
興夏傑商受暴虐以亡此天理之常漢祖仁厚長者楚
剛悍獨夫其興亡何待見終而後知之設用范增之計
沛公雖死於鴻門楚王若不悛暴戾之行天下豈無沛
公于江東于弟八千人散如飛垣一釧隻影雖復渡江
東江父兄必欲食其肉而寢其皮笑豈復畏陌井席
而復有推尊者予杜牧之詩所謂捲土重来未可知
之言詩人遺辭之功何謂其的之論也諸皇帝無不嘆
眼項王殊不勝太無聊也漢帝曰一時成敗千古興亡從
古觀之都是春夢記憶遺恨人皆有之但言平生快

44

於荒草中一坏土世上之事豈不虛且可笑子始皇得
天下雖期於萬世身纔終而子孫滅亡宗社頹覆是
亦天命予之得天下非取於秦之失天
下非失於項王失於趙高願陛下勿恨我也快飲盃酒
開襟同樂何如始皇欣然把而笑盃曰漢帝之言其通
論也余亦非區區小丈夫胡不知天理而介懷於已往之得
失耶忽於西壁上座西楚霸王目如炬火聲如雷霆
長嘆曰鴻門宴之不應王玦烏江之不虛舟至今遺恨始
皇慰曰天數莫逃項王勿記念往事也朕嘗晝寢得
一夢紅衣童子青衣童子爭曰相戰紅衣童子勝取
日青衣童子向東南而去紅衣童子驅日西向去亏
竊恠之後漢帝亦其懺封西蜀此紅衣童子向西之

43

雖破而猶營此則目有十載之公議也何必因吾之
東筆而犯於同事私情哉姜維太息而去孔明既定
次第列名而上諸皇帝互相傳觀楄賁不已命王無
酌者醞而賞之酒半酣改坐盡請東西樓諸皇帝漢太
祖主壁坐漢光武以下東西分坐南面蔡始皇帝以
下東壁西向楚伯王以下四壁東向坐定各一大臣侍之
金冠玉佩鳳扇彩帳舉燭騰光威儀整肅氣像
儼然不敢仰視高皇帝舉玉杯勸始皇曰天地不老
人事易變碧海桑田朝暮互換公侯將相寧有種
乎一敗一興天道之所不免若德威而事永祿唐虞三
代豈有亡者乎刀多而決勝負螢无工共何有敗者乎
國家之大小運數之長短都在天教令以觀之無異

42

扶大義碳洗丞相之遺恨芙無奈炎室之運去而暴

邊之悱潜諭釰闢大厦之頹豈一木可支其時降於鍾會

非畏死貪生且為本朝圖恢計而世情浮薄人言嘗、

蜀漢之亡歸咎於我豈不痛迫夜臺寃漢寃魂無語

地下懷恨伸寃無期今丞相執題品千古人物之權若

明鏡之懸空平衡之稱物細德微切一一布張而無言

及於我誰復暴白我之心思子諦視之乃蜀漢尚書

令姜維也孔明嘆曰嗟乎伯約國家興亡在天栾

在將即内修外攘治國之常道也亂政豎子盍感

心而君不飭除值司馬興隆之運強弱懸絶君不自

量内竭民力外挑強敵是棄青而根光柘顙不愛而

腸胃先病豈不惜子雖然経營之志嚴於討賊

41

之補席門博長者之車載黃金而談敵畵美人而解圍

麗通德公餘韵鳳雛秀姿計出連課賺破老瞞亦

壁東烟火之色盖州成拾爺之功身雖委於落鳳名則

委於汗牛范增七十花奇一言說楚山東摩雄威下

風勸立懷王義聲可觀三峯玉玦智謀亦裕彭越目

如曉星體似秋鷹橫行天下笠對敵漢楚興亡在

舉足間實復折衝千里身被百鎧腸胃流出裹之

以羅廳戰不已終樹大功趙雲當陽長坂一釼斬六

將帥白帝城外匹馬敵百萬軍猛氣英風古今無友

言來畢有宰相舍淚進曰丞相胡不知我丞相出師

未捷先歸九原英雄之淚沾襟而費禕董卓相繼

而逝社稷之危如一髮吾以寸蓬之力當任梁孤軍

40

之曰願傳書霍光受周公之負圖以輔少主效周公之
行事立以宣帝返黯性禀贛直社稷之臣罤度嚴
重儒者之風忠言斥公孫弘之奸謀大義祈淮南王
之逆謀關羽色如重棗目如丹鳳爲尊三軍顔良授
首千里獨行明燭達朝壯我雲長一代忠臣萬古烈士
魏徵膽器過人忠義出天迎龍鱗犯雷霆爲爲人鑑
死亚芳名顔其卿彰義起兵于嘆其獨之不見恐
義堂、賊將聞名遠避遁小人說投身怖穴孤忠大
節其杲卿之死也張巡詐遠南霽雲雷萬番等忠貫
白日節磨秋空生爲忠臣而扶綱常死爲勵芒而歡逆
堅岳飛涅背表忠委身詐國科敵制勝以正以奇盜
賊杲之莫不神眳諫平勲如冠玉神壜秋水里社有均兮

百二十里八蔡城擒小賊切垂竹帛名開四海西平有子憲

宗有臣曹斌仁厚以守心忠義以修身平定江南不

殺一人反其凱還載籍屢艇徐達西湖彩雲攀龍附

鳳南征伐遂集大勳以才則亞於淮陰以忠則比於汾

陽此五人宜為二等王貢周勃灌嬰其漢耿弇射邊

敬德屈突通常遇春湯和宜為三等衛青霍去

病功高而被天辜白起王賦善戰而嗜殺人宜為四等

其餘諸人定為五等紀信為漢挺出玉面英風彷彿龍

顏見圍榮陽朝春是危黃屋左纛出詐楚軍忠

魂消滅於烈火之中神龍超出於槍兩之中漢楚興

亡頃刻變矣蘇武青春奉使白首還歸框鼠嚙雲

矬忠飢寒十年持節以死生北海之羝羊邊乳上林

38

首宜為三等張華、而無信楊素髡而不仁宜為四
等其餘諸人為五等且曰韓信仗釼歸漢遷陞
將壇一軍變色定大計其三秦如反手拔之魏燕齊
次第予定殺秦鹿擒楚猴木罌渡軍囊沙破敵神
謀奇美令古無此李靖感若天神精如秋水學太公
之兵法列陣六花定諸賊才魚將相智出令古郭子
儀容貌似春和氣像如秋水策匹馬恢四海位極人
臣而人不疑功盖天下而主不忌名滿四夷而不自伐德
義之高如山岳度量之大河海此三人宜為將師中第
一王前刃腦藏萬甲韓魏齊楚定如草難李光弼威
風禀、師令嚴肅三軍戰股四陸屈膝斬滅安史
恢復兩京豊功偉烈萬古無進李愬五更風雪疾馳

37

房玄齡杜如晦懷王佐之才遇明君定天下天策府十
八學生皆仰高風亚唐朝三百年基業也裵度無愈衆
人而胸藏萬甲賊人擊碎其頭而終能不死天為唐室輔
佑也平淮西之賊名滿天下感加四海功成身退綠野
堂中躰享清福韓琦定策西朝三八黃閤而致太平
卦薰將帥之任西城聞而膽寒司馬光論新法正大
如天地光明如日月龍起浴波衞卒手額兒童走
卒皆誦君實此七人宜為宰相中一等曹㕘清淨主
導之德望長孫無忌之謙恭杜黃常之才局李綱
之強直富㢸范仲俺之忠勤宜為二等李斯趙普李
善良才有餘而德不足公孫弘恭勤儉素而曲學阿
世王安石文章節儉而性稟執拗未免為小人之領

36

江之主人一絲扶曩千載播芳先生之風山高水長孝

長白衣山人佐天子定諸侯腦藏経綸之才外托神

仙之術亦于房之倫陳圖南馱鴻志於塞驢之背朗

去來於風塵之中閱藝祖著鞭之先一聲大笑隆於

驪背歸碧山松踵跡蓮花峰上馴穫鶴雲其臺館

裡夢遊千仞世上浮榮視同鬧鼠劉伯温腦盤化

機心通仙術塾氣金陵預知十年後天子於是題品

九人列名而上又曰蕭何拳韓信為大將守關中固根

本收地圖審形勢鞞漕調兵未嘗乏絕功業之宏

大姑舍勿論而養民敦賢之言足為千古之明相鄧禹

十三遊於京師知光武皇帝之非常伏策軍門芝天

下大訐仕用諸人谷當其才身為元勳名垂竹帛

35

財破産交結刀士操鐵椎擊副車於慱浪師黃石公
受秘書於圯橋滅焚埜之大漢辭爵祿從赤松子儒
者之氣像高士之志節董仲舒三年垂帷潛心好學
不窺東國正義而不謀利明道而不謀功漢朝其儒惟
此一人文仲于王通奏太平十二策論治道言辭正大退
居河汾講明道學而學者千百人此亦一代之大儒韓
退之上佛骨表詆斥異端作鰐魚文以感海神誠開
荆山之雲文起八代之衰日光王爍周情孔思德部一
代名垂萬古程明道紬于有四百年不傳之統修身
以孔孟為法事君以堯舜為期氣像如春風學文
似于夏三代後真儒萬世之表準嚴子陵光武之故
人物色朮之顙視萬乘如足帝腹天子之客星桐

34

一世視之如虎何可以成敗論英雄我楊臂扣門謫譁
之詳聞於殿內為首公孫述束絹李寄等數百餘人
漢將軍吳漢迎撫軍中至門此曰公孫子陽井底蛙耳
不知天命據白帝城終不保身束絹漢家名臣之孫
未能守臣節身死族滅淪山谷公以世代公族遇瞽
亂之朝目負才器誤恃亮李之歡妄曰尊大一敗
歸唐而且生反要之訐魂成彥師之釰頭其外諸人矣
功業之可稱胡不恥而忘呼耶諸人皆含憤而散漢
帝促孔明先遜隱逸德邵儒臣之行高者於是文武
數千人拱手四衛孔明向天曰諸亮高才之識淺濫受
皇命高下羣雄如有一分私譽私毀降之以禍再命
而作曰張子房五世相韓々亡謀欲報仇弟亡不幕傾

33

史公列傳未嘗不廢書而嘆愧乎大王之行事今日幸
與大王相逢豈不盖所懷向古其英雄崇向仁義不矜
勇猛大王一朝坑降卒四十萬於新安此將不仁也後高
皇帝於巴蜀孤負初約是與人無信也棄關中形勝而
都彭城此臨事無智也使義帝之魂抱冤於江中此
為臣不忠也信陳平之反間疑一介謀臣此為主不明也
以余觀之非其英雄也雖有拔山之力盖世之氣何足貴
此令思鴻門宴之壯氣徒忌垓下之悲歌惟記阿房宮
之燒火都忌烏江之刎頸為將軍不取也項王低音
不對良久曰寧為鷄口無後我為牛後我為西樓主人別
設一案向西樓書操孫權等諸人隨後是時羣雄之
在外待侯者無數勵鮮大呼曰吾等皆據地稱帝

32

之舊激而如從亭長之言復渡烏江未知秦鹿死於

誰手余一回首萬古英雄眼底俯視誰骸植種我耶

顧謂桓楚曰待余長鋏孔明曰音者齊桓公會盟于

葵丘一有驕矜之色反者九國彼諸侯之會以桓公

之威德猶不敢無禮況今萬乘天子之會大王何以特正

夫之勇唐突若是耶項王曰鴻門宴時沛公膝行叩

頭乞於我詐坐一席我令來此沛公胡不逆我上座

反拒我升堂耶孔明高皇帝非失賓主之禮也既設

剏業之宴則凡帝王之且八堂誠非所宜姑留西樓以待

主人之請未晚也項王曰休言剏業之為不為天下英雄

無出我右何不且八我有燒阿房宮之餘火令日便金

山寺為一榻之灰矣孔明曰亮雖與大王生不同時讀太

31

鳴之聲聖主明君世〻出笑得天下未滿四十年骨肉之
亂作五胡變起懷愍着青衣行酒杯如是過百年不
亦苟且予晉武帝慚然無言從始皇後隋文帝以下
諸君皆入東樓西楚伯王緒以八肉壯豈天叱咤一聲
萬人辟易范增鐘離眛龍且項伯項莊等俟之楚王陳
勝魏武帝孫吳王孫趙王錢鏐漢王劉崇等各
率文武而至項王閒曰此宴誰主張予魏徵對曰漢太
祖高皇帝設大宴待唐宋明三皇帝而慰歷代英雄
笑大王適至可增華遲之光彩項王仰天嘆曰寶是
天地間所無之事劉李為首項籍為客耶訖罷緩
步上陛魏徵曰大王非初業之主暫徙西樓項王曰我乎
生不惧劉李第見田父之紿陷於大澤雖不禁壯懷

30

剏業之君皇帝之子孫陪先帝泰扵一堂眞席事理當

然而亦非剏業之君不為主壁矢令陛下欲坐東西壁則

不阻不亞八堂也李斯退曰此非尋常人哥相諸葛亮

言論正大義明曰難以爭之願陛下八東樓始皇石傳

身而向東樓晋武在後曰我見旗畫一統天下滿百年

者八法堂予平定其蜀統一天下傳之子孫百五十年豈

不八法堂乎孔明冷笑曰古人有此扵天下哭者亮請

明之漢有大哭傳四百年至獻帝時方弱哭重而不骸

杠盗賊四起淩曹孟德盡一生好計難得而傳否司

馬仲達在傍佐輔奪傳扵子孫再竊盗冤寧不愧乎

天若假亮数年将星不隊扵五丈原堂、漢業豈歸扵

興乎况父乘羊車而尋竹葉之塩子在花苑而論蛙

爭土暮攻城使無辜之民肝腦塗地及幷天下作阿房
宮等萬里城天下撓擾萬姓困窮魚游河西袋怨厭骨
陛下何功德之過三皇五帝幸伍周室之裏微聖主之不作
恣意施氣如逢湯武之君黃鉞白旄之下陛下之命不浮
保全矢滿池一夕白壁有傳輬輬車中爛載鮑魚仕氣暴
威亦頗蕭索尸又及冷壙未就乾鹿之宮中鴻飛瓏上薪
田匹夫荷柔一聲羣雄蜂起而陛下之魂魄未蛻制焉項
王麾下軍士毀折驪陵舉出寒骸而陛下之精靈亦不
得禁焉真是聖德之君何厄後之寂寞如此也況今千百
載之下了：孤塊謗奇日之威風蔑視漢祖唐宗徒取
羣雄一場之笑耳始皇慚色滿面默然良久曰法堂東
一壁列坐皆是多有勳業之功耶孔明曰此皆漢唐宋

叔孫通進吉曰此剏業臭惟剏業之主法堂其餘諸王

分八東西樓始皇叱曰汝豎儒何以知我～初并天下阿房宮

前脆六國之膝等萬里長城遠都函奴以四海為池以

八荒為庭豈非剏業吾之功德過於三皇五帝漢祖唐宋

吾視若童稚豈不八法堂于叔孫通驚惺失色不能出

一言孔明進曰當今異於六國殘微之諸侯陛下勿輕加

威也所謂剏業者身起阜菜手提三尺釰掃滌鼠塵

拯濟塗炭之生民特垂萬代之光業陛下不然周孝王

時始對非于於蔡為諸侯目孝公強賦蔡為吞六國為

葉臭食盡以功言之惠王昭王為最陛下非布衣化家

為國之主乜三代聖君不厭糲飯藜羹為政茅茨之下工

階之上而壽臧蒼生熙～畊～歌太平於康衢陛下不然朝

27

率晉武帝隋文帝六朝五代初業之君西楚霸王率
陳勝曹操徐州錢鏐劉崇至門外促令開門漢帝曰
人來拒之不義吳若固善遇之孔明羨曰今歷代帝王
皆至必爭坐次各代功業以致紛紜臣請姑分留東西樓
下於是使宋濂大書旗而曰雖浮天下未享百年不八
法堂不繼正統者亦不八束樓立旗於門俄而蔡姑皇
帝佩太阿釖策驃馬而八威如天神彌如雷霆李斯
呂不韋王剪蒙恬王賁章邯等後之次晉武帝振萃
襄顗羊祜杜預鄧艾王俊等後之次隋文帝王通薦
達楊素史萬世韓擒虎賀若弼等後次宋武帝齊高
祖梁武帝晉武帝後梁太祖後唐莊宗後漢高祖
後周太祖各率文武諸臣而來笑始皇欲直升法堂

26

上侍臣稀陳庭下誼聲亂雜請選八侍以甫威儀帝

曰惟魏徵退傳聖言於孔明選文武各天上殿八侍陸

賈周勃陪漢高祖房玄齡李靖陪唐太宗西寶儀曹

彬陪宋太祖法正張飛陪漢昭烈顏其卿張巡陪唐書

宗李綱韓世忠陪宋高宗汲黯霍去病陪漢武帝韓

俞李愬陪唐憲宗歐陽修狄青陪宋神宗叔孫通虞

世南為左石謁者陶谷方孝孺為左石學生汾陽王郭

子儀紅錦戰袍帶長釘立東殿上東殿壽亭侯關羽被

金甲執青龍刀立西壁淮陰侯韓信率耿弇衛青

趙雲李勣等仗大釘立東階上臨海王李光弼寧石守

信岳飛徐達傅友德等橫長館立西階上威儀珏嚴

釘戟照曜不敢仰視忽有金甲神人息走曰秦始皇帝

25

於階下曰漢武帝唐憲宗宋神宗三皇到軍門外請

見漢帝曰朕之子孫雖有伐凶奴之功內多慾而外窮

奢以病四海神宗志大才小任用小人終以誤國惟憲

宗詐之以八何如唐帝才不才亦各言其子孫既聞令

日之宴會相率而来一進一退事理不當死武帝萬古

英雄神宗恭勤有餘且慕三代何以小疵為白玉之玷

乎促令開門延入為首漢武帝龍顏氣像董仲舒公孫

弘霍光衞青霍去病等侍火唐憲宗神彩表逸英氣

盖世裵度武元衡李綱李吉甫杜黄常李翱劉公

綽等侍之次宋神宗氣雍容眉目清雅司馬光文彦

博韓琦范文淹歐陽修狄青張方平等侍之上殿

禮畢西壁之座繩徵進奏曰今日法宴頗嚴肅甫殿

五百軍破曹操二十萬兵昭烈無立錐之地而全盤江山

成三分之勢六出祈山使司馬懿膽落七縱七擒使孟

獲心服天不助漢終未成一統之功八陣風雲驚動鬼

神兩表忠言光爭日月何可以成敗論英雄乎召八

孔明貌如寒玉目如曉星眉帶江山之秀氣胸藏天

地之造化誠王佐之才無復國士於是四拜於前漢帝

曰卿糜聚人物奉行上明命亮拜謝曰此任重大非臣

所敢肰當帝曰勿謝卿必足當三謝不允孔明退以胡

銓宋濂定從事孔明宣曰此中有口誦孔孟之書心

堯舜之道武勵守節義欲蹈巢許之遺蹟高尚其志

不事王侯之高士有才德備具之人先為題品以彰

主衆士廉節之感德何如俱曰諾忿有金甲神人跪奏

23

池來良謝曰臣本無藻鑑口棹三才吉為帝者師布衣之
極也幸於成功之後心甚仙術棄人間事後赤松子遊歷
代英雄之姓名猶不能盡知況人物高下之任何敢當也
宋帝使諸臣僚各薦其人可也及命下武以箸何為可
武以李靖為可武薦趙普武薦郭子儀論議紛紜
不能定明帝曰尚來彷彿之人代各有之當此任者必把隱
逸之德如博說待三聘之裡如伊尹神謀如呂尚治國
家如管仲輔幼主如周公出則方叔召虎八則石公辠
公之事相方可然如此者美易也曾聞蜀相諸葛人
中之龍三代上人物此人可夫其且曰諾趙普奏曰亮無統
一之功何如宋帝責曰卿勿妄言智謀在人成敗係乎若
不論德蘇張之說辯反諭於孔孟之正道也孔明以

22

福罪之輕者地府已治之矣元惡大憝其教甚多令

日内庶可處断而歷代人才以五等選擇則其麗其不億

一夜間似未及令日宴席所從臣僚始先題品其外各

目歸府徐為之已矣漢帝受命一邊分付大鴻臚其

法酒御膳以待仙官一邊召禁喻分五色旗立於南樓

鳴皷而命曰成賢相之業者坐於紅旗之下智謀出衆者

坐於青旗之下勇力絶人者坐於白旗之下三皷三呼衆人

相顧欲出復下令曰此諸皇帝變主帝命諸臣勿遲緩

也衆人齊奏曰使羣下自定軌謂無忠義之心軌謂無

將相之才請選其五德者使展熙諸臣各定次第為誤

帝召留侯問曰孰能當此任段對曰知臣莫如主且列聖

主御臨非臣淺見所及也唐帝曰子房真其人也豈用

21

見漢帝命侍臣迎之上座仙官拜禮畢告曰奉玉帝

綸音仰諭於列位皇帝令歷代聖君會于一堂論千古

帝王經綸之業講四海蒼生濟拯之事功祀百王德流

萬代況忠臣如林猛將雲集其天下之高會鮮匹之

盛事竊惟良將名相社稷之柱精忠大義人臣之節

智謀勇略國家之寶以此五寶者題品群臣芝百

代之論及彰天道之報應且論列歷代誤國之奸弑逆

之罪以明皇天禍善禍滛之理漢帝驚問曰上帝降此

明命朕等雖無才德惟謹奉無遑但列士忠臣亂臣

賊于代各有之而不知始於何代仙官對曰蔡漢以前

魯聖人作春秋筆法之功如天地歷列之嚴如家鉞

無復可論蔡漢以後至于今世歷數人物降之以禍

20

舍罪而襄功朕之子孫及甫宗高宗並宜請之唐宋四
帝雖不快於心不復已各送侍臣請之蒼龍交倚四座
置於東壁有頃畢至為首光武皇帝宴士嚴光及功
臣二十八將侍之次昭烈皇帝雲臺所畫諸諸葛亮龐統
關羽張飛等二十餘人侍之甫宗皇帝郭子儀李先
彌額其卿張鎬等侍之次宋高宗皇帝宋繹李綱岳
飛張俊等侍之升殿上揖讓禮罷四向以次定座復進
杯盤唐宋明三皇帝向光武曰河海度量日月期德仰
之火矣令之會復覩威儀韋不可量光武遜曰幸賴
祖宗之威靈皇天之熙佑社稷中興非朕德之攸致而過蒙
穰奬心甚愧報言未己遙聞九霄之間有笙簫之
聲矣頃之紫微仙官一員駕黃鶴從雲間而下請

19

景之龍舟椎選興行樂是軍國人情之所不忍為也備
於東囚之詐奠悟和字之惡㙍江南金帛之賚事不共戴
天雖豈不惜於親奸臣愈於骨肉忘忠臣甚於仇雖岳飛
百戰百勝金收將卒聞岳飛之軍聲便皆喪膽而誤
國奸臣惟恐其成功而二帝還一日之內送金牌十二促
其班師終使萬古忠貞鏤釰頭抱丁脅之冤以塞中
原父老望之眼洛陽寢盡為狐兔之窟豈不悲哉
其乖若而中興不亦笑于漢帝笑曰驩罷兩帝之言
頻重大然徒知其一未知其二安史之亂非蕭宗維有
忠臣依誰樹功靖康之亂非高宗南渡乾坤社褄無
主豈以小疵掩大功子杷橡有數尺之朽不棄全木錦
繡有一段之朽不棄全疋帝王之論人當隱惡揚善而

18

京返故國而內有陰妬之婦奸邪之官外多駿越之
藩陸梁之賊既未能養父老又以役賢于此之謂中興之
主不亦陋乎宋帝長歎曰肅宗雖無德比之於宋之所
謂中興主其過細微也靖唐之亂起於北中國無主
王室至親惟康王一人在故百姓仰之爲臣從之人心不
忘乎宋哭神廟中乘泥馬一夜他千里渡江胡兵之不
及盖神之助也亦天之不棄宋也熟以宋澤李綱之深謀
岳飛韓世忠之勇力之以掃胡塵恢神州而未嘗從壹
無用一計而二隅臨安便寄王業不報父兄之深讎爲貪一
身苟安豈不惜扰五國城中冷月照影半壁書中興渡
猶湯雖以四夫之恩養越之踈至此而尚有懷愴之心㤼
父子天倫之至情于彼康王當卧於薪嘗瞻之時西湖風

17

火史巴蜀明大義以諸絶嗣春四十餘年其功不小而翔

業未又半而中途崩殂皆天意非人力也死及為人君任

用賢才之德尤美今日之請又何疑為朕之子孫不肯

禍龍頹而中興無君可歎也漢帝曰肅宗子祿山之乱

恢崇社之業此非中興耶唐帝顰蹙彩眉曰天寶中

君貪女色輕國家養胡児於錦褓之中漁陽聲鼓動

地而来罵殘青驄行色蒼黃當是時念宗社憂君

父何暇有他意而不待父命經升帝位於靈武夫臣

于之節見圖賊兵厄如一髮忠臣烈士揮涙累瘡而

戰積尸成立流血成川而方與妃嬪專事博碁夜而

訕曰臣有諫者而不思改過用聾造博以掩其無聲

地人君之所為而章䝱皇天之默佑郭李之貞也恢兩

16

意在富貴延英燭下敢行弑逆之事是可忍也孰不可
忍也其後子侄之不得其死烏足恤也唐帝謝曰朕不幸
失兄弟之恩愛上以漆社稷之憂下以愧羣臣之勸行一
時之權道受千載之誹謗矣令帝韶達之論明甚躬
之心事釋後人之鬱感豈不感謝詩云他人有心予忖度
之此之謂也明帝曰寡人冒忝今日之座奉聞其議腦
所塞者開目之所眛者明豁然若披雲霧觀青天得遂
平生之願而竊恐之以干戈之勤勞而言之則中興之難興
創業無異歷代中興之主請柔何如漢帝曰此論雖好
朕之國耳此之中興也而東漢中興可謂功德之事之三
分天下得蓋州者切烈甚異諸之不宜唐太宗曰不然
遺皇天之祀運奸雄都持太阿之柄而昭烈能再吹噗

15

初奉太后之命觀兄弟之至情以萬乘之尊四海之富不

傳於子傳於弟卽德美行不能於三代聖君孰不欽慕然

而年見弑逆之禍二子一弟死於非命曰事孝悌反致

緣謟豈不爲十古遺恨矣宋帝大痛不已漢帝慰曰寧人負我

無我負人帝勿悲之非也天地眤之報應丁寧徽欽遺變軟詩德

卽兄弟何如仍顧左右趙普面色如土宋帝俛首不語漢帝

笑曰營天下者不顧家事成大業者不拘小節帝王家事

豈徒區〃朕之上皇被拘於項羽置於俎上暴刻是危此如

辛當猛虎如示恐惻之色徒增竞獰之氣而已無益救濟

之道故以人子所不忍之言折彼之氣如無項伯之故則朕

必未克天地閒難容之涯人何足薄於父子之情乎音周

公東政誅管蔡此豈無兄弟之情又何報私怨怨而然

13

信善良似趙普常遇春似樊噲宋濂似陸賈亜承似
叔孫通湯和似周勃此十餘人當世豪傑未知能樹古
人之功而朕誠如古人之善君當曰無人才乎漢帝曰朕不
善御下勲臣多不保全欽服宋帝之杯酒以奪兵之智
略也宋帝曰此形勢之異也非此善也帝之諸
于中文帝最賢明不立太于而致呂后之亂也漢帝
曰恒之賢非不知也序次有違年記幼冲故遠置代北
避呂后之妬後為太平天子耳宋帝曰然則趙王之被禍
何也漢帝曰朕非以如意為類己而鍾愛也欲誠人心之
向太于如何朕果有易樹之心則何以四老之来止之我
呂后妬悍婦人雖無此擧如意母子不得免禍焉凡
停國以長此是不易之法後来成敗附之天数而已帝

退邪方玄齡善謀杜如晦善斷才兼將相者李靖
智勇無全者李勣忠而忘身者隱開山屈突通謀深
廬明者劉文靖博通古今者虞世南愛其著者褚
遂良治衆務多才能者戴周智慧明達者溫彥博
方正重厚朕之所業專賴此也宋太祖曰才不異代朕
之時第一功范質杜毅忠厚泰勤博識前朝故事曹
彬石奇信大將之才王全斌曹偉前鋒之才王矯之忠
且張齊賢之智謀雷德讓之忠勤傳彥卿李漢超
之勇猛皆可謂出衆之才矣然朕德薄卧榻之外不
容他人鼾睡之聲豈可謂荊業也明帝曰寡人功
未及成羣臣賢否未詳知大抵比之古人劉基似
子房徐達似李靖韋雲龍似李嘉騂孟似記信李

11

戰必勝攻必取北定燕趙東滅齊魏會于垓下檎項羽是
謂漢之三傑陳平智畧超世酈生言辭有餘叔孫通治
禮義張倉定律令陸賈明於治亂隨何審形勢曹參
樊噲善戰周勃王陵善守灌嬰長於騎兵彭越黥布
智勇全熟齊刀過人守人傑非且非記信也忠節朕未兇
為榮陽城皐之壓無夏侯榮扶太子之事則朕幾於
絕嗣矣持機權制帥將謂有才長后知人之鑑非朕
所能也聲信之權用蕭何之刀陳平之奉用魏迲知之
刀大凡刱業之時英雄豪傑攀龍附鳳奇謀秘
計豈功偉烈雖未能盡記而請一問唐崇明三朝
名臣之事業唐太宗曰朕有長孫無忌邑國而愛民
親徵性宜正亘諫君心之非制政事之病王建進賢

10

言而不知朕之本意也當戰國之時天下之士恣行詭論觸

怒猿羡以致焚坑此雖田橫暴桑奈之唐虞亦豈非浮薄

書生之自取也朕以此憤慨厭薄浮之昇論不容假借

雖以焉上得天下豈不知不可以馬上治天下但宋帝即

位之初崇道重士其儒董出禮樂文物彬彬可觀朕六朝

餘習穨落不得雜用王伯崇尚權數家法成焉子孫則

之四百年来終不純一大抵谷在朕躬心甚懺欲唐太宗曰帝

能人而善將成就四百年大業夫知人乃唐堯大舜之所

難善將之乃百今帝王之末朕顧開其詳漢帝曰帝之

奬過朕不敢當八年風雨終成大志者專賴於羣臣之

功耳蕭何在閞中内鎮撫百姓外轉漕車糧使無之

絕于房運籌帷幄之中决勝于里之外韓信連百萬之衆

9

如破竹東揄世充西誅建德北制突厥身致三十年太平其快

豈非朕所比宋祖遺値主愚闇危之時陳橋一夜醉醺醺

瞳之間黃袍自加於身勢順事易若大海之遇順風乎李

番鎮談笑制之南唐西蜀容易掃除功列不下於漢唐明

帝胡運將盡羣雄蜂起（分裂山河稱王稱帝者知幾人

我何辜上帝特命英主掃除大羊六年腥穢慶名僧賊

以次削平爲事中原一朝廓清功德之浩大威名之赫然可

謂辱三人之上謹奉杯稱賀明帝稱謝不敢當之意末帝

問曰漢帝曰朕聞漢帝得天下輕詩書侮士流觚脫其

冠溲溺其中此之不己宜爲滕林之柘枝滄海之（蠡祝而

閒麗生之一言輒輒洗己見陸生之新語稱賀不己其乃

龍迷後悟而然耶漢帝笑曰此世代遞遠（口聞流傳之

8

帝業君各率英雄豪傑而會寶古今罕有之盛事做
一塲之快樂以忘存亡之悲懷可乎三皇帝齊聲應諾於是
蓬萊伶官進樂兜狼苑仙子舞霓裳鈞天廣樂以次而
奏淸歌過行雲妙舞起香風鯷山道士横玉笛齊楚小
娘弄鳳笙曲調冽亮音韵淸絶怳若身飛瑤臺月
宮之間也黃金樽中有瓊液之滿白玉盤上盡水陸之
味此則人世所未見也酒半酣漢帝擧玉杯曰音者朕以
一釼斬白帝精靈鬼母哭聲噭心竊目⿱其後受懷
王命先八關中除子嬰約法三章初雖順矢曰鴻門宴
罷後圍於彭城欺於成皐性命之危非一非再而幸賴
皇天之黙佑群臣之謀刃終於大業而備嘗險阻艱難
豈有如朕者乎唐帝七年千戈百戰百勝威如雷霆斬

7

猶孟戎等二十餘人漢朝武臣韓信彭越曹參黥布

王陵周勃樊噲灌嬰張耳記信等三十餘人唐尉遲敬

德隱開山屈突通薛仁貴等三十餘人明徐達常遇春

湯和博反德李文忠胡大海等三十餘人於是召漢朝

張良唐朝長孫無忌宋朝趙普明朝劉基八侍漢

帝喟然嘆曰團運有限英雄代起朕剏業之時未知

有唐有宋又安知今日便作大明之世耶今朕等厥

天上王樓之開嚴暴下界風土之舊蹟江山風景依舊

秀麗而天時人傑悵然而爱朕我唐太宗旧物

盛剏襄天道之常樂極哀来人事之所不克者岩天

道恒久人事不變蔡之姑皇必傳之無窮漢室雖有

大德豈骹得天下乎今日夜氣消幽山川絕勝歷代

6

目方面大耳此宋太祖次龍鳳姿質氣像嚴偉此大明
洪武皇帝漢太祖座上楊唐太宗座二楊宋太祖座三
楊四楊則明帝躕躇讓讓漢帝曰令之歷數在帝躬
何以讓爲明帝荅曰此楊荊紊主所座顧今寡之德
薄不鈙掃除此有元帝西有陳友諒座此余謐于漢
帝笑曰惟彼兩賊不數年而平定且今日宴席爲帝
以設請勿辭明帝三讓而后升座諸侫臣僚分文武東西
班而侍衛漢之文官蕭何張良陳平酈食其陸賈隨
何叔孫通等二十餘人唐長孫無忌魏徵王珪房玄齡
杜如晦劉文靜褚遂良虞世南周等二十餘人宋趙
普寶儀王瑓張齊賢雷德讓李光弼等二十餘人
華山處士陳摶曰宋八侍明劉基朱濂其承張孟方等

豁達大度亲二七際之運基四百年之國唐太宗宋太祖
明太祖俱有帝業而四皇今夜設一大宴會故今金山神靈及
土地城隍留待候矣秀女開而忙之俄而星月奮凉爛光
照耀摩動地紅布官員百餘人先入法堂高設錦帳金榻
四座次第列置五石設日月屏每座前排王案列兩行火
爛其於東西兩樓亦皆排設極其廣潤可容萬人光彩
燦爛眼觸不敢見焉設罩遙聞呵喝之聲降自九霄而
億萬軍兵齊鳴金鼓四面衛青紅旗幟黃金卸銊
貳飄㿺鄉威儀甚盛五色祥雲覆擁輦上在石攀
臣玉佩珊之一陣香烟前導而升九層階金冠黃袍徐
步入堂萬首隆準龍顏此漢太祖高皇帝火龍鳳之
侊安天日之表氣宇堂之英彩拔越此唐太宗火龍顏鳳

4

金山寺夢遊錄

金山在江東縣寺之刱未知何代何年而其結構之精嚴

□□□大下蒼龍四衛山執最高清淑之氣上幡于天而

寶珠之蒼盖己久矣遂夫元順帝至正末江東有一秀士

志氣豪俠胸襟灑落才兼文武學通古今知胡運之

將盡見盜賊之群起乃無意於爵祿以周覽山川之老一

日行至金山採藥□濯溪彎弓以逐獸來往溪邊不覺

日暮忽瞑色四起棲鴉亂啼石逕崎嶇仿徨獨立莫知

所適夜入金山寺々僧皆避兵四支髣闕然惟有歝蹄

烏踪交雜于中而己秀士飢餒頗甚披塵困卧丁佛榻

忽有一人言漢皇帝来臨云而唐宋明三皇帝尚恁消

亦可怪也二人間曰四位天子以何事来會合曰漢太祖以

3

2

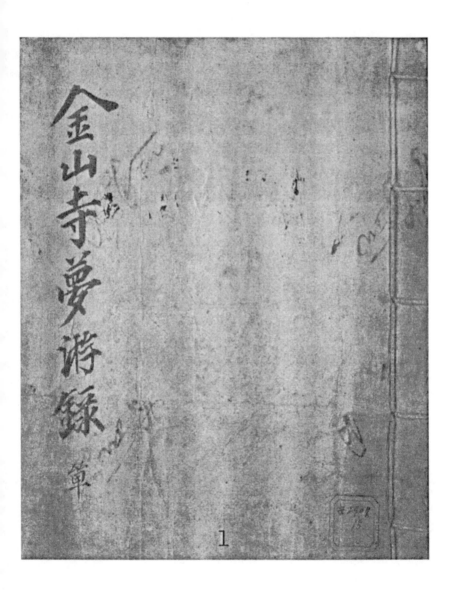

1

금산사몽유록(金山寺夢遊錄) 影印

작자 미상, 국립중앙도서관 소장 한문필사본

여기서부터 영인본을 인쇄한 부분입니다. 이 부분부터 보시기 바랍니다.